莎士比亚研究丛书

中国莎士比亚喜剧研究

李伟民　主编

2020年·北京

图书在版编目（CIP）数据

中国莎士比亚喜剧研究/李伟民主编. —北京：商务印书馆，2020
（莎士比亚研究丛书）
ISBN 978－7－100－17274－5

Ⅰ.①中… Ⅱ.①李… Ⅲ.①莎士比亚(Shakespeare, William 1564-1616)—喜剧—戏剧研究 Ⅳ.①I561.073

中国版本图书馆 CIP 数据核字（2019）第061638号

权利保留，侵权必究。

中国莎士比亚喜剧研究
李伟民　主编

商务印书馆出版
（北京王府井大街36号　邮政编码 100710）
商务印书馆发行
山东临沂新华印刷物流
集团有限责任公司印刷
ISBN 978－7－100－17274－5

2020年4月第1版　　　开本 640×960　1/16
2020年4月第1次印刷　印张 25
定价：75.00元

"莎士比亚研究丛书"为

"东华大学莎士比亚研究所特色建设资助项目(2016—2019)"

莎士比亚研究丛书

编委会顾问

陆谷孙

屠 岸

辜正坤

斯蒂芬·格林布拉特

彼得·霍尔布鲁克

总主编

杨林贵

文集主编

聂珍钊　杜　娟

张　冲

李伟民

李伟民　杨林贵

杨林贵　乔雪瑛

"莎士比亚研究丛书"序

今年（2016年）是英国伟大的诗人剧作家威廉·莎士比亚逝世四百周年，世界各地隆重举行纪念活动。今年也是中国伟大的诗人戏剧家汤显祖逝世四百周年，世界各地也隆重举行纪念活动。莎士比亚是英国的骄傲，他同时属于全世界，因此莎士比亚与汤显祖一样，是中国广大受众所尊崇的艺坛骄子。

莎士比亚于19世纪进入中国，莎剧和莎诗的演出和吟赏，成为中国广大群众文化生活的重要组成部分。20世纪八十年代，具体地说是1986年，北京和上海两地同时举行莎士比亚戏剧节，一举演出莎剧二十五部，同时召开莎翁作品研究论坛。国际莎士比亚协会主席、英国伯明翰大学莎士比亚研究院院长菲利浦·布劳克班克（Philip Brockbank）惊呼："莎士比亚的春天在中国！"

中国的莎士比亚作品翻译、戏剧上演、改编演出、作品研究，几十年不衰，形成热潮。最近，商务印书馆将出版"莎士比亚研究丛书"，包括五本文集：《世界莎士比亚研究选编》《中国莎士比亚悲剧研究》《中国莎士比亚喜剧研究》《莎士比亚与外国文学研究》和《中国莎士比亚演出及改编研究》。其中除个别文集反映外国学者的莎翁研究成果外，大部分文集体现了中国学者和译家对莎翁作品的研究成果，充分表达了这项研究的中国特色和中国品位。收入这些文集的文章作者有卞之琳、孙家琇、方平、阮珅、陆谷孙、余上沅、黄佐临、梁实秋、李赋宁、曹未风等。这些人都是中国的一流莎学研究家和译家，他们是中国莎学专家的代表群体。

莎学在世界上是一门显学。中国学者们的莎学研究成果与英国和其他国家的莎学成果相比，水平相当，可以相互颉颃，东西媲美，一同汇入世界莎学的洪流。

"莎士比亚研究丛书"的总主编邀笔者为它作序。本人不揣浅陋，写了以上文字。请读者批评。

是为序。

屠　岸

2016年11月21日

于北京寓所，萱荫阁

—— Foreword to the "Series of Shakespeare Studies" ——

Reading the titles of the essays collected in these very welcome volumes of Western and Chinese Shakespeare criticism, one of the most striking things is how deeply historicist—or, to put it otherwise, political—the Western selections are. Of course, the choice of Western critics might have been made differently. But the line-up of critics here is a reliable guide to dominant trends in literary criticism and scholarship over the last few decades, and shows how profoundly ideological criticism in the Anglo-American academy has been since at least the 1970s and 1980s. It is a remarkably consistent story: the most influential and prestigious critics of the last three or four decades have been overwhelmingly preoccupied with issues of race, power, sexual identity or sexual difference, colonialism and imperialism (interestingly, they have not been concerned so much with the issue of class). And I daresay this turn towards politics is reflected in university curricula in the United States, Great Britain, and elsewhere. So, because at least some of one's students become the professors of the future, there is little reason to suppose that this political emphasis will completely disappear, even as new modes of criticism emerge.

There can be no question that this preoccupation with politics, broadly construed, has been salutary and important. It has shown us aspects of the plays that hardly registered on critical consciousness before. (The position of women in the plays—

indeed Shakespeare's very live interest in that topic—seems barely to have been noticed by critics prior to the emergence of radical cultural criticism in the sixties.) Nevertheless, numerous commentators have noted that it has come at a cost. There has been a tendency to think about the plays in a somewhat cold, suspicious manner— as if the main thing is not to be taken in by them. Culture itself has become an object of "interrogation" (a vogue word of much critical writing in the recent past, and one that speaks volumes). There has been a downbeat, disenchanted, grumpy tone to much critical writing. The unstated assumption has sometimes been that literature from the past cannot speak to us in any significant way, or rather any helpful way. Instead it is an object to be spoken to, about, or for. There is no requirement for us to listen to it.

My admittedly sketchy impression is that, in other countries, this particular mode of disenchantment has not occurred, or not to the same extent. In other places, there is still an idea that older literature might play a positive, emancipating role in the present. Canonical literature in non-Anglophone countries is still spoken about with a certain respect, even reverence. Humanistic or non-political kinds of criticism are still practised. It seems sometimes to be felt that the Judgment of Time is a meaningful or defensible concept—that significant works from the past survive because they deserve to (not just because certain institutions or groups have a particular ideological interest in ensuring that they survive). I don't find the same suspiciousness about towards high culture that has become almost de rigueur in the Western academy. My own feeling is that this attitude of openness towards the literature and art of the past is one we in the Anglophone academy need to reconnect with—but of course so much in our world now militates against this position.

What else can we Anglophone Shakespeareans learn from our Chinese colleagues? Perhaps the most important thing we need to learn is that Shakespeare is only a part of the literary culture of the planet. We still know very little about the ways in which

Shakespeare's plays and poems might be illuminated by the study of non-Western literary forms. We think of Shakespeare as part of "English Literature" (however broadly we want to define that), but is that really the best way to think of him? He was in touch with, and formed by, the literary traditions (medieval and Renaissance) of non-English-speaking lands—not to mention of course the enormous impact on his imagination of the works of classical antiquity. Shakespeare grew up reading, writing, and speaking a foreign tongue, Latin. His mental universe was in large part non-anglophone. All this suggests that a willingness to explore how Shakespeare's works might be understood as part of world literature—with affinities to some of the most unlikely literary and artistic traditions—will be one of the most important avenues of Shakespearean inquiry in the future. So it is very gratifying to see these volumes, bringing together some of the best Western and Chinese Shakespeare criticism, in print.

Peter Holbrook

Chair, Executive Committee, International Shakespeare Association

6th July, 2016

写在"莎士比亚研究丛书"之前(译文)

中西莎士比亚批评汇集成卷可喜可贺,有幸一睹各文集的论文题目,感觉一个最突出的特点是西方莎士比亚研究的历史主义或者说政治色彩相当浓厚。当然,选录西方批评家的成果还可能做出别样的选择。但是,就最近几十年的文学批评及学术研究领域的主导趋势而言,"莎士比亚研究丛书"选入的批评家阵容给了我们一个可靠的指南,指明了至少自20世纪七八十年代以来英美学术界的意识形态批评的深入程度。几乎毫无疑义的是,最近三四十年最有影响、最有名望的批评家都势不可挡地专注于种族、权力、性别身份或者性差异、殖民主义以及帝国主义等问题(耐人寻味的是,他们对阶级问题的关注不那么多)。我敢说这种政治转向也都反映在美国、英国及其他地方的大学课程中。所以,即使新的批评模式涌现了,也没有理由设想这种对政治的重视会彻底消失,因为至少某学派的某些弟子会成为未来的教授。

毫无疑问,这种对于政治的专注,如果广义上理解的话,还是有益并且重要的。这种方法给我们展示了莎士比亚戏剧的某些此前的批评几乎不关注的方面。例如,莎士比亚戏剧中妇女的地位——的确莎士比亚对这个话题兴味盎然——在20世纪六十年代激进的文化批评出现之前似乎很少有批评家注意到。然而,很多评论者注意到,这种批评不无代价。以冷峻、怀疑的态度来思考莎士比亚戏剧已经成了一种趋势——似乎不要被莎剧所蒙骗才是关键。文化本身成了"质询"的目标("质询"这个词最近成了批评写作的意味深长的流行语)。很多批评写作中带着某种悲观、幻灭、乖戾的腔调。有时还透着这样的潜台词:过往的文学无法有效地或者更无法以某种有益的方式与我们对话。相反,它是个听从言说的客体,任凭人们谈说或代为言说。而我们没有必要听信于它。

本人有这样一个粗浅的印象,即在其他国家这类幻灭的批评模式还未曾发生,起码没有达到这种程度。在其他地方,人们仍然认为过往的文学还能在现今起到正面的、解放性的作用。经典文学在非英语国家还是得到相当的尊重甚至崇敬的。那里,人文主义的或者非政治的批评方法仍然行之有效。从这样的批评中你能时常感到,时间的仲裁是个有意义并值得守护的概念——过去的重要著作流传至今是因为它们实至名归(不只是因为某些社会机构或者群体对于确保它们的幸存而持有特定的意识形态偏好)。在这些国家,我没有发现西方学界几乎当成时髦的对于高雅文化的怀疑。我个人的感觉是,这种对于过往的文学艺术的开放态度,是我们英语国家的学界需要重新找回的东西——然而,当然现在我们的批评世界里阻挠这个立场的东西太多。

我们英语世界的莎士比亚学者还能从中国同行那里学到些什么呢?大概最重要的一点就是,莎士比亚只是这个星球的文学文化的一部分。对于莎士比亚戏剧和诗歌如何用非西方文学形式来研究阐发,我们仍然所知甚少。我们把莎士比亚当成是"英语文学"的一部分来思考(不管我们如何宽泛地限定英语文学),但是那真的就是思考的最佳方式吗?他写作过程中接触了非英语国家的文学传统(中世纪的以及文艺复兴时代的)——当然更不用说古典文学著作对他的想象的巨大影响。莎士比亚成长过程中读过、写过、说过一种外语,即拉丁语。他的精神宇宙很大程度上是非英语的。所有这些都提示我们,主动考察如何将莎士比亚著作理解为世界文学的一部分——令其与最不可能匹配的文学艺术传统发生某些联系——将是未来莎士比亚研究的最重要途径之一。所以,看到荟萃了中西莎士比亚研究杰作的中国"莎士比亚研究丛书"的出版付梓,是令人欢欣鼓舞的事情。

彼得·霍尔布鲁克

国际莎士比亚学会主席

2016年7月6日

致莎翁四百周年

——莎士比亚研究综述

1616年4月23日,一位名叫莎士比亚的戏剧家在他的故乡、英国的斯特拉福逝世,但他的不朽杰作已经成了世界文学的经典,传播至今。四百年后,全世界的莎士比亚爱好者和研究者仍然隆重纪念这个重要的日子。商务印书馆出版"莎士比亚研究丛书"适逢其时。这套由外国文学学者及莎士比亚研究专家主编的文论汇编,荟萃了世界莎学以及中国莎学的代表性成果。

以死亡为主题的作文往往带着某种沉重,但是对于纪念莎士比亚来说,我们大可不必垂头丧气。莎士比亚的名字还应该被不断提起,虽然在"作者之死"的论调下,作者不再是独立自为的主体,而是多变的社会历史环境的构成部分。然而,笔者认为这个说法反倒提高了他成为我们中的一分子的可能性,因为我们成了莎士比亚作品意义构造的参与者。在这个意义上说,作者叫什么似乎不那么重要了,他的文本的生命力和可供续写的兼容性才是让他继续拥有活力的源泉。事实上,四百年来人们都称莎士比亚为"同时代人",都不断赋予他的作品以新的内涵。这样说的话,这位叫莎士比亚的作者之死有了新的意义,他在与我们互为创造的活动中实现了不朽:"莎士比亚创造了现代文化;现代文化造就了莎士比亚。"因此,2016年4月23日仍然是值得热烈庆祝的日子。

全世界也都在2016年举办各种重要活动,以纪念莎士比亚给四个多世纪以来的人类文化生活贡献的不朽作品。最为盛大的是"世界莎士比亚大会"(World Shakespeare Congress),恰在这一年举办第十届盛会,按照计划于7月31日至8月6日在斯特拉福和伦敦两地举办,吸引了一千余位来自世界各地的莎士比亚学者参加。每五年一届的世界莎士比亚大会由国际莎士比亚学会主办,世界各国竞争承办,前九届分别在加拿大温哥华、美国华盛顿、英国斯特拉福、德国柏林、日本东京、美国洛杉矶、西班牙瓦伦西亚、澳大利亚布里斯班、捷克布拉格举办。国际莎士比亚学会投票决定在英国举办第十届大会,不无考虑天时地利的因素,让莎翁在这个重要的年份"回家"——斯特拉福是他的故乡、他生长和安息的地方;伦敦是他事业发展的舞台。然而,这样的安排并不只是满足"朝圣"的热情,更重要的是让更多的人能够有机会到他的剧场去体验一下他的戏剧的魅力,比如在重建的环球剧场观看莎剧表演。

重要的是,来自全世界的莎士比亚学者能够在莎翁故乡汇聚一堂,充分阐发"莎士比亚的创造与再创造"(Creating and Recreating of Shakespeare)这个核心议题。莎士比亚既是创造的天才又是再创造的天才;他的作品体现出非凡的创造性、创造力、创新性。要对他的作品做出有创见的再创造,同样需要创造力和创新精神。这样的精神已经渗透到四百余年来的莎士比亚在世界各地传播和接受的实践中——在舞台上、影院里、课堂中;这些围绕莎士比亚的活动也让他的作品的创造性得以延伸。虽然莎士比亚的创造内涵不是这样简单的概括能够穷尽的,但是现代生活确实见证了他的艺术的活力,也部分地说明了我们今天为什么还需要莎士比亚。西方马克思主义文学理论家特里·伊格尔顿(Terry Eagleton)预言的我们不再需要莎士比亚的时代,在资本全球化的今天离我们不是更近,而是更远了。事实证明,我们还需要莎士比亚,因为他的创造性的光芒能够穿越时空,照射到不同时代的人生社会。他的作品探析了人类迄今为止仍然无法解决的人性困惑和社会问题。莎士比亚和那个时代其他巨人一起开启了现代文明,他们的作品注重人文精神,制造了近现代与中世纪文化的分野。从20世纪开始,现代主义和后现代思潮都纠结于如何看待人文理性。似乎从哲学上分别现代和后现代的关键,还是在于如何对待人文主义的问题。后现代主义论者对人文主义的内涵表示怀疑,分析能指和所指之间的裂痕,借以挑战传统的人文观。这时,他们也从蕴含了深层矛盾的莎士比亚文本中找到例证。这就更证明了莎氏创造内涵的灵活性、复杂性和多面性。

上述几个方面中涉及了曾是莎士比亚接受史和批评史中的一些热点话题,有些仍然是热点。这些话题在第十届世界莎学大会上,围绕莎士比亚的创新、创造主题更深入地展开。总之,莎士比亚是创造的载体和媒介,是创造的成果和源泉,既承继又开启,既是经典又是流行。我们应当将他置于不断创新的过程当中,才能充分体验他的兼容性、创新性、多元性、时代性、历时性与共时性。著名莎剧演员、导演布拉纳在2012年伦敦奥运会上朗诵《暴风雨》中的台词,又给追求生态文明的21世纪生活注入了莎士比亚元素。凯列班的与自然和谐相处的梦想与我们的生态梦想相吻合。莎士比亚的亚登森林里不仅住着超自然的精灵,那里也是戏剧人物回归自然的避难所,那里更有地球村远景规划中必不可少的那片绿草地。

作为中国学者,我们也关注绿色的莎士比亚,更关注莎士比亚在中国的学术生态以及中国莎学作为整体对于世界莎士比亚大会等国际莎学活动的参与。中国学者最早有规模地参与世界莎学大会,是1996年在美国洛杉矶召开的第六届。在原"中莎会"会长曹禺先生的关照下,文化部及教育部联合委派了以方平为团长的中国莎学代表团,成员包括孙福良、孟宪强、曹树钧、刘炳善、何其莘、辜正坤、张冲、杨林贵(兼任代表团秘书)等。其后孟宪强、张冲、杨林贵、罗益民、吴辉等先后出席了第七至第九届大会。笔者应邀在第九届大会上主持一个特别研讨会,并被选为国际莎士比亚执行委员会委员。由此可见，中国莎学前辈一贯重视中国莎学界和世界同行的交流，特别是鼓励年轻学者积极参与国际学术活动。可喜可贺的是，中国学者在第十届大会上有更出色的表现。据笔者了解，有空前规模的中国学者群体参加了本届盛会。辜正坤教授得到特别邀请，与一位英国学者共同主持关于莎士比亚十四行诗的研讨会。笔者作为国际莎士比亚学会执委，参与本届大会委员会的工作。郝田虎和刘昊与其他学者合作，分别担任两个小组研讨会的主持人。经过他们的积极努力以及有关方面的密切合作，他们提交的研讨会提案得到了高度认可。另外还有十余位中青年学者参加大会交流和小组讨论，极大地提高了中国莎学在国际学术圈的可见度。中国学者在此次大会上有无愧于前辈、无愧于中国莎学的出色表现。

中国莎士比亚研究的进步，离不开一批学贯中西的前辈学者的引领，他们不仅通过翻译和著述为莎士比亚在中国的传播和研究做出了杰出贡献，而且积极组织学术活动，奖掖并带动后进，推进中国莎士比亚研究的发展。他们创建的"中莎会"，在组织中国莎学工作以及国际交流活动上起了重要的促进作用，在中国莎学史上具有独特的意义。原中国莎士比亚研究会（后更名为"中国莎士比亚学会"），简称"中莎会"，在文化部的领导和支持下成立于1984年12月，首任会长为曹禺，副会长为卞之琳、王佐良、孙家琇、李赋宁、张君川、杨周翰、陆谷孙（1989年增补）等。从1998年9月起，中国莎士比亚研究会组织机构发生重大变化，会长为方平，副会长为荣广润、孙福良、孟宪强、曹树钧、辜正坤。2003年6月因未按期进行重新登记被民政部宣布取消活动资格。2012年10月经民政部批准，"中莎会"重新登记成立，隶属于中国外国文学学会。2013年4月"中莎会"正式恢复成立并在北京大学召开会议。辜正坤当选新"中莎会"会长，副会长为张冲、李伟民、杨林贵、罗益民，秘书长为刘昊、北塔。

在原"中莎会"的领导下，我国曾经成功举办过两届莎士比亚戏剧节,出版会刊《莎士比亚研究》,联合一些省级莎士比亚学会或者协会,主办了一系列重要的国内莎士比亚研讨会,也组织了一些和国际莎学界的学术交流活动,促进了中国莎学的发展。在推进中国莎学研究以及"中国莎学走向世界"方面,新的"中莎会"肩负了更重要的使命。在祝贺"中莎会"恢复成立的信中,中国社会科学院外国文学研究所所长陈众议希望学会"在传承、借鉴、团结、创新中为中国莎学、中国学术、中国文化的繁荣进步做出巨大贡献"。国际莎士比亚学会主席彼得·霍尔布鲁克(Peter Holbrook)在贺信中也期待"中莎会"促进和提高中国莎士比亚研究以及与国际同行的交流。中国莎学同仁应该相互支撑协作,共同努力以取得丰硕成果,同时积极参与国际莎学活动。希望通过当今的外国文学工作者和莎士比亚研究者的努力,更好地完成前辈学者提出的"中国莎学走向世界"的光荣任务。"中莎会"未来的另外一个重要目标应该是促进中外文化的交流和对话。我们还有一个梦想,就是将来争办一届世界莎士比亚大会。这将有利于宣传中国莎学,有利于扩展中国学者和国际莎学界交流的机会。

这套"莎士比亚研究丛书"的出版既是为了纪念莎士比亚、为世界莎士比亚盛会献礼,也是为了让对莎士比亚研究感兴趣的年轻一代更多了解世界莎士比亚研究的发展趋势以及中国莎学所取得的成就,为中国莎学向更广阔的空间拓展做好准备。"莎士比亚研究丛书"包括如下五本文集:

《世界莎士比亚研究选编》:本文集延续《莎士比亚评论汇编》(杨周翰选编)的重要工作。该汇编自1979年出版以来一直是中国莎学研究的重要参考书;但遗憾的是由于出版较早而且主编过世,该汇编收录成果截止于20世纪六十年代,没能跟踪其后的莎学研究的研究成果。实际上,西方莎学自七十年代以来发生了重大变革,后现代研究如新历史主义、文化唯物主义等,已逐渐取代了"新批评"等传统流派的重要性,成了新的主流研究。所以,本文集在考虑早期传统研究的同时,力争弥补汇编的缺憾，材料更新，理论探讨更深入，收入六十年代以来的主要研究成果。其中选录的一些名家名作是某些文学批评流派或者研究方法的开山之作，例如斯蒂芬·格林布拉特（Stephen Greenblatt）等大家的经典研究成果。

《中国莎士比亚悲剧研究》：莎士比亚的悲剧是世界戏剧艺术的精华，对莎氏悲剧的研究汗牛充栋，其中不乏莎学研究的经典之作。本文集精选20世纪以来中国在莎士比亚悲剧研究方面最有代表性的研究成果，分悲剧研究总论、四大悲剧以及罗马悲剧研究等部分。本文集选文既有出自中国莎学名家的经典论述又有莎学新秀的新观点的阐发。选文囊括了方平、张天翼、孙家琇、张泗洋、盛宁、张隆溪等名家的研究力作。

《中国莎士比亚喜剧研究》：莎士比亚的喜剧这个精彩的世界，给人带来的不仅仅是笑声，也常常在给人愉悦的同时，以喜剧形式深刻讽刺社会人生中的种种丑恶和不公，对后世的喜剧创作影响深远。因此，莎士比亚喜剧研究分量不亚于悲剧研究。我国莎士比亚喜剧研究涌现了成就显著的学者。本文集收录了几代著名莎士比亚喜剧研究名家的代表成果。作者有颜元叔、曹未风、吴兴华、孟宪强、裘克安、陆谷孙、彭镜禧等。

《莎士比亚与外国文学研究》：把莎士比亚放在外国文学研究这个大的背景下研究是《外国文学研究》对于莎学研究的一大贡献。该刊的"莎士比亚专栏"发表的中英文研究成果在国内外影响很大，而且代表了国内莎学研究的最高成就，为外国文学和莎士比亚研究树立了学术质量的榜样。本文集精选莎学专栏中最有影响的论文，覆盖了中国莎学研究的各个方面，分三个部分：莎士比亚总论，悲剧研究，历史剧、喜剧、传奇剧研究。著名作者包括杨周翰、戚叔含、陈嘉、朱维之、王忠祥、阮珅、顾绶昌等。

《中国莎士比亚演出及改编研究》：本文集探讨莎剧演出和改编的各

种重要问题，分如下几个部分：1. 综合研究：收入莎剧演出、改编所涉及的理论问题以及关于跨剧目、跨媒体、跨界演出实践的研究；2. 莎士比亚话剧演出研究和评论；3. 莎士比亚戏曲及歌剧改编的理论和实践研究；4. 莎剧影视改编以及演绎等方面问题的研究。本文集既有中国戏剧史上的著名戏剧大师关于莎士比亚演出的经典论述，也有新时期杰出研究专家的代表性成就。收入的文章作者包括中国戏剧教育家、理论家余上沅；著名戏剧、电影艺术家、导演黄佐临；外国语言文学专家、莎士比亚学者陆谷孙等。此外，还包括戏剧及外国文学研究领域的中青年学者宫宝荣、程朝翔、张冲、李伟民、杨林贵等。

可以说，这套"莎士比亚研究丛书"在内容方面有如下特点：兼收国际国内莎学研究的精华；把莎士比亚研究放在文学文化批评的大背景下审视；重视理论研究和教学应用的结合；考察文学批评和演出改编实践的互动和相互影响；提倡跨学科和跨领域交叉研究（所收入的研究成果吸收了文艺美学、哲学、社会学、语言学、历史学、心理学、文化人类学等学科的优势）。另外，本套丛书的出版从中国视角为世界莎学的重大事件做出贡献，让世界更加了解中国莎学。因为丛书的上述特色和学术价值，也因为莎学的重要性和丛书的跨文化和跨学科方法，希望这套丛书为我国外国文学研究的发展提供借鉴，为文学文化研究领域的学者和师生群体提供参考，在人文教育课堂以及人文素质方面发挥积极作用。希望外国语言文学研究、文化人文研究、戏剧艺术研究的专家学者，以及在上述领域求学的从本科学生到博士研究生的群体，能够从丛书中获益。

当然，这些题目不能完全展现中外莎士比亚研究的全貌，我们原来设计的丛书方案还包括其他很多重要选题，但因为种种原因无法在本套丛书中体现，例如"莎士比亚诗歌研究"以及莎士比亚主要戏剧作品的专题研究等，我们希望条件成熟的时候继续出版下一个系列。

还需要说明的是，由于"莎士比亚研究丛书"所收录的文章选自不同的期刊和书籍，发表或出版的年代不同，其注释方法有一定的差异。各集主编和出版社编辑做了大量工作，尽量保证全丛书在总体上的统一；然而，依然有个别文章，其所引用文献的信息无法补全。

* * *

组织出版这样一套丛书离不开来自各个方面的支持和帮助，借此序文向他们表示深深的谢意。首先，感谢编委会及其顾问的积极配合和有效工作。一贯支持中国莎学事业的本届"中莎会"理事会的几位顾问——屠岸、陆谷孙、斯蒂芬·格林布拉特、彼得·霍尔布鲁克等——也是丛书编委会顾问，他们以不同方式关注了丛书的编辑出版并肯定了编委会的工作。辜正坤会长就顾问委员会构成以及编辑工作做了重要指示，提出了中肯的建议，并奉献了墨宝。最重要的是，各个文集负责人通力合作，特别是聂珍钊、张冲、李伟民等几位主编，他们愿意和总主编分担责任。他们在确定选文的过程中与总主编密切沟通，认真讨论选文以及编辑标准等问题，保证了选文和编辑的质量。同时，编辑工作还得到了其他人员的得力辅助。这里应该特别提到两位优秀的青年学者杜娟和乔雪瑛，她们参与了有关文集的繁杂的编辑工作。

必须感谢选入文集的论文作者以及发表原文的学术期刊及出版机构，他们不仅为莎士比亚研究贡献了重要成果，而且授权让我们共享这些成果。其中涉及大量的外文论文的翻译和审校工作。感谢所有参与翻译工作的署名和未署名的译者。原文中的理论内容和复杂的文字结构，给理解和翻译造成很大的挑战，译者们不畏困难，出色地完成了翻译工作。乔雪瑛除了翻译，还对部分译文做了认真细致的初步审校，付出了大量时间和精力，为译文的进一步完善做出了杰出贡献。

感谢商务印书馆的领导，感谢栾奇博士对选题的大力支持、对丛书结构的指导性建议以及对全部书稿的认真审读和缜密考证；同时感谢出版社的编审、版式及封面设计和校对人员的精细工作，他们为丛书文字的准确性提供了可靠保障。

感谢东华大学党政领导以及科研处和外语学院对莎学研究的重视，特别是对于莎士比亚研究所的政策和经费支持！

最后要对其他所有关心和鼓励莎士比亚研究以及丛书编辑出版的各方人士致以衷心的感谢！

杨林贵

"莎士比亚研究丛书"总主编

2016年9月29日初稿

2017年10月28日修订

目 录

序言一
"莎士比亚研究丛书"序　　　　　　　　　　　／屠　岸／001

序言二
Foreword to the "Series of Shakespeare Studies" / Peter Holbrook / 003
写在"莎士比亚研究丛书"之前（译文）　　　／彼得·霍尔布鲁克／007

总主编前言
致莎翁四百周年
　　——莎士比亚研究综述　　　　　　　　　／杨林贵／011

本集主编前言
莎士比亚喜剧批评在中国　　　　　　　　　　／李伟民／001

莎士比亚喜剧和莎翁的喜剧精神　　　　　　　／方　平／001
谈莎士比亚的喜剧作品　　　　　　　　　　　／曹未风／021
莎士比亚的喜剧美学思想　　　　　　　　　　／邱紫华／033
莎士比亚的喜剧　　　　　　　／张泗洋　徐　斌　张晓阳／045
莎氏喜剧的老把戏　　　　　　　　　　　　　／颜元叔／060
莎士比亚喜剧中悲剧因素的表现形式和意义　　／华泉坤／070

"犯规"的乐趣
　　——论莎剧身份错位场景中人称指示语的"误用"　　／张　冲／079

人神共舞：莎士比亚喜剧对古希腊神话的传承　　／张　薇　熊腾芳／091

歇洛克　　／袁昌英／108

《威尼斯商人》
　　——冲突和解决　　／吴兴华／119

论莎士比亚的《威尼斯商人》　　／王忠祥／154

夏洛克女儿的财富
　　——"后"学话语中的莎剧小人物　　／杨林贵／169

《威尼斯商人》中的法律与权利哲学　　／冯　伟／186

谈《仲夏夜之梦》　　／裘克安／203

编剧者的梦魇：戏谈《仲夏夜之梦》　　／彭镜禧／213

简论《终成眷属》　　／孟宪强／222

情趣无穷的《驯悍记》　　／任明耀／235

漫谈《驯悍记》及其他　　／陆谷孙／249

莎士比亚的《一报还一报》　　／孙家琇／260

《特洛伊罗斯与克瑞西达》的发展演变　　／陈才忆　温　健／279

《温莎的风流娘儿们》创作特色漫议　　／徐克勤／289

两相对照层层铺垫
　　——莎士比亚《第十二夜》的形象体系　　／陈　惇／301

试论《维洛那二绅士》在莎士比亚喜剧创作中的地位　　／王维昌／317

莎士比亚喜剧批评在中国[1]

一、莎士比亚喜剧研究述要

1 引　言

莎士比亚喜剧研究在莎士比亚研究中占有异常重要的地位。通过中国知网以"主题"查询"莎士比亚喜剧",自1949—2014年以来,剔除与莎氏喜剧主题无关的文章,我们得到二百三十篇"莎士比亚喜剧"研究论文(不包括报纸上发表的莎氏喜剧研究论文),其中包括博士论文一篇,硕士论文十九篇,最早研究莎士比亚喜剧的重要论文为李赋宁在《北京大学学报》1956年第4期上发表的《莎士比亚的〈皆大欢喜〉》。而晚清和民国以来报刊上发表的篇幅短小、数量颇丰的莎士比亚喜剧研究论文则没有纳入统计范围。莎士比亚喜剧研究专著仅有台湾书林出版社2001年出版的颜元叔的《莎士比亚通论·喜剧》。尽管相对于莎士比亚悲剧研究而言,莎氏喜剧研究论文与专著在数量上存在着差距;但在整个莎士比亚研究中,对于莎氏喜剧的研究仍然居于第二位,仅次于莎氏悲剧的研究。如果我们从舞台改编的角度观察,也会发现,中国舞台对莎氏喜剧的改编兴趣并不逊于对悲剧的改编,而且改革开放以来,在中国舞台上产生了一批优秀的话剧、戏曲莎氏喜剧改编作品,莎剧成为所有

---

[1] 本文主体部分原载于《国外文学》2006年第2期。

外国作品中被改编、上演最多的外国戏剧。莎氏喜剧的改编引发了关于文化、文学、戏剧观、翻译、主题呈现、表演方式、艺术形式及中西美学同异的探讨，并受到中外观众和莎学家的喜爱，产生了广泛而持久的社会与文化影响。

如果我们回顾莎士比亚在中国的传播史就会发现，在中国舞台上无论是英语莎剧的演出、汉语的演绎，还是文明戏或正规剧场演出的大戏，最早上演的莎士比亚戏剧为喜剧《威尼斯商人》，当时被译为《一磅肉》、《肉券》、《借债割肉》或《女律师》。而较早对莎士比亚戏剧进行评论的曾广勋在《导言〈威尼斯商人〉》[1]中也将关注的目光投向了莎士比亚喜剧《威尼斯商人》。可以说，从民国以来，在中国的莎士比亚研究中，对莎士比亚喜剧的演出与研究均占有重要地位。中国莎学研究者对莎士比亚喜剧研究、翻译和翻译研究、舞台演出和研究、莎氏喜剧批评等方面倾注了相当多的聪明才智；同时，也取得了一大批重要的理论研究成果，在借鉴世界莎士比亚喜剧研究成果的同时，为构建有中国特色的莎士比亚喜剧批评的理论大厦做出了重要贡献。

文之本质在美，文学娱人志也。2014年是伟大的莎士比亚诞辰四百五十周年，2016年是莎士比亚逝世四百周年，在世界文化、文学领域隆重纪念这位文化伟人的时候，回顾总结中国的莎士比亚喜剧研究显然也具有格外重要的意义。为此，商务印书馆隆重推出的"莎士比亚研究丛书"将使我们有机会全面回顾自晚清和民国以来莎士比亚在中国的传播，并开启下一个五十年中国莎学研究的新篇章，即在2064年莎士比亚诞辰五百周年和2066年莎士比亚逝世四百五十周年的时候，将莎士比亚研究特别是莎士比亚喜剧研究推向更有思想、更加深入、更为丰富、更富美学内涵、更具艺术创新的崭新天地，把莎士比亚喜剧的无限魅力所映照出来的喜剧精神向真善美的领域延伸，用浪漫主义的富感性、惊玄想和

---

1 曾广勋：《导言〈威尼斯商人〉》，上海：新文化书社，1924年。

现实主义的主理知与记实在，在人的内心世界发掘无限美好的情感，用诗意的感受给现实世界披上薄薄的一层轻纱，展开想象的翅膀，在青春、乐观、幽默、向上、真挚、纯洁、爱的阳光下，对曾经有过的苦难和未来必然遇到的困难与挫折发出清脆和无忧无虑的爽朗笑声，以便获得战胜假恶丑的无穷动力。

2　晚清与民国的莎氏喜剧文本

1911年第2期《女学生》杂志刊登了包天笑的《女律师》，这是第一次以剧作形式译写了《威尼斯商人》的剧本，该剧1912年由上海城东女子中学演出；新教传教士亮乐月女士（Laura M. White）的《剜肉记》于1914年9月在《女铎》杂志刊登，至1915年11月刊载结束。《剜肉记》第一次较为完整地将《威尼斯商人》翻译为中文文本；[1]而1914年6月出版的《新剧考》也收录了文明戏以幕表形式演出的《肉券》。在清末民初，莎剧《威尼斯商人》以文本、舞台演出和英文阅读学习资料的形式开始了在中国的传播。

对于晚清和民国以来初习英文的中国学生来说，数量众多的英文注释本和汉英对照的《莎氏乐府本事》是不可多得的初级英文学习教材。晚清时期，中国人知晓的仅仅是莎士比亚这个名字，以及随着《澥外奇谭》和闽县林纾、仁和魏易同译的《吟边燕语》而来的对莎氏戏剧的认知，其中就包括：《蒲鲁萨贪色背良朋》（《第十二夜》）、《燕敦里借债约割肉》（《威尼斯商人》）、《武厉维错爱孪生女》（《第十二夜》）、《毕楚里驯服恶癖娘》（《驯悍记》）、《错中错埃国出奇闻》（《错误的喜剧》）、《计上计情妻偷戒指》（《终成眷属》）等。在十个剧目中，喜剧占七个。[2]还

1　朱静：《新发现的莎剧〈威尼斯商人〉中译本〈剜肉记〉》，《中国翻译》2005年第4期。

2　戈宝权：《莎士比亚作品在中国》，中国莎士比亚研究会编：《莎士比亚研究》，杭州：浙江人民出版社，1983年，第332—342页。

有《肉券》(《威尼斯商人》)、《驯悍》(《驯悍记》)、《孪误》(《错误的喜剧》)、《医谐》(《终成眷属》)、《狱配》(《一报还一报》)、《林集》(《皆大欢喜》)、《礼哄》(《无事生非》)、《仙狯》(《仲夏夜之梦》)、《婚诡》(《第十二夜》)、《婚惑》(《维洛纳二绅士》)等；林纾和魏易的《吟边燕语》(说部丛书·第一集·第八编)，1905年(光绪三十一年)由商务印书馆译印。在二十个剧目中，喜剧占二分之一。在《莎氏乐府本事》中均收入了《威尼斯商人》等莎氏喜剧的故事译述。中国最早翻译过来的不是整本的莎士比亚戏剧，而是普及性的《莎氏乐府本事》以及多种莎剧注释本和汉英对照本。这些书籍成为晚清和民国人士以及学习英文的学生必读的书籍，也是后来成为英语大师的许多著名学者的英文入门读物之一；而今天的英语学习者也仍然把注释本莎剧作为学习英语的读物之一。这些以"莎氏乐府"之名出版的读物，在翻译实践上为以后《莎士比亚全集》的翻译出版奠定了基础。朱生豪、曹未风、梁实秋翻译的《莎士比亚全集》中均收入了《威尼斯商人》等莎氏喜剧。上海中华书局1916年出版的张莘农注释的《威匿思商人》以及附有国文注释的《飓引》(1930年)、《暴风雨》(1936年)的英语读本都是根据兰姆姐弟的《莎士比亚故事集》注释的，由上海中华书局在1936年出版。这些注释的文字既有用文言文的，也有用白话文的。而英文原文则非常浅显易懂，特别适合中国的初中学生阅读。商务印书馆于1921年出版了沈宝善注释的《威匿思商人》，该书专门就注释原则进行了说明："名家著作文义艰深，故书中列有释义一门，惟是书专为英文程度较高者而设，句诠字释取足达意而止，其浅近而易知者则概不阑入。"上海广学会于1929年出版了狄珍珠译述和王斗奎笔记的《莎士比亚的故事》，包括作者根据莎士比亚戏剧故事情节改编的《威尼斯商人》、《李耳王》、《丹麦的哈麦勒特》、《野外团圆》、《罗梅阿和周立叶》、《痛恨人类的泰门》、《岛上的经过》、《贪心的马喀伯》等十五篇。余上沅更是从舞台实践的角度通过《威尼斯商人》的排演阐释了自己的导演理念。莎剧既是"诗"，也是"戏剧"，虽然他无意对这两者进行区别,但是作为一名戏剧家,他充分肯定了莎士比亚在世界戏剧史上的地位。"莎士比亚是古今中外唯一的伟大戏剧诗人。"有了莎剧,"才有近代戏的成功"。他认为,唯有认识清楚莎士比亚是属于戏剧的本体,抓住舞台演出的特性,尊重舞台演出的规律,才能在演出上真正体现出莎剧的内在精神。余上沅说:"我们国立戏剧学校举行公演的目的……因为这是一个戏剧教育机关,我们要使学生得到各种演剧的经验,虽然也时常顾到演剧在社会教育上的效用,表演莎士比亚剧本是世界各国(不仅是英国)认为极重要的表演之一,甚至于是演剧的最高标准……莎氏剧的表演也很有神圣化的意味。"余上沅从剧本本身、剧本读法、演员动作、布景、服装阐述了演出《威尼斯商人》的导演思想,"希求达到提起许多人研究莎士比亚的兴趣……将来逐渐养成了莎氏剧之演出的标准"。陈瘦竹特别肯定了舞台演出的重要性,强调剧场感,强调情节在戏剧中的重要作用,而不是一味突出人物的性格特点,可以说是抓住了戏剧的本质,也源于其对莎剧舞台性以及应该达到的剧场效果的深刻认识。莎士比亚不是象牙塔里的诗人,而是演员出身的戏剧家,也只有抱这个态度才能正确欣赏莎剧。《威尼斯商人》虽是一出喜剧,但也是莎氏喜剧中最富于悲剧性者,是描写压迫者和被压迫者的喜剧中的悲剧。顾仲彝翻译(梁实秋校)的第一部莎士比亚喜剧是《威尼斯商人》。顾仲彝认为:"莎士比亚所贡献给世界的是世界上最伟大的戏剧,最伟大的文学。"莎士比亚是伟大的诗人、伟大的哲学家。他有"伟大的想象,使他的戏美得好像一朵鲜妍的花,和谐得好像一曲妙歌,温柔得好像一首情诗,一方面他有深刻的理智,使他的戏坚固得好像磐石,深刻得好像海水,准确得好像科学的考察,锋利得好像雪白的快刀"[1]。对莎士比亚喜剧的介绍、注释、翻译和演出开启了莎士比亚在中国传播的序幕。

1　顾仲彝:《序》,莎士比亚:《威尼斯商人》,顾仲彝译,梁实秋校,上海:新月书店,1930年,第1—16页。

3　民国与当下：中国舞台上的莎氏喜剧

莎剧演出是世界戏剧舞台演出的常青树，而莎士比亚喜剧改编也是中国戏剧、戏曲舞台上的常青树。莎剧改编演出特别是莎氏喜剧的改编演出已经成为中国舞台上的新常态。莎士比亚戏剧在中国传播之初，就是莎剧中国化之始。迄今为止，中国已经有二十二个剧种改编演出过莎剧并多次赴世界各地演出。莎剧在中国、中国戏曲莎剧在世界，已经以其特有的审美观念和民族形式，成为世界莎剧百花园中一组绚丽耀眼的鲜花。

当我们翻检百年来中国在研究莎士比亚喜剧所取得的理论成果之时，我们发现，演出早于理论研究。在1902年，上海圣约翰大学外语系毕业班就用英语演出了《威尼斯商人》。而1912年，上海城东女子中学演出的《女律师》则是中国人第一次用汉语演出的莎剧。据统计，《威尼斯商人》在中国舞台上不但被以话剧搬演，而且被以粤剧搬演，如《天之娇女》、《豪门千金》以及由皖西大别山、淮河一带的山歌、门歌、花篮、花灯等民间歌舞基础上发展起来的庐剧《奇债情缘》等戏曲形式演出。

1914年，陆镜若主持的春柳社以话剧形式演出了《驯悍记》。民国时期的电影《一剪梅》是根据莎士比亚的喜剧《维洛那二绅士》改编的一部电影。《一剪梅》对《维洛那二绅士》的改编体现出互文性与戏仿的特点。《一剪梅》在解构了莎氏喜剧《维洛那二绅士》中蕴涵的文艺复兴的人文主义精神的基础上，建构了一种戏说形式的莎剧，其中既有对当时扭曲社会现象的平面移入，又形成了金钱、美女、侠客、权力等大众梦想的娱乐化变体。二者在故事安排上多具有相同或相似的模式，冲突的发展都指向了矛盾的最后解决；人物形象显现出诸多互文与戏仿因素。可以说，几乎所有的莎士比亚喜剧都被搬上了中国话剧和戏曲舞台。1986年，在首届中国莎士比亚戏剧节期间，上海人民艺术剧院、陕西人民艺术剧院、南京大学学生影剧社也演出了《驯悍记》、《一报还一报》(《假面具》)、《请君入瓮》、《第十二夜》、《皆大欢喜》、《如愿》、《无事生非》、《仲夏夜之梦》、《终成眷属》、《温莎的风流娘儿们》、《爱的徒劳》、《维洛纳二绅士》。[1]中国煤矿文工团话剧团演出了《仲夏夜之梦》(1986年)、上海青年话剧团演出了四幕十六场喜剧《无事生非》(1979年)、上海电影演员业余剧团根据曹未风译本,由肖龙·布加里和凌之浩导演的《第十二夜》(1958年)、北京师范大学北国剧社演出了《第十二夜》(1986年)、中央歌剧院特邀苏联人民演员安西莫夫执导,根据莎士比亚同名话剧改编的歌剧《驯悍记》等都在中国舞台上被改编为话剧、中国戏曲或歌剧。在中国舞台上曾经多次改编过莎士比亚喜剧《第十二夜》。越剧《第十二夜》可以称为众多改编作品中较为成功的一部改编莎剧。上海越剧院三团的越剧《第十二夜》的改编,在固守莎剧精神、原著精髓和主题意蕴的基础上,以现代意识灌注于该剧的改编和演出之中,在莎剧和越剧之间架设起了一座天然的桥梁,《撩开面纱》,为中国莎剧改编提供了一部绝不雷同的"莎士比亚"和具有现代意识、现代感觉、现代信息、现代情感,深受现代观众喜爱的具有鲜明美学追求的越剧莎剧。安徽省黄梅戏剧团的黄梅戏以特有的唱腔演绎了莎士比亚喜剧《无事生非》。黄梅戏《无事生非》采用写意性的表现手法反映了莎士比亚喜剧精神。[2]黄梅戏《无事生非》借助于唱腔和表演展现了《无事生非》中人物的性格、心理、行动,将黄梅戏唱腔和表演之美拼贴入《无事生非》的情节之中。这种经过拼贴形成的改编,在后经典叙事的阐释中不同于作为话剧的《无事生非》的美学形态,实现了后经典叙事、元叙事与虚拟、写意基础上的审美叠加。1987年,广东省惠州东江戏剧团公演了东江戏《温莎的风流娘儿们》。1986年,中国首届莎士比亚戏剧节期间上海木偶剧团演出了

---

1 孟宪强:《中国莎学简史》,长春:东北师范大学出版社,1994年,第161—209页,另见中国莎士比亚戏剧节筹备委员会"中国莎士比亚戏剧节"的演出安排,1986年戏单。
2 李伟民:《中国莎士比亚批评史》,北京:中国戏剧出版社,2006年,第183—228页。

根据《第十二夜》改编的木偶戏《孪生兄妹》。中国青年艺术剧院的话剧《第十二夜》在中国舞台上可称为一部理解莎氏喜剧精神,利用现代舞台表现手段,大胆采用戏仿与拼贴的艺术表现手法,合理融入当下社会的世俗生活,在轻松、幽默、调侃、戏谑的喜剧氛围中,再现莎士比亚人文主义精神,并提供给当下的我们在面对经典的过程中,如何演绎、对待、阐释经典的一次成功实践。这表明,中国在改编莎士比亚戏剧方面已经完全成熟,能够借助于《第十二夜》的经典性,创造出了一部具有鲜明中国风格,得到观众普遍认同的莎士比亚戏剧。中央实验话剧院版的《温莎的风流娘儿们》是中国话剧舞台上一出主要按照斯坦尼斯拉夫斯基戏剧理论改编的莎剧。该剧在深入研究莎氏喜剧精神的基础上,以原作的人物、情节、故事、语言蕴含的笑声中的批判为舞台叙事总基调,创作出具有鲜明性格特征的文艺复兴时代的喜剧人物。《温莎的风流娘儿们》以其严谨的现实主义、创新的浪漫主义舞台叙事以及布莱希特戏剧"间离性"呈现方式,营造出一台幽默、调侃、讽刺、好玩,既有浪漫主义的隐喻,也略带游戏性质,更有现实主义指涉的中国风格、中国气派的莎剧。中央实验话剧院版的《温莎的风流娘儿们》有别于戏曲改编莎剧和当下莎剧改编中的穿越。这也是该剧被列为改编外国戏剧典范之作,并进入当代"中国话剧大系"的重要原因之一。2012年10月,上海戏剧学院导演十班演出了《仲夏夜之梦》。2012年11月,在第三届武汉大学莎士比亚国际学术研讨会期间武汉汉剧院创排了汉剧《驯悍记》。2014年第9期《戏剧文学》刊登"六场吉剧"《温莎的风流娘儿们》剧本。2014年10月吉剧轻喜剧《温莎的风流娘儿们》在吉林省四平市演出,该剧将乡土情怀与喜剧风格融合,以大量中国当代元素与人物、故事情节整合,利用二人转等东北歌舞曲调,实现了吉剧与莎剧的嫁接。全剧以探索的精神,在吉剧原有以表现传统内容、农村内容为主的基础上,尊重莎士比亚原著精神,创作出带有轻喜剧风格的莎氏喜剧《温莎的风流娘儿们》。

该剧既结合东北特有的实惠嗑儿、喜兴词儿,穿插了时尚的小苹果街舞、爵士舞、新疆舞、黄梅戏、东北方言、二人转说口、流行歌曲、情景剧、模特步,夹杂着北京、天津、东北等地的口音;又融入了吉剧的经典唱段、板腔,达到了快节奏、接地气的审美艺术效果。2014年上海戏剧学院戏曲分院2015届戏曲导演专业毕业剧目演出了越剧《仲夏夜之梦》。粤剧《天之骄女》为众多中国地方戏改编莎剧影响较大的粤剧莎剧。这部由粤剧名家红线女、倪惠英等人演出的粤剧莎剧在力求反映原作精神实质的基础上,以浓郁的岭南文化、广东文化的表现方式,运用粤剧舞台艺术表现手法,将原作的背景、人物中国化、地方化,在突出原作人文主义精神的前提下塑造人物形象,实现了原作诗化语言与粤语,话剧与粤剧的互文性抒情和叙事。粤剧《豪门千金》在近百年的粤剧改编莎剧历史中,特别是近年来粤剧改编莎剧三部曲中,成为影响较大的一部粤剧莎剧。早在20世纪三四十年代,粤剧就将《威尼斯商人》改编为《一磅肉》(《半磅肉》),《罗密欧与朱丽叶》改编为《情化两家仇》,《驯悍记》改编为《刁蛮公主憨驸马》;20世纪五十年代,粤剧大师薛觉先、马师曾演出过西装粤剧《威尼斯商人》,1952年;红线女曾在香港演出过比较简略的粤剧《一磅肉》。20世纪八十年代以来,更有多部莎剧被改编为粤剧《天之骄女》(《威尼斯商人》)、《天作之合》(《第十二夜》)和东江戏《温莎的风流娘儿们》。《豪门千金》的改编尽管还存在着诸多不足,但其对《威尼斯商人》的改编则是新时期中国戏曲改编莎剧的重要收获之一。这部具有浓郁岭南风格并以新文本面貌形成的——超文本《豪门千金》剧,使莎剧的存在形式发生了改变,对原作进行了中国化的粤剧解读,以粤剧的审美精神再现了经典的无穷魅力,实现了莎剧与粤剧跨越时空、文化、民族和审美观念的互文性解读。2002年,台北新剧团由钟幸玲编剧,黄宇琳、赵扬强主演了《驯悍记》的京剧版《胭脂虎与狮子狗》。该剧以京剧程式为表演主体,并运用说书人评述插白、电影蒙太奇手法等,制造出对位变奏的效果，为"驯悍"增添了新鲜巧妙的喜感与趣味。[1]

新时期以来，一批外国剧团经常来华演出莎剧：英国伦敦莎士比亚剧组应中国戏剧家协会和英国文化委员会邀请来华演出《第十二夜》（年代不详）；1994年9月，上海国际莎士比亚戏剧节期间，英国索尔兹伯里剧团和爱丁堡皇家书院剧团演出了《第十二夜》，中国福利会儿童艺术剧院演出了《威尼斯商人》，哈尔滨歌剧院演出了《特洛伊罗斯与克瑞西达》，复旦大学剧社演出了《威尼斯商人》，上海人民广播电台播出了《皆大欢喜》和《仲夏夜之梦》；2011年英国TNT剧团在中国多个城市演出了《无事生非》。中央戏剧学院和上海戏剧学院除了在教学中经常排演莎氏喜剧外，也邀请外国剧团来华演出莎氏戏剧，例如2009年，德国恩斯特·布施戏剧学院的《一报还一报》。在2013年中央戏剧学院召开的"第三届世界戏剧院校联盟国际大学生戏剧节"上，以主题演出方式演绎了《仲夏夜之梦》。其中，中央戏剧学院、墨西哥韦拉克鲁斯大学、乌克兰基辅国立卡尔潘科·卡利戏剧影视大学、韩国中央大学、日本桐朋学园短期大学演出了各自的《仲夏夜之梦》。2014年10月，韩国旅行者剧团改编的《仲夏夜之梦》在国家话剧院上演，该剧将韩国民族元素，嵌入现代化的演绎中，造成了真实与梦境的交融。上海戏剧学院十级戏剧班采用通俗易懂的对白与肢体语言，中国故事细节与方言演绎了《错误的喜剧》；泰国戏剧家的"莎士比亚在泰国"以《威尼斯商人》、《第十二夜》及莎氏悲剧为背景，提出了当代泰国的政治和社会问题。中国国家话剧院、中国国家大剧院也多次举行了包括莎氏喜剧演出在内的"永远的莎士比亚"演出季。

---

[1] 2009年，台湾省豫剧团的豫剧皇后王海玲主演了豫剧《约/束》，编剧彭镜禧、陈芳以赋予"人类共性"的视角诠释传统社会和现代社会，舍弃宗教视角，偏重思索族群纷争与和谐，凸显"约/束，岂能约束？"的改编理念。另见陈芳：《莎戏曲：跨文化改编与演绎》，台北：台湾师范大学出版中心，2012年，第230—231页。

4 跨越世纪的莎氏喜剧研究

民国专论莎士比亚喜剧的文章不多，1927年，张采真翻译了《如愿》（北新书局），并且写下了《〈如愿〉译者序言》。[1] 1932年，天津《益世报》第56期刊登了海涅著、绣琴译《海涅论〈威尼斯商人〉》。梁实秋是民国时期发表莎学研究论文较多的学者。1937年6月，国立戏剧学校编印的《介绍沙士比亚特刊》上，梁实秋发表"关于《威尼斯商人》"的长篇论文。梁实秋认为："夏洛克在不同的境遇之中所表现出来的不同情绪，他的心理，他的性格，都是很有兴味的……剧本充满小资产阶级的意义，未免太无意义了（大义如此）。我很不以为然……假如我们说莎士比亚选择威尼斯商人这段情节，也许是由于犹太人的问题在当时是一个活的问题，这不能算太过分。"[2] 梁实秋的文章从《〈威尼斯商人〉的意义》、《〈威尼斯商人〉第五幕》、《〈威尼斯商人〉的舞台历史》和《关于译本》四个方面论述了《威尼斯商人》。在谈到自己的译本时，他说："我的疑问不免太'文'了一点，不易'上口'。换言之，就是还没做到纯粹白话的地步。理论的批评家常嫌我的译文太缺乏诗意，不够'文'。剧院的导演者又嫌我的译文太'文'了。这两种批评我都接受。这两种批评本身也不冲突。批评家的批评，我接受，但是不容易实践……导演者的困难却很容易解除，只需在字句上再修饰一番就行了。"[3] 在这本《介绍沙士比亚特刊》除了收入王思曾的《介绍一位英国批评家对〈威尼斯商人〉看法》外，还收入了本文集已经收入的袁昌英的《歇洛克》（在此不再赘述）；此外梁实秋1938年还在商务印书馆出版了《第十二夜》，并在《译序》中阐述了该剧的意义。陈瘦竹在1944年第5—6期《文史杂志》上发表了《论〈威尼斯商人〉的布局》。1948年梁实秋在《文潮月刊》第四卷第6期上发

---

1 李伟民：《丹心血染尊中华——张采真与莎士比亚》，《东方翻译》2011年第3期。
2 梁实秋：《关于〈威尼斯商人〉》，《介绍沙士比亚特刊》，国立戏剧学校编，1937年6月，第1—24页。
3 梁实秋：《关于〈威尼斯商人〉》，第24页。

表了《〈仲夏夜之梦〉序》。

中华人民共和国成立以后，除了在专论莎士比亚及其剧作的论著中涉及莎士比亚喜剧之外，1951年，亦门在泥土社的《作家的性格与人物创造》中发表了《夏洛克》。1953年4月29日，秦怡在《青年报》上发表《真挚的爱——谈谈〈第十二夜〉》。1954年第13期《文艺报》发表了吕荧的《莎士比亚的喜剧〈仲夏夜之梦〉》、《〈仲夏夜之梦〉后记》（人民文学出版社）以及方平的《威尼斯商人》（平明出版社）。20世纪五六十年代，发表莎学论文较多的有曹未风。刊登莎学论文较多的媒体有《文汇报》。在这一时期，对莎士比亚喜剧进行深入研究的论文有：《北京大学学报》1956年第4期刊登的李赋宁的《莎士比亚的〈皆大欢喜〉》；方平发表于1957年第19期《上海戏剧学院院报》上的《两个新型的人物——佩特丽丝与白尼迪》；曹未风在1957年11月23日《解放日报》上发表的《推荐莎士比亚的〈无事生非〉》（亦刊于1957年第15期《大众电影》）；1957年11月26日《新闻日报》刊登了古瑚的《一颗发光的明珠：莎士比亚喜剧〈无事生非〉赞》；《文汇报》1961年1月8日发表了曹未风的《从莎士比亚喜剧谈起》；《上海戏剧》1961年第10期发表了曹未风的《谈莎士比亚的喜剧作品》；1961年6月22日，《文汇报》发表了陈瘦竹的《关于喜剧问题：谈〈捕风捉影〉》；1961年9月6日，《文汇报》发表了方平的《从〈捕风捉影〉谈起》和《"有人是挣来的富贵"——谈马伏里奥的喜剧性格》；1963年2月5日，《文汇报》发表了曹未风的《莎士比亚喜剧的情节和语言——读莎剧随笔》；1963年第6期《文学评论》发表了吴兴华的《〈威尼斯商人〉——冲突与解决》；孙梁在《华东师大学报》1964年第1期发表了《试论〈第十二夜〉与〈无事生非〉》；赵守垠和龙文佩在1964年第4期《文学评论》上发表了《读〈威尼斯商人〉冲突和解决后的几点意见》。此后，由于"文革"席卷全国，中国莎学研究处于停滞状态，再无莎学研究论文和莎氏喜剧研究论文发表。

1978年，伴随着改革开放的春风，老一辈外国文学研究专家和莎学家首先以莎士比亚喜剧为切入点发表了一批莎学研究论文。在中国的莎士比亚喜剧研究中,研究《威尼斯商人》的论文数量最多。据统计,从1978年至1988年的十年间,中国发表了莎氏喜剧研究论文一百四十三篇。[1]朱维之在1978年第1期《外国文学研究》上最先发表了《论〈威尼斯商人〉》,该文和后来阮珅、贺祥麟、水天同发表莎学论文被视为中国莎学摆脱"大、洋、古"的束缚、开莎学研究新声的莎学研究论文。朱维之认为:"《威尼斯商人》以喜剧开始,又以喜剧告终,但在最高处插进一个犹太人的悲剧。它是一个打破悲、喜剧界限的好例子……剧本的主题是新兴资产阶级思想和封建思想的冲突……也有其时代的局限性和积极的局限性……表现的人性论也很明显……值得我们去批判地吸收。"[2]批判地吸收,既是朱维之对莎氏喜剧,特别是《威尼斯商人》的看法,同时也折射出"文革"和"极左"思想对外国文学研究的巨大影响。紧接着,1978年第2期《外国文学研究》又刊登了阮珅的《〈威尼斯商人〉简论》。阮珅认为:莎士比亚"痛切地感到人道主义者所奋力追求的和谐友爱原则遭到践踏,便以自己的创作去揭露现实中的矛盾……莎士比亚本着人道主义原则,主张人性解放,人性自由,反对一切否定人的价值、损害人的尊严、压抑人性、违背人性的不人道现象……莎士比亚始终是把夏洛克刻画为一个狠毒的高利贷者,犹太人中的恶汉,人道主义原则的对立面,不是把他描绘为一个受歧视的犹太人"。[3]阮珅的文章从人道主义角度出发全面肯定了《威尼斯商人》在思想内容和艺术形式上的经典美学价值。同时也是对强调"阶级与阶级斗争"的"文革"前和"文革"中国内文艺界畏谈、禁谈"人道主义"的"左"的政策和理论的反拨。1979年第2期《广西师院学报》发表了贺祥麟的《〈威尼斯商人〉浅论》。

---

1 李伟民:《光荣与梦想:莎士比亚在中国》,香港:香港天马图书有限公司,2002年,第240—254页。

2 朱维之:《论〈威尼斯商人〉》,《外国文学研究》1978年第1期,第155—160页。

3 阮珅:《〈威尼斯商人〉简论》,《外国文学研究》1978年第2期,第181—192页。

贺祥麟在文章中批判了"文革"中"极左思潮"和倒行逆施说："'四人帮'疯狂反对毛主席的'古为今用，洋为中用'原则，打着'彻底扫荡'的破旗……妄图隔断中国人民与世界各国进步文艺的联系。其用心之毒，手段之卑劣，令人发指……莎士比亚根据自己的认识，在剧本里满腔热情地赞扬了商业资本家安东尼奥，同时又谴责了高利贷者夏洛克，正体现了人文主义者的进步思想。"[1] 水天同的《简论〈威尼斯商人〉》认识到，"金钱"、"财富"与"爱情"、"友谊"、"明智"是该剧的关键。[2] 陈惇分析了莎氏戏剧与基督教的关系，基督教理想给莎氏福音，宗教立场又使其陷于困境。以上论文可以说是开了新时期以来中国莎士比亚喜剧研究的先河。

进入20世纪八十年代以来，中国莎学学者在外国文学刊物、戏剧研究刊物、高等学校学报、外国语言文学研究刊物以及《莎士比亚研究》（1—4）、《中华莎学》[3]、《中国莎士比亚研究通讯》上发表了大量莎氏喜剧研究论文（在莎学研究专著和这些专业莎学研究刊物上发表的莎氏喜剧研究论文，并没有进入中国知网的统计之列）。

在这一时期的中国莎士比亚研究中，中国莎学学者提出了"形成具有中国特色的莎学……在其自身辩证发展过程中，广泛地吸收了国际莎学的研究成果，逐渐地选择了以马克思主义的哲学和美学为其理论基础，探讨莎士比亚戏剧的巨大成就及其具有永久艺术魅力的原因，以追求真理性的认识为目的，努力形成自己的独具特色的理论体系"[4]。廖可兑发表了《谈莎士比亚的〈一报还一报〉》；《外国戏剧》1981年第1期发表了吴福荣的《〈威尼斯商人〉座谈会散记》、张隆溪的《论夏洛克》和王景愚的

---

[1] 贺祥麟：《〈威尼斯商人〉浅论》，《广西师范学院学报》1979年第2期，第161—180页。

[2] 水天同：《简论〈威尼斯商人〉》，《外国文学研究》1983年第1期，第1—9页。

[3] 李伟民：《中国莎士比亚研究著作与论文的引文分析与评价》，孟宪强主编：《中国莎学年鉴》，长春：东北师范大学出版社，1995年，第326—339页。

[4] 孟宪强：《中国莎士比亚评论》，长春：吉林教育出版社，1991年，第1—51页。

《关于夏洛克人物形象的争鸣》。吴福荣介绍了中国青年艺术剧院上演话剧《威尼斯商人》所引发的人物形象、戏剧演出形式和语言上的不同看法；张隆溪提出："高利贷者夏洛克的确是凶残冷酷的，而作为一个在基督徒社会里被孤立、受歧视的犹太人，他又并非无缘无故地仇视安东尼奥，并非不值得一点同情。"[1] 王景愚从舞台演出特点和自己扮演夏洛克的切身体会强调："夏洛克与安东尼奥关于宗教问题的矛盾，并不是戏剧冲突的症结，删掉宗教问题，不仅不会损害表达《威》剧的主题思想，反而能做到雅俗共赏，易于观众接受……删去宗教问题，更加突出了以安东尼奥为代表的新兴资产阶级与以夏洛克为代表的封建主义剥削方式的高利贷者之间的冲突。"[2]

《戏剧艺术》1986年第1期发表了李浤的《莎士比亚中期喜剧与舞台表现手法》；在《外国戏剧》1982年第3期上，朱炳荪报道了上海外国语学院英语系的《〈仲夏夜之梦〉的一次原文演出》；孟宪强的《莎士比亚的第一部悲喜剧——简论〈特洛伊罗斯与克瑞西达〉》认为，该剧是继历史剧、喜剧、悲剧、传奇剧之后的莎氏戏剧的第五种类型；雷成德发表了《人文主义的一曲颂歌——评莎士比亚的喜剧〈温莎的风流娘儿们〉》；李伟民发表了《销魂独我情何限——杨世彭译〈仲夏夜之梦〉兼评〈仲〉剧》、《〈威尼斯商人〉与莎士比亚的宗教观》、《福斯塔夫在消解英雄中所体现出来的喜剧精神》、《莎士比亚喜剧批评在中国》、《从单一走向多元——莎士比亚的〈威尼斯商人〉及其夏洛克研究在中国》、《〈威尼斯商人〉与莎士比亚的商业观——兼及谭霈生先生对〈威〉剧的论述》、《〈一剪梅〉：莎士比亚〈维洛那二绅士〉改编的中国化》、《青春、浪漫与诗意美学风格的呈现——张奇虹对莎士比亚经典〈威尼斯商人〉的舞台叙事》、《现代意识下的经典阐释——越剧莎士比亚喜剧〈第十二夜〉》、

---

[1] 张隆溪:《论夏洛克》,《外国戏剧》1981年第1期, 第57—60页。
[2] 王景愚:《关于夏洛克人物形象的争鸣》,《外国戏剧》1981年第1期, 第61—62页。

《我秀故我在：从经典走向现代的莎士比亚爱情喜剧——中国青年艺术剧院的〈第十二夜〉》、《外国戏剧改编：回到话剧审美艺术本体——莎士比亚喜剧〈温莎的风流娘儿们〉的舞台叙事》。李伟民发表的《后经典叙事中的黄梅戏：莎士比亚喜剧〈无事生非〉》和《"何必非真"的审美原则与黄梅戏莎士比亚喜剧〈无事生非〉》两篇论文分别从审美形式、唱腔、表演、写意性和喜剧精神探讨了黄梅戏《无事生非》。桂扬清发表了《试论夏洛克》；费春放发表了《"我们三个傻瓜的画像"——试论〈第十二夜〉的主题》；魏善浩发表了《论夏洛克性格系统及其审美评价》。夏定冠认识到，莎氏通过喜剧鼓吹人道主义思想。安国梁认为，《威尼斯商人》中的童话氛围、道德训诫和假定性形式构成了该剧的童话性质。陈周方探讨了《威尼斯商人》的主题。王述文提出，夏洛克不只是反面人物，还是一个令人同情、使人钦佩的犹太放债人。方平是新时期以来研究莎氏喜剧较多的学者，他介绍过《威尼斯商人》在舞台上几种不同的处理方式，探讨了该剧中体现出的安东尼奥的悲剧性，友爱为衡量人生唯一的价值标准，只是中世纪骑士遗风，而人文主义热情歌颂的爱情幸福，则是现代文明的曙光。

方平从小精灵蒲克和莎士比亚的戏剧观出发，认识到最好的喜剧效果就在于很好地抑制观众的同情，帮助他们保持审美需要的心理距离；《驯悍记》里缺乏反封建婚姻的批判色彩，也没有正面理想的闪光，但却是一部受欢迎的莎氏喜剧，其艺术生命更多依赖于舞台演出效果。李景尧认为，《驯悍记》没有违背莎氏对妇女的基本态度，没有贬低妇女形象，更没有宣扬男尊女卑思想。李志斌强调《仲夏夜之梦》是浓厚浪漫主义色彩和现实主义精神兼具的剧作。徐克勤的《莎士比亚闹剧初探》分析了莎氏闹剧舞台生命力旺盛的原因。薛迪之的《论歌颂性喜剧——以莎士比亚喜剧为例》就莎氏喜剧正面人物设置，探讨了歌颂性喜剧在喜剧史上的地位、特征、崇高与滑稽的辩证关系。任明耀认为，"欢快"是《驯悍记》的主要色调。李万钧探讨了《终成眷属》一剧中莎士比进步人文主义思想把旧人物变成典型人物的素材提炼过程。

裘小龙认为，福斯塔夫身上反映出一种喜剧精神，代表的是历史的喜剧精神和文学的喜剧原型。张弘的《论莎剧〈特洛伊罗斯与克瑞西达〉》认为，莎氏在该剧中通过对人的存在方式的荒谬性以及人的心态及其困境的剖析，从对文艺复兴时期当代问题的回答上升到关于人自身的永恒意义的沉思。孙惠柱强调，在《威尼斯商人》的改编中，如果无视乃至删除该剧中的犹太人母题是曲解了莎士比亚的话，那么认为这个剧本是美化基督教徒安东尼奥而丑化犹太人夏洛克，也实在是过于表面的解读。麦永雄、黄生宝通过表层叙事、结构模式、神话—原型理论、文本间性等理论，从静态与动态对《皆大欢喜》两极世界的对峙图式和人物同向运动进行了分析。田民比较了《威尼斯商人》与韦克斯的《商人》之间的异同。朱富扬就国内外争论最多的《威尼斯商人》不同观点进行了梳理。罗义蕴认为，《第十二夜》中的音乐和歌词与该剧的主题有重要关系，而且推动着剧情的发展。李毅发表了《再识克瑞西达——论莎士比亚喜剧〈特洛伊罗斯与克瑞西达〉》和《论〈威尼斯商人〉中鲍西娅的隐秘动机》。田俊武和朱茜提出，莎氏在《仲夏夜之梦》中以轻松的喜剧氛围探索了严肃的戏剧理论。胡志毅论述了莎氏喜剧中的乔装与打扮其实是现喜剧性意图和假定性的基础。王岚认为，巴萨尼奥既是慷慨大方的君子，也是注重实际的利己者。张冲探讨了电影《无事生非》之中的"性别之战"。陈雷从《一报还一报》的"道德哲学"入手，探讨了"美德是否可教"，莎剧既显示出明显的马基亚维利印记，又试图淡化其学说中的非道德色彩。冯伟以《一报还一报》未婚夫妻的"通奸罪"为线索，揭示了西方早期现代国家在依法治国过程中的弊端。程利辉认为，把克瑞西达看成"彻头彻尾的负心女人"或"道德败坏角色"的简单的道德评判缺乏文本的支持。这一时期，老一辈莎学家逐渐退出了莎学研究领域，中青年莎学研究者担当了莎氏喜剧研究的主要任务，他们的理论研究视野更为开阔，并在继承前辈莎学研究理论成果的基础上，借鉴西方现代主义与后现代主义文艺理论,从更加多元的角度阐释莎氏喜剧。

梁实秋在其翻译的《莎士比亚全集》中为每一部喜剧译本从"版本、著作年代、故事来源、几点批评"撰写了序言。梁实秋认为:莎士比亚"全副精神用在人性描写上面……他不宣传什么,他不参加派别,他不涉及宗教纷争,他不计较劝善惩恶的效果,戏就是戏,戏只是戏,可是这样的态度正好成就了他的伟大……根据他深刻观察人生的所得,进而具有对于复杂人性的妙悟"[1]。根据台湾大学彭镜禧主编的《发现莎士比亚:台湾莎学论述选集》中所载论文和《台湾出版莎士比亚学术论文目录初编:1970—2000》统计,这段时间台湾约发表莎氏喜剧论文二十篇。[2] 在该选集中谢君白从表演策略的观察出发梳理了《驯悍记》的表演史料,认为《驯悍记》的"表演更符合当时文化价值……无论驯悍丈夫多么勇于挑战成规、行事不同流俗,他最终还是要求妻子接受保守的角色……清楚地呈现了父权制度之下女性所面对的问题"[3]。《驯悍记》的改编呈现为"彻底闹剧化"、"显著风格化"、"强调历史意识"、"提高后设戏剧意识"、"渲染感情因素"、"凸显剧情丑陋面"。彭镜禧发表了《编剧者的梦魇:戏谈〈仲夏夜之梦〉》。张静二肯定《威尼斯商人》中"波西亚对父亲的遗命是阳奉阴违……她就求婚者的表现批评了男权社会的百态,又以黠智驱散了父亲的阴影,从而为自己选取了如意的郎君,奠立了幸福的基础"[4]。张小红从"文艺复兴时期有关分异同形的医学论述,以及当代拉岗的镜像阶段理论"解读《第十二夜》在"区分与反区分的频繁交互作用下,性别差异最终成为异性恋论述的社会产物,然而异性恋论述

---

1 梁实秋:《梁实秋文集》(第八卷),厦门:鹭江出版社,2002年,第63—67页。
2 彭镜禧主编:《发现莎士比亚:台湾莎学论述选集》,台北:猫头鹰出版社,2000年,第375—399页。
3 谢君白:《驯服之必要:〈驯悍记〉表演策略观察》,彭镜禧主编:《发现莎士比亚:台湾莎学论述选集》,第52—76页。
4 张静二:《〈威尼斯商人〉的"彩匣"情节》,彭镜禧主编:《发现莎士比亚:台湾莎学论述选集》,第107—120页。

似乎只不过是将原本流动的性别认同和自由游离的欲望'暂且'固定于性别区分的任一边罢了"[1]。邱锦荣从"后设理论"视角出发，探讨了"后设理论""打破戏剧与实际人生的分界，剧作家自我审视的意图远超过其模仿真实人生的初衷。后设戏剧对于戏剧之于人生的辩证可以简化为：戏剧并不反映人生，戏剧反映自身，亦即：人生/戏剧在参考坐标上已经主客易位，'人生如戏'的古典说法可以新解为：戏剧提供我们观省人生的看法……《仲夏夜之梦》的那场戏中戏里，莎士比亚将戏剧的制造全过程赤裸裸地呈现，让舞台抽离于真实世界之外，使我们得以检视表演艺术，反思其背后的哲理"[2]。台湾莎氏喜剧研究的论文不多，但却能给人留下深刻印象。

在中国，对莎士比亚喜剧的批评经历了一个从政治概念出发、以社会学批评为主、强调"人民性"以及阶级与阶级斗争理论的批评方式过渡到美学和文艺学批评的过程。在这一过程中，对莎士比亚喜剧的认识不断深化。在研究中冲破了"人性"和"爱"的禁区，将莎士比亚喜剧的主题定位于"爱"与"友谊"，强调莎士比亚喜剧对封建禁欲主义的批判和对美好爱情、婚姻的讴歌，并对莎士比亚喜剧的艺术特点和创作手法进行了比较深入的研究。

在中国的莎学研究中，和莎氏悲剧相比，相当多的一批莎氏喜剧研究成果还没有完全超越20世纪八十年代以来的研究水平，研究的方法需要革新，研究的角度需要调整，研究的材料需要充实，研究的观点也急需创新。为此，我们有必要重点对近年来中国莎士比亚研究中的喜剧研究做一番理论的梳理，勾勒20世纪五十年代以来的莎士比亚喜剧研究的主要轨迹。

---

1 张小红：《镜像舞台/阶段：〈第十二夜〉中的性别辨（误）识》，彭镜禧主编：《发现莎士比亚：台湾莎学论述选集》，第121—139页。
2 邱锦荣：《莎剧中的后设策略：〈仲夏夜之梦〉及其他散例》，《英美文学评论》2001年第5期，第55—88页。

二、20世纪五十年代：定位于"人民性"的莎士比亚喜剧研究

20世纪五十年代，在苏联莎学指导下，莎士比亚喜剧的主题被定位于"人民性"，莎士比亚喜剧研究也受到了政治形势的深刻影响，在研究中突出人民大众与资产阶级之间的矛盾和斗争。

1954年7月17日，中国作家协会主席团第七次扩大会议讨论并通过文艺工作者学习政治理论和古典文学遗产的书目，其中，在"其他各国"一项中还包括了莎士比亚戏剧集中的四部悲剧以及《罗密欧与朱丽叶》、《威尼斯商人》和《暴风雨》。[1] 其时的文学研究，包括莎士比亚研究，虽然已经受到了政治环境的影响，但是，研究外国古典文学，包括莎士比亚戏剧，还没有成为禁区。将莎士比亚戏剧列为书目，表明了中国作家协会与中国文学工作者对莎士比亚这一古典文学遗产的认识和尊重，因此才有20世纪五十年代初期一些人对莎士比亚的研究。例如，李赋宁先生就发表了《莎士比亚的〈皆大欢喜〉》的长篇论文。[2] 他的这篇论文虽然也打下了那个时代比较鲜明的烙印，但是，仍然不失为中国学者最全面论述《皆大欢喜》的论文，也是自莎作传入中国以来到"文革"前最重要的莎氏喜剧研究论文之一。在李赋宁先生发表这篇论文以前，研究莎士比亚作品主要集中在悲剧方面，对莎士比亚喜剧的研究相当薄弱，甚至到了20世纪八十年代中后期，李赋宁先生的这篇论文仍然影响了一代莎士比亚戏剧的学习者、研究者。

在20世纪五六十年代的中国莎学研究中，政治化、意识形态化取代了"审美"，成为研究的基本诉求。由于当时中国的政治形势，研究者把

---

[1] 谢冕和洪子诚主编：《中国当代文学史料选（1949—1975）》，北京：北京大学出版社，1995年，第142页。

[2] 李赋宁：《莎士比亚的〈皆大欢喜〉》，《北京大学学报》1956年第4期。

莎士比亚和莎氏时代的阶级、阶级斗争与当时中国政治环境中强调阶级之间的矛盾、政治集团之间的斗争联系起来，突出了莎学研究为政治和意识形态斗争服务的倾向。显然，莎士比亚研究也必须适应当时的政治和意识形态环境的要求，舍此别无他途。

从20世纪五十年代到七十年代末，"对中外文化'遗产'，尤其是外国文学的态度……是敏感而重要的问题……'接受'是有一定范围的，尤其是西方文学……以创作而言，则'现实主义'是一个衡量的标尺"[1]。相对于莎士比亚悲剧和历史剧而言，莎士比亚喜剧具有更多的浪漫主义色彩，而不是现实主义的特征。尽管，在反右前夕，与文艺创作的活跃相一致，在理论批评上出现了新的探索，巴人的《论人情》、钱谷融的《论"文学是人学"》、王淑明的《论人情与人性》还就当时的一个禁区——人性问题及其在文学中的表现——勇敢地进行了探索。但在主流意识形态和文学研究面前，浪漫主义人情、人性的研究显然是不合时宜的。[2]

这些判断毫无例外地为外国文学包括莎士比亚研究涂抹上阶级斗争理论和意识形态斗争的色彩。在莎学研究中，为了批判资产阶级的文学遗产，唯有借用苏联莎学研究理论，特别是"人民性"的提法。新中国成立以后，文艺界一直运用着人民性的概念，普遍地认为它是指作品对待人民的态度，表现人民的思想感情、愿望和利益。[3]在"人民性"的讨论中，有人提出，"真正具有现实性的文学作品，必然也具有人民性。从文学史的发展可以证明：只有现实主义文学才能提出文学的人民性问题"[4]。曹未风提出，用马列主义阐释莎士比亚是唯一正确的方法，"有利于

---

1 洪子诚：《中国当代文学史》，北京：北京大学出版社，1999年，第20页。
2 参见朱寨：《中国当代文艺思潮史》，北京：人民文学出版社，1987年，第332—333页。
3 吴元迈：《略论文艺的人民性》，《文学评论》1979年第2期。
4 张怀瑾：《论文学的人民性》，《文艺月报》1956年第3期。

我国社会主义现实主义文艺事业的迅速开展"[1]，突出反封建的人民性内容和现实主义精神。用现实主义这一标准进行衡量，浪漫主义特色突出的莎士比亚喜剧，其人民性是要大打折扣的。

在李赋宁的莎学研究中，无疑也贯穿着"人民性"的指导思想。他将莎士比亚的人文主义思想上升到对英国的各种社会矛盾批判的高度，在此基础上，肯定莎士比亚和他的作品中的"人民性"，反映了人民大众和资产阶级之间的矛盾与斗争关系，而"人民性"的提法，恰恰就是苏联莎学的鲜明标记。他自己曾说："《莎士比亚的〈皆大欢喜〉》是我五十年代写的，是我试图运用历史唯物主义观点研究西方文学的一点成果。在努力研究社会发展史的同时，我也重视分析和解释文学作品里的语言现象。"[2] 李赋宁后来的这段话表明，他对莎士比亚作品的"人民性"的提法的意识形态化的偏颇已经有所认识，所以他后来更强调文学的表现对象就是语言的作用。李赋宁对莎氏《皆大欢喜》的研究，是在肯定莎作"人民性"的前提下，突出人文主义理想与当时英国社会现实的矛盾。李赋宁认为，莎士比亚创作喜剧《皆大欢喜》，说明莎士比亚的人文主义理想与当时英国社会现实之间存在着深刻矛盾，由于莎士比亚喜剧所具有的这种人文主义精神，因而使莎剧变得更加深刻和更加成熟。

李赋宁强调，《皆大欢喜》是一部有丰富的人民性的作品。它的人民性表现在莎士比亚用人民喜闻乐见的文学形式（牧歌体）和人民熟悉和热爱的民间传说"罗宾汉故事"来表达他的来自人民群众的人文主义理想。这个人文主义理想的主要内容包括反资本主义和反封建两方面：对于牧歌社会和人类黄金时代的向往表现了它的反资本主义的一面；对于罗宾汉和他的伙伴们的爱慕表现了它的反封建的一面。莎士比亚对于人

1　曹未风：《莎士比亚在中国》，《文艺月报》1954年4月号，第29—34页。
2　李赋宁：《作者小传》，孟宪强编：《中国莎士比亚评论》，长春：吉林教育出版社，1991年，第183页。

民大众最迫切的愿望和最强烈的感情能给予迅速的、及时的表现。时代向他提出的新的要求就是在他的作品中反映日益加深的社会矛盾；人民大众最迫切的愿望和最强烈的感情就是对英国资本主义社会的不满和反抗情绪，以及要求社会改革的意志。[1]

显然，李赋宁也不可能超越时代和环境。透过时代的风风雨雨和在埋葬与挖掘中显现出来的文化价值，我们在评说其莎学研究时，更应该看到其中透露出来的现代知识分子生命历程的展示。李赋宁的莎学研究在努力运用历史唯物主义观点研究西方文学作品的同时也重视分析和解释文学作品里的语言现象，兼顾社会背景和写作技巧，力图摆脱意识形态和阶级斗争理论的束缚。然而，他遵循"人文主义"代表人民的理想，因而也就天然地带有"人民性"这一指导思想，在研究中明确得出只有具有"人民性"的作品才是进步的和反映了劳动人民的愿望的结论，致使莎氏喜剧研究打上了时代的烙印。我认为，如果我们剔除那个时代学习苏联莎学的印迹和中国政治环境特有的政治化术语，从深层联系给予关照和特别的理解，我们就会明白前辈莎学家在研究中的真诚和良苦用心了。

三、20世纪八十年代的莎士比亚喜剧研究：
定位于爱和友谊的主题

20世纪五十年代以来的莎士比亚研究和中国文学研究、外国文学研究一样，都将社会学研究和意识形态化摆在了突出的位置，对于人性的研究、对于爱情的研究则讳莫如深，有意回避。承20世纪五六十年代莎士比亚喜剧研究的惯性，八十年代初期的莎氏喜剧研究仍然未能完全摆

---

[1] 李赋宁：《莎士比亚的〈皆大欢喜〉》。

脱阶级斗争和社会学思维的模式。这方面的研究以方平先生为代表。[1] 方平先生曾说:"那时候我翻译过莎士比亚的悲剧,只能偷偷摸摸,是见不得人的勾当,就像封建社会中的小媳妇,夜半偷偷出去与自己以前的情人幽会,在那种紧张的心态下,可想而知,既没法谈爱情,也绝对搞不好翻译。现在回过头来重读发表在揪出'四人帮'后的一些莎评,可清楚地看到,处在当时排山倒海的政治斗争的形式中,我还没完全被异化,良知还没完全丧失,可是在思想上却被压弯了腰,我私下写了些当时绝无发表可能的论文,自以为试图谈自己的看法,实际上不自觉地按照既定的政治调子、既定的模式,用当时那一套政治语言,当作我自己的思想、自己的语言,多么可悲啊!这是一个非常时期,它用火和剑,强制你按照它的政治调子去思想,彻底剥夺了属于你个人的思维空间。"[2] 方平在他的莎学研究中仍然突出了意识形态与阶级斗争。他认为,莎士比亚的喜剧《威尼斯商人》所表现的"积财就是积富"和"守财就是进财",表明资本主义经济势力开始在历史舞台上露头,构成了它的互为补充的两套道德教条。这是它借以不择手段、无所顾忌地进行残酷剥削的"精神武器"。夏洛克的这些性格化的语言是打上了清晰的阶级烙印的。犹太人夏洛克要求的,并不是广大人民的基本人权,而只是向上层的统治阶级要求他个人的特权——一个高利贷者的特权,如此而已。我们可以从夏洛克的"阶级本性去找到说明"。但是,无论如何,那以血淋淋的一磅人肉为内容的契约文书,又的确是最富于象征意义的,因为对于整个资产阶级的贪得无厌的本性和敲骨吸髓的剥削手段,它的确是高度概括而又极其生动的一个写照。"偷情"的福斯塔夫和捉奸的丈夫,实际上展开了一场争夺和保卫私有财产的白热战!《暴风雨》中幼小的米兰达"就被打上阶级的烙印"。研究者看到,莎士比亚喜剧《第十二夜》与《无事生

---

[1] 方平:《他不知道自己是一个诗人》,武汉:湖北教育出版社,2002年,第58页。
[2] 参见方平:《莎士比亚喜剧五种》,上海:上海译文出版社,1979年,第19—59页。

非》共同的主题为从资产阶级反封建的立场出发同情妇女解放。妇女问题成为社会冲突的一种标志,随着阶级斗争的日益尖锐而更加显著。在莎士比亚所处的社会条件下,他只能从资产阶级人文主义出发,运用艺术手段提出问题,寄予同情,而无法指明根本解决的途径。可见,在莎氏喜剧研究中,方平先生仍然按照以往的惯性从阶级斗争理论和阶级关系分析方法出发,以阶级矛盾为前提预设了莎作的价值。

到了20世纪八十年代,对莎士比亚喜剧主题的总体看法则发生了很大的变化,研究者已经摒弃了苏联莎学的"人民性"的提法,冲破了莎学研究中"人性"和"爱"的讨论的禁区。但是,对莎作的认识仍然还有很多局限。例如,针对中国青年艺术剧院公演的莎士比亚喜剧《威尼斯商人》,1980年9月7日的《北京晚报》发表了一位"自认为并不封建"的国家干部的来信,指责这个喜剧里的演员在"大庭广众之下搂搂抱抱、挨脸接吻,实在违反公德,有伤风化",害得他看了之后,"心里一直不舒服"。还有读者来信对剧中台词"天哪,我们还没有当丈夫先就当上王八了!"提出看法,认为"俗不可耐,不堪入耳","对莎士比亚我们不懂,但是这些台词我们今天不应该听"。所以,剧中人物的扮演者曹灿感叹道:"没想到争论的焦点竟发生在这些问题上,实在感到遗憾,这大概也是一种悲剧吧。"方平先生指出,这种"并不封建"的人"否定人世有真诚的爱情,一听说'爱情'这两个字,他就受不了,认定那只是'轻浮的肉欲'的代名词罢了","假使优美的人体雕像杰作必须盖上一块遮羞布才能在美术馆里和群众见面,那么试想,在民族林立的世界上,人家会怀着十分崇敬的心情提到这样一个民族吗?"

时代的进步终于使研究者取得了共识,即探索莎氏喜剧中的"爱"是没有禁区的,他们认为如果从莎氏喜剧中抽取一个主要"倾向"那么这个倾向就是"爱"。研究者们认为这个"爱"主要表现在以下几个方面。

第一,莎士比亚的喜剧从批判违反人性的禁欲主义出发,对男女之间的爱情追逐予以充分的肯定。莎氏的喜剧以歌颂爱情和友谊为主题,着重表达了人文主义思想,同时也嘲讽了封建价值观、道德观的丑恶而虚弱的本质,奏响了资产阶级新人战胜封建主义教条与偏见的凯歌;所以,对莎氏喜剧中那些大胆的爱情描写,我们是应该予以充分肯定的。[1] 莎氏喜剧中的性爱描写显示出,爱情是天经地义,禁欲是违反天性的,违反人的天性的禁欲,扼杀享受现世生活,注定只能破产,爱情必定战胜禁欲主义。莎氏喜剧描述了爱情在人类的生活中占有重要的位置,反映了挣脱基督教禁欲主义的束缚的愿望。从意识形态化的阶级矛盾、阶级斗争到承认莎氏喜剧中的爱情描写,甚至性爱以及"两性间"的抗争,说明了研究者思想禁锢的解脱、时代的进步和认识的深化。

具有挑战意义的是把莎士比亚喜剧搬上中国戏剧、戏曲舞台,在莎剧舞台上大胆表现人性和爱情,同时探索莎氏喜剧与中国戏曲结合的形式美。例如,越剧《第十二夜》将莎剧的戏剧内涵和人物、情节与越剧的表演艺术结合起来,将莎剧的神韵与中国戏曲美学结合起来,演出和谐、自然、优美,在用戏曲演出莎剧这一课题上做了大胆的探索。就表演特点而言,莎剧与越剧虽然都是以演员的语言、形体和表情为主要创作手段,但却分属两个不同的符号系统。也就是说,话剧演出莎剧基本上采用比较生活化的符号,表演手段与角色行动的关系比较直接。在越剧《第十二夜》中,我们看到演员的表演尽量削弱中国戏曲表演符号的程式特征,既大胆又含蓄地诠释爱情。在演出中,我们看到舞台上演员外表是欧洲古典装束,说的是一口绍兴话,行的是欧洲古典礼仪,唱的是越剧曲调;但是,莎氏喜剧中的爱情却通过中国戏曲得到了淋漓尽致的展现。越剧《第十二夜》的演出大胆运用了许多戏曲象征符号。在唱腔上以越剧流派为基础,吸收西洋歌剧技巧,融会京剧、绍兴大班等戏曲唱腔,在音乐符号上生成由一种符号为主兼容别种不同符号的混合符号体系。演员在表演时都配合着台词和唱腔按着戏曲的"手眼身步法"

---

[1] 朱雯和张君川主编:《莎士比亚辞典》,合肥:安徽文艺出版社,1992年,第169页。

做着不太明显的戏曲化动作。西巴斯辛与托比爵士的击剑,虽然在功架步法上是法国式的,但却掺杂了戏曲中"旋子""单提"等武生技巧;安哲鲁与薇奥拉对剑也融合了"矮子步""醉步""抢背""窜趴虎"等程式化动作,加上马伏里奥的"顿步""起霸""云手",这些戏曲程式都通过肢体动作尽情宣泄了心中的爱情秘密与喜怒哀乐。马伏里奥不仅走着似是而非的戏曲台步,有时还高兴地转两下华尔兹,做几下芭蕾的大跳。越剧《第十二夜》将两个表演系统不同的元素进行有机调整、融合和组合,丰富了莎氏喜剧中爱的内涵。中国戏曲和莎士比亚喜剧都强调对生活中美好事物的追求和歌颂,通过展现爱情中的追逐、旁敲侧击、以弱胜强、以智取胜、避实击虚、反言显正、寓庄于谐等,对爱进行了毫不隐讳的表白。这是该剧受到中国观众和读者喜爱的原因。显然,没有莎氏喜剧研究中思想的解放,也就不会有舞台上对爱与爱情的歌唱。据统计,莎士比亚的大部分喜剧都已经在中国舞台上得到了展现。可以说,莎氏喜剧所到之处,带给观众的往往是一片愉悦的笑声和对爱的深入思索。

　　第二,肯定人享有现实生活欢乐的权利,爱情有至高无上的价值,用以对抗宗教神学对正常人性的贬低和压制。莎氏喜剧在主题思想上,绝大部分是歌颂爱情和友谊的。通过纯真美好的爱情故事和忠于友谊的描写,以及精细入微的人的心灵、精神世界的刻画,表现了文艺复兴时期朝气蓬勃、欣欣向上的生活,从而充分地肯定、歌颂人的作用,揭示了文艺复兴时期的社会风貌和典型的时代特征。研究者认为莎氏喜剧的特点几乎都反映在《皆大欢喜》中。它以充满象征韵味的绿色森林为背景,以"爱战胜一切"为基本主题,其中洋溢着蓬勃向上的青春气息和乐观主义精神,具有浓郁的浪漫主义抒情氛围。艺术表现上它具有丰富而生动的多线索情节发展,糅合着悲喜剧因素,灵活地运用了乔装、独白、误会等多种喜剧艺术技巧。在人物形象的塑造上,它巧妙地以机智风趣的小丑弄人映衬风姿各异的青年男女主角,而男女主角几乎总是一见钟情,饱经曲折坎坷后终成眷属。所以从表层叙事的角度看,莎氏喜剧《皆大欢喜》虽然存在着两个性质截然不同并互相对峙的世界,但人类对以爱为核心的亚登森林——春天般恬美和谐的绿色森林世界——的向往始终没有停顿。它的深层意蕴则表现为,对峙与转型以及净化仪式构成象征化结构,但是这已经不是阶级之间的根本对立了,其中的象征结构有着浓烈的神话仪式的韵味,显示出美学意义、文化心理、结构模式、社会历史环境的多维性。

莎士比亚创作《仲夏夜之梦》之时,显示出他的喜剧艺术已经逐渐趋于成熟,不过人物的性格刻画还没有受到太多的关注。莎氏把历来的讽刺性的世态喜剧转变为情调优美的抒情性喜剧,《仲夏夜之梦》可说开拓了一片新的喜剧境界。[1]就题材而言,《仲夏夜之梦》主要描写了爱情和婚姻,但绝非仅仅是幻想的产儿,而是有着极为深广的现实根基和哲理内涵。[2]《仲夏夜之梦》的主题是爱情与梦幻,即爱情的特征是非理性的,因而是愚蠢可笑的;爱情的本质是主观的想象力,这种想象力是伟大而神秘的,是不可以用理性来衡量的。《第十二夜》的主题内容是单恋。两部喜剧均增强了喜剧气氛:通过人物个性起到了渲染剧本精神意趣的作用。[3]

《温莎的风流娘儿们》原是一部讽刺喜剧,把封建买卖婚姻的可鄙可笑揭露得淋漓尽致,同时莎士比亚怀着移风易俗的宏愿,树立了正面的理想,借那爱的理想的光彩,更清楚地照耀出封建婚姻的丑恶面貌。《温莎的风流娘儿们》所讽刺、揭露的东西也许并没有全然成为过去。譬如说,在我们社会主义社会里,封建包办婚姻、买卖婚姻应该成为历史的

---

[1] 方平:《小精灵蒲克和莎士比亚的戏剧观——〈仲夏夜之梦〉研究》,《外国文学评论》1987年第1期。

[2] 李志斌:《论莎士比亚的喜剧〈仲夏夜之梦〉》,《湖北大学学报》1993年第4期。

[3] 李聂海:《莎氏喜剧丑角地位和作用之管窥——波顿与马伏里奥比较一得》,《深圳大学学报》2002年第3期。

陈迹了,但是社会上还有人用物质和金钱作为无爱的婚姻的奠基石,莎士比亚喜剧并没有完全失去它的讽刺性和现实意义。[1](20世纪八十年代初期,中国的影视作品涉及"爱"、"吻"、"性"均引起过讨论或争论,表明人们尚没有从长期的思想禁锢中完全苏醒过来。)《温莎的风流娘儿们》奏出了不同于莎士比亚其他浪漫喜剧的爱的主旋律。[2]

第三,肯定人有选择生活道路的充分自由,有追求真正幸福的权利,强调莎氏喜剧中蕴涵的喜剧精神。在20世纪八十年代的研究中,虽然莎学研究还受到以往思维定式的羁绊,认为在阶级社会中,爱情和婚姻的问题总是和复杂的社会关系分不开的,总是具有鲜明的阶级性;爱情的纠葛、婚姻的冲突,往往渗透着阶级矛盾和阶级斗争的内容。[3]但是,在具体的莎作批评中人们已经超越或试图超越以往的意识形态的思维定式,从善恶角度、从道德角度分析莎氏喜剧。例如,研究者认为《捕风捉影》这部喜剧所揭露的基本矛盾是人文主义的先进理想对封建意识形态("禁欲主义")的进一步深入的斗争,喜剧从这里获得了它的现实意义。个性解放,在莎士比亚笔下,首先从受压抑最深的妇女开始,而且在她们身上表现得最为鲜明,最富于光彩。[4]

人们喜爱莎氏喜剧也许正因为它们呈现出一种喜剧精神。这种喜剧淡化了道德感,蕴涵了一种乐观精神,研究也从道德评判向美学的范畴过渡、延伸、扩展。此时期的研究表明,文艺复兴时期的人文主义者抱着美好的理想,深信人类的前途是无限光明的,这种乐观主义的精神是莎士比亚喜剧创作的总基调。莎士比亚喜剧一开始就显示出它的反封建

---

1 方平:《和莎士比亚交个朋友吧》,成都:四川人民出版社,1983年,第1—22页。
2 李玉茹:《〈温莎的风流娘儿们〉辨》,中国莎士比亚研究会编:《莎士比亚研究》(第四辑),杭州:浙江文艺出版社,1994年,第270—283页。
3 方平:《莎士比亚喜剧五种》,上海:上海译文出版社,1979年,第3页。
4 方平:《莎士比亚喜剧五种》,第15页,第17页。

思想意义。他的喜剧创作的另一个任务是反禁欲主义。[1] "终成眷属"实质上是英国社会政治安定的需要,是人们情感发展的自然结果,也是莎氏本人的需要。研究者的着眼点已经不再是意识形态和阶级之间的对立,而是莎氏喜剧中的喜剧精神、爱情的"二元对立"模式、模仿与继承的关系、人物心理和性格的嬗变、喜剧色彩以及人与自然的对立。莎氏通过剧中所写的两个境界的对立——社会和自然的对应,表现了现实与理想的矛盾。当作家在自然界的描写中发挥自己的艺术想象,表现自己的理想时,又表现出不同的情趣和构思,对于现实的批评采取比较温和的态度。喜剧精神就是和谐——莎士比亚认为在大自然中存在一种现实社会所没有的和谐关系。[2]

四、莎士比亚喜剧的主要艺术特点

莎士比亚喜剧的主要艺术特征是什么?到底是讽刺喜剧还是抒情喜剧,中国莎学研究者在这方面的意见比较一致。在莎氏戏剧中,喜剧占到近半数。莎氏一生从未放弃对喜剧的爱好。研究者认为,莎氏创作喜剧的手段之一是幽默、诙谐、滑稽、俏皮、巧妙的语言。即使是对失恋的描写也表现出富有喜剧性味道的同情,带给人们的是"真正的哲学家的笑"。"它产生于事物的极端伟大和无限渺小之间的对比"[3]。有讽刺而不辛辣,充满着温柔亲切的情感,有幽默而不浮华,洋溢着浪漫动人的诗情,这就是莎氏喜剧最显著的风格。莎氏喜剧的主题是歌颂爱情与友谊,

---

1 方平:《向美的领域延伸:关于莎士比亚喜剧的思考》,中国莎士比亚研究会编:《莎士比亚研究》(第四辑),杭州:浙江文艺出版社,1994年,第56—79页。
2 章子仁:《强扭的瓜:莎剧〈终成眷属〉婚姻关系初探》,《外国文学欣赏》1994年第3期。
3 陈惇:《大自然与作家的理想:莎士比亚〈皆大欢喜〉与迦梨陀娑(沙恭达罗)》,乐黛云编:《欲望与幻象——东方与西方国际比较文学学会第十三届年会(东京)中国学者论文集》,南昌:江西人民出版社,1991年,第25页。

赞扬个性解放,支持婚姻自主和争取个人幸福的权利。莎氏喜剧人物性格刻画生动,场面描写与浪漫抒情结合,喜剧手段灵活多变,想象丰富,幻想奇特。[1] 在莎翁的喜剧里,正因为是非善恶的界限并不总是那么分明,因此它就有可能超越道德的范畴而向"美"的领域延伸,使喜气洋溢、富于浪漫主义色彩的抒情性喜剧有可能进入一个更高的诗意境界。[2]

在艺术表现形式上,研究者强调,"莎士比亚式喜剧"不以讽刺为主,而是突出幽默抒情的喜剧氛围。"莎士比亚式喜剧"与当时众多喜剧相比,显示了更高的成就和更大的生命力。这主要是得益于它们的浪漫主义激情、浓厚的生活气息以及有趣的矛盾纠葛和活生生的人物。它们最根本的特点是扎根于现实土壤,具有生活的真实性。[3] 研究者着重探讨莎氏喜剧的创作手法。例如,《第十二夜》以诙谐和幽默在无穷的嬉笑和奇想中弹奏出了世纪转折时的忧伤情调。在莎氏擅长以轻松的节奏调剂严肃场面,以笑声融入唏嘘嗟叹之中。这类喜剧性的穿插,以幽默放松了观众绷紧的情绪,即批评家所说的"喜剧性的放松"[4]。莎氏喜剧的手法主要有误会法、乔装法、"以其人之道,还治其人之身"的喜剧手法。莎氏喜剧巧妙运用这些艺术手段反映了生活的真实,生动地刻画了喜剧人物的性格特征。诙谐幽默构成了莎氏喜剧的诗意美,描绘了理想社会中的理想人群。它们有一种和谐、向善的趋势。构成莎氏喜剧的是一系列非本质的、偶然发生的矛盾纠葛。[5] 莎氏喜剧结构头绪多、层次多,所以"松结构"形成了莎氏喜剧创作的一个显著特点。莎士比亚创作他的喜剧,是不避节外生枝的,他正是通过旁枝分流来扩大喜剧的境界,把原

---

1 张泗洋:《莎士比亚引论》(上),北京:中国戏剧出版社,1989年,第159—173页。
2 方平:《莎士比亚喜剧和莎翁的喜剧精神》,《外国文学评论》1990年第2期。
3 孙家琇:《莎士比亚与现代西方戏剧》,成都:四川教育出版社,1994年,第86—87页。
4 王淑华:《莎士比亚的幽默》,《联合文学》1986年第10期。
5 张泗洋:《莎士比亚三重戏剧研究演出教学》,长春:东北师范大学出版社,1988年,第62—72页。

来荒诞不经的喜剧拉回到现实生活中来。[1]

莎士比亚喜剧的结构方式为平行交叉的多线索结构,为复杂多变的情节提供了发展契机。称其为实验性喜剧,正在于它的出格、破格,或者不拘一格。艺术魅力既不来自于曲折的情节,也并非由于人物性格的深入刻画,而主要依靠那游离于剧情的耍嘴皮子,即"言语"[2]。身份错位在莎剧中是产生强烈喜剧效果常用的手法,由剧中人物有意无意间改变自己的身份而其他人物则浑然不知直接造成。在许多场合,身份错位并不造成如《错误的喜剧》中的那种闹剧式的较为浅薄的哄堂大笑,而是导向一种更为精深微妙的智慧的享受和微笑。这一效果来源于剧作家对语言交际中人称指示语使用规则的故意违反,导致频繁的错话错事,引起观众哄堂大笑。依赖戏剧舞台上的言语交际,把身份错位的喜剧效果放大,不仅有笑,而且为观赏者和阅读者提供了更深一层的智慧享受,由此造成剧中人物与指称该人物的指示词之间的"错位",导致人物之间在认识层面上的裂隙和差异。[3]

20世纪九十年代以来的中国莎士比亚喜剧研究,吸收了西方文艺理论、西方美学、语言学研究成果。在研究倾向上也表现为运用西方现代主义、后现代主义解构莎氏喜剧,认为莎氏喜剧特别是早期喜剧中充溢着狂欢化色彩,渗透着一种狂欢精神,采用的是民间狂欢化的表现形式。莎氏喜剧包含着各种狂欢式的变体,或者狂欢节的辅助性礼仪,莎士比亚早期喜剧的狂欢化色彩还表现为"绿色世界"的建构。莎氏喜剧开始时,往往是起阻碍作用的人物掌握着这个社会与世界。而结尾时,往往通过男女主人公欢聚在一起,组成了一个新型的社会与世界;莎氏早期喜剧的狂欢化色彩与狂欢精神还体现为语言的戏谑,包含笑、打嘴仗、

---

1 方平:《从〈第十二夜〉看莎士比亚的喜剧创作》,《文学评论》1980年第4期。
2 方平:《一个实验性的喜剧:〈皆大欢喜〉》,《外国文学评论》1994年第4期。
3 张冲:《"犯规"的乐趣——论莎剧身份错位场景中的人称指示语"误用"》,《外语教学与研究》1996年第1期。

讽刺与小丑的滑稽表演等形式。[1] 总之，通过文艺理论、美学、语言学层面的分析，人们发觉莎士比亚突破了西方喜剧的传统模式，在喜剧中创造了许多充满浪漫主义色彩的抒情性喜剧的正面人物形象。

随着人们对莎氏喜剧认识的不断加深，研究者也意识到莎氏喜剧中也有不那么成功的作品。以《温莎的风流娘儿们》为例，它就"远远不是一部成功之作"，因为"它偏离了莎士比亚喜剧的一贯抒情风格，去追求闹剧的效果，非常明显地表现出娱乐剧的性质来"。但也有学者认为，表面看来，似乎闹剧、娱乐剧是低档次、低品位的喜剧，不可与抒情喜剧相提并论。其实莎氏四大喜剧全有闹剧、娱乐剧成分。《温莎的风流娘儿们》之所以能成为一部杰作，是因为它承接了历史剧中的闹剧衣钵，雅俗共赏，完成了胖骑士的形象塑造，被列入福斯塔夫三部曲永世流传。从福斯塔夫这个人物来说，这个戏是一个退步。戏里不合理的地方很多，有些事情前面提了，后面没有了交代。它的主题是说诚实的人不会吃亏，贪财好色的人占不了便宜。但是这样的探讨还远不能说是深入、充分的。

同时，研究者也注意到莎士比亚喜剧中的悲剧因素。莎氏喜剧中普遍存在着悲剧因素。他那些格调轻松的喜剧，往往同时杂糅好几个情节素材，在他潜心于人物性格描写的时候，甚至会让某些微不足道的角色显得比主人公更具光彩。[2] 悲剧和喜剧因素的某种程度的融合，是莎氏在整个欧洲戏剧流变中的另一个引人注目之处。莎士比亚将悲、喜剧融合，不仅在于喜剧因素对悲剧的渗透，而且可以从区别于其他剧作家的喜剧特征中看到更清晰的脉络。仅就莎氏喜剧特征而言，我们确实可以感觉到强烈的"欢乐意识"。而这种"欢乐意识"从另一个侧面对人性进行了探索，对"人"的自身给予了肯定。在莎士比亚不同时期的喜剧中，悲

---

[1] 徐克勤：《闹剧精品：〈温莎的风流娘儿们〉》，阮珅编：《莎士比亚新论》，武汉：武汉大学出版社，1994年，第159—167页。

[2] 杨慧林：《西方文化心理结构中的莎士比亚》，《文艺研究》1988年第6期。

剧因素随着时间的推移而逐渐增强,其表现形式至后期作品中愈臻完美。喜庆剧中的悲剧因素有时只表现为一种氛围,或是自然界的某种恶势力。喜庆剧中的悲剧因素造成这类喜剧的剧情发展一般历经由悲到喜或转悲为喜的转折,使观众和读者由开始的紧张、压抑转为轻松愉快。但悲剧性因素构成了对喜剧效果的威胁,破坏了喜剧世界的正常秩序,甚至使剧情罩上了浓厚的悲剧色彩。只是由于邪恶被爱的力量化解,才最终避免了悲剧性结局。莎士比亚打破了悲剧与喜剧的界限,探寻喜剧人物乃至恶棍式人物背后的悲剧性潜流,加深了文学反映生活和刻画人物的深度和力度。[1]在莎氏喜剧中,"爱情这一主旋律是极其鲜艳夺目的,销魂独我情何限,爱中既有喜,也有悲,真是在好一个'情'字了得中,给人以明快轻松和淡淡哀愁的感觉"[2]。在莎士比亚喜剧研究中,对《威尼斯商人》以夏洛克的研究较为全面、深刻,无论是研究的质量和数量都在莎氏喜剧中占有重要地位。[3]

回顾莎氏喜剧研究的过程,我们认识到,真正有分量的莎士比亚喜剧研究应该是从20世纪五十年代开始的,但那时的研究却受到了苏联莎学和中国政治环境的极大影响。八十年代以后从艺术形式和创作手法上肯定了莎士比亚喜剧的独特之处,将莎士比亚喜剧的主题还原于"爱"和"友谊",从审美出发研究莎氏喜剧已经成为一种主流趋势。从莎氏喜剧的"人民性"和从阶级斗争出发以意识形态化作为基本诉求,已经不再有人提起,但是,一些莎学论著中仍然有沿用过去的观点,惯性的作用巨大。为此,中国的莎士比亚喜剧研究还需要不断拓宽思维,不断革新研究方法,更新研究范式,在吸收世界莎学研究理论的同时,引进哲

---

1 洪增流:《论莎氏喜剧中悲剧因素的表现形式和意义》,《安徽大学学报》1998年第1期。
2 李伟民:《销魂独我情何限——杨世彭译〈仲夏夜之梦〉兼评〈仲〉剧》,《四川戏剧》2003年第1期。
3 参见李伟民:《从单一走向多元——莎士比亚的〈威尼斯商人〉及其夏洛克研究在中国》,《外语研究》2009年第5期。

学、美学、文艺理论、比较文学、比较戏剧学、语言学和莎学研究的最新研究成果，才能把中国的莎士比亚喜剧研究不断推向深入。

最后谈谈本文集的编写。自从接到回顾与总结莎士比亚喜剧在中国的介绍、翻译、演出与研究、编选的《中国莎士比亚喜剧研究》这一任务以来，我就与"莎士比亚研究丛书"的总主编杨林贵教授一样深感责任重大、任务光荣而艰巨。经多次商议，初步拟定了选文标准和篇目。按照商议的结果，规定每位学者限选一篇论文；选文既要重视论文质量、创新性，对莎氏喜剧研究的深化，也要注重作者在中国莎学研究上的贡献，以及作者本人在莎学领域的广泛、持久、深厚学术影响力。在选文中注意老中青学者兼顾；传统阐释与新理论分析兼容；各种莎氏喜剧搭配；重点放在文本研究方面（以便与莎剧改编研究文集有所区别，但也不强求一律）。选择论文，不但要有已经发表在期刊上的论文，亦注重选择已经出版的专著，或民国时期的稀见资料。绝大部分选文按原貌编排，少量选文在编排时有所删节。根据以类相从的原则，大致分为宏观莎士比亚喜剧研究、微观的单个喜剧研究，全书控制在三十万字左右。按照这一设想，在比较全面梳理中国莎士比亚喜剧研究成果的基础上，大约有七十篇论文进入了备选篇目，总字数约为一百万字，真乃洋洋乎巨观。显然，这已经严重超过了本书最初预计的篇幅；因此，必须在再一次通读论文的基础上缩减篇幅。经过第二次选择，大约留下了四十篇论文；但论文数量仍然过多；因此，在全面考虑上述选文标准的前提下，经反复比较，多次筛选，形成了现在的规模。需要说明的是，一些在莎学研究上做出了重要贡献学者的崇论宏义之文没有包括在内，有些是因为这些论文已经收入了作者本人的多部译文集、文集之中，读者较易获得，故本文集中没有收入；有些论文曾经在中国莎学研究中有一定影响，但是这一专题的研究文章过多，或在中国知网上能够方便地检索到，例如《威尼斯商人》研究的多篇论文，美国科罗拉多大学教授杨世彭有关《仲夏夜之梦》研究、翻译的文章[1]，天津师范大学教授邱佳岭《〈驯悍记〉与莎士比亚的女性主义意识》[2]的论文，等等，限于篇幅本文集也没有收入。但是考虑到作者和论文本身的影响，本文集在综述中国莎士比亚喜剧研究时，尽量对这些论文给予叙述，以便彰显其在中国莎士比亚喜剧研究上所做出的杰出贡献和论文的理论价值。同时，这种情况也给编者带来启示，就是在适当的时候，再就某一部莎氏戏剧、某个研究主题编辑更为专门的研究文集，以期不断把中国莎士比亚研究引向更深层次。四川外国语大学国际关系学院李盛茂先生、南开大学文学院博士胡鹏承担了本文集英文标题、摘要的翻译和编制，我承担的四川外国语大学研究生院"莎士比亚在中国"科研项目中的2013级研究生马露莹、董威里、谭冰雪、张兆、刘加翠、岳程、敖娜，以及诸多选修"西方戏剧赏析"、"外国文学史"的本科同学做了文集的部分文字录入和校对工作，在此表示感谢。

　　岁月不居，忽忽如流，而大雅宏达，文章成于气节。编选文集的过程，也是编者不断审己以度人，学习、研究的过程，在编选中，虽然文中所提到的莎氏喜剧研究论文和莎氏喜剧演出，编者过去大都看过，但在反复权衡和取舍中，编者又多次阅读、研习胥寓于此之江海巨浸，膏泽之润，乃能涣然冰释，怡然理顺；在泛览文林、移晷忘倦之中，回顾所看过的莎氏喜剧，深为中华莎学，特别是莎氏喜剧翻译、演出和研究所取得的声施海内之成绩而骄傲和自豪。

　　这是一次难得的向先贤及吾辈学者学习和致敬的珍贵机会。寄身于翰墨，见意于篇籍，圣贤道德之光华，积于中而发乎外，"歌于斯，哭于斯……君子谓之善颂善祷"。从他们皆微学术，犹有古风与新见之作，我们看到了杰出学者、翻译家、表演艺术家和中国优秀知识分子的博雅、

1　莎士比亚：《仲夏夜之梦》，杨世彭译，台北：台湾猫头鹰出版社，2001年。
2　邱佳岭：《〈驯悍记〉与莎士比亚的女性主义意识》，《山西教育学院学报》2002年第4期。

坚定、拼搏、爱国、质朴、坚韧不拔、自强不息、厚德载物的君子之风以及寻求真理的真善美之品质。沐浴着前辈学者的自传于后世之恩泽，作为后来者的我们理应沿着莎学前辈所开创的研究道路不断前进，以我们的学术研究定力和智慧，穷思极索，钩深取极，将赡才力，务在博见，在补苴罅漏，张皇幽眇之中，积厚而薄发，循修以期于有成，为中华的莎士比亚研究事业不断做出新的更大的贡献。在此次成书的过程中，莎士比亚喜剧研究又有了许多新的发展，取得了许多新的重要的研究成果。为了全面地概括中国莎士比亚喜剧研究，笔者又对原文进行了多方面的增补、删改，以期对莎氏喜剧研究有一全方位的认识。

李伟民

2016年7月20日

莎士比亚喜剧和莎翁的喜剧精神[1]

方 平

当莎士比亚进入他的悲剧创作时期（约1600—1607年），他意识到和他面对着的是一个动荡、变革的时代。千百年来被奉为神圣的纲纪伦常经受着很大的冲击。取而代之的将是符合人文主义理想的新道德观念呢，还是恶性膨胀的个人主义和冷酷的功利主义？这是个令人焦虑的问题。莎士比亚在他的悲剧里通过惊心动魄的戏剧冲突，对处在激变中的伦理观念（父女之间、夫妇之间、君臣之间等的人际关系）做了多方面的探索。应该肯定的是什么，必须批判的又是什么，在这一系列问题上，他的人文主义者的立场是鲜明的。

因此在他的四大悲剧里，正面人物和反面人物之间可以截然分明地画出一条是非善恶、道德和不道德的界线；也可以说，历史上的进步力量和反动势力，在他的悲剧里壁垒分明。这一条划分是非善恶的界线可说是一条不可逾越的鸿沟。

在莎翁的喜剧里同样出现了好人和坏人，但干坏事的坏人似乎只是一念之差才偏离了人性；一旦被好人的大贤大德所感化，就回头是

---

[1] 原载于《外国文学评论》1990年第1期。

岸。好人不念旧恶，张开双臂，欢迎他们回归到充满着欢乐的人类大家庭。这样，这条是非善恶的道德界线并不像悲剧那样严峻，并没形成一条不可逾越的鸿沟。

例如喜剧《皆大欢喜》中有两个坏兄弟，一个篡夺哥哥的爵位，一个吞没弟弟应得的财产，可是当他们一旦离开了那个争权夺利、乌烟瘴气的宫廷，进入了亚屯森林的大自然怀抱，就好像在纯洁的精神世界中受了一次洗礼，立刻天良发现，知错认罪了。

在一部喜气洋溢的喜剧里，"善"总是感化了自惭形秽的"恶"。在悲剧中就看不到这种半心半意的坏人了。谋杀国王又刺杀同僚的麦克白，在半夜里回顾他走过的罪恶道路，吐露了内心的阴暗思想：

> 如今我两脚早陷在血海里，不跨过去，
> 想要回头，就跟走到尽头一样叫人心寒。（《麦克白》，第三幕第四场第136—138行）

明知道可怕的未来等待着他，他还是要在血海中一步步走下去，而且变本加厉，直到众叛亲离，恶贯满盈。

伊阿哥心狠手毒，要把善良的人们一网打尽；最后真相大白，阴谋诡计全都被揭发出来了，在法律面前，这个坏人却没一丝一毫畏罪悔过的表现：

> 问我也是白问，你们知道的，早知道了。
> 从现在起，我再不开一声口。（《奥瑟罗》，第三幕第三场第413—415行）

喜剧《仲夏夜之梦》的一张人物表更值得注意了。这里无所谓正反面人物，个个都是好人，谁也不是可恨、可恶的坏人。喜剧的小小冲突无非来自做父亲的老脑筋。更多的喜剧性因素来自误会、巧合；两对情人在森林之夜闹得不可开交，那只是好事多磨罢了。

人类社会本是一个整体，却同时又存在着阶级的对立、集团的对立、个人的对立；当彼此间的矛盾激化成冲突、斗争时，并不总是按照我们善良的愿望，出现一个喜剧性的、皆大欢喜的解决。悲剧着意于搬演人们曾经经历过的严酷的斗争，曾经付出过的重大的代价，为了争取美好的明天所做的努力。从这一方面说，悲剧的思想容量往往更为深厚，具有更丰富的社会意义。这也许可以说明为什么迄今为止，国内学术界所发表的莎剧论文，很大程度上偏重在悲剧这一边，而喜剧的研究则相对冷落多了。

应该说，具有浓厚浪漫主义气息的莎士比亚的喜剧也是现实生活的一种反映。不过，莎士比亚的喜剧仿佛通过一个特殊的角度来摄取生活场景，呈现出一幅像经过柔光镜过滤似的画面。没有深沉的阴暗面，光线、色调和轮廓都显得柔和、温暖、赏心悦目。在莎士比亚的喜剧中，现实世界仿佛披上了一层梦幻似的轻纱。莎翁的喜剧让我们感受到了一种喜剧精神。

喜剧精神并不是鸵鸟精神，叫人逃避现实，视而不见；而是善意地提醒人们，人类社会本该是一个相互谅解的大家庭（尽管目前的情况远不是这样）。我们又多么需要这富于童心的喜剧精神展开它那幻想的翅膀，帮助我们暂时超越现代人所面对的困境，使人们正在变得黯淡、枯燥、老化的心境重新得到一点滋润和抚慰啊！

二

如果把莎士比亚的喜剧放到欧洲古代戏剧史的背景中，和古典喜剧比较一下，就可以看到莎翁在喜剧艺术的领域里怎样开拓了一条自己的道路。

早在两千多年前，亚里士多德就在《诗学》中指出，喜剧和悲剧的主要区别在于："喜剧总是摹仿比我们今天的人坏的人，悲剧总是摹仿比我们今天的人好的人。"[1] 这里就包含着这样一种论断：喜剧乃是一种以否定性人物为对象的讽刺性艺术。文艺复兴时期意大利戏剧家特里希诺（G. Trissino）很明确地规定了喜剧的社会任务在于讽刺；正如悲剧通过悲悯和恐惧教育人，喜剧则以讥笑罪恶来教育人。

莱辛在《汉堡剧评》（1769年）中谈到了喜剧的社会功能。他认为，喜剧"真正的、具有普遍意义的裨益在于笑的本身；在于训练我们发现可笑的事物和本领"[2]。和前人一样，莱辛把喜剧的笑和讽刺看作同一回事；把喜剧的揭露、讽刺作用与文艺的教育作用密切地联系在一起。这样，喜剧的中心人物自然是应该受嘲弄、讽刺的否定性人物了。在一阵阵嘲笑声中，反面人物的渺小的品格、卑鄙本质被揭示得一清二楚，这既引起了观众的优越感、快感，一方面又引以为戒，唯恐自己也成为这样一个被嘲弄的对象。于是喜剧完成了它的社会功能。

的确，在古代欧洲文学史上，喜剧从来就是一种讽刺艺术。以阿里斯托芬为代表的古希腊政治喜剧是这样，以米南图（Menander）为代表的古希腊后期、古罗马时期的世态喜剧也是这样。这一传统可说源远

---

1 亚里士多德：《诗学》，罗念生译，北京：人民文学出版社，1982年，第8—9页。
2 莱辛：《汉堡剧评》，张黎译，上海：上海译文出版社，1982年，第152页。

流长了。到了17世纪,又有莫里哀的一系列社会讽刺喜剧大放光彩。他笔下的主人公总是被讽刺、被嘲弄的对象;他们的心理状态是畸形发展的,人格是有严重缺陷的,甚至是黑心黑肺的。至于果戈理创作的《钦差大臣》,那简直是为19世纪俄罗斯封建官僚集团无情地描绘了一幅"百丑图"。

16世纪末英国文艺复兴时期,伦敦舞台上出现的莎士比亚的一系列喜剧让人耳目一新。它们突破了一脉相承的传统,别具一格,成为一个新颖的品种:不再是向来的讽刺性喜剧,而是充满着浪漫主义色彩的、富于诗情画意的、抒情性的喜剧了。[1]

当然,莎翁的喜剧中也有讽刺,也有揭露:各种各样落后于社会发展的不合时宜的封建保守思想,在他们的喜剧里显现了荒谬可笑的原形。譬如说,对于禁欲主义的讽刺(《爱的徒劳》),对于夫权思想的讽刺(《温莎的风流娘儿们》)。不过,莎士比亚的讽刺总是蒙上一层特殊的色彩:有温暖的人情味,与人为善,很少刻薄尖利。即使那白痴似的哥儿史兰德,他的"求婚"场面把建筑在金钱上的包办买卖婚姻的可耻面目淋漓尽致地揭露出来了,但是对于那个可笑又可怜的求婚者也只是叫他出尽洋相,并非严厉的抨击。[2]

特别值得提一下的是大胖子福斯塔夫。把这个人物如实地放回到

---

[1] 关于这一点,英国莎学家H·B·查尔顿在《莎士比亚喜剧》(H. B. Charlton, *Shakespearean Comedy*. London: Routledge and Kegan Paul, 1955)一书中论述甚详,如:"以精神而言,拉丁[指古罗马]型喜剧是现实的、讽刺的、世俗的;莎士比亚喜剧是诗意的、缠绵的、罗曼蒂克的。普劳图斯全是写'性',莎士比亚全是写'爱'。"(第75页)我国学者首先提出莎士比亚喜剧有别于历来的古典喜剧,就作者所见,是赵澧教授,参见《莎士比亚研究》1983年,第67—69页。

[2] 参见莎士比亚:《温莎的风流娘儿们》第八幕第四场,第231—232页。

当时的历史背景中去审视他,那么他只能是一名没落的封建骑士,既失去了生活的目标,也丧失了道德观念,只知道贪图眼前的享乐,诈骗勒索,无所不为。可是出现在舞台上的福斯塔夫却让人笑痛了肚皮。他的机智是无穷的,他带来的笑料也是无穷的。这个喜剧性人物历来受到观众的热烈欢迎。莎士比亚并不想掩饰他的真实面目:早已堕落为厚颜无耻的社会渣滓,然而剧作家却使这么个人物获得了不可抗拒的艺术魅力,让观众不由自主地喜爱上了这个他们本该十分厌恶的反面人物。这一有趣的"福斯塔夫现象"是艺术王国对于世俗道德观念的一种超越。从这里我们岂不是看到了莎士比亚喜剧精神的一个方面?

除了这个大胖子,在莎士比亚所创造的喜剧世界中,夏洛克和马伏里奥要算是给人留下印象最深的两个否定性人物形象了。在《威尼斯商人》、《第十二夜》中,他们的出现带来了一串刺耳的不协和音:体现着践踏人性的残酷的憎恨,和敌视人们精神生活的功利主义。喜剧讽刺色彩加浓了,批判的调子加重了。但这也不过像夏天的阴云密布,雷雨一会儿就过去,接着又是雨过天晴、鸟语花香了。

冷嘲热讽并不是莎士比亚喜剧的主调,他不准备遵循前辈古典喜剧作家的路子,把塑造丑态百出的否定性人物作为喜剧创作的主要任务。也许在他看来,有了夏洛克和马伏里奥两个,再加上了不起的福斯塔夫,这就足够了。

莎士比亚以更大的创作热情、更饱满的精力塑造了一系列值得歌颂的正面人物形象。更令人惊喜的是,在莎翁的喜剧王国里,涌现出一群新时代的女性形象,她们容颜焕发、光彩照人,让人难忘。也许不妨说,莎士比亚正是为了这群象征青春和美、象征爱情的女性而写下一部又一部优秀喜剧的。这一群朝气蓬勃的、可亲可爱的女主人公体现了要求个性解放、追求爱情幸福的时代精神,把喜剧提高到一个诗意浓郁、富于浪漫色彩的境界。从这诗意的、抒情的境界传来的明朗欢乐、有韵味的笑声,可说是莎士比亚对喜剧艺术所做的值得赞美的贡献。

柔情蜜意的爱情场面从不曾出现在古罗马时代的古典喜剧中。普劳图斯(Plautus)等古罗马喜剧作家所擅长的只是交代男人们怎样施展巧计把他们所看中的女人弄到手,而这和现代意义上的爱情相去太远了。女主角往往是打情骂俏的妓女,她们是类型人物。古罗马的良家妇女一向被束缚在家庭里,不容许抛头露面,因此她们在喜剧中的地位也只能是幕后的不出场的角色。意大利的戏剧家钦齐奥在《论喜剧和悲剧》(1554年)中这样写道:

> 端庄贞洁的大家闺秀是不容许在喜剧中露脸、说话的,这一禁忌自有缘故,因为喜剧所写的无非是那些名声不好的人的放荡狎邪而已。[1]

还保存着古典喜剧遗风的莫里哀的《太太学堂》(1662年)正是这样。一对青年男女一见钟情,他们的自由恋爱带有反封建的色彩,可是却完全放在幕后处理。观众所能看到听到的并非两情相悦的互诉衷肠,而只是那单纯幼稚的青年在夸耀自己的艳遇:怎样眉目传情,怎样私下幽会,而这却正好不自觉地一次又一次把他们俩的私情暴露在"情敌"面前。可怜的阿涅丝(她应该是女主人公吧)很少有在台前露脸的机会,内心深处纵然充满了柔情蜜意也无从表白。

---

1 转引自H·B·查尔顿:《莎士比亚喜剧》,第82页。

与之对比，莎士比亚的喜剧里也有一对秘密情侣：安妮和范通，莎翁正面写出了他们俩怎样运用智谋，冲破封建家长的干涉，最后终成眷属。

莎士比亚歌颂爱情取得最后胜利，莫里哀则讽刺封建夫权主义终于彻底破产。这两个剧本各有侧重，都有思想意义，都有喜剧性，都有笑料；不同的是恋爱中的少女在舞台上所处的位置。莫里哀让她经常躲在幕后，而莎士比亚让她站到台前来，得到充分展现个性的机会。这样，剧场中笑声的味儿也就不同了。当我们看到满脑子夫权思想的老顽固柱费心机，气个半死，我们笑了，笑得很痛快，但笑声中缺乏诗意在荡漾；而带有诗意的笑声正是人们从莎士比亚的抒情性诗剧中所得到的最好的艺术享受。

大约在1598—1600年，莎士比亚接连创作了三部最优秀的喜剧《捕风捉影》[1]、《皆大欢喜》和《第十二夜》。它们并列对峙，标志着莎士比亚在他的喜剧艺术上所达到的高峰。跨入17世纪以后，他的艺术才华从喜剧转向悲剧，在六七年时间（约1600—1606年）里又写出了《哈姆雷特》等四大悲剧。四大悲剧都以男主人公命名，都以他们为戏剧的中心人物，他们站在舞台的最前面；女主人公说，后退几步。在当时的现实生活中情况恐怕也是这样：男人的社会地位高出女人一头。奥菲莉霞和柯苔莉霞的身世遭遇，在男性世界中多少带有一种插曲的性质。苔丝德梦娜本是她丈夫的亲密战友，他们俩合顶着同一命运，但是在悲剧的发展过程中，她的行动和自我表白的机会却相对地被压缩了。

麦克白夫人是一个有心计、有野心、下得了毒手的女人，这是另

---

[1] 即《无事生非》。——编者注

一种类型的女性,在莎翁的喜剧世界中从未出现过,但是就现在我们所能读到的《麦克白》版本(对开本)而言,她从男性般刚狠回归到女性的脆弱那一心理逆转的过程被放置在幕后处理了。

虽然当时的妇女远没有争取到和男人平起平坐的社会地位;莎士比亚却在自己的喜剧王国里,给予那像灿烂群星的可爱的女性以最显著的位置。在那一个新时代里,活跃在舞台上的那一群不同凡俗的女主人公,她们心里该是充满着一种自豪感和幸福感吧!

三

恋爱自由、婚姻自主,是人生的基本权利,值得以生命去争取;美满的婚姻应该建立在爱情的基础上;纯洁的爱情是最可珍惜的感情,绝不是什么伤风败俗的淫欲邪念。在今天,这已成为人们普遍接受的观念了,但是当我们做历史的回顾时,可以看到,是文艺复兴时期的人文主义者在担负起向封建主义作斗争的任务时,首先在他们的文艺作品中大声疾呼地提出来的。《温莎的风流娘儿们》达到喜剧性高潮时,那情哥儿挽着安妮的手理直气壮地向她的父母宣布了新一代人的新伦理道德观念:

> 你们的主意可就是要她嫁人,
> 不管她跟对方有多少的"爱情"——
> 像这样的嫁人真是羞煞人!……
> 海枯石烂,再不能把我们俩分开。
> 她做了错事,可这错误是神圣的!

> 她骗过了爹娘，这欺骗也说不上
> 奸诈，说不上忤逆不孝，说不上
> 家长……（《温莎的风流娘儿们》，第五幕第五场）

　　这里并没有因为违抗了家长的意旨而含羞带愧地乞求宽恕；相反，可耻的、应该受到谴责的倒是那没有感情基础的、违反本人意愿的封建婚姻。这一番话相当完整地在爱情和婚姻问题上表达了人文主义者的进步观点。伊丽莎白时代的年轻观众第一次听到隐藏在他们心底的迫切愿望被这么鲜明地在舞台上倾诉出来，他们的共鸣心弦该有多么激动，这在今天的我们已很难体会了。但我们同样有理由感谢剧作家，因为在他的笔端，美好、幸福的爱情获得了诗意的光辉，而这浓郁的诗意丰富、提炼了我们人类的精神世界。

　　分不开的是对于爱情的歌颂和对于女性的赞美。出现在莎翁喜剧中的那群令人倾倒的美丽温柔的好姑娘就是爱神的化身，在小伙子的心头燃烧起了爱情的熊熊烈火。更可喜的是，这些人间女神一个个都具有鲜明的个性，情感与智慧又丰满圆熟，发展得那么均衡，她们有血有肉，并非仅仅作为幸福的布施者来到人间（像狄更斯笔下的天使般的女性），同时也是人间幸福的追求者。那些可爱的女主人公往往主动地（虽然有时含蓄地）首先向对方吐露自己的情怀，比起19世纪初奥斯汀小说中那些活动在客厅里的举止优雅的淑女，她们的感情更为热烈，语言更带机智的锋芒，在情场中扮演了更为活跃、主动的角色。

　　多么可爱的罗瑟琳啊！她把一串项链从自己的脖子上摘下，给在竞技场上打倒对手的奥兰多亲手套上，还含情脉脉地透露了心头的秘密：

少爷，您的摔跤真棒，给您征服的不仅是您的敌人。(《皆大欢喜》，第一幕第三场第47—48行）

而受宠若惊的小伙子反而张口结舌，半天说不出一句话来。

米兰达给人留下难忘的印象。这位荒岛上的姑娘几乎不曾感受到千百年来习惯势力加于妇女身上的束缚。她纤尘不染，不带羞色地把自己的一颗跳动着的纯洁的心捧出来献给她第一次遇见、一下子被她爱上了的异性青年：

> 这世界上，除了您，我再不希望别人
> 来跟我做伴；也想象不出，除了您，
> 我还能另外喜欢什么样的形象……
> 要是您愿意娶我，我是您的妻；
> 要不，我一辈子都做您的侍女。
> 要您跟我做伴，也许您会拒绝；
> 可是我情愿做您的奴婢，不管您要不要我。(《暴风雨》，第三幕第一场第54—57行，第83—86行）

她出言吐语，那么单纯明净，口吻是那么天真，情意又那么深沉。你很可以说，在将近四个世纪前，米兰达分明是一位不同凡俗的新的女性，而且即使到了20世纪的今天，在她身上仍然可以看到一位新女性的风度。在时光的长流中她似乎永葆青春。

在个性解放的时代里，莎士比亚赋予他笔下的可爱的女性以新的精神面貌：不仅热情活跃，而且显示出和她们的美貌具有同样值得称道的才华。罗瑟琳说了一段非常风趣、富于喜剧性的语言，其实正是透露出这么一个信念：妇女的才华是不可抑制的，它一定能够，而且迟早会表现出来的：

> 她要是没有聪明才智，怎么有本领干这等事？越是聪明，越是淘气。要是你用一扇门把一个女人的聪明才智关起来，它会从窗子里飞出去；要是关了窗子，它会从钥匙孔里钻出来；堵住了钥匙孔，它会跟着一缕烟从烟囱里飘出来。（《皆大欢喜》，第四幕第一场第160—164行）

波希霞不就是这样？莎士比亚用鲜艳的彩笔描绘了这一位秀丽、优雅、富于风趣的贵族少女的形象。使人难忘的是她的才华，她假扮成青年律师，在威尼斯法庭上替束手无策的男人们解决了那件棘手的案件。当波希霞女扮男装，把自己的性别隐藏起来的时候，一向被埋没了的妇女的才华就令人炫目地显示出来了。

四

在一个新旧交替的时代里，旧的思想意识、传统的道德观念受到了挑战，逐渐失去了原有的权威性，再也不能像过去那样被看成唯一的价值标准，去衡量天下的万事万物了。不过那一个时代的新旧思想的撞击，人们对旧道德的背离，并不都表现为一种悲剧性的针锋相对、生死拼搏的场面；也许在更多的场合，往往以喜剧性的、比较缓和的方式表现出来。新观念一时还没有力量推翻旧道德，但是传统的观念毕竟被冲淡了、褪色了，失落了原来那一圈神圣的光辉。这样，人们就有可能逐渐从清规戒律的僵固束缚中摆脱出来。

《仲夏夜之梦》的主要喜剧因素表现在：爱情既是自由意志的表现（争取婚姻自由），却又是盲目的。整个喜剧的主旋律建立在那"被扎没了的眼睛"的盲目的小爱神的形象上，他"常常把好坏颠倒"！

那一场闹得不可开交的三角或四角恋爱完全是可笑的无理取闹，但正是这无理可喻，强烈地暗示着"爱情"不会俯首听命，只能由着自己的本性行事，通常所谓的是非善恶与它全不相干。这样，这盲目性就成了要从世俗观念的束缚中摆脱出来的一种不自觉的表现。

> 难道你自以为道德高尚，就不许别人喝麦酒吃茶点了？（《第十二夜》，第二幕第一场第54—57行）

如果我们不过分计较说话人（托比爵士）人品不高，那么这两句反唇相讥的话多么值得玩味啊，它无异在向干涉他深夜饮酒作乐的管家马伏里奥宣告：在日常生活中有许多事情是"高尚"的道德所管不着的。个人的爱好，个人的生活方式，在属于个人的小天地里，人们有权利做出自己的选择。

在一个封闭性的社会里，人们跳不出思维定式，目光短浅，非善即恶，黑白分明，哪怕鸡毛蒜皮的小事也非同小可，视为大是大非的问题。在一个新时代里，人们的精神视野不断地在扩大，见多识广，心胸开阔了，就有可能摆脱形形色色的偏见，超越狭隘的旧道德观念。这时人们会发现，在实际生活中，在是非善恶的中间，还存在着一大片领域，这是中间地带，说不上黑和白，也不必追究是好是坏；这里无拘无束,无须疾言厉色。这样就有可能产生一种可贵的、过去从不知道的宽容精神。

在人们的精神领域里开拓出那一大片中间地带,这正是莎士比亚喜剧的可贵之处。作为时代新人的莎士比亚,凭着开朗的襟怀,在他优秀的喜剧里,用温暖亲切的微笑把一种宽容的精神教给了人们。我们看到,当自以为道德高尚、总是板起脸来训人的总管马伏里奥看不惯女主人的随和,说"我不懂,您小姐怎会喜欢这种没有头脑的奴才胚子"(指替伯爵小姐解闷的傻子)时,奥丽维娅回答:

> 噢,你把自个看得太了不起啦,马伏里奥……只要能宽大,胸怀坦白,性格开朗,那么这一类事不过是射鸟用的钝头箭罢了;可你却当作是炮弹啦。傻子说话一向没有禁忌,尽管他口口声声在骂人,那也不算他出口伤人。(《第十二夜》,第一幕第五场第83—96行)

《仲夏夜之梦》中的一段话回响着的也是同样的宽容精神。雅典的民间工匠凑合起来排练了一台戏,为大公的婚礼助兴。新娘不乐意看,因为听说"他们演得不成个东西"。大公却认为:

> 尽管不成东西,我们还是说声谢谢!
> 就更显出我们的宽厚。他们出洋相,
> 正好让我们笑一笑。功夫不到家,
> 也不必计较那本领,要体谅那本心。(《仲夏夜之梦》,第五幕第一场第89—92行)

特别有意思的是《温莎的风流娘儿们》的结尾，父亲一心想把女儿嫁给一个小地主（不在乎对方是个低能儿），母亲又一心想把女儿嫁给一个法国大夫（不计较他性子多暴躁），安妮本人却另有所爱，而且有情人终成眷属。具有封建意识的父母不得不接受生米煮成熟饭这一现实，无可奈何地和女儿女婿和解了。他们原来的打算都落了空。冷眼旁观的福斯塔夫觉得他翻本的机会终于来到了，他一向受骗上当，吃苦讨饶，这一回他也有话好说了：

  我太高兴了，你们象埋伏在坑里的猎人那样暗算我，原来你们射出去的箭却也落个空！(《温莎的风流娘儿们》，第八幕第四场第231—232行）

当整个喜剧即将在轻松愉快的气氛中结束时，喜剧大师莎士比亚就这样忽然笔锋一转，通过福斯塔夫的话为人们平添了一段值得深思的智慧格言。

福斯塔夫由于心存不良，妄图非分，活该一再遭到捉弄，受到了应得的惩罚。可是那些布置圈套、捉弄福斯塔夫的人（安妮的父母），由于他们自身也存在缺点（旧思想、旧作风），所以终于也不免上了自己的孩子的当，因而受到了嘲笑——既嘲弄别人，又不能不被别人取笑——甚至连倒霉的福斯塔夫也可以取笑他们！这么看来，在现实生活中，人人都不免有这样或那样的缺点，以至可笑之处。哪一个可以自称圣徒呢？想要得到别人的宽容，首先要学会宽容别人，这该是人之常情吧？这喜剧的结束是温莎镇的"风流娘儿们"不念前恶，邀请福斯塔夫晚上到她家去喝杯酒。

从莎士比亚这位心胸宽广、热爱生活的人文主义者的眼里看去，这世界到处都可以发现喜剧性题材。他老人家温和、宽容的微笑使他的喜剧具有一种醇厚的意味，令陶醉在他的喜剧世界里的人们心胸豁然开朗。何必为无关宏旨的小事面红耳赤呢？少一些斤斤计较，多一些一笑置之的幽默感，更多一些欣赏人生的乐观主义精神，岂不更好？如此看来，莎士比亚的喜剧精神则又是我们应该学会的一种人生艺术了。

在悲剧中，戏剧的冲突尖锐激烈，往往是一场你死我活的斗争，难以像喜剧那样，可以从容舒展地表现这种和解、宽容的精神。不过悲剧《安东尼和克里奥佩特拉》中那一句话是使人久久难忘的：

   天神给我们缺点，使我们成为人。（《安东尼与克里奥佩特拉》，第五幕第一场第32行）

这是古罗马的名将安东尼殉情自杀之后来自敌对阵营的感叹。安东尼迷恋女色、不能自拔，要指责他是容易的；但我们都是凡人，都有自身的弱点，再想念到轰轰烈烈的一世英名，使人在惋惜之际有了不做求全责备的宽容精神。宽容，是人生的智慧，是人生的艺术，也就是莎士比亚的喜剧精神。

五

在莎翁的喜剧里，正因为是非善恶的界线并不总是那么分明，因此它就有可能超越道德的范畴而向"美"的领域延伸，使喜气洋溢、富于浪漫主义色彩的抒情性喜剧有可能进入一个更高的诗意境界。

莫里哀的《吝啬鬼》中有阿尔巴贡，莎翁的《威尼斯商人》中有夏洛克——好一对一毛不拔的吝啬鬼：都放高利贷，都不近人情，荒谬，都引起观众的笑声。只是《吝啬鬼》引起的笑声来自道德判断，表达了观众对可憎恶的人物的鄙夷。《威尼斯商人》则不仅是嘲弄的、鄙夷的笑声，还有飘浮在美丽的贝尔蒙庄园上空的一阵阵清脆轻快的笑声。这笑声来自对于生活的热爱，对于人生的良辰美景的欣赏，是一种审美的态度。在皎洁的月光底下，有一对恋人正在娓娓谈心：

一个说：听着那动人的音乐，我总感到一阵惆怅，
另一个说：这是因为你有颗敏感的灵魂……
一个人，要是他内心没有音乐，
听了美妙的和声，也无动于衷；
那么他，就是为非作歹的胚子，
他的灵魂像黑夜一样昏沉，
他的心胸像地狱一般幽暗。（《威尼斯商人》，第五幕第一场）

请注意，对于人，这里提出了一个全新的标准，仅仅凭道德观念来判断人的价值已经不够了。一个完全缺乏美的感受、美丑不分的人，在人文主义者的眼里，就像胡作非为、丧尽天良的人，他的灵魂同样是漆黑一团。

夏洛克只认得金钱，排斥精神生活；他既贪婪又粗鄙。所以，在这部戏剧中，莎士比亚对于他的批判是双重的，不仅从道德的意义上，而且从美学的意义上展开批判。这就比《吝啬鬼》中单纯的道德批判更深入一层。

总管马伏里奥这个人物更有意思。他在喜剧中其实并没干下什么天大的坏事；相反，恰恰因为他那自我标榜的道德意识如此强烈，他的功利主义又那么浓重，成了一个没有一丝一毫生活情趣、恨不得把美的感受完全从人类生活中排挤出去的大俗人，这个自命不凡而又粗俗不堪的清教徒因此成了被嘲弄的对象。

特别有趣的是，莎翁在喜剧中几次让他笔下的人物向观众传达我们人生中都曾有过的美感经验。审美感受本来是微妙、精细、朦胧的，语言很难捕捉，人们往往只能借"琳琅满目、美不胜收"等现成的词句聊表一二。而莎士比亚恰恰挑选了两个没有文化、智力低下的人物来表白他们那最强烈、迫切要求表达出来的美感经验。他们用尽他们全部贫乏的词汇，和那一丁点聪明才智也没法做得到；结果就像用双手去捧流动的溪水那样白费劲，这里就有了一种喜剧性。

我们且看从一觉春梦中醒来的织工"线团儿"，他把自己的梦境作为最独特的、谁都没有尝味过的人生的奇异经验，很想卖弄一番。他隐约记得似乎林中仙后曾怎样看中了他，怎样把柔情蜜意都用在他身上；可是这会儿却结结巴巴、一点名堂都没能说出来：

> 我啊，看见了一个谁也不曾看见过的幻象——我做了一个梦哪，哪怕你再聪明些，也说不上我这个梦是个什么样儿的梦。人，只是一头蠢驴罢了，别想来解释我这个梦。我记得我是——我记得我有——可是人哪，你只是一个穿花花绿绿的衣裳的傻子罢了，假使你想站出来说：我记得的是啥。人的眼睛听都还没听见过，人的耳朵看都还没看见过呢……我这小梦到底是一个什么样的梦。
>
> （《仲夏夜之梦》，第四幕第一场第105—115行）

《暴风雨》中的凯力班智力更低下了，他只是个怪胎，还算不上人呢，但是在人文主义者的心目中，"美"的女神就有这么大威力，能把一个怪胎都征服了，这就是说，它果然被魔岛上的"甜蜜的曲调"迷住了：

> 有时候，一千种乐器在我的耳边
> 叮叮咚咚地响，有时候我听见了
> 一阵阵歌声，使我刚一觉醒来，
> 又睡熟了；于是一个梦境出现了，
> 我仿佛看见，天上的云彩裂开了，
> 忽然露出那么多金彩银彩，
> 要纷纷落到我身上来；等我醒来，
> 我直哭着要再回到那梦乡中。(《暴风雨》，第三幕第二场第139—145行）

上一段独白，这一段半独白，都只是松松地依附在情节线上的插曲，可说节外生枝，是剧作家正当灵感喷发时的即兴发挥。虽然出于剧中小人物之口，这里却也可看出剧作家本人情不自禁地在悄悄透露他的向往之情。

歌颂女性的美、旖旎风光的美，历来的诗篇不知多少。但是写空灵的美、不可名状的美，写只能令人心醉、而无从形之于言词的美，写"美"织成的轻梦，比现实生活更美，甚至一个没有开化的生灵，刚从这样的梦中醒来，又哭着要回到梦中去——这却是很难落笔，无论在诗篇中还是在戏剧中。而莎翁在他的喜剧中为两个小丑似的角色安排了他们的"华彩乐段",让他们以无限留恋的心情去忆梦、寻梦,还梦想去叩开那已对他们关闭上了的神奇美妙的天国之门。

莎翁是不是通过他的小人物在这里现身说法呢?那么让我们,他台下的观众,好好倾听诗人所要宣扬的真谛吧。那也许是:这梦一般的、昙花一现似的奇迹,也可能成为我们的独特的美感经验,只要我们能意识到在芸芸众生的现实生活之外(或者不如说,在我们现实生活之中)原来存在着一大片等待开拓的"美"的领域。在喜剧中,那还没完全消逝的依稀梦影,就是"美"的女神若隐若现地在向人们发出诱人的召唤声。

超越了世俗的伦理道德观念,向"美"的领域延伸,向人的内心世界发掘美好的感情,用诗意的感受给现实世界披上一重闪光的轻纱;在青春和爱情的阳光下,洋溢着一片清脆的、无忧无虑的笑声,好像整个世界都如痴似醉了;而那哲人般的宽容、温和的微笑又把人生的智慧教给我们——这里就有莎士比亚喜剧永不消退的艺术魅力,也许莎翁的喜剧精神也尽在其中吧。

谈莎士比亚的喜剧作品[1]

曹未风

一

这是一个很大的题目,不可能在一篇文章里对莎士比亚的喜剧进行全面的分析,也不可能谈到他的所有的喜剧作品。莎士比亚写过十多个喜剧,其中比较有名的是:《仲夏夜之梦》(1594年)、《威尼斯商人》(1596年)、《无事生非》(1598年)、《皆大欢喜》(1599年)、《第十二夜》(1601年)。这几年在我国舞台上演出过《无事生非》和《第十二夜》。不久以前,上海戏剧学院实验话剧团再度演出《无事生非》,天天满场;演出也着实不错,尤其是几位新演员。这次我就着重取材于这两个戏,另外还想谈谈《仲夏夜之梦》。

几百年来,在资产阶级的文艺戏剧批评圈子里,虽然也不断地谈到莎士比亚的喜剧(因为这些戏也是经常上演的),而且也有不少专著,如在1938年出版的查尔顿的《莎士比亚喜剧》(H. B. Charlton,

---

[1] 原载于《上海戏剧》1961年第10期。

Shakespearian Comedy）和在1949年出版的帕洛特的《莎士比亚喜剧》（Parrott, *Shakespearian Comedy*）就是比较重要的；但是比起莎士比亚的悲剧来，他们的议论却少得多。有一位批评家说："谈到莎士比亚的喜剧，即使是最大胆的批评家也变得小心谨慎起来；他不敢过分严肃地对待莎士比亚所开的玩笑……因此他的批评就常是限于赞美与享受。"还有一些批评家认为，而且人数还不少，在莎士比亚的喜剧里是没有什么"意义的"，我们的笑声只是来自于"愉快……与蔑视和愤怒的感情绝不相容的愉快"。正由于有了这种看法，因此有些批评家们认为莎士比亚的喜剧就是为了让人快乐，而根本谈不上有什么"意义"。有一个人说："即使是严肃的教授先生，最倔强的道德宣传家也无法说莎士比亚在写他的喜剧的时候，有什么教育人类的想法。他只是按照他的想法来写，为了让他自己快乐。"这简直是一种创作上的无目的论。

  但是也有些资产阶级的批评家，认为莎士比亚写这些喜剧还是有目的的，但是他的目的却不可知，如上面提到的那位帕洛特就是这样；还有其他一些人也是这样，他们认为莎士比亚写喜剧没有花多大力气，即使他有什么目的，也不过是偶然碰上的，没有什么值得重视的，因此就劝读者不必为此太费脑筋，还是不如"尽量畅快地在莎士比亚的和煦阳光之下享受……闲看白云舒展"。他们认为莎士比亚的喜剧只有令人享受的目的，令人满足，给人们美感。有一位有名的批评家道登（Edward Dowden）说："如果我们看见了古怪的楔形文字而微微发笑的话，这是因为我们知道其中必有深奥而不可知的道理。"

  因此，资产阶级的莎士比亚批评家们对待他的悲剧和喜剧就采取了截然不同的态度。对于悲剧，他们挖空心思想在其中探索"人生的秘密"，不惜在一字一句之中花费穷年累月的工夫，企图猜透其中的奥秘；而对于喜剧，他们却说没有什么意思，就是为了让人们快乐。莎士比亚在这里没有动脑筋，没有思想。有一位甚至说《仲夏夜之梦》这个艺术珍品是莎士比亚在"一笑之中写出来的"（born out of a smile）。

但是，果真有这样的事吗？

二

在莎士比亚创作的一生里，大体可以分为两段，而以1600年左右为其分界线（有些人主张分为三段，也有人主张分为四段的）。这一年莎士比亚三十六岁。在前一段里，他以写历史剧和喜剧为主，悲剧只写了一个《罗密欧与朱丽叶》；在后一段里，他主要写悲剧，几个有名的大悲剧都集中在1601年至1607年内，另外他也写了少量的历史剧和喜剧。这一个分界线是很重要的，因为这代表了莎士比亚对于当时社会生活的前后两种不同的看法，也表现了他了解当时社会现象的深度与他自己在艺术训练上的成长情况。

他的喜剧主要集中在他的早期，因此要谈他的喜剧作品就要谈谈早期的莎士比亚，也就是青壮年的莎士比亚。这个问题，我们过去未谈过，在国外也谈得很少。因为一谈就谈到他的悲剧，他的《哈姆雷特》、《奥赛罗》、《李亚王》，等等，仿佛不谈这些就不是莎士比亚似的。或是即使谈喜剧，也把它们和悲剧联在一起谈。喜剧研究是莎士比亚研究工作中的一个薄弱环节。

现在分析他的喜剧作品中的第一个问题还是主题思想问题，也就是上面谈的那个创作有没有目的性的问题。以《仲夏夜之梦》、《无事生非》、《第十二夜》这三部戏为例，这里写的全是爱情故事。在《仲夏夜之梦》里写的是四对人物的爱情：海米亚和莱珊德；赫伦纳和德米萃斯；仙王奥倍隆和仙后蒂旦尼亚；雅典公爵席修斯和亚玛森女王希波丽达。这里的"戏"出在海米亚爱莱珊德，可是海米亚的父亲埃吉斯不答应，结果这一对青年男女为了自由只能逃走；赫伦纳爱德米萃斯，可是德米萃斯却爱海米亚；结果这两对青年男女都跑到了雅典城外的森林里。这是夏天，正是树木葱茏百花盛开的时节，地上是一片柔软的樱草；空中在白天是万里无云的蔚蓝，在夜里是皎洁晶莹的月光。就在这样的仲夏之夜，他们在那里做了一场梦。说是梦又是真。在这里，仙王、仙后和无数的小仙，和人间的快乐争吵混成了一片。在这里还穿插了戏中戏，益增了喜剧的气氛。后来一夜梦到天明，到了黎明出猎的号角吹起，猎犬被放到山谷里奔逐的时候，情人们就都醒来了，一切归于和好，重又开始了一天白日的生涯。

现在再来看《无事生非》，这是大家比较熟悉的戏。这个戏这次演出很能够抓住莎士比亚喜剧的特点，很热闹，带点儿夸张。据我的记忆所及，这次演出的某几场比1957年那次做了一些改进，如在花园里的那一场，我认为是改得好的。在下次演出时，还可以再做些改进。在对话方面，就还可以再删掉一些，或在台词上再使它口语化一些。因为在莎士比亚的喜剧里，有一些对话，尤其是在你一言我一语地争说俏皮话的时候，有许多词句已经随着时间的转移而失去了意义。我们今天上演时，当然还增加了地区、风俗习惯上的差异。在这里我们可以再大胆一些进行更动。

在《无事生非》里写的也是两对青年人的爱情故事，一对是希罗和克劳狄奥，一对是佩特丽斯和般内狄克。另外也还写了男人之间的友谊和女人之间的友谊。在这些爱情和友谊当中出现了一个"恶人"唐约翰，由于他的拨弄，才出现了一场"无事生非"。这两个爱情故事是不同的。在第一对之间是父母之命、媒妁之言的"爱情"，克劳狄奥看见希罗貌美，又有偌大家财，因此就求唐彼得鲁去做媒；而第二对，却是由于他们自己的相爱，两个人原来都是自以为可以不受爱情的支配的，而结果却在暗中滋长着爱情，其中的转折点是希罗在教堂里遭到不白之冤的时候，这时他们俩都为了义愤、同情的缘故而严肃认真起来。从这时候起，他们才有了真正共同的愿望和互相了解。这一场戏应是一个高潮。

《第十二夜》也是大家比较熟悉的戏。这部作品先有了电影，接着又被搬到了舞台上。这是莎士比亚在他的早期创作生活里所写的最后一个喜剧。由于他后来不再认真写喜剧了，因此这乃是他的一个被公认为最成熟的喜剧，代表了他的喜剧创作的顶点。他在这同一年里开始了他后期的悲剧创作生活，而他写的第一个戏就是《哈姆雷特》。在同一年里写了这样两个截然不同的戏，可说是很奇特的现象，但是也正可以看出他这一年前后在思想上、感情上的剧烈变化，从艺术手法和表现深度上来看，这两个戏却有一些共同之处。

有人说在《第十二夜》里，莎士比亚写了八种不同的爱情故事。奥西诺爱奥丽维娅，而奥丽维娅却不爱他；奥丽维娅爱薇欧拉，而薇欧拉却不能爱她；庵住爵士向奥丽维娅求婚，可是不知道是否爱她；麻浮柳自以为奥丽维娅爱他，而奥丽维娅却想都没有想到过；薇欧拉爱奥西诺，可是不好说出口；陶拜爵士和马利亚结婚，就是为了结婚；沙白斯馨和奥丽维娅结婚，结了婚以后也不知道为了什么缘故；然后还有小丑凡斯特，他是很爱护他的女主人的。这么复杂，而莎士比亚却把它们处理得那么妥帖、从容，真是一位大家的手笔！

三

现在我们就来谈谈这个"主题思想"的问题。从故事情节上来看,这三个戏都是谈爱情的,另一些喜剧也是这样,如《二绅士》(1592年)、《驯悍记》(1593年)、《皆大欢喜》;但是,是不是就是为了谈谈爱情的故事?或是像一些资产阶级的学者批评家们所说的那样,只是为了"娱乐"而没有任何"意义"呢?这却显然不是的。"爱情",对于中古世纪的人来说乃是个大题目。因为在当时的反封建主义的斗争中,爱情和婚姻问题是斗争表现得比较集中的一个方面,尤其是在欧洲的历史情况下,天主教会对于人们思想的统治以及封建礼法对于青年男女的桎梏乃是一种最顽固的势力。这和我们在五四运动前后的情况很相似。在欧洲文艺复兴时期的另一位有名意大利作家鲍卡西欧(1313—1375年)比莎士比亚早两百多年,他的《十日谈》的进步意义也就在于是反天主教会和封建礼法的,而他的创作主题也是"爱情"。

莎士比亚在他以爱情故事为创作主题的作品中,是爱憎分明的,他赞成什么和反对什么都很清楚,而且即使在这个早期里,有时候也能达到了愤慨的程度(虽然还没有达到后来悲剧的大声疾呼的地步)。例如在《仲夏夜之梦》里,莱珊德就说:

德米萃斯,她的爸爸喜欢你;
让我娶海米亚,你去娶她的爸爸。(第一幕第一场)

还有,当他们的爱情遭到挫折,而不得不逃出雅典的时候,这一对年轻的男女就在一起控诉:

莱珊德：我的天哪！在我所有读过的书里，
　　　　在我所有听见过的故事与史实当中，
　　　　真正爱情的道路就从来没有平坦过；
　　　　不是为了门不当、户不对，
　　　　就是为了年龄差了一大堆，
　　　　若不然便是完全由别人挑选，
海米亚：简直是地狱，用别人的眼睛来挑拣自己的情人。（第一幕第一场）

　　莎士比亚在他的这些爱情作品里，主张"一见钟情"，主张自愿，主张只有建筑在彼此了解无间的爱情才是真正的爱情，而且这是没有多少道理的，爱就是爱，不爱就是不爱，他非常珍视青年人自己选择的权利。例如在《第十二夜》里，奥丽维娅和薇欧拉是两个极年轻的姑娘，她们有自己的主张，自己的愿望，而莎士比亚是以极大的同情使她们的愿望得到满足的。他在这同一时期里所写的《罗密欧与朱丽叶》岂不也是这样？这里附带提一句，但并不是不重要的，就是在莎士比亚的作品里，妇女的形象是以充分享有自己的权利，在精神上也应该得到"解放"的姿态出现的。《无事生非》里的佩特丽斯和希罗不就是"新旧"两种形象的代表吗？一个是活泼大胆，心直口快，说起话来毫不让步，而另一个却是在旧礼法家庭里长大的，虽然也一样善良，但是却拘谨小心，"三从四德"。这和另一个喜剧《皆大欢喜》里的罗莎琳和茜丽亚又成为对照了。在莎士比亚的全部作品里所出现的妇女形象，论人物有一百多，论典型有一二十，这乃是当时社会的一幅极为丰富多彩的妇女群像。而在这些人物的处理上，他是爱憎分明的。

他不单写了爱情，也还写了其他，譬如说他写了"恶人"。这种人自私、贪婪、骄横、虚伪，貌似"正经"，而胸怀险诈。《无事生非》里的唐·约翰就是这样一个人物。这个人物是他当时已经写过了的历史剧《理查三世》中的恶人理查三世，和他后来又在悲剧《奥赛罗》中加以大大发展了的恶人亚勾的缩影。我们且看唐·约翰在戏里的自白：

我宁愿做篱边的一棵毒草，我也不做他喜爱中的一朵香花；我的性子叫我宁肯使人人都瞧不起我，我也不要装出一副腔调讨别人的一点欢喜：我这样做，虽然不能说我是个甜言蜜语的老实人，我却也不愧是个老老实实的坏蛋……如果我有牙齿，我就要咬人；如果我有自由，我就要任意行事。(《无事生非》，第一幕第三场)

当然他在《第十二夜》里所写的麻浮柳，是以另外一种形象出现的"恶人"。他把这个"清教徒"的丑态摆在舞台上，把他细细地剥给大家看。还有像在这出戏里的陶拜爵士和庵住爵士这种人。一个靠着破了产的爵士身份到处骗饭吃，一个是暴发的小业主到城里来攀个名门做亲戚。这种人当时在伦敦的饭肆酒馆里，到处都可以碰到。整个的英国社会当时正处在封建社会崩溃和新兴资产阶级出现的时期（英国的资产阶级是通过捐官和封建势力结合在一起的）。这全是当时英国社会的如实反映。

四

莎士比亚在他的喜剧里以大量的篇幅和手法制造喜剧气氛，这是很值得注意的地方。在莎士比亚当年演出的时候,舞台上没有布景,演出也没有乐队伴奏。因此他的条件是有限的,但是他还是采用了多种办法制造喜剧气氛。首先他使用了丑角,在《第十二夜》里,小丑凡斯特乃是贯穿始终的一条线;《无事生非》里的道勃利和勿吉斯,只要一上场便是舞台的中心;在《仲夏夜之梦》里那几个手艺人也是构成这部喜剧的重要人物。

此外他还使用了大量的歌曲和舞蹈场面。这些歌曲的绝大部分都是根据当时民歌改编的。《第十二夜》里的那几首歌曲是有名的,如:

> 什么是爱情?爱情又不是将来;
> 现在的笑声就是现在的欢快;
> 未来的事情谁也不能够明白;
> 一个劲儿地拖延什么也没有指望;
> 快来亲个吻吧,二十岁的俏姑娘,
> 青春的享受,没有多久长。(第二幕第二场)

还有在这个戏结束的时候所唱的最后一首歌:

> 当我是个小小孩童的时候,
> 嗨啊,吼,风雨吹满楼,
> 做点儿傻事全算不了什么,
> 细雨淅沥,成天下不休。
>
> 但是等我长大,成了人,

嗨啊，吼，风雨吹满楼，

人人看见傻子、小偷都堵上了门口，

细雨淅沥，成天下不休。

但是，啊呀！等我娶了个老婆，

嗨啊，吼，风雨吹满楼，

我要成家立业就再不能吹牛又胡诌，

细雨淅沥，成天下不休。

但是等我老了，爬不动的时候，

嗨啊，吼，风雨吹满楼，

我还是同喝醉似的，昏昏的头。

细雨淅沥，成天下不休。

在老远老远以前就开始了这种年头，

嗨啊，吼，风雨吹满楼

总是这种老样子，戏也演到了尽头，

我们不天天卖力讨好诸位，就绝不罢休。（第五幕第一场）

至于舞蹈，莎士比亚也大量使用。《仲夏夜之梦》里的仙境里的那些角色，尤其是小仙们出现的场面，为后来的导演们提供了大量安排音乐与舞蹈的条件。这个戏假如有一天搬到了我国的舞台上，我们可以采用民族化的手法加以处理，一定会很出色的。

五

莎士比亚在他的一生中写过三十七部剧本,其中喜剧十四部、悲剧十二部、历史剧十一部;另外他还写过一卷十四行诗和几首长诗。我在这里只能谈他的三部喜剧,而且还只能简单地谈一下。总起来看,他的喜剧和他所写的其他作品一样,都反映着莎士比亚的思想。没有"目的"的作品和作家是没有的。他在早期所写的喜剧所反映的问题和所分析的社会现象之所以不如他的若干其他作品深刻,一方面是题材所限,另一方面也是因为他这时候还没有充分认识到当时社会的复杂性和本质。这并不是说他并没有爱憎,相反地,他的爱憎是很明显的。他通过爱情故事的描写,热情歌颂了青年一代,他们的纯真和他们的权利,而对于当时的虚伪、自私、黑暗和贪婪现象,则做了有力的讥讽和鞭挞。这一点,他和同时代的其他人比起来,是很杰出的。

莎士比亚的喜剧有他的很浓厚的歌颂快乐与满足的一面。这又有什么不好呢?他所以这样做还有一个客观原因,就是他的相当一部分喜剧是为了赶在一个节日上演的。如《仲夏夜之梦》和《第十二夜》都是的。为了满足人们的节日欢娱的需要,他也就突出地表现了他在这方面的才能。他在这方面的才能也的确不平常,凡是莎士比亚所写的喜剧,除了晚年的那几个而外,没有一个不是非常生动活泼而鼓舞人们的欢乐情绪的。

文学家都是语言的大师。在英美的古今文学家、戏剧家和诗人当中,莎士比亚更是一位语言的大师。他的语言丰富多彩,词汇和表现方法都是英语文学作品中的典范。在他的语言中吸收了大量的民间日常用语作为材料,而进行了文学加工。后来的戏剧大家萧伯纳也注意了这个问题，但是萧伯纳的文字多文章气，他的一些戏搬上了舞台有点像读文章，终不如莎士比亚的台词有"泥土香"。这大概是由于在莎士比亚的时候，戏剧创作还没有成为知识分子的专业，当时的职业分工还没有那么细，文学作品还没有完全变成为资本主义社会中的商品的缘故，作家和人民群众还没有那么脱离。

莎士比亚的喜剧美学思想[1]

邱紫华

莎士比亚的喜剧沿袭了中世纪重欢乐而轻讽刺的喜剧传统，其题材都以恋爱为主题，表现了强烈的人文主义精神。莎士比亚的喜剧呈现了独有的美学思想与美的风格：其结构方式是"悲哀的开端，欢乐的结尾"；善于建构真正的喜剧纠纷；具有狂欢化色彩。

莎士比亚一生中创作了十四部喜剧。莎士比亚的喜剧都是以恋爱为主题的浪漫喜剧。剧中的人物来自于广阔的社会生活：他们中有王公贵族、富商绅士及其他中产阶级的人，也有普通的商人、织工、木匠、村镇妇女等。这些人物是当时社会思潮的代表，以喜剧的方式表现他们就能从另一种情感角度显示时代的特征和审美理想。莎士比亚无论是用悲剧或是用喜剧的形式表现那一时代的社会生活，他所表达的时代精神和美学思想都是一致的，即以人文主义的思想来审视社会现象，表达对人性的关注。

一、莎士比亚的喜剧都以爱情题材为中心

莎士比亚喜剧的题材都是以爱情为中心的浪漫故事。这种题材在

---

[1] 原载于《湖北大学学报》（哲学社会科学版）2005年第3期。

伊丽莎白女王执政时代是王族和平民都喜欢的题材。那时，中世纪豪侠的骑士精神还受人称赞，骑士和淑女之间一见钟情的浪漫的恋爱方式依然吸引着那些爱幻想的人们；加之伊丽莎白女王特别欣赏表现妇女的决断能力、女性的机敏与智慧的文学作品；上层社会的人士也喜爱用机智的、幽默风趣的话语进行交谈；要适应这种社会审美趣味的作品只有那种富于浪漫意味的爱情故事最恰当。就个人审美趣味而言，这种浪漫的爱情题材正同莎士比亚所信奉的人生哲学——"幸福是最高的善"、"快乐是人生的目的"的信念是一致的，也与他所追求的喜剧应当有欢乐结局的美学观念是一致的。他的喜剧中的爱情都是以男女互爱为基础，采取一见钟情的恋爱方式，以"有情人终成眷属"为结局。这种喜庆的题材、甜美的爱情、浪漫的情调都与文艺复兴时期新兴的喜剧观念所主张的那种暴露性、批判性和辛辣的讽刺相去甚远。莎士比亚的喜剧即便有所讽刺，也都显得轻柔轻松，不具有伤害感，因此具有狂欢化的色彩。

莎士比亚的人本主义爱情观包含有丰富的内容。首先是反对基督教的禁欲主义。例如，在《终成眷属》中，伯爵夫人发现海丽娜爱上了自己的儿子，她对这种纯真的爱情给予了肯定，她说：

> 我们是自然的子女，谁都有天赋的感情：这一枚棘刺，正是青春的蔷薇上少不了的……当热烈的恋情给青春打下了烙印，这正是自然天性的标志和记号。（第一幕第三场）

莎士比亚针对女性的"贞操"所发表的观点真是前所未闻、惊世骇俗。在《终成眷属》中，他说：

[女人打算以处女终老的想法，]这是违反自然界的法律的……以处女终老的人，等于自己杀害了自己，这种女人应该让她露骨道旁，不让她的尸骸进入圣地，因为她是反叛自然意志的罪人。贞操像一块干酪一样，搁的日子长久了就会生虫霉烂……贞操是一注搁置过久了会失去光泽的商品：越是保存得长久，越是不值钱。（第一幕第一场）

在同一剧中，国王称赞海丽娜说：

你身上具备一切生命中值得赞美的事物，青春、美貌、智慧、勇气、贤德，这些都是足以使人生幸福的。（第二幕第一场）

莎士比亚把人比作天使、天神，这与基督教把人看作"原罪"生物的观点大相径庭；把女性的美貌和优秀品质看作人生最大的价值，这同中世纪时期贬低现世人生，把女性看作"地狱"、"罪恶"、"魔鬼"的观点相比较，真是天壤之别！

其次，莎士比亚通过爱情喜剧来表达他的理想的爱情观念。莎士比亚认为，理想的爱情是纯真的，不附带任何物质条件，因此，他对社会上人们在爱情和婚姻中的金钱关系和等级制度观念进行了尖锐的批判。在《威尼斯商人》中，莎士比亚通过剧中人之口表达了反对包办婚姻、主张爱情应当超越金钱和社会地位的观念。在《仲夏夜之梦》中，拉山德说：

我在书上读到的，在传说中或历史中听到的，真正的爱情，所走的道路永远是崎岖多阻；不是因为血统的差异……便是因这年龄上的悬殊……或者因为信从了亲友们的选择。

可憎啊，选择爱人要依赖他人的眼光！（第一幕第一场）

在《终成眷属》中，国王主张把海丽娜嫁给勃特拉斯伯爵，在遭到伯爵拒绝时，国王说：

你看不起她，不过因为她地位低微，那我可以把她抬高起来。要是把人们的血液倾注一起，那颜色、重量和热度都难以区别，偏偏在人间的关系上，会划分这样的清楚的鸿沟，真是一件怪事……善恶的区别，在于行为的本身，不在于地位的有无……最好的光荣应该来自我们自己的行动，而不是倚恃家门。（第三幕第三场）

在《冬天的故事》中，牧羊女潘狄塔因社会等级而不可能同王子结合时，她愤然地说：

同一的太阳照着他的宫殿，也不曾避过了我们的草屋；日光是一视同仁的。（第三幕第三场）

因此，莎士比亚在《终成眷属》中讴歌海丽娜对爱情的坚定的信念，赞扬她为了实现自己的爱情而进行的持久的个人奋斗。正是在这种新兴的人本主义、个人主义的爱情观念指引下，莎士比亚才以喜剧的形式表达了对爱情的憧憬与赞美，同时以悲剧的形式来表达对美好爱情毁灭的深切的悲哀。

上述莎士比亚喜剧美学观念和人本主义的爱情观念决定了他的喜剧创作的题材与美学风格,这就是:以爱情为中心内容,以圆满的结局和某种程度的闹剧与狂欢化为特色的喜剧风格。

二、莎士比亚喜剧的美学风格

莎士比亚喜剧的美学风格具体表现在三个方面:

第一,莎士比亚喜剧的结构方式是"悲哀的开端,欢乐的结尾"。莎士比亚的喜剧在结构上都是先悲后喜、以悲写喜、以悲衬喜的悲、喜剧混杂的方式。例如,《错误的喜剧》故事开始时,商人伊勤因多年前的海难失散了妻子和孪生子中的大儿子,现在同小儿子分别为了寻找失散的亲人而误入以弗所的领地而被判处死刑。故事围绕着伊勤的孪生儿子和他们各自的仆人,即另一对孪生兄弟之间的层出不穷的误会展开,最后,在即将执行死刑、众人都聚在一起时,才相互认识而化险为夷,全家幸福地团聚在一起。莎士比亚善于营造最大的险情和悲哀来引发最终到来的欢乐的激情。《威尼斯商人》、《第十二夜》、《暴风雨》、《一报还一报》、《终成眷属》等都是这样。为了达到先悲后喜的戏剧效果,莎士比亚特别善于运用各种戏剧手法去促成人物情感的起落变化,如以误会、悬念、发现、吃惊、突转等技巧,以妒忌与变心、认错了人、谣传的死亡、离别与重逢、男女乔装性别等等戏剧性手法营造喜剧的氛围。而莎士比亚喜剧在营造悲、喜情感混杂的同时,还有一个突出的特点,这就是在喜剧结束时,透过狂欢的喜剧氛围而又萦绕着一种淡淡的悲哀情绪。考格希尔指出:"莎士比亚喜剧越来越成熟时,忧郁的气氛,不完全的和谐几乎在一切喜剧结尾,都是越来越加重。在欢乐的结局中,总有个别人排除于一般欢乐之外。"[1]例如,《威尼斯商人》的结尾,几对年轻人各有所爱所得,但安东尼奥尽管胜诉,却孑然一身,与孤独为伴;夏洛克不仅赔了女儿,而且还被人巧取豪夺丧失了大宗财产。《暴风雨》的结尾,尽管被蒙冤而流放的老普洛斯彼罗终于澄清了事实,可以回家了,但也就意味着返回生命之家。《驯悍记》的结尾,凯瑟丽娜从悍妇变成了毫无个性的、缺乏自我意识的、任人摆布的没有血性的人,这就在人们发笑之余产生出一种莫名的悲哀,为这种毫无生气的爱情而悲哀。

第二,善于建构真正的喜剧纠纷。所谓喜剧纠纷也可以称之为喜剧冲突,它是指以一个事件或人物以遮蔽了自身实质的某种假象形式出现,使人们对于它的实质的认知构成一种障碍;喜剧通过情节、场面、行动和语言过程不断地消除人们对于它们的认知上的障碍,揭示出迷雾和面纱后面的真实面目,由此引发出人们的惊奇感和欢乐的笑声。因此,仅仅依靠人物乖戾的动作和语言上的插科打诨构不成真正的喜剧。莎士比亚善于建构真正的喜剧纠纷。首先,他善于制造能遮蔽自身实质的假象,这种事件或人物往往使人产生误解、误会而感到扑朔迷离,由此不断地产生出悬念和惊奇感而引人入胜。在《威尼斯商人》中,这种假象有:鲍西娅的"三匣定婚";鲍西娅假扮法学博士判决案情以及她故意向丈夫巴萨尼奥索取订婚戒指等,就是以遮蔽的方式,用假象来设置障碍。在《终成眷属》中所设置的假象是:名医的女儿海丽娜替代死去的父亲为法国国王诊病;海丽娜替代狄安娜同自己的丈夫勃特拉姆约

---

[1] 杨周翰选编:《莎士比亚评论汇编》(下),北京:中国社会科学出版社,1981年,第279页。

会，从而获取了丈夫永不脱下的戒指，同时也把国王赠送给她的戒指送给了勃特拉姆，这两个戒指都具有双向替代的意义，使海丽娜最终获得了丈夫的爱情。在《第十二夜》中，孪生兄妹西巴斯辛和薇奥拉男女角色的互换替代，引来人们的错认而产生出一系列的误会。在《皆大欢喜》中，贵族姑娘罗瑟琳女扮男装，西莉亚装扮成乡村姑娘，由此而隐没身份、引出误解。在《维洛那二绅士》中，朱利亚和女仆露西塔女扮男装，朱利亚化装充当自己负心情郎的仆僮，终于达到了规劝负心情郎回心转意的目的。莎士比亚的每一出喜剧中都有这类似的"遮蔽了自身实质的假象"，或者说以"某种虚假的形式所遮蔽的真实的内容"出现的人物或事件。其次，莎士比亚善于运用发现、吃惊、突转等戏剧手法来激发戏剧情景的波澜，使情节起伏跌宕、曲折动人。喜剧纠纷就是作家在创作中所巧妙地设置的"障碍"或"结"，打开这些结或清除障碍的过程，就是揭示被遮蔽的事实或人物的真相、本性的过程。所以，发现了真相必然引起吃惊，产生惊奇感；由于真相被揭示，就必然导致情节或事理的突转、变化。例如，在《终成眷属》中，伯爵夫人发现了海丽娜爱上了自己的儿子勃特拉姆，感到吃惊；由于勃特拉姆在国王身边当侍从，因此伯爵夫人才鼓励海丽娜去给国王诊病，由此引发一连串的事件。最后，勃特拉姆发现在佛罗伦萨同自己幽会的、使自己感到春梦销魂的女人竟然是自己一再拒绝和伤害的妻子时，感到万分吃惊，从而引起情感上的突转。莎士比亚的每一部喜剧都不乏这些戏剧手法，由此形成了他戏剧情节的生动性的美学特征。再次，从审美情感上讲，喜剧是创造笑声，悲剧则是表现悲情。尽管它们都需要运用上述的戏剧手法，但所要激发的情感目的是不同的。悲剧往往尽最大的努力来表现人生中最大的伤痛——苦难与死亡，喜剧的目的则是尽可能地导致笑声。

喜剧对于人们来讲，最大的特点是无伤害感。莎士比亚充分地注意到喜剧的目的在于引发笑声，达到有益而无伤害的结局这一特点，所以他的喜剧结尾具有大众同乐的狂欢化色彩。莎士比亚的喜剧讽刺意味淡薄，即便是受到人们嘲笑的福斯塔夫[1]也不具有憎恶的因素，这就是为了最大限度地免除伤害感；他的喜剧以悲开始，以喜而终，也就是为了最大程度上取得喜剧的欢乐效果。所以莎士比亚的喜剧大多以"有情人终成眷属"、皆大欢喜为结局，具有圆满的欢乐的气氛。正是这一点，显示出莎士比亚的喜剧接近薄伽丘而更像乔叟，不同于本·琼生和后来的新古典主义喜剧那种善于讽刺和富有理性的特点。

第三，莎士比亚的喜剧具有狂欢化色彩。伊丽莎白时代依然流行狂欢节，并且那时演出戏剧的剧场，本身就是一个各阶级聚集在一起共同寻乐的狂欢场所。"没有一个正派的女性是不戴面罩去看戏的。在这样一种化妆的狂欢节日的情况下，许多在别的场合将会是完全不适合去谛听的话，都可以当着她们的面说出来。"[2]莎士比亚作为当时的剧作家和演出商为了票房利益和满足社会上各阶层的娱乐和审美需要，"在他的剧本里还有一种闹剧的独特的类别"[3]。这种社会需求是莎士比亚喜剧具有狂欢化色彩的重要原因。巴赫金指出："在莎士比亚戏剧的结构里也能揭示出重要的狂欢化因素。"[4]

莎士比亚喜剧中的狂欢化色彩首先表现在人物之间的相对平等的、民主的、非官方特点。莎士比亚往往采用人物之间角色互换的方式来抹

---

1 《温莎的风流娘儿们》中的主角。——作者注
2 张可：《莎士比亚研究》，上海：上海译文出版社，1982年，第38页。
3 张可：《莎士比亚研究》，第62页。
4 张可：《莎士比亚研究》，第329页。

平他们的等级和性别差距，在特定的情境中显示出相对的平等地位，正如人们在狂欢节的环境中一样。例如，在《终成眷属》中，海丽娜同年轻伯爵勃特拉姆的等级差异是巨大的，不可能婚配；但在国王的眷顾之下，海丽娜就"和出身高贵的女子同样高贵了"。在佛罗伦萨，海丽娜为了唤起丈夫的爱情，她同丈夫所渴慕的平民女郎狄安娜互换位置，假借狄安娜的身份在黑暗中同丈夫幽会。在《第十二夜》中，薇奥拉不仅女扮男装，并且放弃高贵的身份，扮作男仆，这就抹平了男女间的性别差异和等级差异。莎士比亚这种"假扮"性别和身份的结构，实际上是中世纪狂欢节日中人们常用的以"假面"来遮蔽"真面"的手法，以制造惊奇感——"假面与更替和体现新形象的快感、令人发笑的相对性与对同一性和单义性的快乐的否定性相联系，与否定自身的因循守旧和一成不变相联系；假面与过渡、变形、打破自然界限、讥笑、绰号（别名）相联系；在假面中体现着生活的游戏原则"。[1] 所以，莎士比亚在喜剧中，大量运用女扮男装、改变身份等"假面"手法来取得惊奇感和欢笑效果。此外，在莎士比亚喜剧不时出现小丑形象，他们地位低下，供人取笑逗乐，但他们的思想和语言却非常深刻精辟，他们既是被别人愚弄的人，同时又是愚弄别人的人。"作为小丑和傻瓜，他们体现着一种特殊的生活方式，一种既是现实的，同时又是理想的生活方式"。[2] 莎士比亚通过小丑来抹平等级之间在思想观念方面的鸿沟。

莎士比亚的戏剧语言很多来自生活语言，尤其是他的喜剧很多来自狂欢节中的广场诙谐文化的语言。"莎士比亚笔下的小贩、农民、士兵、水手、仆人，尤其是傻子和丑角，几乎毫无例外地都用他们现实生

---

[1] 巴赫金：《拉伯雷研究》，石家庄：河北教育出版社，1998年，第47页。
[2] 巴赫金：《拉伯雷研究》，第9页。

活中的语调来说话。"[1] 莎士比亚在喜剧中采用民间狂欢化的广场语言,借此来打破等级之间的语言差别和语言中的禁忌,营造狂欢化的语境。在莎士比亚的作品中,尤其是喜剧作品中,在插科打诨和嬉笑戏谑中,骂人的脏话和猥亵语言自由发挥,并由此表现出"降格"和"贬低化"倾向,以引发大众化的狂欢心境。例如,《暴风雨》中,船只遇险,水手惊叫:

水漏得像一个狂浪的娘儿们一样。(第一幕第一场)

《温莎的风流娘儿们》中卡厄斯说:

我要把他那两颗睾丸一起割下来,一颗也不剩!(第一幕第四场)

《一报还一报》中,路西奥大骂摄政王说:

嘿,人家的鸡巴不安分,他就要人家的命,这还成什么话儿!……(这个人)为什么(死)?为了把一只漏斗插进人家的瓶子里去……这个绝子绝孙的摄政王要叫大家不许生男育女,好让维也纳将来死得不剩一个人。(第三幕第二场)

《无事生非》中,希罗姑娘说:

---

[1] 张可:《莎士比亚研究》,第66页。

上帝保佑我快快乐乐地穿上这件衣服，因为我心里重得好像压着一块石头似的！（第四幕第四场）

玛格莱特取笑她说：

等到一个男人压到您身上，它还要重得多哩。（第四幕第四场）

《罗密欧与朱丽叶》中，朱丽叶的奶妈用自己丈夫当年取笑幼小的朱丽叶的话来逗笑她：

你往前扑了吗？等你年纪一大，你就要往后仰了。（第一幕第三场）

《终成眷属》中的小丑说：一个人只要懂得一点点礼貌和一句套话就可以在宫廷中混事：

就像理发匠的椅子一样，什么屁股坐上去都合适：尖屁股、扁屁股、瘦屁股、肥屁股，或是无论什么屁股。

我把我常耍的这小棍子给他妻子，这就也为她干活了。（第四幕第五场）

上述广场诙谐文化的语言正如巴赫金所说的："莎士比亚的作品不乏狂欢化因素的外部表现：物质——肉体下部形象、双重性的猥亵、民间——饮宴形象等等。"¹ 因此，雨果说："在语言的放肆和大胆上，莎士比亚与拉伯雷是不相上下的。"² 上述的狂欢化因素构成了莎士比亚喜剧的一个明显的美学特征。

对于莎士比亚戏剧作品的美学价值，别林斯基给予了中肯而客观的评价："在近代民族中，没有一个民族的戏剧像英国人的戏剧那样达到了充分和巨大的发展。莎士比亚是戏剧方面的荷马；他的戏剧是基督教戏剧的最高的原型。在莎士比亚的戏剧中，生活和诗的一切因素融合成一个生动的统一体，在内容上广阔无垠，在艺术形式上宏伟壮丽。在这些戏剧中，是整个现在的人类，它的整个过去和未来；这些戏剧是一切时代和一切民族的艺术发展的茂盛的花朵和丰饶的果实。"³ 莎士比亚代表了欧洲古典戏剧的最高水平和典范形式；莎士比亚之后的戏剧创作没有谁超越过他，如果说谁超越了莎士比亚，那一定是另辟蹊径的创新，即戏剧观念上的完全的创新。

---

1 巴赫金：《拉伯雷研究》，第319—320页。
2 杨周翰选编：《莎士比亚评论汇编》（上），北京：中国社会科学出版社，1979年，第419页。
3 杨周翰选编：《莎士比亚评论汇编》（上），第449页。

莎士比亚的喜剧[1]

张泗洋　徐　斌　张晓阳

喜剧在莎士比亚的整个创作中占有相当重要的位置。从数量上，他总共写了十三部喜剧，占了他全部戏剧作品的三分之一还要多。从质量上，他的著名的四大喜剧和他的四大悲剧完全可以并驾齐驱，在莎剧中放射出同样夺目的光辉。他的喜剧创作时间前后拉得比较长，横跨他的第一、第二两个创作时期，随着他的思想和艺术的不断成熟，他在不同时期写下的喜剧就呈现出不同的色彩，这对于莎学研究来说，尤其具有特殊的意义。喜剧又是莎士比亚诙谐幽默、乐观愉快精神的生动体现，充溢着美妙情感的诗意的抒发，对幸福美满生活的热烈赞颂，处处散发着令人心旷神怡、神清气爽的气息，从中真正体会到人的美和生活的美。无论从哪个方面来说，莎士比亚的喜剧都不能不使我们产生浓厚的兴趣。

一、喜剧的主题

如果要用一个字来概括莎士比亚喜剧的主题的话，那么这个字就

---

[1] 选自张泗洋：《莎士比亚戏剧研究》，长春：时代文艺出版社，1991年。

是"爱"。这个爱不是抽象的、朦胧的、狭隘的,而是有着具体内涵,带有鲜明的文艺复兴时代特征的;它也不仅仅是男女情爱,它还包括对人生、幸福、理想、友谊的爱,从本质上讲,它就是人文主义者所宣扬的那种普遍的人类之爱。莎士比亚喜剧爱的主题在当时是具有积极作用和现实意义的。莎士比亚所生活的时代正处在封建社会向资本主义社会过渡的时期,中世纪封建主和基督教会的野蛮黑暗统治受到了文艺复兴运动浪潮的冲击,人文主义的新思想广泛传播,宗教神学强加到人们头上的禁欲主义、蒙昧主义和神秘主义的桎梏再也束缚不住人们的思想了。教会鼓吹人生就是苦难,人只配受苦,没有权利享受,人文主义者则针锋相对地宣称:人是高贵而伟大的,应当有尊严有幸福,人享受现实生活的欢乐是人的权利,人的现世利益和要求就是人生的最高原则。教会把男女爱情说成是罪恶,人文主义者则认为,人性是自由的,它可以无限地扩张自己、发展自己;男女欢爱是人性的自然要求,是不应该受到半点压抑的。在封建阶级的思想意识形态中,不论是天国还是尘世,不论是今生还是来世,人们总是按照严格的等级制度组合在一起,一部分人天生要比另一部分人高贵。人文主义者则提出,人们要互相爱护,人与人之间应当保持平等的友谊关系。总之,爱成了人文主义者反封建反教会的一个战斗武器,它肯定了现实生活的幸福和欢乐,肯定了爱情和友谊的价值,冲击了封建阶级反动腐朽的伦理道德观念。这种以爱为基础的人文主义思想虽然属于资产阶级的意识形态,但是它在当时的战斗作用和积极意义却是不可低估的,莎士比亚喜剧主题的历史价值和进步意义也就在这里。

爱的主题在莎士比亚喜剧中通过以下几个方面得到了揭示。首先,莎士比亚从批判违反人性的禁欲主义出发,对男女之间的爱情追求予以充分的肯定。比如《维洛那二绅士》中的那个少年凡伦丁，他起初对爱情抱有敌视态度，认为爱情能使聪明人变愚蠢，还会使年轻人不思进取，耽误大好前程。可是他遇到西尔维娅之后，心里立刻燃起了炽热的爱情火焰，那种带有霉味的偏见被他抛到了九霄云外。他对朋友普洛丢斯这样说道：

> 现在我的生活已经改变过来了；我正在忏悔我自己从前对于爱情的轻视……啊！爱情是一个有绝大威权的君主，我已经在他面前甘心臣服，他的惩罚使我甘之如饴，为他服役是世间最大的快乐。现在我除了恋爱方面的谈话外，什么都不要听！单单提起爱情的名字，便可以代替了我的三餐一宿。（第二幕第四场）

作者对于凡伦丁的转变丝毫没有嘲讽之意，而是要以此表明，爱情是人的正当欲望，是天经地义的事情，它绝不应该被禁止，就是想禁止也是徒劳无益的。《皆大欢喜》中的小丑试金石用及其通俗的语言，把这个思想清楚地表达了出来，他说：

> 牛有轭，马有勒，猎鹰腿上挂金玲，人非草木岂无情，鸽子也要亲个嘴；女大当嫁，男大当婚。（第三幕第三场）

也正像这个剧中的两个童子在歌中所唱的那样："劝君莫负艳阳天，恩爱欢娱趁少年。"

其次，莎士比亚肯定了人有享受现实生活欢乐的权利的前提下，着重歌颂了爱情的神圣美好。爱情是人世间最大的欢乐和幸福，可以使

人焕发出生机蓬勃的朝气,给人带来风流活泼的性情,正像《爱的徒劳》中侍臣俾隆所说的那样:

> 当爱情发言的时候,就像诸神的合唱,使整个的天界陶醉于仙乐之中。诗人不敢提笔书写他的诗篇,除非他的墨水里调和着爱情的叹息。(第四幕第三场)

有了爱情,就会给人生带来无限的乐趣;失去爱情,生活就像春天失去鸟语花香,立刻变得黯淡无光。在《维洛那二绅士》中,凡伦丁说得好:

> 除非夜间有西尔维娅陪着我,夜莺的歌唱只是不入耳的噪音;除非白天有西尔维娅在我的面前,否则我的生命将是一个不见天日的长夜。她是我生命的精华,我要是不能在她的煦护拂庇下滋养着我的生机,就要干枯憔悴而死。(第三幕第一场)

第三,莎士比亚充分肯定了爱情至高无上的价值,赋予它某种非凡的特性,提高它的地位以对抗宗教神学对正常人性的贬低和压制。在《爱的徒劳》中,那瓦国王君臣经受不住爱情力量的冲击,坠入情网而不能自拔,他们要求俾隆"用一些充分的理由来壮壮我们的胆","证明我们的恋爱是合法的",俾隆于是发表了一个"长篇演讲",他把爱情称之为"艺术的经典,知识的宝库,是它们燃起了智慧的神火"。他认为没有一个著作家能像女人的研究一样以美丽来启示读者,在那里包容着世界所有的学问,可以激发出如火的诗句,可以使人聪明,又可以使人勇敢，它的"装饰、涵容滋养着整个世界；没有它们，一切都会失去它们的美妙"。薄伽丘《十日谈》中那个白痴西蒙，不管如何教育都不成器，但在爱情的启示下却由愚钝一变而为聪颖绝伦。这个故事表现出来的思想与莎士比亚的完全一样，爱情能够启迪人的智慧和力量，能够使人具有高尚的情操，它的价值绝不亚于那些世间的奇珍异宝，因而完全值得人们加以珍视。

第四，莎士比亚肯定了人有选择生活道路的充分自由，完全应该按照个人的意志和愿望去安排自己的一生，去追求真正的幸福。这个思想在他的喜剧中主要表现在恋爱自由和婚姻自主方面。《仲夏夜之梦》中的赫米娅不能忍受父亲给她指定好的婚姻，要与自己挑选的爱人结合。为此，她愿意追随心爱的人，相会在林中，从那里将离别雅典，去寻访新的朋友，和陌生人做伴。《温莎的风流娘儿们》中的安·培琪，在婚姻大事上既不服从父亲的选择，也不依照母亲的意愿，而是自作主张，与自己心爱的少年绅士范顿私奔成婚。事后，范顿理直气壮地质问安·培琪的父母，说：

> 你们用可耻的手段，想叫她嫁给她所不爱的人；可是她跟我两个人久已心心相许，到了现在，更觉得什么都不能把我们两人拆开。她所犯的过失是神圣的，我们虽然欺骗了你们，却不能说是不正当的诡计，更不能说是忤逆不孝，因为她要避免强迫婚姻所造成的不幸的日子，只有用这办法。（第五幕第五场）

这对年轻人的勇敢行动和语言，都是对婚姻不得自主、爱情不得自由的社会现实的反抗和抨击。

第五，莎士比亚肯定了人应具有的纯洁情操和正直的品格，赞许诚实高尚的友谊，鄙视出卖朋友、背弃信义的行为。普洛丢斯与凡伦丁原本是莫逆之交，但他为夺朋友之所爱，对朋友不忠不信，不惜用卑劣的手段加害凡伦丁。西尔维娅恰如其分地把他称作"居心险恶，背信弃义之人"。"一个人应该只有一颗心，不该朝三暮四，你这出卖真诚朋友的无耻之徒！"凡伦丁也训斥他卑鄙奸诈，是"不忠不义的家伙"，并且说，现今世上"最多的是像你这样的朋友！你欺骗了我的一片真心！"与他形成鲜明对比的是《威尼斯商人》中的安东尼奥，他对朋友笃厚可信，对友谊真诚不二。《皆大欢喜》中的罗瑟琳和西莉亚的友谊胜过了亲姐妹，一个遭了难，另一个自愿与她去逃亡，就是走遍天涯海角也不分开。奥兰多与亚当两人虽为主仆，但相互关心、亲如父子；奥兰多在饥饿之中找到了食物，不等亚当饱餐一顿后，自己绝不先吃一口。这些高尚的行为都表现出人文主义者理想中的互帮互爱、自由平等、和睦友善的人与人的关系，从中也流露出了作者对于这种关系的赞美和向往之情。

二、喜剧的抒情风格

根据喜剧的性质和任务，它主要可以分成两大类，一类是讽刺喜剧，一类是抒情喜剧，或者叫浪漫喜剧。讽刺喜剧的着重点在于揭露现实生活中存在的某种罪恶、可耻或丑陋的现象，把讥讽嘲笑和强烈的鄙视、憎恶、厌恶结合起来，让人们用无情的笑声去声讨、去消灭丑恶的东西。本·琼生、莫里哀等人的喜剧就属于这一类。抒情喜剧的着重点则在于对生活中美的事物进行歌颂和赞扬，它对生活中富有极大乐趣的笑料加以戏剧表现，用诙谐、幽默等艺术手法给人带来欢乐，从而使人们对生活更加热爱。莎士比亚的喜剧大多属于这个范畴，它们有着独特的风格，温柔亲切、美妙动人，有讽刺而不辛辣，有嘲笑而不尖刻，饱含欢乐的情绪、温和的情感、浪漫的诗情，充分体现了抒情喜剧的基本特征。赫士列特对莎士比亚的喜剧《第十二夜》有过一段著名的评论，把它拿来概括莎士比亚喜剧的整个风格，是极为恰当的，他说："全剧充满了甜蜜可爱和插科打诨。作为喜剧，它也许太善良了一些。这里没有什么可笑事。它使我们因人类的蠢事发笑，而不是蔑视它们，更不是对它们抱恶感。莎士比亚的喜剧天才与蜜蜂最像，在于它那从杂草毒花中收集蜜糖的能力，而不在于留下一根蜇人的刺。"[1]

莎士比亚的这种喜剧风格在他的作品中是从多方面体现出来的。莎士比亚喜爱用浪漫抒情的笔触去描摹大自然的景色，当我们翻看他的喜剧的时候，就仿佛置身于那熟悉亲切、优美迷人的田园风光之中，听得见风儿在轻轻地吹，闻得到花儿在吐着芳香，看得见鸟儿在愉快地飞翔，瑰丽的朝霞，傍晚的落日，苍翠的山峦，明净的小河，一一都映入了我们的眼帘。这时候我们不禁也会产生出于恩格斯相同的联想："啊，在不列颠内地有多么美妙的诗情！你常常会觉得你正处在快乐英国的黄金时代，眼看着莎士比亚背着一杆枪，躺在灌木丛里，蹑手蹑脚地捉取异乡的野禽；有时，你又会惊讶，何以在这绿草如茵的林间空地上没有当真出现他的一出神妙的喜剧。"[2] 我们可以举《皆大欢喜》为例，在亚登森林一角，树木苍翠，流水潺潺，鹿儿闲步，鸟儿欢鸣。公爵和几个

---

[1] 杨周翰选编：《莎士比亚评论汇编》（上），北京：中国社会科学出版社，1979年，第218页。
[2] 恩格斯：《风景画》，《戏剧理论译文集》（第八辑），北京：中国戏剧出版社，1960年，第1页。

侍臣就在这里摆下桌子，饮酒畅谈，怡然自乐。侍臣之一阿米恩斯起身唱道：

> 绿树高张翠幕，
> 谁将偕我偃卧，
> 翻将欢乐心声，
> 学唱枝头鸟鸣。（第二幕第五场）

从他的歌声中，我们可以领略到这种美好的大自然景色，天空是那样明朗，阳光是那样明媚，一种诗一般的感情在激荡着我们的心绪。

莎士比亚对喜剧场面的描写总是与美好感情的抒发连在一起的，情生于景，景又融于情，二者结合，相得益彰，用一幅幅充满诗情画意的生活图景表达浪漫喜剧所需要的情调。以《威尼斯商人》最后一幕来说明这一点是再合适不过了。在威尼斯刚刚有过一场残酷的冲突和骚乱，由于夏洛克的不通人性差点酿成一场悲剧。为了不在人们的心头留下忧伤的暗影，莎士比亚接着把人们带入了贝尔蒙特这个音乐与爱情的仙境，在那里，"微风轻轻吻着树枝，不发出一点声响"。在那里，"月光多么恬静地睡在山坡上！我们就在这儿坐下来，让音乐的声音悄悄送进我们的耳边，柔和的静寂和夜色，是最足以衬托出音乐的甜美的"。男女主人公就要踏着这如水的月色，在这个美好的夜晚中回来了，他们要在这里尽情地品尝爱情的美酒和胜利的欢欣。在这样的景色中，喜剧的浪漫气氛得到了烘托，爱情和友谊的主题再次得到了说明，并得到了有力的强化。

莎士比亚对于他的喜剧人物有讽刺也有挖苦，但是他对他们的态度不是冷酷无情的，而是善意友好的，主要靠幽默和诙谐在他们身上找出笑料来。对于具有一定文化教养和社会地位的风雅人物，他让他们充当主角，他们举止得体，谈吐文雅，富有哲理，给喜剧提供富丽的抒情色彩。对于剧中小丑和村夫俗子，他让他们充当配角，给他们配上粗俗然而有趣，经常闪烁出智慧之光的语言，滑稽可笑的动作，有时候还有意无意地表现出一些荒唐、愚蠢和古怪来，对喜剧起到烘托欢乐气氛的作用。就连对待他喜剧中那些反面角色，莎士比亚也没有什么恶意，他对他们有所揭露，但笔调却是轻松的，常常是在他们身上搞些别开生面的恶作剧，寻个开心的玩笑，因而他们给人留下的印象往往不是可憎可厌，而是有趣可笑。《温莎的风流娘儿们》中的福斯塔夫，《第十二夜》中的马伏里奥，虽然都是心术不正之人，但作者给他们安排的结局并不坏，福琪大娘最后邀请福斯塔夫和大家围着火炉把今天的笑话谈笑一番。奥丽维娅小姐对马伏里奥的过去不但不追究，反而同情他的遭遇，答应帮助他"惩治那些欺骗过他的人"。

莎士比亚喜剧构思的重点同样不是放在对丑恶事物的揭露上，而是放在对美好生活和感情的描写和抒发上。在《爱的徒劳》中，我们从女主人公的歌声笑语中可以嗅到浓烈的青春气息；《温莎的风流娘儿们》中两位大娘对福斯塔夫别出心裁的捉弄，使我们大为开心，感到生活的乐趣；《皆大欢喜》中四对恋人共缔鸳盟的喜庆结局，又使我们体味到"人间万事尽亨通"的幸福滋味。这些充满了生活的愉悦和欢乐的情节在莎士比亚的喜剧中塞得满满的，往往是一出喜剧开了头，一个出人意料的事件便接踵而来，一幕幕引人入胜的场景便接续不断，使人感到既惊讶又兴奋，既有趣又新奇。这些东西可能不会经常使人开怀大笑，但是却能使人感到快慰和轻松，在温柔的情感中得到喜剧性的享受和满足。

这些东西也使莎士比亚的喜剧世界变得无比美好起来,一切的一切在那里都是那样生动活泼、雅致迷人,它们能使人们对作者所揭示的生活产生出留恋之情、珍惜之意,也能唤起人们对今天、对未来的热切希望。

三、多样化的喜剧手段

喜剧也可以说是笑的艺术,从某种意义上讲,一部喜剧成功与否,主要取决于它所运用的喜剧手段能否引起观众的笑声,也就是说,取决于它的喜剧效果。莎士比亚在喜剧中所运用的喜剧手段是多种多样而且灵活多变的,其中蕴含着无穷无尽的笑的元素,使我们在观看时会时而讥笑,时而欢笑。时而发出畅快的大笑,时而发出会心的微笑。莎士比亚常用的喜剧手段有误会法、巧合法、女扮男装、明知故犯、诱人上钩,等等。《错误的喜剧》的喜剧性就是全部靠误会法表现出来的。大小安提福勒斯是一对相貌酷似的双胞胎,他们的仆人大小德洛米奥也是一对双生子,当这四个人不期而遇时,就自然会产生出一连串的误会来。小德洛米奥把大安提福勒斯错认成自己的主人,两个人无论怎样都说不到一块去,大安提福勒斯把他当成自己的仆人揍了一顿。小安提福勒斯向金匠定做了一串项链,金匠把它误送给大安提福勒斯,却反过来向小安提福勒斯要钱。小安提福勒斯错把大德洛米奥当成自己的仆人,让他回家取钱为自己作保,大德洛米奥取钱回来却交给了大安提福勒斯。更为可笑的是,小安提福勒斯的妻子把大安提福勒斯当成自己的丈夫让进家中,而把自己真正的丈夫关在门外。误会一个接着一个,连成一串,成了扯不清、弄不断的连环扣,使整个喜剧趣味盎然,观众笑声不断。运用巧合法也能制造出可笑的事件来,比如在《仲夏夜之梦》

中，仙人奥布朗让迫克把一种神奇的花汁滴在仙后提泰妮娅和狄米特律斯的眼皮上。他正巧看到穿着雅典人装束的拉山德把赫米娅撇在一旁酣睡，以为他是那个负心人，便照奥布朗的吩咐办了，拉山德醒来之后，花汁产生了效力，立刻瞧不起他刚刚与之热恋的赫米娅，追求起根本不爱他的海丽娜来，其结果正像迫克所说的那样："最妙是颠颠倒倒，看着才叫人发笑。"提泰妮娅的情况更是巧得可笑，巧得有趣，正在她熟睡之际，一帮手艺人聚在一起排戏，迫克拿一个死驴脑袋套在织工波顿头上，提泰妮娅正巧这时醒来，立刻爱上了这头驴子。

乔装打扮，真假不分，使局中人稀里糊涂地上当，让局外人看着忍俊不禁，这也是莎士比亚所乐于使用的喜剧手段之一。比如在《温莎的风流娘儿们》中，福德认为自己的妻子与福斯塔夫有私，便扮成绅士白罗克，鼓励他去勾引福德太太，自己好趁机捉奸。福斯塔夫并没有把他认出来，就当着他的面大骂福德是乌龟王八，福德虽然气破了肚皮，但却不敢发作。福斯塔夫得意扬扬地前去行事，但因为他的底细都让福德摸到了，结果两次都吃了大亏。在《威尼斯商人》中也有一个靠假扮制造出来的喜剧性风波。巴萨尼奥并没有认出那个法律博士就是他的妻子鲍西娅，为了表示谢意，他请求她随便从自己身上拿些什么去作为纪念，鲍西娅故意要他手上的戒指，那是鲍西娅亲自给他戴上的，他曾发誓要永不离手。巴萨尼奥百般无奈，只好出让。扮成书记官的鲍西娅的侍女尼莉莎也用同样的方法从自己的丈夫手中把指环要了下来。在最后一幕里，鲍西娅和尼莉莎以此为口实，口口声声要遵守誓言，与拿走他们戒指的人睡在一起。当这个谜底揭开之后，众人不由得发出了愉快惊喜的笑声。借着假面具的掩护，明知对方是谁，故意嘲弄对方，这个方法也很有喜剧性。比如在《爱的徒劳》中，那瓦国君臣全部戴上假面，想利用跳假面舞的机会向法国公主及其侍女求爱，公主她们来了个以谑攻谑，也戴上脸罩，使他们弄不清楚谁是谁，结果全都认错了人，把心曲全都吐露给了不相干的人，弄得狼狈万分，让公主等人尽情奚落了一顿。在《无事生非》中，贝特丽丝也是在跳假面舞的时候，明知对方是培尼狄克，偏偏装作不知道的模样，把培尼狄克大大挖苦了一顿，此刻的培尼狄克恰是哑巴吃黄连，有苦说不出，只好装聋作哑。在这个剧中，莎士比亚还用弄虚作假、以假乱真的方法来增加喜剧的可笑性。公爵和希罗等人定下巧计，要把培尼狄克和贝特丽丝撮合成一对，明知培尼狄克躲在凉亭之中，公爵等人故意大讲贝特丽丝在心底如何爱着他。希罗等人也是如法炮制，明知贝特丽丝躲在金银花藤的浓荫下，还特意大讲培尼狄克在默默地爱着她，品评她骄傲冷酷。贝特丽丝和培尼狄克都是精明透顶的人，却把偷听来的假话当成了实情，分别落入了人家布置好的圈套，也是正中下怀的圈套。

与以上方法相类似的喜剧手段，在莎士比亚的喜剧中简直是俯拾皆是，实难一一列全。莎士比亚在其喜剧中不仅能够把它们加以单独使用，他还常常把各种各样的喜剧手段加以综合运用，从而增加了喜剧情节的复杂性和曲折性，能够收到喜上加喜、乐中有乐的喜剧效果。在这方面《第十二夜》中有个很好的例子。薇奥拉和西巴斯辛是一对双胞胎，这已经足以产生出很多误会来，莎士比亚又让薇奥拉扮成男装，从而给喜剧凭空中又添了一层有趣的烟雾。薇奥拉爱着公爵奥西诺，但是奥西诺不知道她原来是女儿身，对她根本不往心里去。奥丽维娅爱着薇奥拉，可是薇奥拉又不可能与她结合。托比虽然不知道薇奥拉是个少女，但看出她文弱胆小，故意挑唆安德鲁与她决斗。他们两人都害怕对方伤了自己，谁也不敢上前来，这时候与西巴斯辛结成好友的海盗船长安东尼奥冲了上来，他把薇奥拉当成西巴斯辛，仗剑来保护她，可是就在这时他被警吏捉走了。安德鲁看出薇奥拉确实软弱可欺，气势汹汹地追了上去，可是他这次遇到的却是西巴斯辛，刚一交手就挨了揍。闻讯赶来的奥丽维娅又把西巴斯辛当成薇奥拉，向他表示爱情，还要与他结婚。这些愉快的纠葛使整个喜剧变成了一座迷宫，变成一个有趣的结，除非西巴斯辛兄妹来到一起，笑话就会层出不穷，趣事就会连绵不断，这个结就无论怎样也解拆不开。这个剧第二幕中的花园一场，也是由多种喜剧手段来共同造成喜剧性的，托比等人合伙算计马伏里奥，模仿小姐奥丽维娅的笔迹假造出一封情书，使他相信自己得到了小姐的青睐，这是由骗术造成的笑料。马伏里奥上当受骗还毫无察觉，在太阳底下对着自己的影子足足练习了半个小时的仪法，准备去拜见小姐，这是自我表演，自我出丑，使躲在暗处窥视的托比等人乐不可支。与此同时，他又愤愤不平地把托比等人骂了一顿，使这项捉弄耍笑别人的人无形中被人捉弄耍笑了一番，从而使喜剧气氛更加浓烈了。

　　幽默、诙谐、滑稽、俏皮、巧妙的语言也是莎士比亚的喜剧手段之一，它们也能极大地增添喜剧的趣味性、可笑性，使观众在精神上感到欢愉。谁听了《维洛那二绅士》中仆人朗斯的疯言蠢语，都会憋不住笑的。他在描绘自己与家人告别时的情景时，别出心裁地把左脚的鞋子比作父亲，右脚的鞋子比作母亲。他说的话颠三倒四、语无伦次：

　　　　我就算是狗，不，狗是他自己，我是狗——哦，狗是我，我是我自己。（第三幕第三场）

　　《第十二夜》中的小丑则喜欢在字面上翻弄花样，有时故作雅语，有时肆意发挥，其中又常常流露出机智的闪光来。比如他这样委婉地为自己辩解道：

> 那些自负才情的人，实际上往往是些傻瓜；我知道我自己没有才情，因此也许可以算做聪明人。（第一幕第五场）

试金石则善于正话反说，用以进行尖刻的讽刺。比如，在《皆大欢喜》中，对于宫廷贵族以看似伤身丢命的摔跤为乐一事，他这样说道：

> 所以人们每天都可以增进一些见识，我今天才第一次听见折断肋骨是小姐们的玩意儿。（第一幕第二场）

双关语，曲解原意也经常能制造出幽默诙谐的艺术效果来，比如在《温莎的风流娘儿们》的一开场，就有这样一段有趣的对话，法官夏禄说他是个"推事"，他的侄子斯兰德却借声音相似把它说成了"瘫子"。斯兰德说夏禄家历史古老，外套上绣着十二条白梭子鱼，牧师爱文斯借谐音把它说成了白虱子。再比如福斯塔夫受了两位大娘的捉弄，被装进盛脏衣服的筐子丢进泰晤士河，他气呼呼地回到客店，桂嫂又向他提起福德大娘，福斯塔夫正憋着一肚子火无处发泄，立刻抓住"福德"这个词（ford，在剧中用作人名，本意为"浅水处"、"涉水"）发起牢骚来，

> 别向我提什么福德大娘了！我"浮"在水里边"浮"够了。（第三幕第五场）

《第十二夜》中愚笨的安德鲁自称是"唱轮唱歌挺拿手",他用的动词是"be dog at",它可以表示"尾随"、"善于"之意,但其中的"dog"又是名词的"狗",机灵的小丑立刻接过他的话茬说,"有许多狗儿也会唱得很好"。在《维洛那二绅士》中,普洛丢斯责怪仆人史比德胡言乱语,说最好把他"圈"(pound)起来,"pound"这个词是指把走失的牲畜关起来,有骂人的意思,可是史比德却利用这个词语"英镑"同音同形的特点,来反唇相讥:

少爷,给你送信不值得给一镑钱。(第一幕第一场)

在第一时期的喜剧创作中,莎士比亚偏重于对理想的昭示和赞美,因而他常常要采取浪漫主义的写作手法;而第二时期的莎士比亚则偏重于对社会罪恶的批判和揭露,因而他这个时期写作喜剧的方法主要是现实主义的,努力去触及现实生活的现象和社会问题。

莎氏喜剧的老把戏[1]

颜元叔

莎士比亚的十三个喜剧，在主题与手法，一再重复同类的模式，看得令人生厌，故鄙之曰老把戏。我归纳的老把戏一共有十项：一、人物对比对称；二、孪生与孪生取代；三、女扮男装；四、小丑搞笑；五、填充篇幅；六、性冲动高于一切；七、性伴侣换替（bed trick）；八、撮合夫妻；九、机器神常现；十、大家结婚了事。

一、人物对比对称：莎氏喜剧的人物多采用对称或对比出现，或男男相对，或女女相对，或男女相对。相对最厉害的莫过于第一个喜剧《错中错》[2]的两对孪生兄弟，不仅相貌相同、衣着一样，连老婆也认不出丈夫，造成搞笑的错误认知（mistaken identity）。两两相同的四个兄弟在剧场上乱闹一通，等四个人一齐出现才认出谁是谁。这两对同型孪生兄弟（identical twins）之设立，目的不在于对比，因为他们既为同型，就没有什么好对比的。

---

[1] 选自颜元叔：《莎士比亚通论：喜剧》，台北：台湾书林出版有限公司，2001年。
[2] 即《错误的喜剧》。——主编注

在以后的几个莎氏喜剧中，一对一对的对比人物却是络绎不绝。紧接着的第二个莎氏喜剧《驯悍记》，两个女角色是对比的，一个凶悍泼辣，一个温婉寡言；悍妇被降服变得温婉了，原来温婉的那个却又变得凶悍起来。第三个莎氏喜剧《维罗纳两绅士》[1]，题目即标明是一对绅士的故事，一个忠于友谊，一个出卖友谊；后来拜"友谊文学"的传统制约，突然互相宽恕；而两个人各追一个女孩，也终于各归其所。第四个莎氏喜剧《空恋一场》[2]更是男女旗鼓相当，男方由国王领着三个近臣，女方由主公领着三个女官，四男对四女，大家空恋一场，无疾而终。

第五个莎氏喜剧《仲夏夜之梦》，整整齐齐又是两个少男对两个少女的恋爱纠葛；不仅此也，在外围还有两对夫妻，一对仙夫仙妻，一对国王王后。第六个莎氏喜剧《威尼斯商人》是一个优秀的戏剧，这里无成对出现的人物。可是第七个莎氏喜剧《温莎两谑妇》[3]，两个妇人做谑妇，各有一个丈夫；两个丈夫的个性是相对的。第八个莎氏喜剧《无事生非》是一个优秀的作品；但人物上还是相对的，两个女主，一个温婉，一个泼辣；两个男主角，也是一个含蓄，一个尖酸。第九个莎氏喜剧《好恶由你》[4]有三对对称的人物，一对是放逐公爵与篡位公爵，一对是兄弟，一对是堂姐妹；这对兄弟后来娶了这对堂姐妹；篡位的公爵改邪归正，把爵位归还放逐公爵。第十个莎氏喜剧《第十二夜》没有什么对称的人物。第十一个莎氏喜剧《卓劳士与葵西妲》[5]是一个黑色喜

1　即《维洛那二绅士》。——主编注
2　即《爱的徒劳》。——主编注
3　即《温莎的风流娘儿们》。——主编注
4　即《皆大欢喜》。——主编注
5　即《特洛伊罗斯与克瑞西达》。——主编注

剧，老莎费了力气写，写得好，没有什么对称人物。第十二个莎氏喜剧《善哉善了》[1]，算是优秀，也没有什么对称人物。第十三个莎氏喜剧《以牙还牙》[2]，写得也不错，没有对称人物。总括而言，十三个莎氏喜剧中有八个使用了对称对比的人物手法，有的手法使用得尚可，有的则全是僵硬铺陈，只为写戏而设。到后来，剧情写得越佳时，对称对比越是少见，可知莎老的对称人物手法只是他用来铺陈剧情的。

二、孪生与孪生取代：第一个莎氏喜剧《错中错》中的两对双胞胎，可说已用尽孪生兄弟所可能的潜能，然而到第十一个莎氏喜剧《第十二夜》老莎别出心裁，以一对异性双胞胎来完成他的喜剧。原来剧本开始，妹扮男装，被一女贵族爱上；正爱得不可开交之际，失踪的孪生哥哥出现，由于两人相像，乃取其妹而代之，与贵夫人成婚；其妹还其本来面目，亦与公爵结婚。此一孪生取而代之手法，虽仅出现一次，但是它之极富机械性的转换，予人以极深刻之不良印象。

三、女扮男装：在莎士比亚当时的舞台上，女角色皆由男孩担任，故女扮男轻而易举。在第三个莎氏喜剧《维罗纳两绅士》中，滞留乡下的Julia[3]，思念Proteus，乃乔办男童往米兰，冒名顶替，服务于Proteus门下，后来真相揭露，得续前缘。第九个莎氏喜剧《好恶由你》，两堂姐妹相携逃出，Celia即女扮男装，方便旅行。抵达Arden丛林后，Rosalind亦女扮男装，化名Ganymede，牧羊女Phebe空恋上她；而她的目的只为哄骗Orlando假戏真做，以女身扮男再扮女，说她可以假扮Rosalind与

---

1 即《终成眷属》。——主编注
2 即《一报还一报》。——主编注
3 考虑到此文作者所选莎剧译本不同，故剧中人名使用英文原文，以避免因人名翻译不一致带来的麻烦，全文同。——主编注

Orlando 谈情说爱。后来，真相大白，两人终得成婚。

四、小丑搞笑：我们可以把每个莎氏喜剧的人物，分成两组，一组是正经人物，一组是搞笑人物，正经人物是那些主角，搞笑人物就是那些配角；这些配角全是为搞笑而设的，经常自立副剧情，与主剧情无关。他们都是丑角或丑伶，会说机智语、玩笑语，甚至错误用语，以期骚动观众读者的笑筋。喜剧的定义实在难下，假使以引发笑声为主要目的或者为一半的目的，则这些丑角丑伶的重要性可想而知。

以上的概论，当然不能涵盖每一个莎氏喜剧，但也可适用十之七八。兹一一检视之。第一个莎氏喜剧《错中错》，正经人物是两个做主人的兄弟，搞笑人物是两个做仆人的兄弟。说俏皮话或笑话，多半出自他们两兄弟之口。不过，仆人与主人在本剧中该同样视为主角，就是说主角吸收了配角的特性，也就是主角也是搞笑角色。第二个莎氏喜剧《驯悍记》主角也充当搞笑角色，但是其仆人的搞笑任务尤大于其主人。第三个莎氏喜剧《维罗纳两绅士》，主角两绅士是正经八百的人物，搞笑的任务便落到两个仆役头上，其中尤以 Speed 戏弄他的癞皮狗，最为批评家所叫好。

第四个莎氏喜剧《空恋一场》，主角共有八人，与搞笑毫无关系；搞笑组由配角六人组成，三人社会地位较高，三人较低，但任务相同，全为搞笑。其中以 Holofernes 者，职责为小学教师，专用错拉丁文，据说为莎翁讽刺其童年教师而设一搞笑的副剧情，与主剧情似毫无关系。第五个莎氏喜剧《仲夏夜之梦》，主角八人，全在谈恋爱，搞笑则留给七八个傻憨的小市民来担当，其中尤以 Bottom 特别精彩。Bottom 以错用语言与错解戏剧效果而产生的笑料，赢得后世批评家一致叫好。这群搞笑的配角，似乎连配角都难当，全是边缘人物，与剧情毫无关联，可见老莎编剧情的粗糙。第六个莎氏喜剧《威尼斯商人》的搞笑人物仍然是几个社会地位中等甚至低等的人物，不过搞笑的机会不多，而且也缺乏显明的效果——全剧的吸引力被主角们强占了。

第七个莎氏喜剧《温莎两谑妇》则是一个奇特的例外，因为 Falstaff 一身兼掌主角与搞笑角色，在我看来是唯一的一个成功的喜剧；他一面是故事的主人翁，一面又是引发笑谑的泉源。当他把自己的故事讲完时，我们的笑声也戛然而止。第八个莎氏喜剧《无事生非》的正经人物十余人，搞笑人物仅则两人；其中又以 Dogberry 的愚昧自大与错用文字，最引人发噱，这一对活宝与主角人物的牵涉较深，算是剧情编得较佳的一个戏。第九个莎氏喜剧《好恶由你》。Touchstone 为丑伶，是当时有名的喜剧演员，故搞笑任务全由他一人担纲；他与主剧情的联系十分薄弱，他的搞笑自动自发，全与他人无关。

第十个莎氏喜剧《第十二夜》的搞笑任务落在 Sir Toby 与 Feste 的身上，Feste 不好笑，只会唱情歌，Sir Toby 则是一个搞笑能手；他以嘲讽 Malvolio 的清教徒生活方式为标的，说了不少机智语。第十一个莎氏喜剧《卓劳士与葵西妲》，是一个嘲讽黑色喜剧，Thersites 的单调嘲讽不构成笑料；Pandarus 的淫声浮语，鄙俗有余，反讽有余，搞笑显然不足。第十二个莎氏喜剧《善哉善了》的吸引力全部集中在女主角身上，而女主角则是一个严肃人物，设计的配角则没有什么喜剧的潜能，缺乏搞笑的功力。第十三个莎氏喜剧《以牙还牙》的配角有五六人之多，但多为主剧情所吸收，不会搞笑；本剧也是一个黑色喜剧。

五、填充篇幅：莎氏喜剧的多数篇章都犯了填充篇幅的大毛病。填充篇幅不厉害的戏剧有《错中错》、《驯悍记》、《温莎两谑妇》、《卓劳士与葵西妲》、《以牙还牙》等，其实其中这里那里还是有填充之痕迹。填充最厉害的莫过于《仲夏夜之梦》，其中的第五幕是主剧情已结束，附加上去的。《威尼斯商人》的第五幕亦与主剧情无甚关联，可说也是附加上去的，形成尾大不掉之势。凡有搞笑角色出现，就是填充之时。老莎在写喜剧时，不在乎剧情，主角三五登场，开始一个非常菲薄的情节，没有发展到三五个情节，立即换上丑角登场，拼出三五个情节；而丑角所涉及之事，又是与主剧情无甚关联，可有可无，完全为了填充。

主剧情发展较紧密的，还算后期的几个黑色喜剧。黑色喜剧所牵涉的人生层面较深较广，有材料可写；至于那些浪漫喜剧，如《好恶由你》或《维罗纳两绅士》等，没有什么大事情可以处理，便草率从事，篇幅不够，只有填充了事。谈莎氏喜剧，每读到丑角出现，知道老莎黔驴技穷，又在找搞笑人物撑场面了。

六、性冲动高于一切：莎士比亚是个人本主义者、草根性人本主义者、情欲主义的人本主义者。他总是觉得人之性冲动为人性之最，这是战胜理性。莎氏喜剧除了《错中错》之外，都与两性或两性关系有关。不是男追女就是女追男，总是追得一塌糊涂，虽然终于男女各有所得，但反思之下，全部栽在一个情字，毫无例外。最令老莎暴露他局限性的，是《空恋一场》，剧首理性刚刚抬头，使四位君臣刚刚立志要远离女色，苦心向学，不旋踵即为四位女士击败。所以，读莎氏喜剧，其中所展现的人生人性的天空，实际上狭隘得很，只有俊男美女或普通男女之间打情骂俏而已。就算大讽刺剧《卓劳士与葵西妲》，亦只是反面证明人之为性动物而已。

七、性伴侣替换：在第十二与第十三个莎氏喜剧《善哉善了》与《以牙还牙》中，老莎连续两番使用"性伴侣取代"的把戏。《善哉善了》剧中，女主角Helena自告奋勇，取代Diana，与她的悔婚丈夫性交，搞定丈夫的条件之一，即怀孕他的孩子。《以牙还牙》剧中，Mariana 原已与 Angelo 订婚，Angelo 悔婚不与之结合。公爵则在幕后安排，嘱 Isabella 佯应 Angelo 幽会之约，到时以 Mariana 代之，成其好事，亦使 Isabella 得以全身而退。Angelo 无法抵赖，最后与 Mariana 结婚。《善哉善了》剧中，Helena 取代 Diana，布局安排妥帖，无突兀之感。《牙》剧本，则有突兀感，盖《以牙还牙》剧前半从未提取 Mariana 以及 Angelo 与她已订婚之事，是事到临头，要解 Isabella 幽会之结，怎么办？公爵乃说出 Mariana 之发生与她跟 Angelo 已订婚之事，事出突然，好比机器神，才解决剧情中这个死结。连续两剧使用同一手法以解决难题，可见老莎之技穷矣。

八、撮合夫妻：每个莎氏喜剧都要扯上男女关系，甚至以促进男女结婚为主轴。第二个莎氏喜剧《驯悍记》是个结婚剧，一场婚姻发生在 Bianca 与 Lucentio 之间，另一场婚姻则是主剧情，发生在 Katherina 与 Petruchio 之间。第三个莎氏喜剧《维罗纳两绅士》，剧终 Valentine 与 Proteus 各娶 Silvia 与 Julia 为妻。第四个莎氏喜剧《空恋一场》可说是四男四女的"婚前剧"，剧终无人结婚，却相约一年后再议，而剧中全是唔哝软语的求爱。第五个莎氏喜剧《仲夏夜之梦》，四对男女于剧终结婚，而剧中主剧情则大半是 Lysander 与 Demetrius 和 Hermia 与 Helena 互相追逐之事。第六个莎氏喜剧《威尼斯商人》，主剧情不在婚姻上，可是 Bassanio 与 Portia 的求婚过程为第一剧情，而 Jessica 与 Lorenzo 的私奔为第二剧情。第七个莎氏喜剧《温莎两谑妇》，可说是个反婚姻剧，然而在副剧情上仍然附加上一对少男少女的婚姻故事。

第八个莎氏喜剧《无事生非》，主剧情是一男一女的婚姻故事，副剧情也是一男一女的婚姻故事，第九个莎氏喜剧《好恶由你》，主剧情关系两对男女的婚事，副剧情亦关系到另外两个男女的婚事。第十个莎氏喜剧《第十二夜》，主剧情关系到两男两女的求爱与结婚，副剧情则牵涉到一个爱情骗局。第十一个莎氏喜剧《卓劳士与葵西妲》是一个反婚姻的讽刺剧，Cressida 之先为情妇，后为娼妇；Helen 则始终为娼妇；加上 Pandarus 之扮演皮条客，是这个剧本反方向的描述婚姻或纯真爱情之大破裂。第十二个莎氏喜剧《善哉善了》，主剧情描述一个女子忠于爱情而完成婚姻的奋斗故事。第十三个莎氏喜剧《以牙还牙》，主剧情结束于三场婚姻，Claudio，Angelo 与 Duke 分别与其相好结婚，副剧情也牵涉到一桩婚姻。全部莎氏喜剧，只有第一剧《错中错》与婚姻关系较薄，但 Adriana 与 Luciana 谈论丈夫对妻子的责任或忠贞问题，亦与婚姻相关；而副剧情中亦牵涉到 Lucaina 与双胞胎之一的婚事。

　　回顾十三个莎氏喜剧的婚事或爱情，属于真正浪漫爱情者实属不多，男女求爱求婚时的抒情言语亦不多见，值得怀念的情诗少得可怜。众人所常说的浪漫喜剧《仲夏夜之梦》，其中爱情一点也不真浪漫，最后还是靠迷药才成全 Demetrius 与 Helena 的爱情。所以，莎氏喜剧虽然剧情与爱情婚姻相关，可是并不浪漫。

　　九、机器神常现：机器神是莎氏喜剧的常物，不论何剧何情节，发展一遇上瓶颈，无法以常情推展，必然会天外飞来搭救者，将剧情解开，使得剧情强渡关山，终抵于"成"。第一个莎氏喜剧《错中错》，剧情发展至最后，突然冒出一个 Abbess，原来双胞胎的妈妈，于是夫妻儿子们终成团圆。第二个莎氏喜剧《驯悍记》，还好，没有什么突如其来的机器神。第三个莎氏喜剧《维罗纳两绅士》，Valentine 逃走，逃至丛林，偏偏遇上一队强人，强人又皆为侠义之士，拥之为首领，这样 Valentine 才能借强人之力，重回宫廷，得与 Silvia 结婚。第四个莎氏喜剧

《空恋一场》，如何让四男四女空恋一场，结束剧情呢？没有问题，法王突然去世，公主只得回国奔丧，率三女官离去。第五个莎氏喜剧《仲夏夜之梦》，Oberon是个大机器神，他的眼药水向情人们施点，才得两男配两女，而Demetrius直至剧终，药力未退，借药力爱上Helena。第六个莎氏喜剧《威尼斯商人》，表面上没什么机器神，但是Portia之摇身一变，变成左右剧情发展的大律师，这一样是事先未有半分预告突然浮现的"大机器神"。第七个莎氏喜剧《温莎两谑妇》倒是没什么机器神，主剧情一直顺当发展到底，但剧情中有一小机器神——卖马骗马之事。第八个莎氏喜剧《无事生非》，没有机器神。第九个莎氏喜剧《好恶由你》，机器神是两个坏人，事到临头，突然摇身一变，变成好人；尤其是假公爵的变化最没有准备。第十个莎氏喜剧《第十二夜》，李生的Sebastian是个机器神，他的突然出现才能解决其李生妹Viola的苦恼。第十一个莎氏喜剧《卓劳士与葵西妲》没有机器神。第十二个莎氏喜剧《善哉善了》没有机器神。第十三个莎氏喜剧《以牙还牙》未婚妻Mariana之突然出现，是个机器神，她使Angelo一方面受得"惩罚"，一方面得以娶妻而终，符合莎氏喜剧的成规。

十、大家结婚了事：莎氏喜剧几乎全以结婚收场，又是不止一对结婚，数量可能夸大到四对婚礼联袂举行。第一个莎氏喜剧《错中错》，其实剧情类似传奇剧，以搜寻为主题，以寻得告终，但仍隐含一场婚事，即一对李生兄弟可能与嫂妹结为连理。第二个莎氏喜剧《驯悍记》是个结婚进行曲，全剧贯穿男主角与女主角的结婚纠葛；到了剧尾，女主角的妹妹也结了婚。第三个莎氏喜剧《维罗纳两绅士》，两绅士与两淑女结婚落幕。第四个莎氏喜剧《空恋一场》，没有婚礼来大喜一场，却是以承诺一年后再见再恋为收尾。第五个莎氏喜剧《仲夏夜之梦》主角两男两女在剧尾结了婚，还有王室一场婚礼凌驾其上，同时举行。第六个莎氏喜剧《威尼斯商人》，虽然不是以婚礼落幕，但整个剧情的三分之一都是花在Bassanio求婚上，而配角Jessica的逃婚也占了相当篇幅。

第七个莎氏喜剧《温莎两谑妇》，主角Falstaff当然不可能结婚，可是执迷于喜剧必以结婚结束的老莎，仍任安排一个婚礼在一对三流配角之间，二人偷偷结婚，然后公开宣布。第八个莎氏喜剧《无事生非》，仍是以两对情人结婚告终，唯一不同其他莎氏喜剧之处，乃是女主角之一"死"而复活，才与原来的情人结了婚。第九个莎氏喜剧《好恶由你》是一对兄弟娶了一对堂姐妹，外加一对牧羊男女的结合，所以是以三对婚姻收场的。第十个莎氏喜剧《第十二夜》以一男对两女进行剧情，闹得不可开交之际，冒出来一个男孪生，于是配对入洞房，落幕。第十一个莎氏喜剧《卓劳士与葵西妲》，此剧为莎剧中异数，充斥尖酸刻薄之嘲讽，故不宜以结婚告终，而果真如此。第十二个莎氏喜剧《善哉善了》是个婚姻纠葛剧，纠葛解决，平民女入主贵族做了夫人，落幕收场。第十三个莎氏喜剧《以牙还牙》，虽然接近悲剧，结尾时仍以喜剧方式结了婚，公爵要娶Isabella，Angelo已娶未婚妻，荒唐客Lucio被罚娶一个妓女，男主角Claudo当然要娶Juliet。总之，除一个外，十二个莎氏喜剧全以结婚谢幕，的确令人难耐。

统而言之，莎氏喜剧的路数都是老套，技巧都是一用再用三用；连续读几个莎氏喜剧，没有不被他的旧调老曲弄得极其厌烦的。因此之故，莎氏喜剧的题材与主题，也就无创新的机缘，每个剧最高不过机智语比赛，最低简直是胡闹。所以，除了《温莎两谑妇》与《卓劳士与葵西妲》之外，其余的莎氏喜剧都是"下里巴人"。

莎士比亚喜剧中悲剧因素的表现形式和意义[1]

华泉坤

在莎士比亚戏剧研究中,学者们对莎氏悲剧中的喜剧因素探讨颇多,而对喜剧中的悲剧因素的注意还远远不够。实际上,莎氏喜剧中的悲剧因素远比悲剧中的喜剧因素占有重要地位。它们在推动剧情发展、加深人物性格刻画、增强作品批判力度等方面有着不容忽视的作用,其表现方式也极具特色。正是由于这种特色,才使得莎士比亚将悲与喜、美与丑、崇高和滑稽融合得浑溶无间,构成了莎士比亚别具一格的喜剧体系。我们拟对这一常被学者们忽略的问题做一初步探讨,重点讨论莎氏喜剧中悲剧因素在各种喜剧中不同的表现形式。

莎剧专家们通常根据不同题材和风格将莎氏喜剧分为喜庆剧、问题喜剧和传奇剧三大类。当我们分析这几类不同喜剧的情节和结构布局时,不难看出,悲剧因素在莎士比亚不同时期的喜剧中随着时间的推移而逐渐增加,其表现形式至后期作品中也愈臻完美。在早期喜庆剧中,悲剧因素通常表现在背景或框架故事中,在问题喜剧中悲剧因素多渗透

---

[1] 选自华泉坤:《莎士比亚新论——新世纪,新莎士比亚》,上海:上海外语教育出版社,2007年。

到人物性格之中，而到晚期的传奇剧中，悲剧气氛几乎笼罩全篇。所谓"悲剧因素"，即是指戏剧情节中包含的"主人公无辜受难"的过程。朱光潜先生曾指出："通常给一般人以强烈快感的，主要就是悲剧中这'受难'的方面。"但这类悲剧因素却在莎氏喜剧中启动了基本的戏剧情节，构成戏剧冲突的一个重要因素，并且推动剧情发展。

以《错误的喜剧》为例，剧中叙拉古商人伊勤为寻找失散的妻儿进入了敌对国，身陷囹圄，面临杀身之祸。这种悲剧性情节导致了一连串的喜剧性误会场面，然而伊勤的悲剧命运到最后全家团圆时才得以改变。莎士比亚在此创造了在喜庆剧中用悲剧故事框架套喜剧情节的模式。这样的模式在《皆大欢喜》和《仲夏夜之梦》中尤为明显。在《仲夏夜之梦》中，伊吉斯反对女儿赫米娅和拉山德的恋爱，并以死刑相威胁。恋人们为追求爱情逃离雅典进入丛林，在林中展开了主要的戏剧行为。同样在《皆大欢喜》中，男女主角奥兰多和罗瑟琳为摆脱篡位公爵的迫害而逃入丛林，在那儿表现了妙趣横生的恋爱求婚的场面。

喜庆剧中的悲剧因素有时只表现为一种氛围，或自然界中某种恶势力。如《第十二夜》中女主角薇奥拉女扮男装，一面爱慕着她所侍候的奥西诺公爵，一面又受到伯爵小姐奥西维娅的求婚，充满了幽默与欢乐。但是剧中仍不乏悲剧意味，剧中开头渲染了好几个死亡的形象；薇奥拉在海边遇救时目睹了其兄在风浪中挣扎逐渐沉没的情景，心中因此而蒙上了兄长遇难的阴影。奥西维娅出场时也满面愁容，陷入了对亡父亡兄的哀痛不能自拔。与这些悲哀情调相呼应，剧中小丑费斯特唱的四首歌曲中，有三首的主题与死亡有关。他在《过来吧，死神》中唱道：

莫让一朵花儿甜柔，/撒上了我那黑色的、黑色的棺材；/没有一个朋友迟候，/我尸身，不久我的骨骸将会散开。（第二幕第四场）

所有这些死亡形象，与沉浸在爱河里的恋人们的心情形成鲜明的对照，使人感到爱情和幸福受到有限的人生和无情的自然界势力的制约。显然，这里的悲剧因素是自然界的组成部分，它意味着这个世界能给人带来幸福，也能给人带来灾难。

悲剧因素在《仲夏夜之梦》中表现为社会习惯势力对恋人们爱的世界的威胁。伊吉斯反对其女赫米娅和拉山德自由恋爱，这种反对是非常专横、毫无道理的，因为他为女儿安排的对象狄米特律斯和赫米娅的意中人拉山德无论在地位、财富还是外表上都相差无几，伊吉斯执意要女儿服从他的选择，无非是为了维护他的"父道尊严"。这种父母包办婚姻的风俗，虽不合情理，却受到雅典法律的支持。雅典公爵忒修斯虽同情赫米娅，却不得不服从他所代表的宫廷而对赫米娅依法办事：她如不从父母之命将会被处以死刑或受到一辈子当修女的惩罚。虽然恋人们在几经周折后终能如愿以偿地结成伉俪，但社会习惯势力对爱的世界的威胁，又在最后一幕匠人们演出的闹剧中再现出来。闹剧中皮拉摩斯和提斯柏由于父母的反对而不能结合，双双在月光下惨死。临死前皮拉摩斯痛苦地呻吟道：

  墙啊，你常常听得见咱的呻吟，/怨你生生把咱共他两两分拆！（第五幕第一场）

看到这里，人们不禁想到正在剧中看戏的少男少女们可能因社会势力这堵墙遭受到罗密欧和朱丽叶那样的厄运。

喜庆剧《皆大欢喜》中的悲剧因素来自恶棍式的人物——篡位公爵弗莱德里克和男主角的兄长奥列佛。前者迫害女主角罗瑟琳，将她赶出宫廷,并派人追捕罗瑟琳和其恋人奥兰多,后者多次企图谋害其弟奥兰多,欲置他于死地而后快。为逃避迫害,追求爱情,男女主角先后逃进亚登森林并在那儿展开了热恋的喜庆场景,但是前文所说的两个恶棍仍然率兵追踪,威胁着男女主角的生命,这种威胁直到剧终才得以解除。弗莱德里克和奥列佛无疑是喜剧世界即爱的世界的仇敌,但他们对戏剧世界的男女主角的仇恨却来自于对男女主角所具有的美德的忌妒。这或许正是他们不像《无事生非》中的唐·约翰那样无可救药,最后得到感化、改邪归正的原因。

由此可见,喜庆剧中的悲剧因素造成这类喜剧的剧情发展一般历经由悲到喜或转悲为喜的转折,主人公由祸转到福;这种情节使我们由开始的紧张、压抑很快转为轻松愉快,而作为主人公遭受苦难原因的社会传统势力的代表或恶棍式的人物在剧情的喜剧性转折中成为真正的喜剧人物,他的乖戾性格、可笑的行为或愚蠢的表现都一一呈现在观众面前,观众由于觉察到他的失败而感到他行为的可笑。在这类喜剧中,最初经历磨难的主人公不同于悲剧中的悲剧人物,他们能凭自身的力量走出逆境,因此,"心情和悦,接受一切失败和灾祸的谑浪笑傲",使他们也成为符合喜剧本质的喜剧人物。莎士比亚把"主人公遭受苦难"的悲剧性故事作为喜剧情节的开端或框架故事,即"喜剧用作基础的起点正是悲剧的终点",使他的这类喜剧体现出接受失败和超然失败之上的豪迈气概和幽默精神。[1]

问题喜剧中邪恶势力往往使男主角与恶行为伍,甚至险遭灭顶之灾。这种模式在莎士比亚早期喜剧《维洛那二绅士》中就已显露端倪。

---

1 黑格尔:《美学》(第三卷下册),朱光潜译,北京:商务印书馆,1982年,第333页。

这条悲剧线索直到普洛丢斯的丑行被彻底揭穿，灵魂得到拯救，决心改邪归正时才得以终止。类似普洛丢斯的人物，有《终成眷属》中的勃特拉姆、《一报还一报》中的安哲鲁等。他们都在剧中经历了一个改造过程，在不同程度上与恶行为伍，价值观念发生变化，受到伦理道德的净化后被原谅或饶恕。他们没有得到悲剧性的结局是因为在改造过程中灵魂受到净化，悲剧因素被消除。

问题喜剧中的男主角还常常由于对真善美缺乏坚定的信仰，无意中和恶势力合谋，从而形成威胁爱的世界的悲剧因素。以《无事生非》为例，剧中唐·约翰无中生有诽谤淑女希罗，使她蒙受不白之冤。唐·约翰显然是《奥瑟罗》中伊阿古式的人物，以破坏他人的幸福为人生最大的快乐，然而他用以害人的卑鄙伎俩必须依靠受害者的轻信与"合谋"才能得逞。不幸的是，剧中男主角克劳狄奥十分轻信，容易受骗上当，对希罗的美德视而不见。唐·约翰告诉他希罗与他人私通，克劳狄奥立即化爱为恨，在教堂里举行的结婚仪式上当众羞辱希罗。于是，一个贞洁的处女无端受到迫害，受到像王子、将军等正直人的无情谴责。连希罗的父亲也不得不痛斥自己的掌上明珠的"失贞"行为：

> 她现在落下了污泥的坑里，大海的水也洗不尽她的污秽。（第四幕第一场）.

而当其父也错误地谴责女儿时，剧情的悲剧色彩就更加明显了，如美国莎学研究者亨特所指出的那样，父爱，特别是父亲对女儿的爱，乃是人类社会赖以生存的最纯洁的感情纽带。这条纽带一旦断裂，像《李尔王》和传奇剧中出现的那样父不认女，就必然在爱的世界产生骚乱和悲剧性结局。显而易见，爱是莎士比亚喜剧世界的基础，由爱转变成的仇恨，有时要比恶棍的丑行对喜剧世界的威胁更大。谴责一个处女失贞，无疑是对一个女子最沉重的打击。虽然希罗遵父之嘱，假称死亡，实际上，希罗业已名声扫地，她的"死"和由此而引起的悲剧意识直到将近剧终前都一直压在男主角克劳狄奥和她的挚友们的心头。

这里克劳狄奥是一个具有悲剧性格的人物，他那趋于恶的行为似乎是由追求完美的欲望推动的，他使自己的恋人希罗遭受痛苦和伤害，但同时也伤害了自身。他的行为完全符合黑格尔为悲剧人物下的定义："悲剧人物所定下的目标，单就它本身来看，尽管是有理可说的，但是他们要达到这种目标，却只能通过起损害作用的片面性引起矛盾的悲剧方式。"[1]

在《一报还一报》中代表恶势力的安哲鲁并非是天生的恶棍，而他之变成恶棍乃是由于人性本身的脆弱；但他却更能威胁喜剧世界。威尼斯法律支持夏洛克，保护一磅肉的契约，但最后的定论不是由夏洛克，而是由《威尼斯商人》中的公爵来下，所以夏洛克的凶残得到某种程度的遏制。然而安哲鲁是摄政公爵，操生杀大权，当他以权谋私时，就比夏洛克更为危险。安哲鲁一出场时道貌岸然，受到剧中人众口一词的称赞。但当依莎贝拉为其弟克劳狄奥向安哲鲁求情时，他立即为依莎贝拉的美貌所动心，无力压制心中的欲火，在自己非理性的感情冲动面前败北。因此，他蜕变为恶势力的代表，决心"一不做，二不休"，逼迫依莎贝拉奉献出自己的肉体来拯救她的弟弟。

安哲鲁一方面自己罪恶深重，另一方面却不顾劝阻，坚持要处死

---

[1] 黑格尔：《美学》（第三卷下册），第287页。

克劳狄奥，企图杀人灭口。从他身上，我们看到了人性的惊人蜕变：一个近乎完人的正人君子竟无力克制心中的欲火而一步步滑向罪恶深渊，犯下通奸、谋杀罪行（尽管由于公爵的暗中操纵，安哲鲁没有得逞），险些完全自我毁灭。安哲鲁的蜕变过程向人们揭示：人性是如此脆弱，善恶之间没有不可逾越的防线，在考验和精神危机中，有人会不堪一击，受恶势力主宰而变成危害爱的世界的代表。同安哲鲁十分类似的还有《终成眷属》中的男主角勃特拉姆。他色迷心窍，违背婚誓，抛弃妻子，破坏处女贞操，出卖传家宝指环以换取淫欲的满足，一步步陷于罪恶不能自拔，使自己的妻子远走他乡，因而使全剧笼罩着浓厚的悲剧气氛。

众多问题喜剧的悲剧人物体现了莎氏对人性的探索。他显然认为，人自身的弱点——嫉妒、轻信、野心、报复心等是造成人的不幸的根源。但在这类剧中，人性的邪恶最终被爱的力量所化解、所战胜，避免了全剧转向悲剧性结局，因而这类喜剧仍然表现了莎士比亚对人性的乐观看法。

传奇剧可以看作莎氏戏剧由喜剧向悲剧的过渡，这类喜剧中，不仅人物性格含深刻的悲剧性内核，而且剧情的发展也很难纳入喜剧的规范。照黑格尔的理解："喜剧性一般是主体本身使自己的动作发生矛盾，自己又把这矛盾解决掉，从而感到安慰，建立了自信心。"[1]而在这类传奇剧中，人物自身已经无法将矛盾解决掉，而必须依靠一种超自然的力量。因此，大团圆的结尾在这里已经纯粹成为一种"光明的尾巴"。

在传奇剧《冬天的故事》里，我们看到了令人震惊的人类自毁的

---

[1] 黑格尔:《美学》(第三卷下册)，第315页。

情景。剧本的前半部中,西西里国王里昂提斯给自己带来一个又一个灾难,剥夺自己王位赖以支撑的基础。像安哲鲁、勃特拉姆一样,里昂提斯不是一个天生的恶棍。和他们不同的是,没有人向他挑唆引诱,没有任何犯罪的借口。他不像《无事生非》中的克劳狄奥那样受到唐·约翰的挑拨,不像安哲鲁那样被依莎贝拉的美貌所诱惑,使他陷入恶行的是他自己的变态心理。

《冬天的故事》的开头展现的西西里王朝是一幅安乐美景,充满了温情和友爱。里昂提斯深爱着妻子赫米温妮,盛情款待他的平生好友——波希米亚国王波力克希尼斯。但不久他就捕风捉影地猜忌自己的妻子和挚友,整个身心陷入病态,靠想象来解释事物。于是里昂提斯变成威胁爱的世界的恶势力,他的充满仇恨的头脑驱使他恶念丛生。滥杀无辜,杀友、杀妻,甚至杀自己的亲生骨肉,变得比虎狼还凶狠。他打击他周围所有的人,摧毁他自己幸福的基础,几乎整个断送掉他那原本安定有序的世界。具有讽刺意味的是,他的恨来自于他对其妻的爱,来自于由爱而生的妒火、无中生有的猜忌;来自于他对人的本性的悲观看法——他认为整个世界是一个"荒淫的星球",人性本恶,由此而产生了他的变态心理。里昂提斯十分像悲剧人物奥赛罗。他们开始都深爱自己的妻子,由于无端猜忌转而对妻子仇恨,从而使剧情向悲剧方向发展。当然里昂提斯的恶行由于受到手下朝臣的暗中阻止,没有发展到奥赛罗那样严重,并最后得到拯救,但两剧的前半部的悲剧气氛相差无几。然而里昂提斯为自己的罪孽所付的代价比前面讨论的各个喜剧中的男主角要大得多。当他最后幡然悔悟时,他已失去爱子、两位爱卿,十二年没见到自己的妻子,他的黄金年华在自己无可挽救的恶果和不尽的悔恨中度过。

从上述分析中可以看出，喜剧中的悲剧因素一般作为剧中的喜剧行为的有机组成部分而存在。一方面，它是喜剧行为本身所包含的悲剧性因素，并参与导致戏剧性冲突；另一方面，它又形成对喜剧世界的一种威胁，危害剧中男主角的命运，破坏喜剧世界的正常秩序，甚至使剧情罩上浓厚的悲剧色彩。只是由于这些恶势力最后都被爱的力量所化解，才避免了全剧转向悲剧性结局。

从以上分析中还可以看出，莎氏喜剧获得巨大成功的因素固多，但最关键的在于：莎士比亚基于他对生活和人性的深刻理解和研究，首先打破了悲剧与喜剧的界限，因为人性和人类生活本来就是十分复杂的，往往美与丑并存，崇高和卑下相共。莎士比亚以他敏锐的洞察力，发现了人性的复杂和深邃，因而在他的喜剧创作中，他不但写到了喜剧人物也有美德；更重要的是，他更深入一层，尽力探寻隐藏在喜剧人物乃至恶棍式人物背后的悲剧性潜流，并进而探求其社会根源。如上举他对《一报还一报》中安哲鲁蜕变过程的描写，就足以显示出作者探索人性的深度。莎士比亚的喜剧，大大拓展了戏剧的题材，同时也大大加深了文学反映生活，描写人物的深度和力度。他的开创性的成功探索，无疑对雨果提出"美丑对比"原则，特别是对别林斯基主张写"含泪的喜剧"的著名理论有莫大的启迪作用。更重要的是，20世纪大量悲喜融合的新喜剧的产生，在相当大的程度上，与莎士比亚在喜剧中融入悲剧因素这一独特的喜剧理论遗产是分不开的。

"犯规"的乐趣
——论莎剧身份错位场景中人称指示语的"误用"[1]

张 冲

莎士比亚的许多喜剧,其情节中的笑料来自剧中人物的身份错位(mistaken identity),一个或数个人物有意或无意地改变了自己的身份特征,一对或数对双胞的交替出现,使另一些人物看错了他/她们的身份,从而做出可笑的举动或说出可笑的话来,有效地造成戏剧冲突,并导向深浅不一的喜剧效果。细究一下这种类繁多的身份错位场景,大致有两种情况:其一是《错误的喜剧》类闹剧式的,剧场效果主要来自剧中人物的行动,频繁的身份错位导致频繁的错话错事,引得观众哄堂大笑。然而,在更多的场合中,剧场效果依赖于戏剧舞台上的言语交际,一段段风趣幽默回味无穷的对话,把身份错位可能达到的喜剧效果发挥得淋漓尽致,不仅带来满堂大笑,更为专心的观众和细心的读者提供了一种深一层的智慧的享受。这样的场景,在《威尼斯商人》、《如愿》、《第十二夜》、《冬天的故事》等数十部戏剧中屡见不鲜,有时甚至起着举足轻重的作用。仅举二例。

---
1 原载于《外语教学与研究》1996年第1期。

其一来自《威尼斯商人》第四幕第一场"庭审"。由于这场戏在全剧中的至关紧要的作用,无论是观众还是评论者,其注意力都被跌宕起伏的剧情吸引过去了,很少有人注意到在紧张得几乎要成为一出悲剧的情节中,还有小小的一段插曲[1]:当安东尼奥万念俱灰,准备俯首就罚时,巴萨尼奥绝望中说道:

> 安东尼奥,我娶了一位妻子,/她对我如生命一样的珍贵,/可生命也罢,妻子也罢,还有这世上的一切,/在我看来都不如你的生命宝贵。/我宁愿失去这一切,拿出来作牺牲,/交给这魔鬼来把你换回。[2](第四幕第一场第282—287行)

在一旁的格拉西亚诺也随声附和道:

> 我也有个老婆,我发誓爱她,/但愿她此刻上天去,求得一些/神力,来改改这犹太人的恶。(第四幕第一场第290—292行)

这时,分别化装成律师和书记员的鲍西娅和奈蕊莎忍不住了。前者对巴萨尼奥说:

> 要是你妻子就在近旁听你这么慷慨,/她准不会对你表示感谢。(第四幕第一场第288—289行)

---

[1] 从某种意义上说,这一插曲对该剧之所以终于是一出喜剧起了决定性作用,因为它预示了第五幕第一场的喜剧性冲突,同时又在当场起到了所谓的"喜剧性放松"(comic relief)的功能。
[2] 本文所引莎剧台词均为笔者自译,引文中出现斜线表示分行,下同。

后者则更明白地挪揄道：

> 还好你是在她背后说的这句话，/不然这句话准得让你举家不宁。（第四幕第一场第293—29行）

明明自己就是当事人，说起话来却像在谈论一个与他们无关的第三者！口里说的"她"，实际指的"我"，这是人称指示语（person deixis）误用的典型例子。

同理，在《第十二夜》中，女扮男装化名西萨里奥的薇奥拉爱上了她所侍奉的公爵，可因地位身份之故，无法明说，只好当公爵与她（"他"）谈论爱情时，绕着弯子来表白一番：

> 女人对男人的爱有多深，（我）太清楚了；/说实话，她们的心与我们一样真诚。/我父亲曾有过一个女儿，她爱上了一个男子，/我若是个女人，没准也会像她那样/爱上殿下您。（第二幕第四场第105—109行）

在这段台词里，指称说话人自身的第一人称"我"，和本应当指称不在现场的另一人的第三人称"她"，同时指称着同一个人。这种人称指示词的误用，虽然其中的"我"和"她"在观众和读者的认识平面上完全重合，在作为交际另一方的公爵听来，却依然"逻辑地"指称着两个不同的人；应当说，作为信息传递的交际活动，在此时的薇奥拉和公爵之间，从前者的信息并没有传达至后者而使其正确领会这点看，是失败了。

细心的读者也许注意到，笔者在讨论上述两例时，运用了语言学，特别是语用学上的一个范畴，即人称指示词，并将戏剧舞台上的对话看作一次交际活动。事实上，戏剧舞台上的人物对话，虽说因受剧本和导演的编排而多少带上了一点人为的不自然，它毕竟是一种语言交际活动，同样要遵循有关的原则，方能保证交际的成功。因此，存在于真实环境言语活动中的人称指示词原则，以及真实会话过程中的合作原则等，在戏剧舞台上也同样基本适用。违反了这些原则，同样会导致以交际失败为结果的语用失误，虽然有时是剧作家们有意安排的。莎士比亚戏剧中因剧中人物身份错位而起的人称指示词误用，正是剧作家精心安排的一次次对会话过程中对合作原则的有意违反，以舞台上的语用失误和交际失败，换得了剧场中的成功。

根据语用学理论，话语中的指示信息是对话双方表达和理解意思的关键[1]。正确的指示语信息，为双方确立了会话的参照系，而这一参照系，又往往在习惯上是以"我"为中心的，即以信息发出者为基准。在这一前提下，对话的双方都自称"我"而互相称对方为"你"。谈话中涉及的第三方以第三人称的各种形式指称，其特点就是他／她／它（们）并不参与该言语活动，因而也不对该活动做出任何反应。[2] 为使语言交际活动达到既定目的，交谈双方都必须遵守这样的原则，这就是所谓的"合作原则"。

此时如果有一方有意无意地"乱用"人称指示词，违反会话的合作原则，就会导致交际活动的失败。而莎士比亚戏剧中身份错位场景的

---

[1] 何自然：《语用学概论》，长沙：湖南教育出版社，1987年，第54页。
[2] 何自然：《语用学概论》，第62页。

成功，却正源自人称指示词误用这样的语用失误和舞台上的交际失败。

根据会话三方的相互关系，常规的会话结构可以用下图表示：

图1

$$
\begin{array}{c}
C \\
\text{她/他/她（们）/……} \\
A \longleftrightarrow B \\
\text{我（们）/……} \qquad \text{你（们）/……}
\end{array}
$$

其中A和B分别表示以真实身份参与该会话活动的两方，而C则是并不直接参与会话的第三方。但是，在莎剧身份错位场景中，由于人称指示词的误用，这一关系图就变成了如下的形式：

图2

$$
\begin{array}{c}
C \\
\text{她/他/她（们）/……} \\
\text{复位} \\
\text{外化} \\
a(A) \longleftrightarrow B \\
\text{我（们）/……} \qquad \text{你（们）/……}
\end{array}
$$

由于身份的改变，图1中表示真实的会话A方在图2中成了表示虚假身份的a方，而将真实的A"外化"成了通常不参加会话的C，也就是说，A的身份发生了"割裂"。在很多情形下，全剧的矛盾产生、冲突发展、问题解决的过程，正好与A的身份的割裂、以割裂后的身份参与交际、身份复位的过程相平行，其中的冲突则是B并未意识到A的身份错位因而未能领悟A对人称指示语的误用造成的。当虚假的会话第三方最终移向并与虚假的第一方重合的时候,就到了通常所说的"真相大白"的阶段。在这个阶段,戏剧冲突发展到了顶点,一切误会都得以澄清,大分经大乱达到大合,台上、台下都对此前的误会报之以痛快的笑声,戏就此落幕。

人称指示语误用通常是人物身份错位的结果。在莎剧中,人物由于环境或自身的需要,变化了自己的身份特征(莎氏常用的是女扮男装)。当她/他以交际A方的身份参加交际时,有话如骨鲠在喉,可又碍于某些原因,不便以"真身"说透,便有意违反合作原则,通过身份外化,将自身的经验、感情和语言"投射"到第三方,表面上是在谈论与双方无关的人或事,实际上却是在以第三方的身份与B交谈,起到一箭双雕的作用:既将自己想要传达的信息传达给了对方,又暂时保住了自己错了位的身份。由于B并没有意识到这一变化,以为A依然遵守着合作原则,便仍然以常规方式做出反应。这样就在A—B交际层面上造成了割裂和距离,使B的认识层面与A的认识层面发生断裂和差距。由于B没有意识到A违反了合作原则,在会话中便处于一个相当不利的地位,很容易将自己的真实情形和想法统统暴露在A面前。许多喜剧性场面从此而生。上面所引《第十二夜》薇奥拉与公爵之间的对话就是一例。再如《冬天的故事》中,波希米亚国王波利希尼之子弗洛泽尔爱上了牧羊姑娘潘狄塔(其实是西西里国王的弃女),父亲不允许这一门地位悬殊的婚姻,便化了装前去参加庆祝开剪羊毛的盛典。父子之间演出了这样一段对话:

波利希尼:别那么着急,小伙子,等一等,

>   你可有个父亲？
>
> 弗洛泽尔：有啊，可这关他什么事？
>
> 波利希尼：他是否知道此事？
>
> 弗洛泽尔：不，也不能让他知道。
>
> 波利希尼：在我看来，儿子要举行婚礼，
> 　　　　　父亲应当是一位最最合适的
> 　　　　　客人。再费心问你一句，
> 　　　　　你父亲是不是已经无法正常处理
> 　　　　　各项事务？是不是他已年迈羸弱，
> 　　　　　痴呆愚钝？嘴可能说？耳可能听？
> 　　　　　是否还能认人？可还能谈论自己？
> 　　　　　是否已经瘫倒在床，什么都不做，
> 　　　　　只会发发孩子脾气？（第四幕第四场第391—402行）

诚实的儿子当然加以否认，但仍然坚持不能把真相告诉父亲，可化了装的父亲也一再坚持要让"你父亲"知道，就这样把会话推向了极端：

> 波利希尼：那就让他知道吧。
>
> 弗洛泽尔：不行。
>
> 波利希尼：你去告诉他。
>
> 弗洛泽尔：不行，不能让他知道。
>
> ……
>
> 好啦好啦，不能让他知道！

快给我们办结婚吧。

波利希尼：给你们办离婚吧，年轻人！

（波利希尼脱去伪装）（第四幕多四场第413—417行）

由于父亲话语中有意将自身分解成第一第三两个人称，父子的认识层面发生断裂和距离，一味遵守合作原则的儿子循着交际中通常的指示语规则越走越远，当他认识层面中的第二和第三人称突然合二为一时，顿时发现自己处在了一个极为可笑又危险的境地——让父亲给"耍"了。

虽然指示语误用在莎剧的身份错位场景里主要以人称分裂即第一人称明确地外化为第三人称的形式出现，它还有一些变体，同样值得研究。一是以虚拟喻直陈，二是以虚拟代直陈。在图2所示的典型指示语误用关系中，a（A）和C之间在B看来是没有任何关系的，而且a（A）也不向B做这种关系的暗示。但在有些场合，a（A）虽然已将自己外化成了C，并在自己的话语中违反了合作原则，下意识中却时不时地希望B能够领悟这一点，处于不便明说又不忍不说的尴尬境地。这时，他们就求助于语气的语用学交际功能，想方设法向B暗示自己与C的关系了。[1]在《一报还一报》第五幕第一场中，化装成神父的公爵向对他表示怀疑的代理执政安吉罗说：

我发誓我热爱公爵，就像爱我自己一样。（第五幕第一场第340行）

---

[1] 在一定条件下，语气（mood）也有一定的语用学功能。参见何自然：《语用学概论》，第198—208页。

前半句话将"我"和"公爵"割裂成了两个人,后半句又以虚拟的口气将被割裂的两个指称往一块拉。明明是实指,却偏要用虚拟来表达,只有细心的观众才能领会其中的奥秘:公爵爱公爵,当然是在爱他"自己"了。[1]《如愿》[2]中的罗萨琳则更进了一步,干脆以虚拟代替直陈:她化装成一位少年,在亚登森林里遇上了热恋于她的奥兰多,为了考验后者是否对她一片真情,竟让他把自己"想象成罗萨琳",而自己则不但享用着奥兰多一口一声的"我爱你"而不必羞红待字少女的脸颊,更可以堂而皇之地演一遍婚礼而无丝毫"越轨"之嫌:这不过是一场游戏。在这样的会话关系中,被外化了的A,经虚拟而被C所替代同化,实际上是一次指示语的双重误用,真实身份经历了一场否定之否定后又回到了自身。然而,本来是清清楚楚的"那(我)就是我"的表述,在虚拟中变形为"就把那当作我",被B根据合作原则接受下来,这样造成的认识层断裂和差距,是显而易见的。

莎剧中的人称指示语误用,最直接的功能就是造成人物间认识层的断裂和距离,在轻松幽默的环境中调侃人的认知能力的局限,以及由此而来的愚蠢和可笑。然而,这样的误用,由于它造成并扩大事实和假象间的距离,经常是造成和增加戏剧张力的有效手段,起着种种独特的戏剧功能:在《威尼斯商人》中,前文提到的鲍西娅和奈蕊莎的话为后来的喜剧性冲突埋下了伏笔;《第十二夜》中薇奥拉改变身份和其孪生哥哥的出现,更直接导致了该剧结尾时的大冲突、大混乱、大澄清,台

---

[1] 在《维罗那二绅士》中也有类似情形,参见第四幕第四场第113—114行。在《第十二夜》中,薇奥拉说完"我父亲的女儿"的爱情故事后,还告诉公爵:"我就是我父亲家里全部的女儿,——/和全部的儿子。"(第二幕第四场第122—123行)

[2] 即《皆大欢喜》。——主编注

上骂的骂、惊的惊、气的气,台下却只管开怀大笑,[1] 喜剧效果十分明显。在人物刻画方面,人称指示语的误用有时能起到特殊的作用。在《维罗那二绅士》第四幕第四场中,女扮男装的朱丽娅被她负心的情人普罗丢斯(并不知情)派去向新结识的西尔维娅求爱,西尔维娅痛斥普罗丢斯见新忘旧,对爱情不忠贞,还将普罗丢斯托朱丽娅送的戒指丢还给她,坚定地表明:

> 虽说他虚伪的手指已将这戒指玷污,/我的手指却决不会伤害他的朱丽娅。(第四幕第四场第113—114行)

听到这里,化装成男仆的朱丽娅深受感动,脱口而出:"她谢谢您!"很明显,她本来很想说:"(我)谢谢您!"可是,为维持她的身份外化,不得不将本应用第一人称指称的对象,用了第三人称。然而,西尔维娅对此谢颇感意外,特别是"她谢谢您"这样极为反常的表达方式,使她或是因没听清楚或是下意识地觉得话中有话,便追问一句:"你说什么?"这一问,使朱丽娅突觉失言,连忙改口道:

> 我谢谢您,您那么为她着想。(第四幕第四场第117行)

接着再解释说自己如何熟悉那个姑娘,"几乎就像熟悉我自己一

---

[1] 在第五幕中,薇奥拉被奥丽维娅指责为"负心"和"怯懦",不敢当公爵面承认自己和她已经结婚的"事实"(事实上,同她结婚的是薇奥拉的孪生哥哥赛巴斯辛;又被托比等人指责行凶打人;其实,打他们的也是赛巴斯辛),而公爵则误以为薇奥拉背叛了他。正当薇奥拉否认这一切,要跟着公爵走开的时候,奥丽维娅在绝望中喊出:"西萨里奥(薇奥拉的化名),我的夫君,别走开!"将混乱和冲突推向了顶点。

样",才把事情勉强搪塞过去。就这样,短短的一句话,却深刻而生动地反映了朱丽娅此刻的尴尬境地和复杂的心理活动,不能不让观众叫绝。

最后需要指出的是,在至此为止的讨论中,我们都将身份错位场景中人称指示语的故意误用造成的剧中人物间认识层面的不平衡,认作是戏剧效果的来源。其实这并不够全面,因为戏剧交际活动自有其特殊性:不仅舞台上的人物之间在进行着交际,戏剧舞台作为一个整体,又同时以交际一方的身份在同作为交际另一方的观众进行着交际。这样,我们就发现,不仅剧中人物间能由于指示词误用而产生认识层的断裂和距离,戏剧舞台上的一部分或全部人物,作为交际的一方,其认识层面还经常同作为交际另一方的观众的认层面产生断裂和差距。当一个或数个剧中人物(A)在舞台上改变身份特征时,这样的错位是当着全知的观众进行的,他们便因此了解全部的事实真相,始终有一种智慧上的优越感。由于在戏剧交际中,观众同时与舞台上的交际双方产生程度不等的认同,当他们与真实身份的A产生某种程度的认同时,听任对方(B)在无知中将天真、笨拙和愚蠢一露无遗,从而分享A从不遵守合作原则中得到的全部乐趣,甚至更多,[1] 而当他们与舞台上的B方产生某种程度的认同时,他们又因为自己"高人一筹",能领悟A的指示语误用、违反合作原则的会话含义而"自豪"。这样,人称指示语误用在戏剧交际过程中,同时遵守和违反了会话的合作原则:在舞台交际中,合作原则被有意违反;而在舞台—观众交际中,合作原则却一如既往地被遵守

---

[1] 观众的认识有时比身份外化了的剧中人物更为全面。如《第十二夜》中,薇奥拉改装后,很久都不知道她的孪生哥哥还活着,存在着同他发生身份错位的可能。这一认识差距,将她本人抛入了一场误会之中。观众则对此了如指掌。

着。这样，无穷无尽的喜剧效果，就从人物间、台上台下间认识层面的多层次断裂和距离中产生。舞台交际中违反合作原则导致的交际失败恰恰成了舞台—观众交际中遵守合作原则而导致成功的原因。这，就是人称指示语误用在莎士比亚喜剧中的意义和功能。

人神共舞:莎士比亚喜剧对古希腊神话的传承[1]

张 薇 熊腾芳

莎士比亚喜剧汲取了古希腊神话的养分,大量的古希腊神话因子通过故事类型、主题类型、人物类型在剧中显现。莎翁喜剧与古希腊神话一样,是人性与神性的合璧,表达了世俗与神圣并置、狂欢与理性并置的人神观念。莎士比亚之所以成为伟大的戏剧大师,不是凭空而生的,而是在充分吸收前人艺术经验基础上孕育而成的,其中之一就是吸收了古希腊神话的养分。

一、莎翁喜剧与古希腊神话的表层关系

莎翁喜剧与古希腊神话的表层关联表现在故事类型、人物类型、主题类型等方面借鉴了古希腊神话的相关模式。

1 故事类型

比较经典的故事类型是"死而复生"的故事,例如冥后珀尔塞福

---

[1] 原载于《安徽师范大学学报》(人文社会科学版)2011年第4期。

涅死而复生的故事,当她回到阳间,春回大地、万物复苏。莎士比亚在戏剧中经常使用这类"死而复生"的故事,其意义在于,通过迂回的方式使善良的人从灾难中脱离、转危为安,故事情节扣人心弦。在喜剧《无事生非》中,希罗有昏死后"复生"的情节,最终,"复活"的希罗原谅了糊涂的克劳狄奥,并与之结为连理。"死而复生"是该剧的关键点,没有它,人物关系难以破镜重圆,戏剧的性质将变为悲剧,这一设置增加了剧情发展的曲折度,也使戏剧产生悬念,使矛盾的化解成为可能。当然,人不可能真正死而复生;因此,让人物在剧中"死去",必须有一个掌控全局的人在背后操作。在莎翁的几部作品里,都是神父在扮演着操控"死而复生"这个角色。神父的身份较普通人更具神秘感,也添加了一层神性的光环。

除此之外,还有殉情的故事。在古希腊神话中,匹剌摩斯和提斯柏殉情的意义在于歌颂爱情的真挚和忠贞。莎翁的《仲夏夜之梦》中,情节明显受到匹剌摩斯故事的影响。一种影响表现为意义的类比,与匹剌摩斯的故事一样,郝米娅、拉山德为了反对父亲的包办婚姻,选择私奔,故事地点都是在树林里,由于某些变故发生误会,并因此引发一系列曲折。这种误会产生某种悲剧因素,就像在《罗密欧与朱丽叶》中一样,所不同的是《仲夏夜之梦》,这迷幻般的森林和奥布朗的魔法适时地阻止了悲剧的发生。[1]《仲夏夜之梦》的这一故事原型加强了剧本中冲突和矛盾的效果,也暗示了误会易导致悲剧的产生。在他们进入森林并入睡后,有经验的观众或读者会自然而然地产生预感,预测剧情的走

---

1 Harry V. Jaffa, *The Unity of Tragedy, Comedy, and History: An Interpretation of the Shakespearean Universe, Shakespeare as Political Thinker*. eds., John E. Alvis and Thomas G. West, ISI Books, 2000: 35.

向，有一种阅读期待。另一种影响表现为直接挪用这一元素作为该剧的一条线索。在第五幕，莎士比亚专门安排一群雅典的手艺人，让他们聚集在一起，表演"匹刺摩斯和提斯柏殉情"的故事。整个剧虚实映衬，亦真亦幻。

2 人物类型

在莎士比亚喜剧中我们仿佛看到古代的人物披上现代的服装，说着现代的语言走上了剧坛。

2.1 聪明、美丽和高贵的女性

雅典娜、阿佛洛狄忒、赫拉是古希腊神话中最主要的三位女神，她们成了智慧、美丽和高贵的象征，和其他女神一起，为我们构建了一个充满女性魅力和温柔气息的神奇世界。诸女神中最纯洁高尚、最超凡脱俗的女神要数雅典娜了。莎士比亚在喜剧中对她的赞颂最多，莎翁在慨叹聪明美貌的女子时，总不忘将其比拟成雅典娜女神。《威尼斯商人》中的鲍西娅就是一个典型。鲍西娅是整部喜剧的主导人物，美丽可人，是众多王公贵族追求的对象。她有着异乎常人的智慧，学识渊博，假扮法官去帮助情人解决朋友的难题。她幽默调皮，与情人开小玩笑的细节更是让人忍俊不禁。

《终成眷属》中的海丽娜面对勃特拉姆的无情，面对一系列难似登天的问题，没有退缩，而是勇敢地出走巴黎，去实现勃特拉姆的苛刻要求，最后梦想成真。同样出色的女性还有《一报还一报》中的伊丽莎白，她美丽纯洁，勇敢善良，捍卫崇高正义。面对安哲鲁的淫威，伊丽莎白面无惧色，严词拒绝。这三位女性是莎翁喜剧中杰出女性的代表，就像那些神圣高贵的女神一样灿烂光华!

2.2 被侮辱与被伤害的女性

在古希腊神话中，这类女性形象最典型的便是伊俄，伊俄被赫拉百般折磨、四处流浪，面对现实的残忍，无力反抗，默默忍受命运的摆布。莎翁的《无事生非》中的希罗也是这样的人物。希罗与克劳迪奥的婚事遭到唐·约翰的破坏，倘若没有神父和贝特丽丝的帮助，她除了死去，没有其他选择。在这部剧中，封建思想对女性忠贞的绝对要求和阴险小人的恶意中伤，让柔弱的希罗饱受摧残。尽管在戏剧结尾，克劳迪奥真心悔过，并再度与希罗举行婚礼。但之前的惨痛经历又岂能烟消云散？莎士比亚使用贞洁女人遭到毁谤的情节来设置矛盾冲突，推动剧情发展，引发对女性处境的深入思考。

2.3 严厉专权的父亲

宙斯在古希腊神话中是一位"严厉专权的父亲"，他严厉惩罚对他不敬的神；曾召集神祇会议，决心毁灭不敬他的人类。宙斯可以称得上西方文学史上最早出现的"严厉专权的父亲"形象。莎翁喜剧中的"父亲"通常也以专横的形象出现，这种专权特别表现在对儿女婚事的决定上。《仲夏夜之梦》中的伊吉斯、《驯悍记》中的巴普提斯塔完全操控女儿的婚事。

严厉专权的父亲，是父系社会中男权的代表，是掌控女性的形象之一。在人类进入父系社会后，父亲所代表的权威是坚不可摧的。莎翁喜剧中频繁使用这一形象既是社会现状的表现，也反映了父权社会影子的延续，表达了对这种不合理社会关系的否定，其背后标举的是人性自由、爱情自由的理想。

3 主题类型

莎翁喜剧的主题借鉴古希腊神话的爱情主题、救赎主题、复仇主题。

3.1 爱情主题

音乐家俄尔浦斯与欧律狄克的故事是古希腊爱情的绝唱。欧律狄克被毒蛇咬死。冥王答应俄尔浦斯从冥土带走妻子欧律狄克,但要他记住,在穿过冥界大门之前,绝不能回头看她。然而,就在他们快要走出冥界的时候,俄尔浦斯担心欧律狄克没有跟上来,迫不及待地回头看她一眼,欧律狄克就像幻影似的在他眼前立刻消失了。他们最终虽然不能在一起,但是他们之间至死不渝的爱情成为古希腊神话的重要一笔。神祇们与人类一样,向往美好纯洁的爱情,爱情成为神和人的世界共有的主题。

毋庸置疑,爱情在莎翁喜剧中占有极大的比重,几乎没有一部喜剧是不谈爱情的。需要指出的是,文艺复兴时期对爱情的追求既有古希腊神话中本能欲望的成分,但又更富有理性的成分。"古人没有共同的伦理标准,所以人的性欲很容易成为一个走极端的、物质化的、非人格化的、难以控制的'怪力'。首先,古希腊的宇宙观描述出一个充满性欲、充满'阴阳'的天地。在赫西俄德《神谱》中,地神和天神是宇宙的根源,而当天和地做爱时,万物就会诞生……由此可见,古希腊人的宇宙是由男神和女神的结合而来的。"[1] 性欲的放纵在古希腊神话中司空见惯,就拿神明潘来说,潘简直是古希腊神话中的"色鬼",他会强奸女孩子,但他的性欲也涉及那些众多精灵们、水神们或动物。潘代表那

---

[1] 雷立柏:《古希腊罗马与基督宗教》,北京:社会科学文献出版社,2002年,第120页。

种没有羁绊的性欲,而在他的家园阿卡迪亚中,他会随心所欲。然而古代的诗人也曾说过,在每一个男人的心里有时会有一个潘作怪……古希腊人的文学作品描写的是性欲的"物性",而对于性欲的人格化和驯服似乎失去了信心。潘的"爱"是野兽的冲动,是"自然的爱"、"粗糙的爱",没有经过文明的净化。[1] 相反,莎士比亚笔下的爱情是精致的爱,经过文明净化的爱。鲍西娅重人品、轻地位和财富的爱,薇奥拉自我牺牲式的爱,罗瑟琳反抗父权干涉婚姻的爱都彰显了理性和精神层面的爱,表现了崇高的品格,胜过了动物性的本能冲动。

3.2 救赎主题

众所周知,俄狄浦斯无意中杀父娶母,为了把忒拜从瘟疫灾难中解救出来,他勇于承担责任,刺瞎双眼,主动请求放逐。他一生都在跟命运斗争,所表现出来的坚强意志和英雄行为是真正的救赎精神——救赎城邦,也救赎自己。莎士比亚喜剧《终成眷属》、《一报还一报》和《特洛伊罗斯和克瑞西达》中都有着救赎的主题。《一报还一报》的题名本身就包含着道德救赎的意味,安哲鲁权力欲望膨胀,逐渐堕落。作为法律的执行者,他知法犯法,对伊丽莎白进行威逼利诱,企图占有她。对他的救赎源于公爵的伸张正义和伊丽莎白的坚持,倘若失去其中任何一人的努力,他只可能滑向更深的深渊。莎士比亚的救赎观念通过这些作品逐渐深入观众脑海,以这样深刻无形的方式教化观众。救赎主题增强了莎翁喜剧的思想性,他的喜剧不是闹剧式的欢喜一场,而是试图带领观众思考。救赎这样近乎宗教意味的主题,将喜剧思考的问题延伸到

---

[1] 雷立柏:《古希腊罗马与基督宗教》,第122页。

生命的终极意义以及灵魂的层面上。

3.3 复仇主题

复仇主题在古希腊神话中屡见不鲜。奥德修斯对无赖求婚者的复仇、宙斯对普罗米修斯的报复、俄瑞斯特斯对母亲报杀父之仇，以及只生一男一女的拉托娜嫉妒生了七男七女的尼俄柏并射杀了她的七双儿女，这样的复仇心理达到了极度疯狂的程度。从人类学的角度看，这些复仇就是人类社会复仇心理的反映。

莎士比亚喜剧《威尼斯商人》中安东尼奥对众人的慷慨施舍与援助以及对犹太人的狭隘歧视，伤害了夏洛克的经济利益与感情尊严。女儿的私奔与叛教，更激发了夏洛克内心的仇恨与愤怒。于是，他用"一磅肉"的方式进行复仇。可以看到的是，夏洛克的复仇心理与情节和古希腊神话中的复仇基本上是一致的，只是他们各自所要表达的意义却大相径庭，这是由于两种复仇的模式与动机有着较大的差别。

复仇主题中包含了多种文化价值取向，古希腊神话中复仇的伦理性体现在复仇主体为家族或亲人维护荣誉和尊严的基础上，无所谓正义与非正义之分，也没有道德评判的趋向；而在莎翁喜剧中则有正义与非正义之分。夏洛克则是反面形象，他的复仇动机也仅仅停留在私欲报复上；莎士比亚显然是批判夏洛克的复仇的无理和残忍，倡导公平正义下惩恶扬善。可以说，莎士比亚在此处带有很强的道德批判意识，代表了当时的人文主义价值诉求，即在公平正义下理性修复矛盾与伤害。在这一点上，莎翁喜剧中的复仇主题则是对古希腊神话复仇主题的丰富，具有更高的价值和意义。

二、世俗与神圣的并置

那么,莎翁喜剧与古希腊神话的深层关联又是如何的呢?笔者认为主要表现在人性与神性的交融,这一交融又是通过世俗与神圣、狂欢与理性两个维度来实现。卡西尔在《神话与宗教》中认为:"神话乍一看来似乎是一团混沌——一大堆不定型的语无伦次的观念。"但是,透过神话我们能揣测古希腊最初阶段的社会形态以及古希腊人的思维模式,而后世的原型则以神话为象征。卡西尔将神话看成人的社会的缩影,"虽然神话是虚构的,但它是无意识的虚构,而不是有意识的虚构。原始精神并没有意识到它自己的创造物的意义,揭示这种意义——探查在这无数的假面具之后真相的乃是我们,是我们的科学分析"。[1] 我们需要探究莎士比亚运用古希腊神话表达的是怎样的人神观念。探究莎翁超越古希腊世俗人本之处。

人是世俗的,神是神圣的,人与神的关系就是世俗与神圣的关系。在《神圣与世俗》中,米尔恰·伊利亚德认为,神圣与世俗是这个世界上的两种存在模式,是在历史进程中被人类所接受的两种存在状况。[2] 神话是人类自身愿望的表达,远古的人们通过塑造一个外在的超能力的对象来威慑自我,同时通过对该对象的崇拜和歌颂获得力量和信心。古希腊神话虽然描绘的是神的世界,其实反映的是人的生活,神圣性和世俗性兼而有之。奥古斯丁说:"古希腊人把人当作享用对象,他们歌颂神是因为神体现了人的欲望。"[3] 从衍生古希腊神话的文化土壤看,人性取

---

[1] 恩斯特·卡西尔:《人论》,甘阳译,上海:上海译文出版社,2004年,第92、120页。
[2] 米尔恰·伊利亚德:《神圣与世俗》,王建光译,北京:华夏出版社,2002年,第2—3页。
[3] 徐葆耕:《西方文学:心灵的历史》,北京:清华大学出版社,2003年,第147页。

向都是原欲，是无节制的原欲型文化。古希腊神话则是这种原欲型文化的代表性体现，尽管其内容主要以神的故事为主，但实际上通通是人对现世的欲望、人的现世享受和人的存在价值的表现。古希腊神话中神与人"同形同性"的特点更是强化了神的世界即是人的世界的性质。从这个角度说，古希腊神话显然带有世俗特性的，后世使用古希腊神话原型突出了世俗欲望的合理性，即强调世俗性。

神话是关于神的故事，神圣性是神话的一般特质。"神话启示了绝对的神圣性，因为它叙述了诸神的创造性活动，展示诸神工作的神圣性。也即是说，神话描述了从神圣过渡到尘世间的种类，有时描述了这种过渡中的显著变化。"[1] 神的神圣性可以从他们对其他物的支配来体现。古希腊神话中的神分管神界和人间的种种事物，他们各司其职。从风火雷电、海洋土地、农业艺术、战争美酒到人们日常生活的狩猎等等，都由不同的神祇掌管。此外，还有掌管智慧、美丽、爱情等的神祇，每一位神都和外界的某一种事物有着不可分割的联系。这些事物受他们支配，也常常代表他们出现。这种支配关系体现着神的神圣性。也正因为他们拥有这样的权力，成为人们祈求的对象，神的救赎力也由此产生。

在各种文学体裁中，喜剧本身就是一种世俗性较强的表达方式，莎翁喜剧更是一幅人间世俗的大画，他最关注的是人们的世俗生活、世态伦理等方面，展现了人性的多个方面，具体深入到生活的多个层面，视角是世俗的，论调也是世俗的。莎翁喜剧中所反映的人文思想所指向的是人的生活本身，他反对禁欲主义，肯定人的现世生活的意义，肯定

---

[1] 米尔恰·伊利亚德：《神圣与世俗》，第50页。

人的自然欲望的合理性。

从上文的分析看,殉情的故事类型表达了人对爱情的执着追求;在人物类型中,女性形象大都是美丽善良的女性,有执着地坚守自己人生原则的伊丽莎白,有聪明睿智化解危机的鲍西娅,她们都是人文主义新女性;而被侮辱与被伤害的女性则是妇女被压制的象征,严厉专权的父亲形象如伊吉斯、巴普提斯塔则是封建包办婚姻的专制代表;主题类型里的爱情自由是人权的突出表现。复仇则是人性本能的表现,这些喜剧无不反映了世俗性。

然而,神性的特点也同样在莎翁喜剧中存在。莎翁在喜剧中频繁引用古希腊神话原型,增强了喜剧中的神性意味。不断引用神话原型,无异于让观众或者读者一次次地跟随作者对神祇进行崇拜和歌颂,把神祇作为参照物和现实的隐喻,强化了神祇在观众或读者脑海中的印象,神圣性特点也由此加强。人们在歌颂赞美神时,摒弃自己的鄙陋,修炼提升自己,渐趋完美。从某种意义上说,莎士比亚的喜剧就是对神性的无意识的模仿,那么这种模仿说明了什么问题？米尔恰认为:"人类通过对神圣历史的再现,通过对诸神行为的模仿,而把自己置于与诸神的亲密接触之中,也即是置自己于真实的有意义的生存之中。"[1] "对神圣范式的真诚地模仿有两重结果:(1)通过对诸神的模仿,人们保持仍然存在于神圣之中,因此也就生活在实在之中;(2)通过对神圣范式性的不断再现,世界因之而被神圣化。"[2]

莎士比亚在传承古希腊神话的同时,又大胆地超越了其粗浅朴陋、

---

[1] 米尔恰·伊利亚德:《神圣与世俗》,第118页。
[2] 米尔恰·伊利亚德:《神圣与世俗》,第52页。

前文明的状态，其仰赖的是文明进化，这一进化的标志之一是基督教的引入。需要甄别的是：古希腊神话中的神性与基督教的神性有很大差异，古希腊的神是多神，且是"人、神、兽混一"的，"在古希腊思想中有很多奇怪的表现：神界与人界、动物与鬼怪之间有众多转换与跨越"[1]。神明时而变成人、时而变成兽，神明也淫乱、犯错，神性中夹杂着兽性；而基督教是一神教，追求高洁完美，体型上不会变化。莎士比亚生活在基督教流行的时代，因此在他的喜剧中的神性既有古希腊神话中的善变，又有基督教神性的威严和崇高。《仲夏夜之梦》中小精灵的魔汁，仙后的人变驴、驴变人，情人关系的颠倒错乱，都有古希腊神明善变的明显痕迹。崇尚仁爱正义，又有基督神义的匡正，他已从古希腊神话的原始状态走向基督教的文明时代。古希腊神话体现的是"道德淡薄的宗教"，即无所谓道德不道德，而基督教是"充满道德宗教"。莎士比亚的喜剧则具有强烈的道德感，褒贬抑扬，进行道德的批判。莎士比亚在道德伦理上遵循的是基督教的教义，但在艺术形象上又脱不了古希腊神话的影子。在性与爱的关系上，古希腊的神人基本上处于性的层面，即原欲占据主导地位，基督教的"男女之爱被净化、被升华，被提高到'圣爱'、'永恒的爱'、'圣洁的爱'……基督宗教纠正并净化了古代文化的'泛爱'倾向，改变了那种'充塞宇宙的阴阳之情，而以新的精神补充了男女之情"。[2]莎士比亚笔下的爱情已经突破了古希腊的性本能，融进了基督教的爱情观，呈现出纯洁高尚的精神之爱。

---

1 雷立柏：《古希腊罗马与基督宗教》，第12页。
2 雷立柏：《古希腊罗马与基督宗教》，第126页。

三、狂欢与理性并存

狂欢与理性是相悖的两极，狂欢是喜剧独具的特色，但喜剧作为艺术，又不能是脱缰的野马，需有理性的缰绳来牵引；因此，在莎翁的喜剧中，狂欢与理性并存不悖。巴赫金在他的狂欢理论中提出"狂欢暂时地取消一切等级关系"，狂欢节让"民众暂时进入全民共享自由、平等和富足的乌托邦王国"[1]；莎翁喜剧中抹除"界限"的动作则是指对诸神的调侃，缩短人与神的距离。

1 狂欢的方式——调侃诸神

中世纪的欧洲，整个世界为上帝和宗教的世界。人是被压抑、被贬低的存在。上帝高高在上，人则谦卑地在下面，这就是一种等级。莎翁在喜剧中重新拾起古希腊神祇，对他们嬉笑怒骂，调侃他们的英雄事迹，以这样一种"狂欢"，蔑视着中世纪遗留的神与人之间的等级。在神话里，小爱神丘比特为人们牵引爱情婚姻之线；而在莎士比亚笔下，他常常用的是"那个瞎眼的小孩"来表达男女主角们嗔怪爱情。凡伦丁在嘲笑好友的爱情时说的是"那一定是里昂德游泳过赫勒思滂海峡去会他的情人一类深情蜜爱的浅薄故事"，诙谐的语气调侃着古代神话中那个爱情笑剧，表达了说话者对虚假爱情的不屑。甚至像赫拉克勒斯这样的大英雄也被调侃，《无事生非》中裴尼狄克在描述贝特丽斯的泼辣时，用的是"她会叫赫拉克勒斯给他烤肉，把他的棍子劈碎了当柴烧"。《特洛伊罗斯和克瑞西达》一剧则更是彻彻底底地对神的戏谑，将神圣

---

[1] 巴赫金：《拉伯雷研究》，石家庄：河北教育出版社，1998年，第11—12页。

的特洛伊战争及古代英雄塑造成令人鄙夷的猥琐小人,将史诗中的贞洁少女塑造成虚伪淫荡的女人。莎士比亚"几近谑画似的剥下主人公身上金光闪闪的盔甲,让他们穿着滑稽的睡衣出场"[1]。他们一个个道德败坏,放纵贪欲。最离谱的要属赫克托尔,与史诗相反,赫克托尔没有倒在堂堂正正的格斗中,竟是死于众人乱刀之下,而阿喀琉斯这位声望显赫的英雄,毫不理睬赫克托尔要求公正决胜的呼吁,靠卑鄙的偷袭手段取得胜利。英雄们的华丽外表下是一具具卑劣的灵魂。狂欢式的调侃将神与人之间的森严等级瞬间抹除,颠覆神和人之间的关系,将人本身提升到神的层面上对待,同时神所代表的原型也都与新式的"人"融合,这就是一种等级的消除。"狂欢式的调侃"使人产生一种暂时地摆脱一切压抑、限制的冲动。此时人的思想、欲望和行为均获得解放,剧中人在新生活中高唱人文之歌,展现世俗生活欲望,回归到本真状态。

对诸神的调侃,也包含对世俗生活中的森严的等级、各种严格的制度以及不近人情的规矩的蔑视。莎翁喜剧中处处表达着对各种封建等级藩篱的抗议,如对地位等级制的批判。《终成眷属》里海丽娜因为是个平民子女而被丈夫轻视,只有国王许给她荣耀后,她才可能得到丈夫许可。莎士比亚借用国王的话说:

你看不起她,不过因为她地位低微,那我可以把她抬高起来。要是把人们的血液倾注在一起,那颜色、重量和热度都难以区别,偏偏在人间的关系上,会划分这样清楚的鸿沟,真是一件怪事。

(第二幕第三场)

---

[1] 海涅:《莎士比亚的少女和妇人》,上海:上海文艺出版社,2007年,第4页。

这番言论表达了对封建等级的摒弃。在《仲夏夜之梦》中，赫米娅的婚事必须由父亲指定，倘若赫米娅不从，那便是要判死罪的，这是封建家庭的荒唐规矩。在剧中，莎翁总是把追求自由爱情的青年们设计成在历经磨难后终成眷属，被父亲掌控的几位女性也最终得到自己期望的婚姻。可以看到，莎士比亚将社会中各种限制和藩篱一一呈现，在一个个狂欢式的场景中将其解构。莎士比亚恰当地使用了这种笑谑的、狂欢的手法，恰到好处地表达了他的人文主义理想，将他对人性的美好期待和对社会问题的深刻思考融为一体。正如巴赫金指出的那样，狂欢式的笑谑在文艺复兴时期文学中起着重要作用，已经和人文主义知识与文学技巧相结合了。[1]

2 理性的哲思——对人神的反思与失落

在狂欢的同时，莎士比亚又保持着理智冷静的头脑，理性一方面体现为对人生诸多哲理问题进行思考，比如《皆大欢喜》中罗瑟琳描述婚前婚后男女态度的变化，她说：

> 男人们在未婚的时候是四月天，结婚的时候是十二月天，姑娘们做姑娘的时候是五月天，一做了妻子，季候就变了。（第四幕第一场）

杰奎斯嘲笑世界上的一切，对人生的看法不乏独到的见解，认为"全世界是一个舞台，所有的男男女女不过是一些演员"，他概括"人

---

[1] 巴赫金：《拉伯雷研究》，第84页。

生七个时期"——婴孩、学童、情人、军人、法官、龙钟老叟、垂死,涵盖了人的一生,他放言"疯子、情人、诗人都是空想的产儿"(第二幕第七场)。《仲夏夜之梦》中莱散特感叹道:"在传说或历史中听到的,真正的爱情,所走的道路永远是崎岖多阻。"(第一幕第一场)这句话完全可以作为莎士比亚所有戏剧中爱情戏的主调。毫无疑问,这些精当的言论都是莎士比亚本人对世界的深刻思考,他的哲思巧妙地借人物的台词传达了出来。

　　理性的哲思另一方面体现在:对人神的理想期望与人神的有限性的冲突导致莎士比亚对人神的双重失落。其实这种双重失落在古希腊神话中已初见端倪。古希腊神祇并不是万能的(这一点与基督教有明显不同)。古希腊的神在人神同形同性以及有着人类的性格弱点等方面,与人类有着极度贴近的一面,他们和人类一样有着自己的有限性,生来就被命运规约。例如乌拉诺斯将会被儿子克罗诺斯推翻,克罗诺斯将会被儿子宙斯推翻,而宙斯的秘密则掌握在普罗米修斯的手中,阿波罗的儿子巴野顿自负、傲慢,被宙斯用可怕的雷霆闪电击中,这一切也是命运使然,这样的例子数不胜数。似乎神祇的世界之上,还有另一种超能的力量在主宰着他们的命运,与人类的命运定数一样。从这个角度看,神祇只是超能一级的人类而已,他们在有限性方面,与人类处于相同的位置,同样是无法超越的。

　　莎士比亚对人的失落的认识来自于社会的衰落和人性的堕落。伊丽莎白女王后期,英国不断在海外扩张,战争不断,面临西班牙和其他国家的威胁。国内也一片混乱,女王统治专制残忍,对内要求臣民无条件地服从,当时的英国社会矛盾突出,平民百姓被战争的危险和权贵们的内讧折磨。同时,"圈地运动"侵占农民土地,许多人背井离乡,四处流浪。1601年，埃塞克斯伯爵发动叛乱，虽未成功，但对社会安定造成巨大影响。底层人们生活困苦不堪，甚至饿死街头，而上层贵族则道德沦丧，过着纸醉金迷的生活。莎士比亚目睹英国当时混乱黑暗的社会现状，加上对人类有限性的认识，渐渐对人的世界产生一种失望情绪，内心的纠结与痛苦在三部问题喜剧中表露无遗。《特洛伊罗斯与克瑞西达》描绘了一群荒淫无度、尔虞我诈的懦弱"英雄"；《终成眷属》中勃特拉姆对新婚妻子提出无理要求；《一报还一报》中的安哲鲁道貌岸然，兽性勃发，亵渎正义与公平，卑鄙无耻。这三部喜剧反映的黑暗面已经不像前期喜剧中人物的一些小毛病，而是深藏在人性中的罪恶。莎士比亚面对社会的罪恶、底层人们的苦难以及社会普遍存在的弊端，乐观情绪渐渐被磨灭。在狂欢的行事背后，是对社会、人性的理性思考，是对社会黑暗现实以及世俗束缚的批判。

当然，莎士比亚一面提出问题，一面探索拯救的方式。神的救赎意味常常出现在剧中以解决某些困难。但是，所有这些神力的东西也都是依附于人本身的力量而实现的。因此，神的救赎仅仅以某种隐形的偶然和巧合出现，并不是真正作用的力量。莎士比亚的任何一部喜剧之所以能够得到一个完满的结果，其中都有大量的巧合和偶然。对于这些巧合和偶然，我们是否也可以将它们看成是隐性神的存在？倘若海丽娜没有碰巧遇见朱丽叶和她母亲并以偷梁换柱之法怀孕，倘若公爵并未留下勘察安哲鲁的罪行，倘若薇奥拉的弟弟已葬身大海，这些喜剧最后还能成为喜剧吗？如果仅仅靠人自身的力量，这些问题能否顺利解决呢？这种艺术呈现方式有些谨慎。谨慎的背后是莎士比亚并不真正地将救赎全然放于神祇的身上。因为莎士比亚深知，现实世界并未因为神的救赎真正得到改变，如果真的有神力，人世间必然不会出现那么多的苦难和悲剧。

　　莎翁喜剧是一个人神并存的世界，他试图从人与神两个维度分别做探寻。受新式教育和人文主义的影响，莎士比亚相信人的未来是美好的，相信人的智慧和力量，肯定人的价值。另一方面，莎士比亚的浪漫情怀深受神话的影响，面对现实社会的黑暗残忍，他不自觉地期望着奇迹出现，呼唤着潜藏于人身上的神圣性来救赎罪恶，从他后期传奇剧中神力的多次出现与其在喜剧中的表现可见一斑。但是人和神的世界是两个完全不同的世界，这两种异质的东西难融一体。莎士比亚徘徊在人的力量和神力的救赎之间，他怀着对人和神的世界的双重的失望，将对神的期望消融于他的人道中。

　　伟大的作家总是深切关注人类从何而来，命运如何，最终愿望是什么。他们往往在神话中获得灵动，进行再创造。从莎士比亚的喜剧中我们能看到古希腊神话的投影，从这影子的光环下莎翁创造了戏剧的辉煌。

歇洛克[1]

袁昌英

亚里士多德说：我们的大千宇宙是一出完美的戏剧。这句话实在说得真切。试观万千的星球，日日夜夜，在这无边无际的空间，循环不息的运行；试观我们的日月、星辰、大地、汪洋、四季、潮汐、树木、花草、飞禽、走兽和人类，这一切的组织如何细密严谨。这一切的运行如何平匀流利。这一切的个性，有的如何彰明较著，有的如何隐约朦胧。所以我们若能把自己的性灵修炼到偌大的地步，能够闭上眼睛静赏这出美剧的进行，应是如何畅快的事。

可是更真切、更有意义的是这句话的反面：一出完美的戏剧就是一个宇宙。普罗米修斯（Prometheus）、俄狄浦斯（Oedipus）和菲勒尔（Phelre），这是倔强的人敢于铁面无私地与运命相战斗的宇宙。亚里斯多芬（Aristophone）和莫里哀（Moliere）的喜剧，这是明锐的理性与变态的情感及智慧相抗争的宇宙。科内尔（Corneille）和拉辛（Racine）的古典派悲剧，这是责任心与情欲、情欲与情欲相混战的宇宙。歌德

---

[1] 原载于国立戏剧学校编：《介绍莎士比亚特刊》1937年6月。

（Goethe）的《浮士德》（Faust），这是人的求知欲与那永远的宇宙秘密相挣扎的宇宙。易卜生（Ibsen）的戏剧，这是人的意志与那鞭策、残损、毒害人类性灵的内心命定（fatality）相争斗的宇宙。莎翁和莎翁的戏剧，这是逼真生动、包罗万象，仿佛比宇宙本身还更伟大、还更真切的大宇宙。

在这逼真生动的大宇宙里面的歇洛克（Shylock），是异样令人注目的一个人物。《威尼斯商人》一剧的主人翁是他和波西亚（Portia）。其余都不过是陪衬人物而已。对于这两个人物，乌里希（Ulrici）在他的《莎士比亚的戏剧艺术》里面给我们一种极明了确切的比较：《波西亚和她的对敌歇洛克》成为一个极明显的对照。她有门第的光荣和祖传的家业而他只有卑贱、被侮的家世和艰难困苦中所集成的金银。她有诗意的机巧和一个自由的精练的头脑的智慧，而他只有恶念的机巧和一种为压迫虐待所养成巧诈的尖利。她有信心与希望，而他只有疑心和恐惧。她有情爱、虔诚、温柔和庶道的精神，而他只有切恨、残忍、残酷和报复的渴望。全剧的动作都是环绕着这东西两个极端而进行，其余的人物都是围着他们而行动的。

歇洛克的性格，虽然没有如李尔王（Lear）、奥瑟罗（Othello）、哈姆雷特（Hamlet）、布鲁图斯（Brutus）等的这般复杂深奥，然而他是莎翁的艺术与心灵发展程序中第二时期的创造物。因而已经是很深刻、很逼真的了。在这个时期中，莎翁对于人生的具体事实已经有彻底的了解，对于自己的力量与本领已经有坚定的把握。他的整个的生命已与人世间的真实生活发生紧密的关联。他的艺术已经达到随手应心的神通。他可以如上帝般心里发起一个要光明的念头，黑暗的混沌中即发现光明。他内心的光明可以将外面的混沌创造出一个具体的世界。诺瓦利斯

（Novalis）极美妙地说道："莎翁的戏剧可说是自然的产物，如自然本身一般深邃。"卡莱尔（Carlyle）在他的《作为诗人的英雄》(The Hero As Poet) 里面也同样地说道："莎士比亚的艺术不是技巧；他的最尊贵的美点不是由预先的策略或计划而来的，是由他的高贵诚恳的心灵，从自然的深处生长出来的，他的心灵是自然的声波……他这种人的工作，无论是用何等意识中的挣扎与预计造就出来的，总是不自觉地由他的不测的深处生长出来的；如同由地心生长出来的榆树，如同山岭水泽之自成形状，都有一种根据自然规律的调和及准合，与一切任何真理都相合的……"

莎翁的艺术与心灵已经发展到这般与自然融为一体的程度，他这时期所创造的人物当然是活跳生动整个的人了。歇洛克就是这么个人。可是数百年来，一班批评家对于他的性格的认识颇多聚讼。有的人认为，他是一个完全喜剧人物（comic character）；有的人认为，他是个完全悲剧人物（tragic character）；有的人认为，他是一个悲喜交合的人物（tragic comic character）。

可是我们现在要认定他到底是怎么一个人物，我们得先将悲剧人物及喜剧人物下一个界说。自古以来，批评家对于悲剧与喜剧所下的定义不知凡几。但是我觉得爱德华·道登（Edward Dowden）在他的《莎士比亚思想与艺术》(Shakespeare: A Study of His Mind and Art) 里面所定界说，比较确切。他对于悲剧的定义说："凡是思想，或是情欲，或是意志的具体表现，超过普通标准以上的，是悲剧人物，或者包含着悲剧的可能成分。"比如，哈姆雷特是一个悲剧人物，因为在他，思想发达得到那种程度，简直与我们这有限制的现实生活不能相合，差得太远。罗密欧（Romeo）是一个悲剧人物，因为在他，爱情（情欲）燃烧到那种地步，以致在这势力之下，他的外面的、物质的、有限制的生命完全破裂。理查三世（Richard III）是一个悲剧人物，因为在他，意志，任如何不息地战胜一切，却总是不满意，总得向这世界无穷尽地发扬。对于喜剧人物，他下定义说："凡是思想，或是情欲，或是意志，与普通标准低落得很远的是喜剧人物，或者包含着喜剧的可能成分。"比如，《温莎的风流娘儿们》（Merry Wives of Windsor）里面的斯兰德（Slender）是一个喜剧人物，因为他对于安·培琪（Anne Page）的爱情是如此的低微，对于行事是如此没有意志，以致要从他的叔父借贷自己情欲的一切暗示。

总而言之，悲剧的也好，喜剧的也好，总都有一样不相称的什么存在着。悲剧的不相称起于他的心灵与世界之中的一种不平衡。现实生活的范围太侧狭，不能满足心灵的要求，人的要求无限，而能践实的可能性有限。喜剧的不相称适与此相反，是起于某种人的心灵与我们这极平常世界之中的一种不平衡。有些人的智慧是这般的不济事，以致动作时常得着自相矛盾的结果。

现在我们拿这个悲剧人物的标准来研究歇洛克是比较有把握的了。在我看起来，他的性格是悲剧的，不过他在剧中的地位有喜剧的成分。原来英国戏剧的传习是欢喜悲哀交叉并置的。不过要有莎翁的天才与魄力总能将二者熔为一炉，使悲剧里面有喜剧的笑声，喜剧里面有悲剧的严肃，经纬相织，焕然夺目。

他的喜剧的成分是在波西亚审案时的那一幕里。他原来想欺侮报复别人而终于被波西亚使用手段，一步步引入了受欺侮、受报复的幻灭的地步。这种结果虽然不免令人难过，然而一路插入葛劳提阿诺（Gratiano）那些以他之矛攻他之盾的重语，如"呵，公正的判官！呵，有学问的判官！"之类，却不能不令人发几声笑。这种笑是案情翻过来以后，他的地位的可笑，也可是说剧情（dramatical situation）的好笑；并不是他的性格或他的态度有何引人发笑的地方。其实，他那最后的"求你准我离开此地，我不好了……"的声态，倒能令人流泪咧。

《威尼斯商人》原是一出喜剧，然而歇洛克却是在喜剧里面的一个悲剧人物。他的悲惨的要点有三：

1. 爱金钱的情欲太剧烈。

2. 报仇的意志太坚强。

3. 生性太残忍。

S·布鲁克（Stopford Brooke）在他的《莎士比亚的十剧》里面很真切地说道："歇洛克并不只是歇洛克而已；他是莎士比亚有意要表现犹太民族的丑恶方面的化身。在莎士比亚的心里，丑恶的方面是根源于对爱金钱的剧烈情欲。"我们现在要明白他这情欲是如何的剧烈最好是听他自己的言语：

  我恨他，因为他是一个耶教徒，可是更令我发恨的是，他很谦卑愚执地，把钱借出去，不收利息；因此将我们这威尼斯的息率退落下去。（第一幕第三场）

  发财是福气，假若不是偷窃的。（第一幕第三场）

  安东尼奥……难懂你的金子银子是公羊母羊不成？
  歇洛克……我却把它生产得同样快……（第一幕第三场）

他们并不是好意请我；他们是阿谀我：可是我还是以恨心去，去噉食这浪费耶教徒的……（第二幕第五场）

……所以我让他去，去到那人那儿，我正愿意他帮着去靡费那人借来的金钱……（第三幕第五场）

唉！唉！一个钻石失了，我在法兰克福两千"都克"买的！不到今日，我们的民族是没有受过诅咒的；我今日总感受到这个诅咒；哪儿两千"都克"；还有别的宝贵的首饰。我情愿女儿死在脚边，首饰在她耳上！我情愿她成殓在我的脚下，"都克"在她棺材里……（第三幕第一场）

图加尔　你那女儿在日诺亚一晚花了八十个"都克"。
歇洛克　你真是在拿刀刺我：我再看不见我的金子了！一晚八十个"都克"，八十个"都克"！（第三幕第一场）

歇洛克爱金钱的情欲，虽是如此剧烈，如此积极，然而与他那报仇的意志比较起来则已是暗淡失色的了。他的整个的生命，只为一个观念所盘踞。在这个观念之前，其余一切感情与情欲都成为次要的附庸的了。这个观念就是憎恨耶教徒，数百年中耶教徒对于他的民族的种种残忍、酷恶、侮辱、轻蔑，在他性灵里结晶为这种无上的憎恨。在他看起来，凡属沾一点耶教气味的，都含有顽固、狂妄、毒厉的种种宗教性的虐待。乌里希说："歇洛克只抓紧了法律，至于那些快活人们生下地就得着的容忍、温柔、慈祥等可爱的名目，他永远没有感受过……围绕着他的摇篮的是横暴、残酷、侮蔑。"因此,他把忍受过的一切虐待都储蓄在生命的深处,遇着机会是要迸裂出来报仇的。哈兹里特(Hazlitt)说:"他好像是自己民族全体报复情绪的仓库……"所以他这次得了在安东尼奥(Antonio)身上泄恨的机会,任巴萨尼奥(Bassanio)如何情愿以三倍四倍的"都克"偿还他,任波西亚如何颂赞宽仁,如果要他收回原案,他却总是兴奋激昂地磨着尖刀,欲待割下安东尼奥胸前那一磅肉。他实在是阴森可怕的一个人物,然而却只是耶教的专横与强暴所磨炼出来的人物。由他以下这些言语,我们可以看得出他那蓄意报仇与那报仇意志的坚定程度。

> 船只不过是木板,水手也只不过是人:陆地有老鼠,水上也有老鼠,水上贼,陆地贼,我的意思是海盗,并且还有风雨暗礁的危险。可是这人已是很够的了。三千"都克",我想我可以与他立这个借约。(第一幕第三场)

歇洛克知道安东尼奥的财产都在海上,海上的生意经常是不可靠的。海盗与暗礁常能倾覆一切。假如三千"都克"能够买得一个报仇的机会,岂不是好!

> 喔!你看,你吵的多厉害!我情愿和你做朋友,并得取你的友爱。我可以忘记你对于我的侮辱,借给你目前需要,不要一个钱的利息。你可不听我!我这是善意哩。(第一幕第三场)

这都是伪作的亲善,里面藏着白晃晃的剑锋。

假如他不守约,他的处罚的执行与我有什么好处?从人身上取下来的一磅肉,并没有什么价值,也没有什么利益,比一磅羊肉或是牛肉或是山羊肉还不如哩!我说,我是买他的好感,我所贡献的是友谊:若是他接受,好;若不接受,得;至于我的友爱,我求你不要误解。(第一幕第三场)

这也是蓄意买机会的假情义。有人问他割了安东尼奥的肉有什么用处,他答道:

拿着去钓鱼;假如不能喂别的东西,(至少)可以喂我的仇恨。(第三幕第一场)

有人告诉他安东尼奥一准要破产,他答道:

我很高兴;我要苦恼他,我要磨难他;我很高兴。(第三幕第一场)

歇洛克之所以能成为一个复仇主义的化身,就是因为他有一个激励坚强残忍的天性。他这种天性,当然一半是他那被视为猪狗还不如的民族所遗传给他的,可是一半也是他本身所受的虐待而养成的。他这天性在他的言语里处处表现出来。下面是几段比较显明的:有人问他对于安东尼奥的船只的消息,他兴奋地答道:

……一个破落户,几乎不敢露头于市上了;一个叫花子,从前在市上多么神气:我只要他执行契约(就是问他要身上一磅肉),他从前骂我放印子钱;我只要他执行契约;他从前借钱出去,只为耶教式客气;我只要他执行契约。(第三幕第一场)

……我要剐他的心,假如他不能还债;因为要是他不在威尼斯,任我如何营利都可以……(第三幕第一场)

巴萨尼奥　干么这般用劲磨刀?
葛劳提阿诺　去割那破落户的心。(第四幕第一场)

葛劳提阿诺　没有什么祈求能够感动你?
歇洛克　没有,任你的智慧所造出来的都不能够。(第四幕第一场)

你假如不能把这借约上面的印章喊叫下来,你叫的这般高声,徒然伤害你的肺叶。补修你的智慧吧,好青年,不然,这就要不可救药的腐坏了。我在这儿只靠法律。(第四幕第一场)

波西亚　那末,犹太人就该宽仁为怀了。
歇洛克　根据什么强制,我该如此,请告诉我。
请进行判决:我赌咒,人的舌头是没有能力能够更变我,我只要求契约的履行。(第四幕第一场)

歇洛克爱金钱的情欲如此激烈，报仇的意志如此坚强，生性又如此残忍，正与道登所定的悲剧人物的定义相吻合。他的一切都是超过普通标准以上。他要金钱，现实的世界不能充分地让他满足这欲望；他要报仇，现实的世界不能充分地让他残杀。他生性要见别人受苦受磨，现实的世界不能充分让他施展自己的残性。这是个再可恶、再可恨没有的人物了。莎翁原也有意要把他如此描摹出来的。那时候的社会，这剧里的情节及凭自己良心上的见解都要求莎翁如此写，如此创造。可是莎翁是一个伟大无边、上帝般的天才。这个专是可恶可恨的歇洛克，在他光明炯灼的创造神眼内不能成为一个整个的逼真人物。莎翁的每一个创造都经过两种重要的程序。他拿住一个人或是一件事，或是一个情欲，或是一个观念在手里时，先把它从各方面考虑一番，拿它与原来相关或是偶然相关的物事比较一番；把他放在适中的环境里面，看出了细的与粗的，诗意的与庸碌的；因此，对于它得着一个丰富雄厚的实在。这个世间与时期的一切实在，完全地整个地表现出来了以后，他再拿它放在那宇宙中无穷的有永久性的真理的秤上面衡量一番，看见了有限的（finite）在无限的（infinite）旁边是如何卑小、如何不完全以后，再加上了几笔，总算是创造了成功，总肯撇开自己的手，让他自己去存在。

歇洛克的可恶可恨是他属于世间与时期的真实存在，可是他有他的无穷的有永久性的一方面。他有他的痛苦，他有他的令人流泪的地方。

只有我自己嘘出来的叹声；只有我自己流出来的眼泪。（第三幕第一场）

人世间有谁与他同情呢？

我自己的血肉反抗我！（第三幕第一场）

　　安东尼奥为什么欺侮他，就只因为是一个犹太人。一个犹太人岂没有眼睛？一个犹太人岂没有手足、五脏、官能、感情、情欲？岂不是和耶教徒吃一样的食物，受伤于同样的利器，害同样的病，受治于同样的医药，感冷热于同样的冬天与夏天？要是你刺我们，我们不流血？要是你胳肢我们，我们不发笑？要是你毒害我们，我们不死？要是你虐待我们，我们不报仇吗？……（第三幕第一场）

我们听了这些话，不能不承认他是一个有肉有血、受苦难受委屈的整个生命；虽然是恶他恨他，然也不能不为他掉下两粒相怜泪！

《威尼斯商人》
——冲突和解决[1]

吴兴华

一

莎士比亚的戏剧是通过怎样的方式反映现实生活的,这是批评家们长期以来争执不休的一个问题。要寻求问题的解决,首先必须充分认识到环绕着它的重重困难。当然,在这些困难当中最根本的困难牵涉到一切伟大艺术作品所共有的异乎寻常的深度和丰富性——我们像剥茧似的一层层剥下去,最后,往往还是得承认这样做只是使我们接近了、而不是把握了作品的核心。但是文艺批评正需要在这种砺石上不断地磨炼自己;经验证明,上述现象并没有使但丁或歌德的研究者表示绝望或气馁。莎士比亚的"谜"所以显得特别不易打破,主要还是由于另外一些因素,这些因素结合起来使我们在多数情况下不能肯定是否正确体会了作者的意图,因此不敢进一步做推绎、下论断。例如,任何试图阐释莎士比亚作品的人首先都遭遇到的一个障碍,就是传记材料的缺乏。对诗

---

[1] 原载于《文学评论》1963年第6期。

人的政治态度、宗教信仰等,我们的知识几乎等于零。他不但没有像马洛一样大胆表白自己,参加实际斗争,列名在政府的秘密档案里,甚至没有留下任何相当于本·琼生的"语录"之类的记载。如果我们转向他的剧本乞援,想从中归纳出他对一些重大问题的看法,那么这条道路上的绊脚石和陷阱也非常多。莎士比亚几乎永远采取现成的情节,有时甚至以他人现成的剧本为写作的草图。[1] 他不但从来不处理当代的真人真事,而且连影射的方法也很少用。尤其令人头疼的是他仿佛具有一种"七十二变"的本领,能够进入大大小小、或善或恶的人物内心,从他们的口中吐出与之完全适应的语言。[2] 这样,批评家们发现:格林把莎士比亚比作一只用别人的羽毛装扮起来的臭乌鸦[3],虽说是出于嫉妒,在一种不同意义上,却也颇有道理。因为我们若是想引证罗密欧和朱丽叶的爱情来说明莎士比亚对封建婚姻的批判,考证家就会跑来告诉我们:阿瑟·布鲁克已经在这问题上打开一个缺口,而布鲁克的材料又是从更早的作家那里借用来的。穆奈尼奥斯·阿格里帕在《柯里奥兰诺斯》里有一段很有名的台词,以人体做比喻,说明不同社会阶层各有功能,应该相互依附。[4] 这也许可以替莎士比亚对"秩序"的看法做一个注脚吧!不幸得很,在李维和普鲁塔克的历史著作里都已经记录下这一番话的具体内容。起义农民的首领贾克·凯德,在《亨利六世中篇》里是一个刻

---

[1] 《爱的徒劳》似乎是唯一例外,参见肯奈斯·缪尔:《莎士比亚的素材》(第一卷)(Kenneth Muir, *Shakespeare's Source*),1957年,第252页。

[2] 约翰·帕尔摩:《莎士比亚的喜剧人物》(John Palmer, *Shakespeare's Comic Characters*),1946年,第ix页。

[3] 罗伯特·格林:《一文钱的聪明》,哈利逊编订本(Robert Greene, *Groats-Worth of Wit*, ed., G. B. Harrison),1923年,第45页。

[4] 参见莎士比亚:《柯里奥兰诺斯》第一幕第一场。

画得极为动人的形象；但是莎士比亚在为《汤玛斯·摩尔爵士》所写的一节诗里，以及在许多其他地方，又以十分优美的文辞为拥护社会现状陈述了种种理由。到底应该相信哪个呢？如果凯德的话符合凯德的性格，摩尔的话符合摩尔的性格，那么我们要在什么地方才能找到作者本人性格的透露呢？这是莎士比亚批评里存在的实际情况。我们把情节还给普鲁塔克或薄伽丘，把剧词还给各个不同角色，这样叫所有的羽毛都物归原主之后，乌鸦也就差不多化为乌有了。因此许多资产阶级学者一贯主张：我们没有权利说莎士比亚认为这样那样，只能说他笔下的奥赛罗认为这样，牙戈认为那样；至于诗人自己，则是超然凌跨在他所创造的一切性格之上，随物赋形，心无偏倚，正像造化，不知其然而然地创造了玫瑰，也创造了荆棘；企图从阶级观点来解释莎士比亚的作品，从里面看出社会势力的冲突，探索他歌颂什么、憎恨什么，这些都是捕风捉影，注定不会有任何结果。他们中间某些人甚至狂妄地声称：莎士比亚的客观存在就为马克思主义文艺理论提供了绝好的反证。

要有效地驳斥这一派主张，必须进行繁重的工作；因为问题的最后辨明有待于从莎士比亚的全部作品里的综合材料，观察演变的途径，然后和社会现实相互印证，加以分析。深入研究个别剧本只能算是不可少的准备阶段。但是即使在这个准备阶段里，为了使论点站得住，不给反对者以可乘之隙，我们也应该采取谨慎的态度和比较严格的方法。假定我们从情节开始，把原材料和莎士比亚的处理做一番详细对比；那么从他的并省、增删、强调、冲淡等手法里，有时就能发现一些线索。资产阶级批评家也承认这些线索是可贵的钥匙（因为无论如何，它们总是说明了莎士比亚的某种倾向，不能归给旁人），但是他们常常只从所谓"艺术需要"着眼，很少到现实生活里去探讨促使莎士比亚这样处理情节的根源。如果我们反其道而行之，通过这些线索，初步窥探出莎士比亚在若干社会问题上的立场；随后应该来到的就是证实的工作。我们的论点必须在大小两个范围里受到考验。首先，我们必须证明这个论点是贯串在全剧里，而不是体现在枝节上；是与人物和他们的行动有机地交织在一起，而不是脱离中心冲突甚至和主题相龃龉的诗意点缀。其次，莎士比亚在一篇剧本里显示出来的倾向，作为孤立现象，价值还不太容易估定。我们应该把它再放回到诗人创作道路的全部发展当中，尽可能地推求出承前启后的逻辑关联，把所获得的初步结论当作曲线的一部分，能动地而不是静止地观察它的作用。当然，这个程序即使完成了，在艺术形象、语言等许多方面，还会留下大量有待深入的工作，但它至少能为我们提供一个立足点。本篇文章就打算试用上述方法研究《威尼斯商人》。这是莎士比亚最有名的、也是争论最多的剧本之一；同时它在莎士比亚成长过程里占据的枢纽地位也赋予它以格外重要的意义。

二

《威尼斯商人》大约写成于1596年至1597年，[1] 接近早期喜剧的收尾。它的情节是由两个原来不相关涉的故事结合而成的：主要故事是一磅肉的契约，次要故事是三个匣子的选择。前者在莎士比亚的时代会以几种大同小异的形式广泛流传。据考证，与《威尼斯商人》的关目最相像，因此很可能是莎士比亚唯一来源的，是意大利作家乔万尼的《蠢货》里

---

[1] 参见约翰·罗素·布朗编注的新"亚屯"版《威尼斯商人》（1955年）《序言》第二节。另一派意见认为，剧本写成于1594年，但是根据显然不够充分。

面的第四天第一篇故事。[1] 故事的主人公青年贾奈脱是威尼斯巨商安萨尔多的养子。[2] 在某次航行途中,他听说贝尔蒙特海港的主人是一位美貌有钱的寡妇,正在征求配偶,但是订有苛刻的条件:如果好事不成,求婚者就得交出全部财产。贾奈脱在好奇和野心的驱使下,前往求婚。最初两次,都因受骗,饮了药酒,整夜昏睡不醒,结果把他养父给他的船只财产赔偿一空。第三次,他又央求养父为他置行装,准备孤注一掷,赢回损失。安萨尔多变卖家产之后,仍然缺少一万金币,因此向一个犹太人借得这个数目,并且立下契约:如果至期不还,对方可以从他身上任何部分割取一磅肉。贾奈脱第三次求婚成功,但是未能如期还债。犹太人拒绝接受十倍的偿款,一意要履行契约。最后贾奈脱的妻子化装为律师出庭,以"只许割肉,不许流血"为借口,击败了残忍的犹太人,拯救了安萨尔多的性命。

如果撇开人物的完整性,只考察情节,那么乍一看来,这里仿佛把《威尼斯商人》的要点大都包括在内了:一磅肉的契约,因求婚借债而连累亲友,犹太人的狠毒,妻子化装出庭,肉和血的诡辩……甚至连索取戒指的那场玩笑在原故事里也有,但是为什么它给人的印象和《威尼斯商人》全然不同呢?原因就在于莎士比亚在某些关键上对素材进行了加工和改造,从而把一篇以爱情和冒险为主的传奇点化成为既强烈又深刻的社会批判。

首先,莎士比亚强调了安东尼奥的作用。与他相当的安萨尔多在

---

[1] 英语译文见乔弗烈·勃劳:《莎士比亚取材的叙事和戏剧作品》(第一卷)(Geoffrey Bullough, *Narrative and Dramatic Sources of Shakespeare*),1957年,第463—476页。

[2] 关于莎士比亚直接利用这篇故事的证据,参见B·格列班尼埃:《夏洛克的真面目》(B. Grebanier, *The Truth about Shylock*),1962年,第127—145页。

《蠢货》里只是一个影影绰绰的配角,但是在勾勒安东尼奥的形象上,莎士比亚却花费了大量心血。剧本命名为《威尼斯商人》[1]并不是偶然的;安东尼奥确是威尼斯这个商业城市里的头脑人物,他和犹太人夏洛克之间的矛盾是剧本情节的焦点。值得注意的是莎士比亚把这个矛盾的性质交代得很清楚。《蠢货》在这方面相当含混,只是当案件快要开庭的时候才顺笔带叙一句:"许多商人打算联合起来,凑款还债;但是犹太人不肯接受,因为他一心想致对方于死命,以便能够吹嘘自己害死了最有财势的基督教商人。"这里乔万尼似乎还是沿袭中世纪的老调,把犹太人和基督徒对立起来,认为前者既然信奉"邪教",作恶就是他们的本性,无须深究动机。莎士比亚却不满足于这种简单化的安排,他在不止一处着重指出在安东尼奥和夏洛克中间有着超乎种族、信仰之上的经济利益的冲突。两人在剧中第一次会面的时候,夏洛克就通过旁白说出下面这段意味深长的话:

> 我恨他由于他是一个基督徒,
> 然而特别是因为他傻头傻脑地,
> 放款不索取酬报,结果把我们
> 威尼斯城里借贷的利率压低了。
> 只要他一旦落在我的掌心里,
> 我准得餍足我对他长年的怨愤。
> 他仇恨我们神圣的民族,偏要在
> 商人们经常聚集的地方骂我,

---

[1] "商人"指安东尼奥,认为指夏洛克是错误的。

骂我的买卖和得来不易的收入，
硬说那叫什么"利钱"。我要是饶了他，
愿我的种族遭殃！[1]（第一幕第三场）

安东尼奥是靠海外贸易为生的。剧本对他交易关系的广泛、船只的众多和所承担的风险等都有详尽的描写。他自己曾经夸口说：

感谢上帝，
我不把成败寄托在一只船上，
或者是一个地方。我全部财富
也不仅指仗这一年交易的盈亏。（第一幕第一场）

对安东尼奥说来，他这种生财之道——投资、冒险、获得利润——不只是公平合理，而且是高尚的；相形之下，夏洛克坐在家里无所事事，只管等着"钱生钱"，当然就表示他为人鄙陋，心情奸诈。莎士比亚把这两种经营方式中间的矛盾摆在极为重要的地位上，使剧本的冲突环绕着它展开，这是对素材创造性的增添。从这里，正像通过一道墙隙，我们窥见了作者的某些心灵活动。

随着安东尼奥地位的上升，他的犹太对手自然也就跃进主要人物的行列。莎士比亚对夏洛克的处理和《蠢货》有着根本的不同，这种不同造成了剧本重心的转移。简括地说，他使夏洛克摆脱了欧洲传统文学里犹太人特有的那种凶焰万丈的吸血鬼面貌，为他的残暴行为提供出可

---

[1] 本文所引莎剧译文为作者自译，下同。

以理解的动机:

安东尼奥先生,过去有过许多次,
在交易桥上你曾经狠狠辱骂我,
由于我放钱,并且照例收费。
我总是忍耐地耸耸肩,默然承受,
因为受迫害是我们民族的标志。
你叫我异教徒,磨牙吮血的狂犬,
把唾沫啐在我穿的犹太长袍上,
只不过因为我使了属于我的钱。
好吗,现在看起来你要我帮忙了,
怎么样呢?你来找我,并且对我说:
"夏洛克,我们要用钱",口气多轻松!
你——曾经大口吐痰在我的胡须上,
踢我,就像你要把一头野狗
踢出大门去。
这回你又要用钱了,
我应该怎样回答呢?
我岂不应该说:
"狂犬有钱吗?难道一只野狗
可能慷慨地借出三千块金币吗?"
或者我也许应该奴颜婢膝地
不敢出大气,低声陪笑地回答,
这么说:

> "亲爱的先生，星期三你曾经啐过我，
> 某天你曾经踢
> 过我；还有一次，
> 你骂我是狗；为了这些善意，
> 我要借给你这笔款项？"（第一幕第三场）

这一番追述是有意的，它生动地描绘出威尼斯城的两个集团中间的相互排挤和仇恨，以及高利贷集团所处的不利地位。夏洛克运用无懈可击的逻辑（这是他性格的突出特点）指明安东尼奥和他的那帮阔朋友们在做大买卖的时候仍然少不了要倚仗借贷，因此高利贷者也可以算威尼斯城邦的一条支柱。既然他平日受到难以忍受的欺压，机会来时尔虞我诈无非理所当然。在这样一种土壤上，我们没有理由期望会生长出甜美的果实。一磅肉的契约并不使我们惊骇。

另外还有两处改动，给人印象也很深刻。一处是引进了夏洛克的女儿哲西加席卷家财和安东尼奥的友人劳伦佐私奔的情节。正是这个穿插使海涅在观看剧本演出的时候感到分外义愤填膺。当然，海涅自己是个犹太人，对他的反应或许应该稍打折扣，但他的评论也颇能说明问题。他认为哲西加遗弃、掠夺和出卖了爱她的父亲，这是"可耻的叛逆行为"；"至于劳伦佐，他是一场极不名誉的窃盗案里面的同谋。按照普鲁士法律，该在教养所里服刑十五年，打上烙印，游街示众"[1]。西方批评家对类似这样的话多数是一笑置之。他们说伊丽莎白时代通俗剧院里的观众本来都讨厌犹太人，讨厌高利贷者；犹太人和高利贷者越倒霉，

---

1 转引自H·H·弗奈斯编订的《威尼斯商人》集注本，1888年，第450页。

观众越高兴。莎士比亚所以要这样重重地落笔,让夏洛克闹得人财两空,走投无路,主要不过是迎合观众的偏好。[1]当然,诗人一向"博大为怀","善于从两面观察问题",所以"人性化"了夏洛克,使他在某种程度上也能获得我们的同情,但是如果因此竟谴责安东尼奥和他的友人们,就是过于天真了。[2] 对另外一处改动,剧本给予夏洛克过分严厉的惩罚,他们也做同样的解释。[3] 不难看出,这些批评家所谓的"人性化"不过是把好人写坏点,把坏人写好点,泯灭界限,无分彼此;这是他们惯于用来抵制阶级分析的法宝。但是把这种写作方法强加在莎士比亚身上是断然行不通的,用在当前这两个例子上,罅漏尤其显然。作者明明是在脱离素材,开辟新的园地,以便向我们揭示安东尼奥这一派人的行为并非无可指摘——几个世代的演员,观众和读者的感受也都证实了这一点,而批评家却坚持这只是"人性化"的创作手法,别无深意,不能作为论证作者世界观的资料!这不是把本来是明白的东西故意弄晦涩了吗?

莎士比亚所画出的求婚青年的面貌与以上几点也是相沟通的。《蠢货》里的贾奈脱是一个富裕子弟,向女方求婚的结果使他两次中了骗局,蒙受损失;因此最后连本带利地捞了回来,总算是大快人心的事。剧本里的巴萨尼奥处境却完全不同。一开始他就坦白地告诉我们:他是一个坐吃山空、外强中干的荡子:

---

1 艾·艾·斯透尔:《莎士比亚论文集》第六章(E. E. Stoll, *Shakespeare Studies*),1942年。
2 约翰·米都吞·莫莱:《莎士比亚》(John Middleton Murry, *Shakespeare*),1936年,第197—205页。
3 最突出的例子是考格希尔(Nevm Coghill)。他竟要我们相信法庭一场是"寓言性的",逼迫夏洛克改信基督教是给他以享受永恒幸福的机会。参见《莎士比亚季刊》(*Shakespeare Quarterly*)1948年第1期,第16页。

> 安东尼奥，我的底细你是知道的；
> 我家财原来很单薄，却不自量力，
> 长期间撑起一副阔绰的门面，
> 因此使自己的产业大大削减。（第一幕第一场）

他的唯一出路是干一桩赌博性的冒险。在向安东尼奥求援时，他用了一系列与投机有关的术语和比喻，因为他熟悉安东尼奥的脾气，知道这是最能打动他的言辞：

> 我上学的时候，如果射丢了一支箭，
> 就把另一支类型相同的朝着
> 同一个方向射出，
> 仔细地观察
> 它落在什么地方。
> 豁出两支去，
> 往往把两支都找到了……
> 我欠你很多钱，由于我少年任性，
> 欠你的这部分已经丢光了，然而
> 你若肯朝着当初射箭的方向
> 再射出一支去，
> 我敢向你保证：
> 我一定仔细观察，把两支都找到，
> 或者把后来射出的原物奉还，
> 对早先欠下的那支感激如旧。（第一幕第一场）

他把前往贝尔蒙特求婚描写成一笔大有可为的买卖：

在贝尔蒙特有一位豪富的嗣女，

广大的世界都知道她的名声，

因为四方的飘风从每个地区

都吹来求婚的贵人。

她的秀发

下垂额际，有如黄金的羊毛，

使她居住的贝尔蒙特变成考刻斯，

引诱无数的杰孙前来寻宝。

啊，我的安东尼奥，只要我能够

和他们中间的一个分庭抗礼，

我心里有一种感觉向我预示：

我毫无疑问准能够如愿以偿。（第一幕第一场）

"有如黄金的羊毛"和"无数的杰孙"！这话对于海外贸易行业的人说，或许是不可抗拒的[1]；但是出自一个情人口里，却叫人听来不大舒服。我们不必像海涅那样走向极端，说巴萨尼奥"根本就是个彻头彻尾的拆白党"[2]，也不必像奎勒·寇斥那样求之过深，说这是蓄意欺骗（因为选择匣子纯粹要碰运气，安东尼奥赔钱的机会是二比一，所以不该说

---

[1] 以"金羊毛"比喻海外投机是伊丽莎白时代的通用语。在约翰·黎力的《攸弗依斯和英国》（John Lyly, *Euphues and His England*）里，穷光蛋卡利·马克斯决定到海外去冒险，"把金羊毛挣回来"（《约翰·黎力全集》[第二卷]，第21页）。德雷克（Francis Drake）也曾把他掠夺殖民地和抢劫所得称为"金羊毛"。

[2] 莎士比亚：《威尼斯商人》，H·H·弗奈斯编订的集注本，第450页。

"准能够如愿以偿"[1])。这些批评都不妨说是煞风景，是用违反艺术的迂腐标准来衡量虚构人物，但是我们至少可以问问莎士比亚为什么要这样做？在他别的早期喜剧里，青年男女的恋情并没有沾上这股铜臭味；本剧的原材料也没有要求他如此突出金钱利益。这个改动肯定有它的目的。和上面提到的其他改动合在一起来看，我们只能得出一个结论：莎士比亚要强调在威尼斯城里友谊、爱情……一切都或多或少地处在金钱的暗影笼罩之下。巴萨尼奥相信波希雅爱他，但是他还要讲排场，争取能够和其他豪贵的对手们"分庭抗礼"，认为非此不足以成功。在向安东尼奥告帮时，他除了诉诸两人之间平素的友情之外，还暗示这里面有利可图——射出一支箭去，就大有捞回两支的可能。于是安东尼奥又转向夏洛克贷款。这些周折，简化为经济学的公式，其实就等于：倚靠信贷，投资生利。不难看出，隐藏在这背后的正是一种伊丽莎白社会上习见的现象：商业或企业资本与高利贷资本中间既相互抵触，同时也相互依存的关系。夏洛克的一磅肉不过是他（作为放款人）从这笔买卖里所要求的"法定报酬"；所以他在法庭上才能振振有词地说：那一磅人肉是他的私有财产，别人无权干预。

最后一个重大变动尤其足以启发我们深思。《蠢货》里的女方是一个嗜利的骗子；尽管后来想出妙计，打赢了官司，这仍不足以抵消她最初在我们心目中留下的印象。莎士比亚对素材其他方面的点化都是指向同一方向：把金拔的腐蚀力量引进一个美妙的传奇框子里，揭示人物每一个行动深处的经济动力。对他的计划说来，寡妇这个形象应该是天造

---

[1] 阿瑟·奎勒·寇斥：《莎士比亚的写作技巧（Arthur Quiller-Couch, *Shakespeare's Workmanship*）》，1918年，第101页。

地设，为什么反而要大力地进行改写呢？然而实际情况是：波希雅和寡妇代表着遥遥相对的两极。莎士比亚笔下的少女和求婚者的约定根本不涉及财产；对自己的家业，她也从没有表示过丝毫骄傲或吝啬。当巴萨尼奥做出正确的选择之后，她欣喜地将自己和自己全部所有交给心爱的人，并且以十分真挚的言辞吐露她的感情。

为什么在笼罩全剧的利欲熏心的阴霾里使这道阳光射进来？这个问题把我们引导向选择匣子的次要情节。在把这个次要情节接种在主要情节上的时候，莎士比亚为剧本中心冲突的解决埋下了伏线。[1]

批评家一般认为莎士比亚采用选择匣子的故事，只不过因为《蠢货》里的求婚场面"不适于舞台演出"[2]。这是典型的条件论。把这种论调推而广之，莎士比亚所有的天才诗句、高超技巧，不过都是为了"凑合"这个或那个演员，这条或那条舞台惯例，他们忘记了熟练的匠人从来不抱怨自己的工具，伟大作家从来不嫌弃写作必然要受到的种种客观条件限制。我们应该从效果来判断，不能认为找出了起因（即使承认便利舞台演出确实是这番改动的起因），就可以把效果轻便地打发掉。波希雅的形象无可辩驳的效果是给剧本打开了崭新的天地。她不但自己纯洁高尚，整个贝尔蒙特和所有来到贝尔蒙特的人似乎都受到了同样的净化。这样，剧本里就逐步展开明朗的一面，把黑暗步步逼退，直到美和丑、光和影接近于应有的比例和均衡。莎士比亚另外做出的一个小改动也充分证实了这点。这个改动经常遭到批评家的忽视，但它实际上是一

---

1 有些批评家不理解这点，因此对匣子的故事重视不够。兰姆姊弟在转述本剧情节时，就没有提到这一部分。瑞德莱竟认为整个选择匣子的情节都与主题无关，应该删掉！参见 M·R·瑞德莱：《莎士比亚戏剧》（M. R. Ridley, *Shakespeare's Plays*），1937年，第91页。

2 乔弗烈·勃劳：《莎士比亚取材的叙事和戏剧作品》，第458页。

个表明质变的印记。在三个匣子的原始传说里,铅匣上的铭辞带有浓厚的宗教味:"谁选择了我,将要得到上帝安排的结果。"用原故事的话解释:铅匣象征虔诚信奉基督的人们的简单素朴的生活方式。[1] 莎士比亚把它改成:"谁选择了我,必须准备把他所有的一切作为牺牲。"这就向我们揭示了在贝尔蒙特人和人的关系,与商业城市威尼斯形成一个尖锐的对比。巴萨尼奥抛弃金匣和银匣而选择铅匣,正意味着他把背转向旧事物,接受了新的理想和道德准则。这是一个巧妙的因小而喻大的笔触,因为我们都感觉到:只有经过这番精神上的洗礼,他才配得上波希雅。

现在全剧的规模开始清楚了。莎士比亚对情节的改造可以说是由两点出发的:一点是金钱对传统社会关系所起的破坏作用,通过以夏洛克为代表的高利贷资本和以安东尼奥为代表的商业资本中间的冲突得到集中表现,但是夏洛克的父女关系、巴萨尼奥的结婚打算等等也都处在这个控制范围里。另一点是问题的解决必须到那个控制范围之外去寻找。为此莎士比亚创造了贝尔蒙特这个美好的世界,把波希雅改写成为一个令人难忘的人物,并且引进三个匣子的故事,使新和旧有了接触点,预示新战胜旧的可能。许多批评家都指出过剧本把契约和匣子这两个故事结合得十分自然巧妙,认为这标志着莎士比亚艺术技巧的进一步发展;但是对这样造成的效果又表示反感,说什么它给剧本注入了过多"浅薄的,拜物主义的成分"。这种割裂形式和内容的看法,显然只能使那些批评家自己陷入无从自圆其说的绝境。

---

[1] 莎士比亚:《威尼斯商人》,约翰·罗素·布朗编注的新"亚屯"版,附录v,第174页。

三

莎士比亚在安排《威尼斯商人》的情节上所表现的点铁成金的魔术，完全是从对当代社会的深刻观察里面孕育出来的。

关于资本主义原始积累如何促进了封建社会的解体，马克思在《资本论》里有经典性的描述。[1] 随着新大陆的发现和新航线的开辟，大量金银流入欧洲，工业和海外贸易迅速发展，物价猛烈上涨。过去恃土地和不动产为生的贵族和农民日益走向贫困，城市资产阶级在政治和经济生活中日益抬头……所有这些征象在16世纪的英国都表现得十分清楚。中世纪封建和教会势力所鼓吹的"永恒的"等级秩序，在金钱的冲击下开始崩溃了。

> 大多数人的生活都超出自己的本分，此消彼长，混乱地交替变更着社会地位。农民眼望着市民，市民眼望着绅士，绅士眼望着贵族。[2]

但是向上爬还要以金钱为阶梯。格林说得好："如果没有钱，世族算什么玩意儿？还不是看人颜色地讨饭生活。"[3] 特别令人眼红的是一些借商业发家的新贵：例如约翰·斯宾塞爵士，他出身是小农，凭靠经营地中海和近东贸易变成豪富之后，于1594年竟跃登伦敦市长的职位，一呼百诺，滥作威福。又如财政家托马斯·格列谢姆爵士，由于代理女王

1　马克思：《资本论》（第一卷），第七篇，第二十四章。
2　L·C·奈茨：《琼生时代的戏剧和社会》（L. C. Knights, *Drama and Society in the Age of Jonson*），1937年，第108页。
3　罗伯特·格林：《一文钱的聪明》，第9页。

借款，深为政府倚重，影响遍及欧洲。这些都是莎士比亚亲身闻见的事例。金钱的万能力量，好像晴空霹雳一样，震醒了人们的耷聩状态。权贵、官吏，甚至教士，都纷纷插手到工商业里，希图早日发财。培根慨叹道："世风日下，人们只晓得把金钱奉若神明，仿佛手头有钱，公私万事都能如意。"[1] 这是当时社会习气的准确写照，并非故意夸大其词。

在通货还相当紧缩的情况下，高利贷者是社会组织里不受欢迎但又不可缺少的成员。放债原来是一个历史悠久的行业，可以一直追溯到上古时代；但是放债面的无限扩大，利率的直线上升，和这一切的"合法化"，则是封建社会末期才有的现象。从统治阶级对放债的态度里也可以观察到微妙的改变。英国政府曾经屡次企图通过立法手段取缔重利盘剥，然而法律只是一纸空文；最后在伊丽莎白时期（1571年），百分之十的利率终于得到正式承认。教会言论一向是猛烈反对高利贷的，但是随着宗教改革的到来，新教人士，特别是卡尔文派，逐渐唱起不同的调子：

> 钱不能生钱。好吧，海能生钱吗？租赁房屋向房客要租钱，难道这笔钱是房顶和墙壁生出来的吗？不，但是土里能够生长、海洋能够运输、以后可以变成钱的东西，居住的便利普通也认为可以折算为一定数量的钱。那么，如果经商比种地利润大，为什么租给农民一块荒地，靠收租为生，就可以准许；从放款里获利就不能准许呢？用钱买下一块地之后，那笔钱难道不是每年滋生

---

[1] 弗朗斯西·培根：《论不列颠王国的真正伟大》，《培根全集》（第三卷）(Francis Bacon, *On the True Greatness of the Kingdom of Britain*)，第55页。

更多的钱吗？放款者的利息是从哪里得来的呢？还不是靠他自己的活动、勤劳和努力？把钱收起来不用就等于毫无价值，这个道理有谁能怀疑呢？但是找我借钱的人本来也并非打算借到手之后搁置不用。因此利息并不是从钱，而是从生产里面得来的。[1]

这段话里包含着一条马克思和恩格斯都指出过的真理：创造利息率的动力是两类资本家之间的斗争。由于同一资本在贷者手里是借贷资本，在资本家手里是企业或商业资本，只能产生一度利润；因此在双方都有权利对利润提出要求的条件下，如何分割只是一个纯经验性的偶然的问题。[2] 这里面有很多上下其手的余地。这就是为什么资本家和大商人尽管对过高的利率也时发怨言，总起来讲，却拼命设法替借贷打掩护，不让这条路被堵断。1571年英国议会对"高利贷议案"进行辩论时，有些议员就指出："取消利息将使有钱的人和善于用钱的人脱离接触，阻挠商业发展。"[3] 根据记载，当时的商业利润达到百分之二百五十并不是少见的事，因此商人满可以慷慨地付出八分利的高息。[4] 借贷双方在议会里都有靠山，根本不怕法律制裁。[5]

高利贷这样明目张胆地泛滥，吃苦最大的当然还是穷人，主要是农民和小生产者。他们面对敲骨吸髓的压榨和变化多端的诈骗束手无

---

[1] 新教首领卡尔文答克劳·德·桑善的信，转引自H·M·罗勃岑：《经济个人主义的兴起》（H. M. Robertson, *The Rise of Economic Individualism*），1933年，第116页。

[2] 马克思：《资本论》（第三卷），《论住宅问题》，《马克思恩格斯文选》（第一卷），第551页。

[3] E·利普森：《英国经济史》（第三卷）（E. Lipson, *The Economic History of England*），1943年，第224页。

[4] 参见W·贝桑：《都铎伦敦》（W. Besant, *Tudor London*），1904年，第238页。

[5] R·H·陶奈：《宗教与资本主义的兴起》（R. H. Tawny, *Religion and the Rise of Capitalism*），"企鹅丛书"，1940年，第16页。

策,很多人闹得倾家荡产,甚至被关进监狱。当时文学作品里对高利贷的凶威有大量生动的描绘。斯托耐克斯(A. B. Stonex)列举了七十一篇有关高利贷的戏剧。[1] 马洛笔下的犹太人巴拉巴斯索利百分之百,见《马耳他岛的犹太人》(The Jew of Malta)第四幕第一场。罗治写高利贷者"心肠要硬,主意要多":

> 如果人家到期不还钱,上帝在上!他绝不追逼……不过就是这所或那所田庄的地契(比他本利总数还多十倍),这是那位先生很容易付出的,也是他很乐意收下的……如果对方有一个充实的铺子,不久可以得到一批新货,或者父亲死后可以有所继承,这些他都记在心里。到期还不出钱,他就说:"好,为了慈悲,我放你一次,先把利息付给我吧!"其实对方不知道他早已把他告下了。要是第二次再付不出,他就把对方赶出门去,使他成为一无所有的人,然而(看在基督教面上)并不要他坐监,只是很慈悲地收下他的财产。[2]

至于没有田庄或铺子的人就连这种慈悲也享受不到了。请听戴克的大声疾呼:

> 你们简直是铁石心肠,把人长年关在狱里折磨虐待,归终还

---

[1] 参见A·B·斯托耐克斯:《伊丽莎白戏剧里的高利贷者》(A. B. Stonex, *The Usurer in Elizabethan Drama*),《美国现代语言学报(PMLA)》,1916年第6号,第190—210页。

[2] 托马斯·罗治:《聪明人的悲惨命运》(Thomas Lodge, *Wits' Misery*),转引自杜佛·威尔逊:《莎士比亚时代的英国生活》(John Dover Wilson, *Life in Shakespeare's England*),1939年,第120—121页。

要等疾病和死亡大发善心,把他们从刑罚里解救出来——最可怜的是他们的孩子就在你们门口哭喊,但是你们丝毫不动恻隐之情。[1]

官方文件也提供了证实。1592年4月2日枢密院法令声称政府曾经对因欠债长期被禁的穷苦犯人进行调查。"调查结果说明:债主不肯让步,毫无同情;院方已收到很多可怜犯人的祈诉,并得悉许多人已死在狱中。"[2]

让我们想想夏洛克的一磅肉契约和他在法庭上磨刀霍霍的神气。抛开必要的艺术夸张手法,这能说不是不折不扣的现实反映吗?那些硬说《威尼斯商人》只应看作一出荒唐无稽的神话的批评家[3],对这样明显昭著的联系如何解释呢?

相形之下,商业冒险家在当时人眼里则是一个正面形象,值得歆羡。尼古拉斯、布勒东以《商人》为题的素描,读起来几乎像一篇歌功颂德的骈文:

> 他骑着木马(指船——译者)周游世界,乘着好风远渡重洋。他是国土的发现者,货物的采购者;做起事来,勇往直前,用起钱来,慷慨大度……他利用交换,信用可靠,遵守时间,懂得节俭……良心给他以安慰,财富给他以名声……海上所获足以在陆

---

[1] 托马斯·戴克:《伦敦七大罪恶》(Thomas Dekker, *The Seven Deadly Sins of London*),1922年重印本,第53页。

[2] 《枢密院法令》,转引自G·B·哈利逊:《伊丽莎白朝日记》(G. B. Harrison, *The Elizabethan Journals*),1938年合订本,第118页。

[3] H·格兰维尔-巴克:《莎士比亚序论》(第二卷)(H. Granville-Barker, *Prefaces to Shakespeare*),1948年,第67页;约翰·米都吞·莫莱:《莎士比亚》,第199页。二者都坚持这一看法。

上置买田地；由于了解贸易而得到财富的钥匙……衣饰修洁，举止安详，饭食精致，彬彬有礼。总起来说，他是城市的支柱，国家的纳款者，朝廷的装饰，国王得力的臣仆。[1]

这些正是体现在安东尼奥身上的商业道德。尊重商人，给他们的活动以同情的描写，是德隆尼、戴克以及其他通俗作家的共同倾向。他们不但把私人资本家的作坊说成是人间乐园[2]，并且经常大力颂扬商人的"慈善"和"急公好义"：

> 每条街上都有他们的功德：
> 供人祈祷的教堂，贫民的收容所，
> 引进水源的渠道……[3]

其实，这类文学作品不过是公众意见的风信标。商业资产阶级，作为伊丽莎白社会上方兴未艾的新势力，本来就是得到广大舆论支持的。上自政府、教会，下至小册子作家（除开极少数例外），对商人一向都是称许备至，说他们是国家的命脉，说经商是高尚的职业。在威尔逊的《高利贷平议》里，一位律师这样说：

> 商业冒险家实际是，而且应当被认为是，和贵族平起平坐的。

---

1 转引自杜佛·威尔逊：《莎士比亚时代的英国生活》，第254—255页。
2 参见托马斯·德隆尼：《纽柏利的贾克》（Thomas Deloney, *Jack of Newbury*），《全集》，第20—21页。
3 托马斯·海乌德：《如果你不认识我，你就谁也不认识，下篇》（Thomas Heywood, *If You Know Not Me, You Know Nobody, Pt.II*），《戏剧全集》（第二卷），第278页。

因为他们历尽艰险把国内丰富的产品运出，等到回来的时候又把我们所缺少的货品大批地而不是锱铢计较地销售出去。[1]

直到17世纪初期，人们还在谈论商人"居心善良"，并且把他们和"蚕食社会的毛虫"——高利贷者——相互比较。[2]

这种现象，如果根究到阶级根源上，自然不足为奇。商业的扩张在资本主义兴起阶段是有利于发展生产的，在一定限度内符合人民利益。它给原来处在下层的人打开了一条向上的途径，因为做买卖并不需要社会地位或者特殊训练；只要为人勤奋，心机灵巧，就有借此发家的可能。商人们在反对贵族特权、反对重税、反对垄断专卖方面所进行的斗争，使一般群众把他们看作自己的喉舌，从而对他们比较隐蔽的中间剥削就不大注意。为商业辩护的人最喜欢强调的一点就是：商人和所有人一样受市场价格涨落的影响，在买进和卖出之间有种种无法预见的风险，完全得听"上帝的安排"，既然有赔钱的时候，当然也有赚钱的时候。相形之下，高利贷者索取利息，既无须劳动，又有绝对把握；甚至当对方经营失利的时候，他们更变本加厉，幸灾乐祸，步步逼紧，毫不放松。因此高利贷和经商这两种谋利方式是完全不能相提并论的。

在处理安东尼奥和夏洛克的关系上，莎士比亚除了揭示出这种商人对高利贷者的典型的鄙夷态度，还接触到使双方矛盾表现得最为尖锐的两个实际问题：如何分摊利润，也就是利率的高低；和如何估计风险，也就是贷款有多大保障。夏洛克在谈到自己生意的时候，从来

---

[1] 托马斯·威尔逊：《高利贷平议》(Thomas Wilson, *A Discourse upon Usury*, ed., R. H. Tawny)，R·H·陶奈编订本；1925年，第203页。

[2] D·狄格斯：《为商业声辩》(D. Digges, *In Defense of Trade*)，1615年。

不用"利息"这个字眼，他认为那只是自己节衣缩食所得到的"收入"或"盈余"。至于订立契约，那和买卖货物一样，总要双方情愿，谁也不强迫别人。用当代一位经济学家的话来说："如果和我打交道的商人，靠我所借他的钱做买卖，发了财，他所以致富并有力量偿还我，主要是由于我的缘故；那么为什么我不能合情合理地索取他的一部分利润，既然他是靠我的资本获得了利益呢？"[1] 但是安东尼奥却不这样看。他显然认为商业利润应该全部或大部算作商人劳动和心血的报酬；因此他采取放款不收利息的方法来抵制夏洛克，使后者蒙受了"几十万的损失"。从历史材料里，我们知道，英国商人确曾筹划过类似的互通有无、压低利率的方案[2]。另一方面，高利贷者害怕损失，不肯挪借，或者贷款之后，本利俱空，这种例子也不是少见的。伊丽莎白时代，有几次远航都曾遇到集款不足的困难，甚至需要政府亲自出面对有钱的人施加压力。在剧本里，夏洛克的态度正是这样。他曾经屡次三番地提到海外贸易波折太大，没有把握，即使在知道作保的人是富商安东尼奥的时候，他也要审慎地屈指盘算半天，然后才"慨然"同意。

以上我们看到了商人和高利贷者在理论和实际活动方面的分歧。对这个分歧，整个威尼斯城的人心向背和大部分的英国舆论没有两样：从企图为安东尼奥缓颊转圜的公爵起，一直到离开夏洛克投奔巴萨尼奥的仆人朗司洛特·高波，以及（表现尤其突出的）夏洛克自己的女儿哲西加。除开夏洛克本人，剧中没有任何人物对他有过好评。根据最起码的舞台规律，这也足以证明莎士比亚没有意图把夏洛克塑造成正面角

---

[1] G·德·梅林斯：《商业法则》(G. de Malynes, *Consuetudo vel Lex Mereatoria*)，转引自《英国经济史》（第三卷），第223页。

[2] 参见R·H·陶奈：《〈高利贷平议〉序言》，第125—127页，陶奈和鲍厄编：《都铎经济史料》，1924年，第370页以下。

色。但是为什么他又使安东尼奥和他的友人们也暴露出某些弱点或缺点呢？这种写法是否违背了现实呢？

在莎士比亚接过来的原材料里，犹太人和基督教商人，黑脸白脸，善恶分明；经过他的加工，这个界限反而显得不大清楚了。我们说：这是因为在对待夏洛克和安东尼奥的矛盾这一问题上，莎士比亚只是有保留地支持后者，或者更正确地说，他只是支持在安东尼奥和巴萨尼奥等人身上获得不完全体现的资产阶级新人形象。莎士比亚在剧本里企图为他的资产阶级新人树立一套理想标准，用来对抗夏洛克和其他食利者的金钱逻辑。但是在运用这套标准的同时，他发现安东尼奥和他的友人们也不能得到一百分。我们只能从这个角度来解释夏洛克的"受害者"一面，而不应该脱离阶级分析地寄予那位高利贷者什么博爱式的同情。威尼斯社会是一幅新旧势力纠结在一起的图画。在安东尼奥和夏洛克之间有冲突，然而也有一定程度的共同语言和共同基础。所以，剧本最终要想彻底解决问题必须要求把这个基础破坏，使应当承担正面人物的角色真能洗清身上的污迹，面目一新。毫无疑问，莎士比亚的标准并不现实，新兴资产阶级也不可能走他所幻想的道路；但是从上面援引的背景材料看来，他对借贷资本和商业资本的估价和处理，却不能说不是极端深刻的现实反映，表明他熟悉并且能够认真分析在他周围以瞬息万变的姿态发展着的社会生活。

四

为叙述方便起见，我们直到现在为止还只是逐项分别地考察莎士比亚对素材的大小改动，以及启发它们的社会现实。其实这些改动不过是最起码的出发点，从它们引申出来的触须深入到全剧各部分，影响到每个人物的思想行动。这样，《威尼斯商人》在莎士比亚笔下才完全脱离原故事的陈旧轨道，上升至一个新的水平。

简单考察一下剧本的结构和情节发展，就可以证实上述的论断。

开场的情景很能发人深省："愁容满面"的安东尼奥和几个友人出现在威尼斯街头。安东尼奥为什么心情忧郁？他的朋友猜不出，后世批评家的推测也不能给我们多大帮助。莎士比亚故意不作解答（"这场病我是怎样染上的、得到的，它到底是什么性质、有什么根源，我还不知道"），只把现象点明，让我们看到在威尼斯这样一个繁华社会里，也有些上层人物感觉空虚、压抑和无名的悲哀。作者不把安东尼奥的忧郁明确归结到任何一个原因上，正因为它是整个生活环境的产物。另一方面，诸友人的纷纷谈论告诉我们使一般威尼斯人长吁短叹的不出两个缘故：买卖盈亏（关于这点莎士比亚做出了入木三分的描绘），和谈情说爱（这点是轻轻带过的）。随后来到的主要事件——向夏洛克立约借款和哲西加的私奔——正是分承这两点的典型例子。这些例子显然也不足以使人舒眉欢笑。这就是威尼斯的基本情调，表面上笙歌沸天，十分热闹，骨子里却是阴风惨惨，潜伏着一触即发的危机。

当安东尼奥了解到巴萨尼奥为到贝尔蒙特去求婚需用一笔款项的时候，他回答说：他自己一时钱不凑手，然而可以凭信用去向其他商人借贷。这是我们第一次听见"信用"这个名词。通过安东尼奥的话，我们明白了威尼斯很大一部分买卖成交的方式，也接触到他和夏洛克之间矛盾的焦点。

下面短短的一场突然把我们带到贝尔蒙特。剧本的节奏自始至终就是这样一松一紧，来往在两个城市之间。波希雅也感觉苦恼，但是那只是因为她还没有充分掌握自己的命运,暂时还必须忍受许多无聊的"王孙公子"们的纠缠。在她和侍女聂莉莎的对话里,波希雅毫不掩饰地吐露出她对那帮求婚者的鄙视。前文已经指出,波希雅对金钱财富等只字不提,因为那完全不在她的考虑之中,这暗示贝尔蒙特是一个根本不同于威尼斯的世界。

安东尼奥和夏洛克的初次会见使冲突正式展开。在描写这场冲突当中,莎士比亚把原来不近情理的一磅肉的故事安插得如此自然,简直好像在创作,完全没有沿袭借用时难免露出的缝接痕迹;因为这是全剧的总发条,如果它的质量有问题,其余一切就得跟着涣散了。莎士比亚在这里力求避免的正是许多批评家赞不绝口的"神话传奇味道"。他要我们了解:在商业交往里想置对方于死地的愿望不是什么荒唐的虚构,夏洛克也不是什么妖魔鬼怪。这一切在那种社会条件下都是正常的、必然的,由于莎士比亚具有这种洞察事物的能力,所以他对立约双方的态度,和《蠢货》的作者比较起来,体现出深刻的差异。

安东尼奥认为他本来不屑与夏洛克之流打交道,这次为了朋友而"破例",夏洛克应该看作是对他的赏光;所以他想简单一句话就把犹太人甩开,随即转身问巴萨尼奥:"他是否知道了你需要多少钱?"不言而喻,他的思路是:只要我们不惜付出重利,夏洛克一定会掏腰包。

夏洛克的答复对安东尼奥和读者是同样出乎意外的。莎士比亚撇开原材料,凭空给这位高利贷者嘴里添进一段引经据典的台词,指出《圣经·旧约》中的雅各——犹太人的"第三代族长"——当年也曾经利用约定,占过他人的便宜。从这个先例里,夏洛克得出结论:"赚钱是有福的,只要不进行偷窃!"

对这段似乎文不对题的话,应该如何理解呢?多数批评家认为:

夏洛克只是想引《圣经》为自己索取利息的行为申辩，但是论证不够严密；因此被安东尼奥一追问"他难道也取利息吗？"就张口结舌、吞吞吐吐，吃了败仗。[1] 他所引的雅各和拉班的故事，"第一，比喻不伦。第二，对伊丽莎白朝的人来说，不过是花言巧语地为明显的罪过诡辩"[2]。这未免把夏洛克和他的创造者都估计得过低了。说夏洛克心胸狭窄、嗜财如命、吝啬凶狠……这些都有道理；但认为他不讲逻辑则等于对他性格最突出的一面视而不见。这位高利贷者的一言一行都是从他最基本的认识出发，按照极其冷酷严格的逻辑推绎得来的。认为莎士比亚故意叫夏洛克当场出丑，好给安东尼奥责骂"伪善"的言辞树立一个靶子，这是完全误会了作者的苦心。比喻不伦，不错，这正是夏洛克的巧妙机关。雅各的做法并不紧密结合榨取利息的形式，因为夏洛克的目的正是要把论证面开拓得比较宽，以便为自己的买卖和安东尼奥的经营找到一个"共同基础"。换句话说就是，他所想证明的正是《高利贷平议》里那位商人所讲的道理："在讲价的时候，相互欺骗不算罪恶。"为了利益，钩心斗角、损人利己是见诸经传、古已有之；商人和高利贷者在玩弄"勤劳"、"节俭"、"信用"等词句的同时，干的其实是同一性质的勾当。从安东尼奥的答复里，可以看出商人对这点是如何敏感。他们急于要和高利贷者划清界限，不甘把自己看作这帮寄生者的同路人：

> 这是雅各服役时讲好的条件，
> 结果如何，他自己无力决定，
> 只能听任上天的处置安排。

---

[1] 艾·艾·斯透尔：《莎士比亚论文集》，第267页。
[2] 哈罗德·R·倭利：《莎士比亚描绘的夏洛克》，《献给巴洛特的论文集》（Harold R. Walley, *Shakespeare's Portrayal of Shylock*, The Parrott Presentation Volume），1935年，第237页。

> 你插进这段话是想为利息辩护吗?
> 还是说你的金银是公羊和母羊?(第一幕第三场)

商业盈亏事先无法预见,和规定利息根本不同;上文说过,这是商业活动者最爱用的护身符。另一方面,安东尼奥又重复申述商业道德的另一条重要准则:"讲好生意条件,就得如约兑现。"这样,他就清晰地划定了他认为是高尚合理的生意范围:这种生意不能索取"钱滚钱"的利息,其中要有人力不能操纵的成分。如果在这种基础上订立契约,那就符合《圣经》故事的精神,他以商人身份保证,一定坚守,不失信用。这番话是在夏洛克的刺激下,以自卫的口吻说出的。但是这样一来,恰好使把柄落在对方手里。夏洛克果然依照安东尼奥的标准提出自己的条件:好吧,这次我就依照你们的规则和习惯办事,放弃利息,但是届期不还钱,需要付出你身体上的一磅肉作为抵偿。对这个建议,安东尼奥有何词以答呢?说它荒谬可嗤吗?怀疑其中有诡计吗?但是性质类似的荒谬买卖在社会上是屡见不鲜的;至于诡计,商业从来没有和它绝过交。如果资本家可以贷款给采铅工人或小生产者,要求届期偿还一定数量的铅,理由是"铅的价格事先谁也不能猜准"[1]。那么夏洛克的契约显然无可非议。安东尼奥明明有许多船只开往远方进行交易;这些船只能否载利归来,当然不能由夏洛克随意主张。据安东尼奥的估计,在契约期满之前,他的收入可以达到偿还借款所需钱数的九倍;因此这笔

---

[1] 理查德·卡鲁:《考恩倭尔一览》(Richard Care, *The Survey of Cornwall*),转引自L·C·奈茨:《琼生时代的戏剧和社会》,第64页。卡鲁的评语是:"不管你给它什么名称(即不叫它高利贷——译者),实际上这总是一种害死人的狠毒的骗钱方式。"

买卖完全做得来。我们不要忘记安东尼奥不但矢口否认和夏洛克有任何共同基础,而且主动地有恃无恐地丢下了挑战书:

> 我今后还会用同样话言骂你,
> 同样地啐你,同样地赏你几脚。
> 如果你愿意借款,不要认为是
> 借给朋友——在友谊关系上,哪里会
> 叫不能生产的金属子母孳生?
> 就当作你是把这笔钱借给仇人,
> 如果他违约了,你可以理直气壮地
> 依法要求赔偿。(第一幕第三场)

在这以后,夏洛克提出他一磅肉的条件,其血腥味是不难闻见的。但是安东尼奥这时已经摊出他所有的牌,处于被动,骑虎难下。当他听见夏洛克伪作冤枉地喊道:你们基督徒自己做买卖伤天害理,所以才怀疑他人的心肠!他只有接受一途,尽管他知道夏洛克心怀不善。另一方面,他也有自己的算盘:对他个人的经济情况,他知道得比夏洛克更清楚,因此有把握至期偿还;到那时凭文书为证,夏洛克就只能吃哑巴亏。这位奸猾的高利贷者居然肯放弃他平日稳妥的生财之道,同意做商业性的冒险,而成功机会又是微小得几乎等于零,这在安东尼奥眼里,不能说不是一个重要转变:

> 算数,我就来签订这张契约,
> 还要承认犹太人心肠不坏。

下面还有更猛烈的悲剧意味的讽刺：

这希伯来人变好了，快成为基督徒了。（第一幕第三场）

不索取利息而要求一磅人肉作抵押，这就是"快成为基督徒"的证据！安东尼奥眼睁睁自己把绞索套在脖子上，我们怎样解救他呢？他在斗心机的过程中输了一着（虽然他自己大概认为是赢了），但是威尼斯城的法律恰恰就是为此而设的：输了就得认输。如果我们要提出控诉，那么在被告席上站着的不该是夏洛克，而只能是被害者自己顶礼膜拜的商业道德。

五

莎士比亚的喜剧过去一贯被描写为富于"浪漫情调"。它们以青年男女的爱情为主要线索，以误解、猜疑等无中生有的曲折作关键，语言明快，诗意洋溢，多数人物都显得很诚实可爱，仅有的几个反面角色也只是得到泛泛的处理，不能算真正恶势力的化身，不足以叫人切齿痛恨。[1] 从这里，批评家们得出如下的结论：这些喜剧是对大千世界、芸芸众生的一种乐观的反映，渗透着一种宽大容忍的精神。作者无意于明确地划分是非善恶，"他并不教导，只是照耀"[2]。

---

[1] 约翰·罗素·布朗:《莎士比亚和他的喜剧》（John Russell Brown, *Shakespeare and His Comedies*），1957年，第13—15页。

[2] J·W·马凯尔:《三百年后的莎士比亚》（J. W. Mackail, *Shakespeare after Three Hundred Years*），1916年，第20页。

从这个角度来观察《威尼斯商人》，自然会发现这篇剧本"很难合适地排进莎士比亚喜剧发展的行列当中"[1]。企图突破这个难关的人曾经提出过种种巧妙的解决办法，例如说《威尼斯商人》其实是一篇悲剧，从18世纪的尼古拉斯·劳（Nicholas Rowe）以来，许多批评家都表示过类似的看法。因此和喜剧的法则有些不合；或者说夏洛克和安东尼奥、波希雅之间的冲突，其实仍旧象征着对待爱情的两种态度[2]，等等。本文对《威尼斯商人》做出了另外的解释，但是这个解释如果不顾及剧本在莎士比亚创作道路中所占的地位，也仍然不能算是完整的。

首先，应该指出，上面所引的对莎士比亚喜剧的传统描述有两个缺点。它把喜剧和历史剧、悲剧截然分开，使它们各沿着自己的途径运行，互不相涉；仿佛莎士比亚在写《仲夏夜之梦》的时候是一副脑筋、一种态度，等到写《约翰王》或《罗密欧与朱丽叶》的时候，就换了另一副脑筋、另一种态度，尽管这些剧本是同一个阶段的产品。这种研究方法是机械的，不能说明问题的。莎士比亚作为一个戏剧艺术家的发展，是一个整体。不但喜剧悲剧等等的个别演变只能放在这个整体里来考虑，而且为什么在某一阶段各剧种之间的比重有所变化，为什么对某些剧本说来，喜剧和悲剧的区分已经失去了意义等问题，也都要受到这个整体发展的规律所制约。其次，单就喜剧而论，把它俩的主要内容归结为情侣的悲欢离合，也有很大的片面性。爱情在莎士比亚笔下总是与各式各样人与人之间的关系错综交织在一起。它的进展、变化和所遇到的阻力往往可以追溯到一定的社会根源。在最早的作品里，莎士比亚塑

---

[1] H·B·查尔顿：《莎士比亚喜剧》（H. B. Charlton, *Shakespearean Comedy*），1955年，第126页。
[2] E·K·钱伯斯：《莎士比亚概论》（E. K. Chambers, *Shakespeare, A Survey*），1925年，第112—115页。

造人物和安排情节的方式还没有能摆脱古典喜剧的格式，因此最终矛盾的解决虽然比较明朗，有时流于简单。但是即以《错误的喜剧》和《维洛那二绅士》为例，前者描写了两兄弟的不同处境和两个城市之间的仇视竞争，后者以丑角朗司和他的狗来陪衬上流人物的谈情说爱——这些都表明作者时刻关心给他的剧本创造一个更广泛的现实画面。随着莎士比亚写作技巧的熟练和提高，他对社会生活的观察也更加深入了。他看到新和旧的冲突不仅体现在封建政权的瓦解里（像他在历史剧里所描绘的那样），而且也贯串在人类的日常活动和精神面貌的改变当中。为了寻找和自己感受相适应的艺术手段，他需要不断进行试验和探索。在这里特别值得注意的是这些实验和探索大部分是针对如何更真实地认识、揭露和概括冲突的实质，而不是削足适履式地把冲突导向一个方便的解决。这就是为什么许多喜剧的"圆场"显得勉强；我们找不到分辨功过的抽象议论，找不到能使我们舒一口气的完满答案。尽管如此，顺序阅读这些作品，我们仍然得到莫大的启发，仿佛耳目和心灵经历了一番清洗；因为，跟随着作者，我们逐渐从混乱中看出了条理，从复杂的矛盾中看出了趋向；另一方面，我们知道旅程还没有到达尽端，必须向前眺望。也许，这正是莎士比亚的"教导"。

在他早期创作的两个主要分支——历史剧和喜剧，莎士比亚从不同角度刻画出一个动荡的新旧交替的社会。历史剧歌唱的是封建统治阶级无可挽救的复亡命运；喜剧则以新生的一代如何冲破束缚和压制，追求美好理想为主题。这其实是一个钱币的阴阳两面，不过莎士比亚对二者中间的联系却有一段认识过程。起始，这两种体裁是明晰区分开的。这不仅是由于受到文艺复兴时代正统戏剧理论的影响，更重要的是莎士比亚仿佛感到两个世界无法"契合"：他的新人物如果生活在玫瑰战争的气氛里，就会窒息而死；同样，阴险毒辣的理查三世若是跑到《爱的徒劳》里来与法国公主交谈，也会使人大吃一惊。这里的中心问题是正确分析新事物如何从旧环境里面成长起来，旧事物又是在怎样的程度上继续存留在新环境里。早期喜剧效果所以有些单薄，正是因为它们有意地把现实的丑恶面压低到第二线，以便为主人公的个性发展铺平道路。摧毁廓清的工作仿佛留给历史剧去完成，喜剧人物着手的事业则只是克服在重建新生活当中遇到的困难。在《威尼斯商人》写成的前后，这个界限开始变得模糊了。《约翰王》和《亨利四世》最末留下收拾残局的人物，庶子福根布利琪和哈尔王子，都带有一股令人振奋的朝气；福斯塔夫式的背景更在宫廷庄严的帷幕上扎破一个大洞，使我们听到历史剧里前所未有的声音。与此相配合，喜剧也呈现出一种殊途同归的变化。原来在欢笑前进的那班青年男女，现在发现自己站在一个十字路口，昨天和明天同样在向他们召唤，他们在周围世界以及自己的心灵里更清楚地意识到旧势力的挑战。矛盾进一步尖锐化意味着为了胜利需要付出更大的代价，同时也为衡量喜剧里的新人物提出了更高的标准。

像夏洛克这样的反面形象原来在莎士比亚的喜剧里是没有地位的。他干的行业代表旧社会最黑暗的一面，他的阴沉、残酷的性格好像打断美妙歌曲的一个刺耳噪音。现在他居然进入禁地，这是对所有其他角色的严重考验。在这个考验的压力下，剧本的原始冲突逐渐让步给另一个在更高平面上进行的冲突。这正是《威尼斯商人》大大超过以前喜剧的地方。如果莎士比亚只在安东尼奥和夏洛克的矛盾里看出新旧的对立，那么结果很可能会是一出本·琼生式的讽刺剧，或者所谓的"问题剧"；有些批评家也正是企图把《威尼斯商人》塞在这样一个套子里。波希雅和三个匣子的故事在贝尔蒙特和威尼斯中间划下另一道分界，这就使新和旧的交锋卷入一个更为复杂难辨的漩涡。作者拖着安东尼奥，使他经历受骗、自疚、恐惧和痛苦，准备在这个过程中为他安排出路，正因为这里不可能有什么廉价的胜利。但是莎士比亚笔下的出路，在审判的场面和第五幕的尾声里，毕竟没有真正地"结晶化"。剧本主要部分对新旧犬牙交错的形势的揭露多少反衬出结局的软弱性。

这正是《威尼斯商人》的巨大意义，因为它是一个路标，指向随后来到的悲剧阶段。安东尼奥的不完全的胜利正是哈姆雷特型的悲剧英雄的起点，喜剧不能负荷的担子将要落在准备奋斗、受难和牺牲的人们的肩上。这些震撼人心的悲剧所以成为莎士比亚最伟大的作品，正因为冲突和解决在那里最接近于均衡。

这样我们就恢复了《威尼斯商人》在莎士比亚作品里应有的地位，同时也为我们的论证填进了最后一片空白。我们开始从莎士比亚对原材料的改动和加工里引出某些线索，确定它们在社会现实中的根源；然后一步步地推究全剧的情节人物如何环绕着这个轴心运转。我们也说明了为什么剧本的成就和局限，在莎士比亚的创作发展当中，具有不相上下的重要性。这最后一点，虽然在本文范围里不能充分发挥，仍然应该强调；因为莎士比亚究竟在多大程度上意识到自己作品无比丰富的思想内容，是一个批评家们屡屡提出，同时又苦于无法解答的疑问。在研究个别剧本像《威尼斯商人》的时候，我们只能依据有限的材料，但是我们的初步结论至少指出一条把这部作品和其他作品联系起来的途径。这个联系的建立，从逻辑上讲，完全超越了（也就是说打消了）在这点或那点上莎士比亚的写法是否有意识的问题。我们可以有信心地说，在不断实验和探索上，莎士比亚是有目的、有意识的，他的失败导向他的成功。巴萨尼奥的性格前后不大吻合，波希雅对案件的处理不能使人完全满意，这些都是无可否认的缺点；但是认识到巴萨尼奥需要改变，认识到波希雅解决问题的方式不能不带有局限性,这也证实了莎士比亚的天才。由于他坚持这种认识,并且通过创作实践,使之继续深化,所以在后来的剧本里,他才能对资产阶级新人的命运做出深刻不朽的描写。我们不应该像柯勒律治和他的追随者那样,盲目美化莎士比亚的每篇作品,对他的弱点视而不见,或者用舞台效果、历史条件等借口为它们辩解。这些自命为莎士比亚崇拜者的人忘记了把瑕疵也说成正面成就是对真正成就的贬损,否认在他作品里存在着纠正自己、寻求改进的斧凿痕,就等于剥夺了这些作品的精华。毫无疑义,莎士比亚的艺术有许多地方值得我们取法,但是分析到最后,恐怕还是这种推动他不断向前发展的蓬勃活力和深入认识现实的决心才使他能够攀上顶峰,达到"不属于一个时代,而属于所有世纪"[1]的境界。

附 记

过去有许多学者认为《威尼斯商人》的前身是一篇名叫《犹太人》的剧本,据说把一磅肉和三个匣子汇合起来的写法应改归功于这篇已经佚失的剧本的作者。这个猜测很早就受到怀疑,在郝尼格曼的论文《为莎士比亚提供素材的散佚剧本》[2]里,更进一步被完全推翻。评述《威尼斯商人》的最新材料大都接受了郝尼格曼的看法。本文也主张结合这两个故事是莎士比亚的创造,但是论点引用的证据是积累性的,能否成立并不指靠对这一个问题的解答。

---

[1] 本·琼生称颂莎士比亚的名句。原诗文见古典文艺理论译丛编辑委员会编:《古典文艺理论译丛》(第三册),卞之琳译,北京:人民文学出版社,1963年,第1—4页。
[2] 厄恩斯特·郝尼格曼:《为莎士比亚提供案材的散佚剧本》,《现代语言评论》(Ernst Honigman, "Shakespeare's Lost Source Plays", *Modern Language Review*),XLIX,1954年,第293—307页。

论莎士比亚的《威尼斯商人》[1]

王忠祥

威廉·莎士比亚是欧洲文艺复兴时期英国"最伟大的戏剧天才"和诗人。他讴歌以"人"为中心的人文主义,却又不掩饰资本原始积累过程的罪恶;他确实不愧为"时代的灵魂",而且"不属于一个时代而属于所有的世纪"[2]。他的悲剧、喜剧、历史剧、传奇剧和诗歌,在世界文学交响乐中有其特殊的音色,富有强大的魅力,受到各个时代各国读者的热爱和珍视。从这个意义上说,可以借用恩格斯的一句话确定莎士比亚的历史意义,他这个"给现代资产阶级统治打下基础的人物,决不受资产阶级的局限"[3]。

我国读书界和各国人民一样,热爱莎士比亚及其创作。远从1856年(清咸丰六年)起,到"五四运动"前,莎士比亚及其戏剧就以不同的译名被介绍到中国来。"五四运动"后,我国有了莎士比亚的完整的译

---

[1] 原载于《华中师院学报》(哲学社会科学版)1983年第4期。
[2] 本·琼生:《题威廉·莎士比亚先生的遗著——纪念吾敬爱的作者》,杨周翰选编:《莎士比亚评论汇编》(上),北京:中国社会科学出版社,1979年。
[3] 马克思和恩格斯:《马克思恩格斯选集》(第三卷),北京:人民出版社,1972年,第445页。

本（白话译本），第一个完整的译剧是田汉的《哈孟雷特》（1921年）。从此，莎士比亚的戏剧、诗歌译本渐渐地多起来了，作家作品评介也多起来了。抗日战争前夕和抗战期间，朱生豪用十年时间翻译了莎剧三十一种。新中国成立后，关于莎士比亚的翻译与研究工作有了很大的发展。1964年，纪念莎士比亚诞生四百周年之际，一些著名的翻译家应人民出版社的邀请，对朱生豪的译文进行增补校订，并对莎剧莎诗进行补译。[1] 1978年，人民文学出版社出版中译本《莎士比亚全集》。近几年来，杨周翰、卞之琳、陈嘉、方平、孙家琇等人对莎士比亚的作品做了大量的编译、评论工作，为我国的莎士比亚研究做出很大的贡献。

《威尼斯商人》，在莎士比亚的剧作中占据着特殊的地位。它融合了戏剧诗人各个创作时期各种体裁戏剧的特色，包括喜剧、悲剧、历史剧、传奇剧的精神实质和艺术风格。它标志着戏剧诗人思想的波流和趋向，包括历史影响、生活陶冶和社会教育。这个剧的思想内容丰富深邃，艺术构思独标一格。这出戏又是争议最多的莎剧之一，关于戏剧的情节线索、体裁、主题、人物（主要是夏洛克、安东尼奥），众说纷纭。在探讨与鉴赏这个剧本的同时，对有争议的论断予以适当的评析，很有必要。

《威尼斯商人》大约写于1596年至1597年，属于莎士比亚创作第一阶段后期的戏剧作品。它的丰富的、逗人发笑的喜剧场景和明显的、发人深思的悲剧气氛，不仅在戏剧艺术创作上打破了悲喜剧的界限，而且标志着剧作家创作道路的重大转折，从以历史剧、喜剧为主的创作时期向以悲剧为主的创作时期发展。在这个剧本中，剧作家一方面仍然抱着

---

1 参见戈宝权：《莎士比亚作品在中国》，《世界文学》1964年第5期。

对生活矛盾加以和谐解决的热烈愿望,不少场景依旧充满了喜剧性的浪漫情调(如传奇插曲、谈情说爱、女扮男装、插科打诨等),这显然是主导的;另一方面又禁不住揭示社会冲突中巨大的悲剧性,这种特点到后来更加突出。在莎剧中,喜剧情节常常进入悲剧之中,悲剧情节也常常进入喜剧之中。作为喜剧的《威尼斯商人》出现悲剧性,那是不足为奇。《威尼斯商人》和莎士比亚的大部分戏剧一样,沿用了民间故事和古典作品的情节,并在改编过程中推陈出新,注入新兴的资产阶级人文主义思想。在这出戏里,关于"借债割肉"、"挑匣配婚"和"卷逃私奔"三个完整的故事,都有来源。根据中外莎评家的考证,莎士比亚的素材很丰富,《威尼斯商人》取材的叙事作品和戏剧作品也是多方面的。经过分析鉴别,大约可以认为:借债割肉的故事,主要来源于14世纪意大利作家乔万尼(Ser Giovanni Fiorentino)的短篇小说《蠢货》;挑匣配婚的故事,主要来源于拉丁故事集《罗马人的事迹》;卷逃私奔的故事,主要来源于16世纪英国剧作家马娄的《马耳他岛的犹太人》。[1] 作为全剧结尾的戒指辨婚这个故事,也是前面三个故事的延伸和余波。其中,《蠢货》显得特别重要,从表面上看,它几乎包罗了《威尼斯商人》的主要情节,连索取戒指的那场戏和戏剧性的结局也没有了。莎士比亚将这些故事分别作为几条不同的情节线索的中心部分,并据此组织安排戏剧冲突,借以刻画人物、表达主题。在1600年出版的"第一四开本"即"海斯本"书名页上,记载着这样一段话:"《威尼斯商人》的无比动听的故事——其中述及犹太人夏洛克对于该商人欲割一整磅肉的极端残酷行为,以及凭借挑选三个彩匣方能娶得鲍西娅的故事。"1619

---

[1] 莎士比亚:《威尼斯商人》,方平译,上海:平明出版社,1954年,附录:《故事来源》。

年,在"第二四开本",即"杰格本"的书名页上,也有类似的内容介绍。由此可见,当时人们认为,喜剧是由两条平行的情节线索组成的。一条线索围绕"契约"展开,主要写威尼斯商人安东尼奥为了资助好友巴萨尼奥的婚事,向犹太人高利贷者夏洛克借银三千,定约到期不还,则割一磅肉作罚。在"一磅肉"的纠纷中,最后受罚的不是"善心的"安东尼奥,而是"邪恶的"夏洛克。一条线索围绕着"彩匣"展开。主要写贝尔蒙特地方的富家嗣女鲍西娅根据父亲的遗命,摆出金、银、铅三匣任人挑选,谁选中她预定的一只(铅匣),她就应该嫁给谁。威尼斯的穷绅士巴萨尼奥不要"炫目的金子",不要"惨白的银子",选中了"寒碜"的铅匣。他正是鲍西娅的意中人,两人早已心心相印。后世论者,一般沿用此说,确定喜剧只有两条线索。其实,它还有第三条线索(所谓重要插曲),那就是"卷逃私奔"的故事。夏洛克的女儿杰西卡同一个信仰基督教的青年罗兰佐恋爱,她为了反抗父亲的横蛮干涉和残酷压迫,盗走黄金珠宝,与情人私奔。三条线索又是互相交织的,有主有次。三条线索中的三对青年男女,巴萨尼奥与鲍西娅、罗兰佐与杰西卡、葛莱西安诺与尼莉莎,在安东尼奥与夏洛克的冲突中,站在安东尼奥一边。他们的活动同安东尼奥、夏洛克的活动有着密切的关系。三对青年男女终成眷属的喜剧结局,完全建立在安东尼奥与夏洛克之间的矛盾解决的基础上。显然,在三条线索中,借债割肉的故事是情节的主线,其他故事为主线服务,起铺垫、陪衬和烘托作用。剧作家的创作意图,是通过安东尼奥和夏洛克对立(借债割肉)这条主要线索,结合巴萨尼奥与鲍西娅的爱情线索等来表现的。在艺术构思中,剧作家对素材进行了艺术处理与提炼。这里以《蠢货》的故事和《威尼斯商人》的"类似"情节做比较,不难看出后者的高超水平和创新意义。就情节来说,在《蠢货》中,威尼斯商人安萨尔多的养子贾奈脱三次追求贝尔蒙特富孀(一说郡主),两次受骗最后成功的线索又粗又长,几乎淹没了"借债割肉"的"插曲"。在莎士比亚笔下,大大地压缩了"爱情冒险"情节,并将"借债割肉"线索提升到主要地位。就人物来说,在《蠢货》中,安萨尔多、放高利贷的犹太人都是次要人物,前者"神化"毫无弱点,后者"鬼化"不合情理。前半部作品中的富孀,几乎被描写为玩弄"爱情戏法"的"女骗子"。在莎士比亚笔下,安东尼奥和夏洛克都占据着显要地位。前者虽是忠厚的"威尼斯商人",却不无缺点;后者虽有坚持割肉之狠,又予以"人性化"。至于鲍西娅,与"女骗子"完全相反,她真挚地爱上了巴萨尼奥。《蠢货》的矛盾很不集中,把笔力放在传奇性的爱情冒险上,而喜剧的冲突非常突出,以安东尼奥和夏洛克的对立作为戏剧冲突的焦点,深深地触及并揭发了资本原始积累时期"金钱"影响下的善恶是非问题。我们赞成方平先生的意见,莎士比亚的"点金术",使"一篇以爱情和冒险为主的传奇"点化成富有深刻意义的"社会批判剧"。可是,我们很难同意这样的看法,即简单地认为莎士比亚"对情节的改造",出自于他表现金钱的破坏作用、商业资本与高利贷资本的关系的动机(喜剧当然具有这方面意义,将在下文中进一步讨论)。[1] 这样直截了当地联系,似有"主题先行"之嫌。事实如此,莎士比亚创作这出喜剧的意图,一是受他的人文主义的善恶观点制约的。剧作家把不相关联的几个故事组成一个有机的统一整体,目的在于歌颂人文主义的友谊与爱情,以及善良对于邪恶的胜利。这个意图,完全符合欧洲文艺复兴运动(第一次大规模的资产阶级文化思想革

---

[1] 方平:《〈威尼斯商人〉的冲突与解决》,《文学评论》1963年第9期。

命运动）的需要。

《威尼斯商人》这出喜剧共有五幕二十场。剧中人物活动在威尼斯和贝尔蒙特之间，剧情紧弛相间。第一幕是喜剧的开端，主要人物（斗争的双方）基本上出场，交代各自的身份与脾性。戏中安东尼奥的忧郁、鲍西娅的"厌倦"、安东尼奥与夏洛克商议借款时的对话，预示出剧情发展的趋向，双方对立的危机即将爆发，第二幕、第三幕是喜剧的发展，危机四伏，终于爆发。安东尼奥和夏洛克对立这个"焦点"使各条线索交织起来，鲍西娅准备参加维护安东尼奥生命的战斗。第四幕有两场戏，"法庭"一场是喜剧的高潮，写矛盾的激化与解决；"街道"一场是通向幸福结局的"过渡"。第五幕结局从斗争激烈的威尼斯到轻松愉快的贝尔蒙特，安东尼奥及其朋友们享受团聚之乐。从戏剧结构观点来看，"法庭"一场是全剧的核心，决定戏剧性运动获得统一的关键。它充分地表达了这出戏的主题思想，显示了极大的感染力量。剧作家选择"法庭"一场作为戏剧最高度的紧张点，也就是最生动的动作的顶点。不过，并不停止在这点上。比较深入地理解这一场戏，对于赏析全剧的人物与思想，大有好处。

在"法庭"一场戏里，喜剧中许多重要人物集聚在一起，不仅"借债割肉"、"挑匣配婚"两条线索汇合一起，而且通过人物对话，也照应了另一条线索"卷逃私奔"，预示出它往后的发展。根据这一场戏情节的发展，以剧本中的舞台"指示"为标志，可以分为五个部分理解。在夏洛克上场以前的人物活动为第一部分，夏洛克上场到尼莉莎上场之间的人物活动为第二部分，尼莉莎上场与鲍西娅出庭之间的人物活动为第三部分，前三部分是"初审"；审判结束为第四部分，这一部分是"复审"；从审判完毕夏洛克退场到本场结束为第五部分，这一部分是"尾声"。鲍西娅出场前,主要是夏洛克的戏;鲍西娅出场后,主要是鲍西娅的戏(也可以以鲍西娅上场为线,把这场分为上下两部分)。这场戏虽有一定的独立性,但赏析时应特别注意它和其他各场的连贯性。第一部分就有承上启下的作用。戏开幕时,威尼斯统治者公爵与安东尼奥、萨拉里诺登场。理解公爵同安东尼奥的一番对话,不可不联系此前的剧情发展。原来如此,传说安东尼奥的货船在海上悉数遇难,犹太人之约愆期,夏洛克坚持己见,逼使负债的安东尼奥入狱。人物"对话",巧妙地说明了这样几个问题:一、交代公爵的劝解,安东尼奥的求饶都无效。公爵同情安东尼奥的遭遇,厌恶夏洛克是"心如铁石"、"不近人情"的恶汉,但又不得不让安东尼奥同夏洛克"质对"。为什么?因为没有合法的手段使安东尼奥脱离厄运。在第三幕中,安东尼奥的朋友曾断言,"公爵一定不允许他执行这一种处罚",而安东尼奥做过解释:

> 公爵不能变更法律的规定,因为威尼斯的繁荣,完全依赖着各国人民的来往通商,要是剥夺了异邦人应享受的权利,一定会使人对威尼斯的法律精神发生重大的怀疑。

关于这一点,安东尼奥是熟悉的,因此他做好了受处置的思想准备。二、即将进行的审判,实际上是一场惊心动魄的斗争。这里的对话烘托出"质对"前的紧张气氛。谁也没有办法摆脱这个困境。三、公爵下令"传那犹太人到庭",萨拉里诺回答:"他在门口等着,他来了",表明夏洛克满怀胜利的信心,准备立即"击毙"自己的敌人。预示他在割一磅肉这个问题上，是有进无退的。作为一出戏来看，这一部分可以当作"序幕"。第二部分以夏洛克为一方，其他人物为另一方，双方展开激烈的争执。首先，公爵软硬兼施，借以制服夏洛克，让他放弃原来的主张。夏洛克一上场，公爵就说："大家让开些，让他站在我的面前。"话中之意，似乎希望夏洛克在法庭众人面前心里发慌，由于气馁而息事宁人。接着，公爵用好话软化夏洛克，甚至搬梯子让他下楼，说什么夏洛克"故意装出这一副凶恶的姿态"，到紧要关头，就会出人意料地显出"仁慈恻隐"来，叫大家特别高兴、激动。但是，夏洛克无动于衷，甚至发誓"一定要照约执行处罚"，如果公爵蔑视"宪章"，他就要上京告状，让公爵因此而丧失"特权"。这一下使公爵的调解计划落空。其次，巴萨尼奥和安东尼奥同夏洛克辩论，巴萨尼奥还企图用加倍赔款办法劝说夏洛克收回控告，遭到夏洛克严词拒绝。最后，公爵只好把希望寄托在帕度亚的培拉里奥博士身上，他希望博士能按照自己的意志处理这件疑难"专案"。第三部分在全场戏中有过渡作用。主要写两件事，一是安东尼奥的朋友葛莱西安诺见夏洛克"磨刀霍霍"，大发雷霆，与夏洛克争吵起来；二是尼莉莎扮律师书记带来培拉里奥的信件，他介绍青年博士鲍尔萨泽（鲍西娅"女扮男装"）来审理案件。第四部分是这场戏的转折点，就全部剧情来说，它是高潮中的高潮。鲍西娅的上场是转折的关键，她的活动使剧情发生突然变化。她打着维护法律尊严的旗号，用"欲擒故纵"方法，使夏洛克败诉，安东尼奥获取最后胜利。鲍西娅处理这案件，根据人文主义原则，采取了四个步骤，第一步，承认夏洛克的控诉成立，但宣传"慈悲调剂着公道"，劝夏洛克放弃他自己握在手中的关于安东尼奥的生死大权，虽和公爵的劝解一样无效，却在法庭上取得了道义上的效果。第二步，强调"在威尼斯谁也没有权力变更现成的法律"，通过几次坚持"执法"的宣言和毁约、请医的劝说，把夏洛克推向貌似胜利实则危险的高峰，从而获得夏洛克的绝对信任。第三步，代表法庭宣判夏洛克可以割去安东尼奥身上的一磅肉，在夏洛克举刀狂喊"判得好！来，预备"时，她突然提出契约上没有写明割肉可以流血，可以多一点少一点的问题。情势由此急剧转折，逼使夏洛克一步一步后退，不得不放弃这场官司、放弃利息和本钱。第四步，凭借法律的规定，夏洛克犯了谋害罪，要将他的财产充公，并依法处置。同时又根据所谓"基督教徒的精神"从宽发落，免于没收他的财产的一半，另一半由安东尼奥保存，以便将来交给夏洛克的女儿女婿。从戏剧效果上看，鲍西娅使安东尼奥转败为胜的步骤，能够激起观众的同情。观众会赞同剧作家的处理，夏洛克惨败，咎由自取，活该！第五部分，是这一场戏的结尾，巴萨尼奥为朋友得救而酬谢鲍尔萨泽，他将妻子赠送的戒指转送律师，为以后"戒指辨婚"的戏剧做了铺垫，并且渲染了喜剧气氛，突出了剧中歌颂人文主义友谊与爱情的思想意义。

　　根据剧名来看，全剧的结构中心理应是安东尼奥，但在创作实际中却突出了夏洛克，甚至将他推上了主要人物地位。也可以说，夏洛克和安东尼奥都是戏剧结构的中心人物。在"法庭"一场中，夏洛克的舞台形象在戏剧冲突中给观众的印象最深。这个中心人物是正面人物还是反面人物，抑或是中间人物？在较长时间里，众说纷纭，争论不休。19世纪德国诗人海涅曾经讲过一则有趣的故事，说他在戏院看《威尼斯商人》的演出，一位英国女士在"法庭"一场结尾时，为夏洛克败诉而哭泣，并且高喊："这可怜的人是冤屈的！"据此，海涅认为夏洛克是为苦难的犹太人鸣不平、反对基督教侮辱而遭受迫害的悲剧人物，"最值得尊敬的人物"，《威尼斯商人》不是喜剧而是悲剧。[1]

现在，从欧美到我国，持这种观点的不乏其人。1959年9月6日，美国犹太作家高尔德曾在《工人日报》(The Worker)上发表文章，回忆童年时代看戏时对夏洛克的印象，他认为这是"犹太人的悲剧"。1953年，亦门在《威尼斯商人》一文中，为夏洛克做过"辩护"。更有甚者，有些论者提出为夏洛克"平反"、评夏洛克为反抗压迫的"民族英雄"的主张。无可讳言，作为学术问题，理应各抒己见。根据作品的实际，我们完全同意莎士比亚本人的创作意图，如海涅所说，剧作家把《威尼斯商人》"列入喜剧"，把夏洛克当作一个"可憎的""狼妖"[2]。不过，剧作家并无意取悦于某些观众。莎士比亚笔下的高利贷者夏洛克，完全不同于在此以前所有传说故事中不近情理的犹太人形象。喜剧中的夏洛克，是戏剧家在一定的社会生活中，通过观察、体验、分析、研究生活现象而概括塑造出来的，它具有鲜明的历史时代性，反映出剧作家对于自己所描写的现实生活的认识与评价。如果说，莎士比亚塑造安东尼奥的形象凝聚了深厚的仁慈、无私的友爱、慷慨的情谊、崇高的德性，那么，夏洛克的形象则与此相反。剧作家塑造夏洛克这个典型，旨在揭露新旧嬗递时期，与人文主义相对立的那些恶德败行，如贪婪、嫉妒、狡黠、仇恨、残酷等。喜剧（特别是"法庭"）中的夏洛克的恶德败行，充分证明他是莎士比亚鞭笞的反面人物；他的黄金狂欲的泛滥与黄金权力的暴行，同文艺复兴时期人文主义原则格格不入。夏洛克是原始积累

---

1 海涅：《莎士比亚笔下的女角》，上海：上海译文出版社，1981年。参见A·鲁宾斯坦：《英国文学的伟大传统》(Annette Rubinstein, *The Great Tradition in English Literature*)，其中有关于海涅等人观点的介绍。

2 阿里公，莫里哀的喜剧《悭吝人》的主人公；葛兰台，巴尔扎克的小说《欧也妮·葛兰台》的主人公。

时期贪财的"钱魔"、旧的封建法律的维护者、高利贷资本的代表。这个老吸血鬼拼命积累货币,财迷心窍,怪吝成癖。他重利盘剥,也包括对犹太民族的剥削。他家财万贯,却拒绝一切物质享受,一切作为只是为了满足自己攫取财富的情欲。正如马克思所说:"他为了黄金偶像而牺牲自己肉体方面的需求。"他尽量使用仆人朗斯洛特,却要求他少吃饭最好"不吃饭"。他虐待女儿杰西卡,把她禁闭在家,主要是为了保护自己的财产不外流。杰西卡逃出"地狱"后,夏洛克丧失了大量金银珠宝,竟恶毒地诅咒:"我希望我的女儿死在我脚下。"在"法庭"一场中,夏洛克的邪恶表现,就是受高利贷者黄金偏执狂所支配的。这个人物的卑劣特性,在后来的阿巴公和葛兰台[1]身上再现出来,并且有所发展。剧作家贬抑夏洛克,最本质的原因在于他践踏了人性。他举起黄金大棒打人,真像是"不知道人类同情的野蛮人"。夏洛克为什么硬要从安东尼奥身上割下一磅肉来?据他自己供认,那是因为他"对于安东尼奥抱着久积的仇恨和深刻的反感"。夏洛克很狡诈,他在法庭上讲得很有策略,再三用"我喜欢这样"、"谁管得了我"来掩盖自己的复仇主义。夏洛克为他仇视安东尼奥的行为做过宣传,归纳起来大约有两点:一、安东尼奥借钱给人不取利钱,在"交易所"批评夏洛克盘剥取利。安东尼奥破坏过夏洛克的高利贷买卖,并煽动犹大人的朋友与仇敌同他作对。二、安东尼奥曾咒骂夏洛克是"异教徒",把唾沫吐在他的犹太长袍上。夏洛克强调,构成了"深仇宿怨"的根本原因,是基督徒对犹太人的压迫,所以他一定要痛痛快快地向安东尼奥报复。他在公堂上叫得最响亮的,并非"照约执行处罚",而是他为受迫害的犹太民族复仇。诚然,他的话是"堂皇的"、动听的:

---

[1] 海涅:《莎士比亚笔下的女角》。

要是一个犹太人侮辱了一个基督徒,那基督徒怎样表现他的谦逊:报仇。要是一个基督徒欺侮了一个犹太人,那犹太人应该怎样表现的宽容:报仇。你们已经把残虐的手段教给我,我们一定会照着你们的教训实行呢。(第三幕第一场)

然而,夏洛克真是为犹太民族鸣不平的"英雄人物"吗?否。如此这般的借口,只能说明高利贷者的狡猾。作为拜金狂患者,夏洛克剥削别人时,并不区别谁是基督徒,谁是犹太人。夏洛克的典型意义,早已超出犹太高利贷者范畴,基督徒中也有不少高利贷者。从两类人物斗争的客观意义上,也可以估量喜剧所触及的各种社会矛盾,如高利贷资本与商业资本的矛盾,旧法律的因袭与新法律的建立的矛盾、宗教信仰的矛盾等。这些矛盾,被人文主义的道德理想与封建主义、资产阶级的利己主义的生活法则的矛盾串联在一起。在构思过程中,剧作家着力挖掘了第一对矛盾,对原始积累时期这一类矛盾渐渐有所认识。他和当时许多先进人物一样,只是看到高利贷资本的寄生性与残暴性,并不曾看出商业资本的积累,同样沾满了人民的血污。当然,莎士比亚把他的看法化为善与恶、美与丑的斗争,贬斥高利贷者夏洛克,表彰商业资本代表的安东尼奥,完全符合历史的进程,适应新兴资本主义的发展。马克思在《资本论》中指出,商业资本和高利贷资本是一对"孪生兄弟",它们的产生与发展是历史的必然;他还指出,从古代到资本主义发展初期,人们反对高利贷的斗争是十分激烈的。[1] 莎士比亚不能从安东尼奥身上看出原始积累的罪恶,是时代的阶级局限。可是,他通过夏

---

[1] 马克思:《资本论》,北京:人民出版社,1975年,(第一卷),(第三卷)。

洛克的拙劣的表演，以及夏洛克同安东尼奥、鲍西娅在道德行为上的对立，表现了人文主义的主题，真挚的友谊、爱情、仁慈与卑劣的贪婪、仇恨、残酷间的冲突。我们不赞同把喜剧的客观意义，或经过深层分析而得出来的"社会意义"，硬性派定为"主题"。理所当然，它也有重大价值。喜剧的主题，以及围绕这一主题所触及的种种社会矛盾，对于我们认识资本主义发展的早期历史，大有裨益。马克思在《政治经济学批判》《资本论》等著作中，讲到英国工厂主利用资产阶级法律条文残酷剥削童工、女工时，多次引用了夏洛克的话："我只要求法律解决，我定要执行那借据上规定了的处罚的条文。"[1] 资产阶级的逻辑就是：剥削有理、压迫有理。关于这出喜剧的思想与人物，必须补述几点：一、在全剧中，鲍西娅比安东尼奥要惹人注目。在"法庭"一场戏里，她的出场使戏发生了大转折，让安东尼奥获得最后胜利。她是智慧、友谊、爱情与仁慈的化身，象征着莎士比亚的至上的道德法则。她的"慈悲调剂着公道"的理论还表明了剧作家革新旧法律的主张，以及法律人性化的幻想。二、剧作家笔下的安东尼奥虽然有"软弱"等方面的弱点，但仍以人文主义的理想人物出现，从而突出夏洛克的凶残，发表批判性意见，有积极作用。同时，剧作家又过分美化安东尼奥，把他描写为无所不包的"商人王子"，甚至对他的宗教偏见也予以美化。在客观上掩盖了商业资本家海外贸易的剥削实质，有消极一面。三、剧作家鞭挞夏洛克，并非由于他是犹太人。剧作家通过这个反面人物讲出一些批评民族歧视、宗教压迫、买卖奴隶的话，也并不意味着对这个人物的同情和肯

---

[1] 转引自马克思和恩格斯：《马克思恩格斯论艺术》（第二卷），北京：人民出版社，1963年，第15页。

定。莎士比亚反对中世纪的民族偏见，对于犹太民族争取生存和生活权利是同情的。他无意于着力描写宗教纠纷与民族矛盾，却又把自己这一方面的意见通过夏洛克之口讲出来。这里有双重用意。一方面更好地表现夏洛克的狡猾性格，他充分利用现实社会中早已存在的民族歧视、宗教纠纷，为自己的罪恶做辩护，向别人进攻。剧作家借反面人物评论社会黑暗面，具有更大的说服力量。另一方面，在一定程度上，莎士比亚让夏洛克"人性化"（如哀叹女儿的背叛、在借用全体犹太人名义中多少有些同情犹太人遭遇的心意），更加真实地表现了这一类反面人物的复杂性。四、这出戏所表现出来的人生观、幸福观、恋爱观都来自人文主义，在那个新旧交替的时代，这是进步、革命的思想。随着时代的变迁、阶级斗争的发展，它的阶级本质和局限性越来越显露。喜剧的积极的主题思想，在今天仍有一定的积极教育意义；不过，资产阶级世界观和无产阶级世界观应有严格的区别。

《威尼斯商人》的艺术特征，最突出的是浪漫主义的"幻想世界"（贝尔蒙特）与现实主义的"真实世界"（威尼斯）巧妙结合，打破悲喜剧界限。剧作家提炼题材，点石成金；精巧构思，颇具匠心；安排情节，妙趣横生；刻画人物，栩栩如生。这些在上文中已有所涉及，不必赘述。

喜剧的语言也很出色，引起评者的重视。语言生动形象，丰富多彩，尖锐辛辣，富于表现力。剧作家善于运用符合人物个性的语言来描绘人物的性格的特征；人物语言个性化，显得特别突出。比如，夏洛克的语言粗俗尖刻，充满了狠毒；鲍西娅的语言清莹明澈，充满了智慧；巴萨尼奥的语言，炽烈坦率，充满了友情；公爵的语言，稳重简明，充满了仁慈；安东尼奥的语言，温驯深沉，充满了忧郁；朗斯洛特的语言，幽默有趣，充满了笑料。在"法庭"一场中，公爵、巴萨尼奥、葛莱西安诺、鲍西娅等人对夏洛克的"劝"、"骂"、"诱"、"逼"，以及夏洛克的"辩护词"，也都表露了各自的性格特点。喜剧还常常通过人物对人物的评语，十分准确地概括人物性格，如公爵批评夏洛克是个"不懂得怜悯，没有慈悲的恶汉"。葛莱西安诺公开指责夏洛克："你的性格正像豺狼一样残暴贪婪。"喜剧有时运用人物的"重复语言"，作为刻画人物的补充手段。仍以"法庭"一场为例。夏洛克和葛莱西安诺先后称赞鲍尔萨泽，"公平正直的法官！""博学多才的法官！"这个设计，毫无重复累赘之嫌。却有发人深思的效用。鲍西亚说"且慢"之后，夏洛克"逆转"时刻，葛莱西安诺学说夏洛克得意忘形时所说的话，不仅可以使人回味剧情发展到高峰时，那种集中、深化、尖锐的矛盾冲突，而且能够突出戏剧结构的主线，从而启迪人们预感到人文主义思想对邪恶势力的胜利。喜剧语言艺术的另一特点是比喻新颖，寓意深刻。比如，金匣、银匣、铅匣上的字句，富有深刻的人生哲理。安东尼奥认为，他是"羊群里一头不中用的病羊"、"最软弱的果子"；他还认为，向横蛮的夏洛克讲理，等于"责问狼豺为什么害母羊为了失去它的羔羊而哀啼"。喜剧中，长篇演说和简短的对话交织在一起，雅语与俗语交替使用，还夹杂着应用文、典故，加强了戏剧的感染力量。

夏洛克女儿的财富
——"后"学话语中的莎剧小人物[1]

杨林贵

一、"后"学关照下的莎剧小人物

莎士比亚《威尼斯商人》中夏洛克的女儿杰西卡，在众多莎剧"星级"女角群中长期得不到关注似乎理所当然。即使在本剧中，她连女主角鲍西娅的陪衬都算不上，鲍西娅的侍女尼莉莎都比她拥有更多的戏份。杰西卡这一人物对情节的发展和戏剧气氛也只是起到烘托作用，除了她那继承来的巨额财富外，似乎也不具备更多的传统文学批评所看重的美学价值。只有在西方"后"学（后结构主义、后现代主义、后殖民主义等思潮影响下的文学研究方法）盛行之后，她得到的关注度才大幅提升。渗透了后学思维的各种流派，如新历史主义、文化唯物主义、马克思主义女性主义等，更注重从文化政治视角，在性别、阶级、种族（所谓的"后"三位一体）方面重新审视莎士比亚的经典作品，探究文艺作品的社会文化内涵。在这样的话语背景下，这个小人物才和那些星

---

[1] 原载于《外语与外语教学》2012年第5期。原文为英文，由黄培希译成中文。

光闪烁的女主角们一样引人注目。

走到聚光灯下的杰西卡一下子珠光宝气起来,显露出了隐藏已久的巨大财富。因此,在《高利贷者的女儿:16世纪英国的男性友谊和女性虚构》一书的结尾处,劳娜·哈特森提了一个问题:为什么夏洛克有个女儿?并且,她提示说,这个"高利贷者女儿身上的财富还远没有挖掘完"[1]。哈特森的提示值得认真思考。的确,杰西卡的很多"财富"还没有挖掘出来。哈特森主要从经济角度分析16世纪男性间的友谊以及当时创作中对女性的刻画,对杰西卡的财富也没来得及深挖就草草做了结论。本文对这一财富的挖掘不仅仅从经济决定论出发,而是尝试以《威尼斯商人》中的杰西卡为例,来研究英国近代[2]社会中种族、宗教、殖民思维、性别换装等因素是如何塑造一个异族女子的性别意识及文化身份的。当然,在资本主义发展的初期,这个小角色的阶级定位和她的种族、宗教等身份决定因素紧密相连。在这方面杰西卡同时与剧中女主角的命运形成比照,因此要探讨她们的身份,阶级因素也是不可或缺的。除此之外,本文还将考察欧洲近代社会的法律和经济在塑造她的新

---

[1] Lorna Hutson(劳娜·哈特森),*The Usurer's Daughter: Male Friendship and Fictions of Women in Sixteenth-Century England.* London: Routledge, 1994, p.238.

[2] 西方"后"学影响下的文学研究更多使用"Early Modern",而非传统批评使用的"Renaissance"来指代莎士比亚的时代。虽然有时二者都用,甚至有人误认为可以互换,但方法和侧重点各有不同。"Early Modern"更是个史学概念,在时间跨度上更长,包含了文艺复兴这一段,从中世纪之末延续到工业革命之初(15—18世纪)。文艺复兴研究更注重莎翁时代借助于古典文化的复兴而与中世纪的界限,而"Early Modern"突显莎士比亚时代与"现代"的联系,之于"现代"社会的发端意义。从马克思主义角度讲,是资本主义早期阶段。欧洲的"Early Modern"翻译成汉语为"初现代"或者"现代早期"似乎更贴切。然而,汉语中已有"现代"和"近代"的概念,而且汉语中"欧洲近代史"的时间和"Early Modern"大致吻合。因此,本文使用"近代"一词。

身份过程中所起的作用。在这部剧中，莎士比亚将杰西卡置于他编织的文化关系网络中，让她具有多重身份：新皈依的基督教徒、基督徒的妻子，但是她更重要的身份是，她"曾经"是犹太人的女儿。要谈她的身份，还是离不开她发誓脱离关系的犹太父亲。从这些方面来说，杰西卡身上蕴藏的财富的核心是作家为她构建的多重身份中的两重：她既是一位刚刚皈依宗教信仰的基督教徒的妻子，又是一位背叛父亲的犹太女儿。所以，本文将重点分析多重关系作用下杰西卡的种族身份被弱化和宗教信仰被同化的过程，所探讨的问题也不局限于后学意义上的"三位一体"。

这部戏剧所包含的社会、政治和文化等多方面的内容及其内涵长期以来都是评论界探讨的话题。关于此剧的多重主题，詹姆斯·夏皮罗做了高度概括，认为这不仅是一部关于宗教仪式及种族意义的戏剧，还是一部关于"高利贷，抑或是婚姻，抑或是同性之间的亲密关系，抑或是宽容，抑或是威尼斯贸易，抑或是异性装扮，抑或是贯穿此剧及莎士比亚所有戏剧的诸多其他社会潮流"[1]的戏剧。这些涉及英国近代社会意识形态的论题已成为评论家争论的内容。秉持传统理论的评论家一直都在这部剧中"核心"之处挖掘其核心主题，来支持他们的理论和观点，因此他们大都把注意力放在主要情节（安东尼奥和夏洛克的冲突、巴萨尼奥和鲍西娅的婚姻）和主要角色（夏洛克、鲍西娅、安东尼奥）上。很少有人讨论像夏洛克女儿杰西卡这样的"小"角色。事实上，这个小角色是英国近代社会的一个缩影，关注她可以帮助我们了解意识形态的诸多问题。哈特森只是给我们提了个醒，而玛丽·梅兹杰最近的研究成

---

[1] James Shapiro（詹姆斯·夏皮罗）, *Shakespeare and the Jews*. New York: Columbia University Press, 1996. p.121.

功地把杰西卡从"沉默"的边缘地带拉到讨论的中心。[1] 如果我们把杰西卡作为分析《威尼斯商人》的切入点，就能更清楚地认识到这部戏剧的性别观、种族观和其他语篇特征。把杰西卡置于焦点位置后，我们就会发现在研究近代欧洲社会的种族、法律、经济等方面的内容时，她给我们带来的有价值的东西绝不逊于夏洛克和鲍西娅。从这层意义上讲，我们就能发现近期在研究种族、法律、经济以及其他社会政治和文化方面的问题时所涉及的关于性别问题的讨论对我们理解这部戏剧很有帮助。然而，我们不能为了迎合某一批评理论而脱离了作品本身。考察杰西卡的文化身份必须要从剧本出发。

二、性别角色的社会定位与杰西卡的表演期待

在深入探析杰西卡作为剧中的"次要"女角换装出逃之前，我们有必要看看莎士比亚是如何在剧中给女性身份定位的。这种定位是在和女主角的对比描写中进行的。如果说莎士比亚戏剧常常拿女性角色的跨性别换装为情节的展开添彩，他在换装背后揭示的却是女性性别身份的不确定性。从这个角度看，鲍西娅女扮男装之前的一幕颇耐人寻味。侍女尼莉莎问，穿上男装后她们的丈夫能否认出她们来，鲍西娅的回答中指出了这部戏剧依赖性别角色的可构建性，或者说依赖于"对性别意义的戏仿式增殖以及颠覆性表演"[2]。鲍西娅先是女扮男装在法庭上展现

---

[1] 梅兹杰在其论文中就把杰西卡放在了探讨本剧种族问题的核心位置，有助于我们对剧本的深入理解。她分析了杰西卡种族身份变化的过程，作为犹太后裔所遗传的"黑人"血统通过成为基督徒妻子而洗"白"了。参见M. Metzger（玛丽·梅兹杰），"'Now by hood, a gentle and no Jew': Jessica, *The Merchant of Venice*, and the Discourse of Early Modern English identity." *PMLA*,113.1(1998): 52—63.

[2] Judith Butler, *Gender Trouble: Feminism and the Subversion of Identity*. New York: Routledge, 1990, p.33.

阳刚一面，后来又在丈夫面前大显女性阴柔。莎士比亚想以此来说明性别角色是可以互换的。麦克·夏皮罗通过深入分析指出了这段话的戏剧效果，他说："多层次的性别身份——纨绔子弟、女性角色、男性角色"[1]同时呈现在观众的头脑中，这种异性装扮颠覆了传统的性别角色，获得很强的戏剧效果，同时这些性别角色的固定形象也有所动摇。

鲍西娅趾高气扬地扮演男性角色出现在公共场合，而杰西卡扮演的妻子角色的场景都是发生在家庭层面，在这里女性阴柔的"表演"最受期待，也得以最充分地表现。莎士比亚让杰西卡和罗兰佐在家庭内扮演各自的性别角色，借此来讽刺这些角色的虚伪性。罗兰佐和杰西卡是怎样在作为近代父权制社会细胞的家庭里扮演性别角色的呢？莎士比亚为我们描述了他们如何在鲍西娅的家里暂代男女主人管理家庭事务。在鲍西娅女扮男装之前的场景中已经有暗示，他们在贝尔蒙特将怎样扮演夫妻角色。在第三场第四幕结尾处，鲍西娅委托罗兰佐照管她的家，直到她的"主人"巴萨尼奥回家，要罗兰佐和杰西卡在这里跟"巴萨尼奥和我（鲍西娅）一样"（第三幕第四场第38—39行）[2]。在这一幕的后面，我们可以看到他们怎样履行新分配的角色。罗兰佐立即开始了他的"管家"工作，管理奴仆，教杰西卡得体优雅的礼节，或者用哈特森的话说就是用"精神管理法"来培养和驯服妻子。[3]因此，代管家务这一幕显然是模仿父权制社会里的典型的家庭管理模式。

---

1 Michael Shapiro（麦克·夏皮罗）, *Gender in Play on the Shakespearean Stage: Boy Heroines and Female Pages*. Ann Arbor: University of Michigan Press, 1994. p.29.

2 文中莎士比亚作品原文出自贝文顿主编：《莎士比亚全集》第五版（Bevington, *The Complete Works of Shakespeare*）。引文的翻译出自莎士比亚：《莎士比亚全集》，朱生豪译，北京：人民文学出版社，1980年。如有改动，另做说明。

3 Lorna Hutson, *The Usurer's Daughter*. p.224.

然而，罗兰佐很快就发现了杰西卡的"不服管教"。当初她抛弃父亲的时候，他脑海中就有这样的想法。因此罗兰佐打算以鲍西娅为范例教妻子学习为妻之道，他劝杰西卡向鲍西娅学习。在罗兰佐和杰西卡的眼里，鲍西娅堪称是理想妻子和完美女性的典范。鲍西娅多次明确地表示要顺从她的"主人"（她的丈夫）。丈夫不在家时，她坚持要"住到修道院里，一直等丈夫回来为止"（第三幕第五场第60行）。罗兰佐和杰西卡看到的其实是鲍西娅口头表达要服从巴萨尼奥的为妻的美德，而鲍西娅表面的顺从正是罗兰佐要妻子学习模仿的东西。他在表扬鲍西娅有诸多美德时，想听到杰西卡附和他的观点；但是她却说，巴萨尼奥应该为有这样一位富有而又有操守的妻子而感到满意。随后罗兰佐把自己和巴萨尼奥做比较："他娶到了这么一个好妻子，你也嫁到了我这么一个好丈夫。"（第三幕第五场第70行）并期望杰西卡能对他大加赞赏，以便在她的头脑中树立他伟男子的形象；但是没想到杰西卡竟然回答说"不"，令他大失所望。在这里，罗兰佐肯定看到了她的机敏而又不驯服的性格。他觉得有责任给妻子洗洗脑，用基督教教义中的美德标准来教导她，教她为妻的"本分事"，指导她如何像其他基督徒妻子那样行事。然而，罗兰佐要驯服他不听话的妻子不是那么容易的，因为她是个异教异族女人。

三、跨种族婚姻的政治意识形态

罗兰佐和杰西卡是异族通婚。在近代欧洲社会的种族问题上，跨种族通婚不仅会让他们意识到彼此之间的差别巨大，而且还会让他们担心异族通婚会使得白人的国度变得血统不纯。白人男子娶非白人女子令人堪忧，人们担心这样会混淆种族界限。此剧中杰西卡和罗兰佐的婚姻，一是跨文化婚姻，另外杰西卡的肤色又是另类，这使她的性别角色变得更复杂了，因此也增强了对这种种族环境的谴责意味。他想驯服她的前提是，他得把她的种族属性进行同化改造，使她变成内部人。起码在他的想象中，情况应该是这样的。罗兰佐无法否认杰西卡是犹太人夏洛克的女儿，而夏洛克又和大家公认的黑人杜伯尔和祖斯同属一族。伊丽莎白时代的人们常常会把祖斯和圣经中的人物，即诺亚的浪荡子二儿子、非洲黑人的祖先汉姆联想在一起。[1]

更重要的是，罗兰佐和朗斯洛特拿他们的异族妻子开玩笑，同样反映了近代社会人们对异族通婚持反对态度。娶异族女子的基督教徒被视为坏分子。因为异族通婚会使猪肉价格上涨，所以可以看到朗斯洛特担心的是经济方面的问题。听了杰西卡解释说"我可以靠着我的丈夫得救，他已经使我变成了一个基督徒了"，朗斯洛特反辩道：

这就是他大大的不该了。要是再这样把基督徒一批一批制造出来，猪肉的价钱一定会飞涨，大家吃起猪肉来，恐怕每人只好分到一片薄薄的咸肉了。（第三幕第五场第15—20行）

而罗兰佐反驳朗斯洛特的指责更多的是有关种族的考虑：

要是政府向我质问起来，我自有话说。你把那黑人的女人弄大了肚子，这该是什么罪名呢？（第三幕第五场第30行）

1　James Shapiro, *Shakespeare and the Jews*, p.172.

他说此话时，可能脑海中认为杰西卡比朗斯洛特的"黑人姑娘"要"白一些"（他在第二幕第四场也用到该词来描写杰西卡的肤色）。因此，詹姆斯·夏皮罗尖锐地指出："他们的玩笑反映了一个情况：他们将清楚地认识到娶异族女子或使异族女子怀孕，他们都会玷污白人的基督教合众国的纯正。"[1]

虽然如此，近代社会的这种娶"黑人"妇女会玷污基督教的纯正的说法似乎并不阻碍罗兰佐娶杰西卡，而且他一直感觉他的妻子和鲍西娅一样白。罗兰佐也向朋友们强调了他的妻子"很白"：

> 我认识这笔迹，这几个字写得真好看；写这封信的那双手，是比这信纸还要洁白的。（第二幕第四场第11—14行）

如果说近代社会在容貌和肤色方面"好看"和"洁白"足以用来描述一个理想化的美丽女子的话，那为什么罗兰佐要用"更白"这个字眼呢？他这样做，是想向朋友们强调他的妻子"确实"很白，或者说至少要比"黑人姑娘"要"更白一些"。后来，罗兰佐又强调了他为何娶犹太姑娘，他又一次说到她"又聪明，又美丽，又忠诚"（第二幕第六场第57行），其意思是说按照白人的标准她有资格成为他的妻子。因此，罗兰佐一直想"白化"他的犹太妻子，这正说明了杰西卡除性别角色之外，还有种族方面的问题。同时他想清除他们种族方面的差别是想迎合近代社会的性别认识规范。

在杰西卡看来，她只是继承了夏洛克的"血统"，而在"行为举

1　James Shapiro, *Shakespeare and the Jews*, p.172.

止"上（第二幕第三场第17—18行）有天壤之别。她嫌弃自己的父亲，甚至在血肉上也要能有所区别。尽管她不能像罗兰佐想象中的那样改变自己的血统，但是她可以嫁给一个基督徒，学习"基督徒"的行为举止，自己也就成了基督徒。杰西卡厌弃自己"黑皮肤"的父亲，甚至人为地"制造父女肤色的差别"[1]。罗兰佐的朋友萨拉里奥也讲到了这种"肤色及血肉"的差别。当夏洛克声称"我的女儿是我的血肉"，萨拉里奥反驳说：

> 你的肉跟她的肉比起来，比黑炭和象牙还差得远；你的血跟她的血比起来，比红葡萄酒和白葡萄酒还差得远。（第三幕第一场第35—38行）

罗兰佐朋友的想法似乎和他一样，都认为杰西卡的肤色和她父亲的不一样。

在罗兰佐的眼中，虽然杰西卡的外表可能"很白"或者可以"洗"白，但是她毕竟曾经属于那个有自己信仰的难以驯服的民族。实际上在罗兰佐的内心深处，杰西卡的"种族"是与他有别的，而且认同主流社会给异族贴上的善于背叛的标签。这一点在第五场他说的一番话中可以看出。罗兰佐在贝尔蒙特管了一段时间的家务后，杰西卡和罗兰佐要比当初刚代理男女主人的时候彼此要相互了解得多了。在这一场开始，罗兰佐首先提到特洛伊罗斯对克瑞西达的背叛感到非常痛苦，然后提及狄多苦苦而又无望地等待爱人的回归。而杰西卡首先提到无助的提斯柏，

---

[1] M. J. Metzger, "'Now by hood, a gentle and no Jew': Jessica," p.157.

而后又用了美狄亚的典故,美狄亚抛弃了自己的父亲,拯救了伊阿宋父亲的性命,以期赢得他的爱,但最终还是遭到抛弃。最后罗兰佐和杰西卡都用了"偷"这个字一语双关,直接质疑彼此的忠贞:

> 罗兰佐:正是在这样一个夜里
>
> 杰西卡从犹太富翁的家里(偷)逃了出来[1]
>
> 跟着一个不中用的情郎从威尼斯一直走到贝尔蒙特。
>
> 杰西卡:正是在这样一个夜里
>
> 年轻的罗兰佐发誓说他爱她
>
> 用许多忠诚的盟言偷去了她的灵魂
>
> 可是没有一句话是真的。(第五幕第一场第14—21行)

在这看起来轻松的玩笑式的争论中,他们使用很多"浪漫"故事的典故——克瑞西达、狄多、提斯柏、美狄亚。而他们的语气却一点也不浪漫;他们使用的典故都是关于背叛的故事,这在莎士比亚戏剧中也是取其背叛的寓意。在奥维德的《女杰书简》中,狄多和美狄亚的故事触及到了异族通婚中夫妻不忠诚等敏感话题。狄多的故事讲述的是一个异族女人傻傻地信任一个不专情的、只想着建立自己丰功伟业的男人,伊丽莎白时代的观众深深地同情狄多这个人物。美狄亚尽管采用复仇的手段,奥维德还是用了同情的笔法处理她的不幸。然而,她对男人有多重背叛——首先为赢得伊阿宋的爱她抛弃了父亲,而后又抛弃了她的丈夫伊阿宋,以报复他的背叛。这些恐怕无法得到伊丽莎白时代观众

---

[1] 这里的"steal"是一语双关,"偷"和"逃"的意思都有。朱生豪译文略去了"偷"的意思。

的同情，因为当时看重的女性美德即是无条件的忠诚和顺从。更为重要的是，这个故事可能提醒观众和读者，杰西卡为嫁给罗兰佐而抛弃了他的父亲和自己的文化，这使伊丽莎白时代的人对异族联姻增添了诸多疑虑，冲淡了原有的一丝信任感。

四、性别、种族、宗教：基督教秩序与殖民时代

在接下来的对白中，性别和种族的主题得到更深入的展开。他们彼此说了一些怀疑对方的话后，罗兰佐命令仆人演奏音乐以"取悦"妻子，而她却说，"我听见了柔和的音乐，总觉得有些惆怅"（第五幕第一场第69行）。人们不禁疑惑：为什么甜美的音乐会让杰西卡感到惆怅？甜美的音乐对她来说有何意义？《莎士比亚十四行诗》第八首给我们一些提示，这首诗说柔美的音乐是个比喻，寓意婚姻、家庭、生儿育女和基督徒的和谐生活。同样地，诗中人也感到疑惑："你为何听着音乐伤情？美妙和美妙不为敌，乐与乐总同根。"[1] 诗中人同时鼓励他的朋友娶妻生子。若说"柔和的音乐"于是喻示着家庭与子女，那么它会让杰西卡联想到男子的性欲和家庭责任。杰西卡和丈夫只一起生活了几天，为何对婚姻就有了惧怕之情呢？她一定是对婚后生活忧心忡忡。她为今后的生活感到焦虑，她必须在日常生活中扮演妻子和母亲的角色，成为一个性工具和管理家庭经济事物的廉价劳动力。在贝尔蒙特，罗兰佐管家的这段时间里，杰西卡一定对罗兰佐的性格和男性的管理作风知之颇多，这些是她不乐意接受的。依此而论，杰西卡的忧虑似乎是和性别角

---

[1] 引文的翻译出自辜正坤译本，北京：中国对外翻译出版公司，2008年。

色有关的。

但是,罗兰佐对杰西卡忧虑的事情有不同的理解。罗兰佐对音乐神奇的力量高谈阔论,似乎漫无目的。实际是,他以音乐为由对杰西卡的"不驯服"借题发挥。之前杰西卡对他的话说了"不"字,而现在又对优美的音乐感到不安,这些足以证明她的桀骜不驯。按照罗兰佐的逻辑,杰西卡成了"那野性未驯的小马",因为一个人"灵魂里没有音乐,或是听了甜蜜和谐的乐声而不会感动的人"就如同"未驯服的小马"(第五幕第一场第83—84行)。这种"野性未驯服的小马"的狂野本性需要用俄耳浦斯的音乐加以驯化。虽然罗兰佐提到的俄耳浦斯掌故比基督教有更早的历史,但这并不影响他含蓄地把音乐定性为基督教的秩序,更要用甜美和谐的音乐来驯服杰西卡这样的"小马",以免"他们的感情像鬼蜮一样幽暗"(第五幕第一场第87行)。罗兰佐不仅用"未教化的种族"一词来描述他年轻妻子的桀骜不驯,而且还用了"血统"和"本性"等词进一步强调。这些字眼在伊丽莎白时代的人们看来一定是影射杰西卡的种族的双关语——她毕竟有犹太血统,"本性"不服管束,很难转化。按照近代社会对"异教徒"的认识,异教徒即使皈依了基督教,也会有双教习惯,还有回归到原本的宗教信仰的可能。[1]这个皈依基督教的犹太女子也有可能会回归到原来的信仰,这对主流社会始终构成了一种潜在的威胁。罗兰佐说"听了甜蜜和谐的乐声而无动于衷的"人都是"擅于为非作恶,使奸弄诈"之人(第五幕第一场第85行),便是对这种意识形态的佐证。他认为有必要多下功夫用基督教的爱的艺术,即基督教的和谐的乐声去驯服那"不服管束的小马",改变

---

[1] 詹姆斯·夏皮罗持此观点。

这个新皈依的妻子那放荡不羁的野性。因此，罗兰佐最后一句就是要杰西卡"听这音乐！"（第五幕第一场第88行）。

伊丽莎白时代后期，特别是詹姆斯一世时期，英国殖民地统治工作之一就是要皈依异教徒。伊丽莎白和詹姆斯政府的殖民地的统治主要是靠海外贸易和探索新航线来实现的。这期间从事海外贸易的商人都有传教的职责：

> 17世纪早期，在外埠贸易的商人都要求随身携带袖珍指南册子以用来改变非基督教徒的信仰……
>
> 除了要皈依海外的犹太人外，还要不断地努力皈依居住在英国的犹太人。[1]

近代社会英国人已经意识到英联邦有外族人的存在，认识到他们与主流社会相异，这使得英国急切地皈依包括犹太人在内的异教徒。像杰西卡放高利贷的父亲一样的犹太人都很富有，他们通过放高利贷掌握了大量的财政势力；他们有自己的宗教信仰，英国人视其为基督教最强大的对手，改变他们的信仰最难。英联邦首都城市有两种皈依异教徒的方法，在《威尼斯商人》中都有体现。一种是强制皈依，像夏洛克那样被迫改变宗教信仰；第二种比第一种要温和些，但是和第一种相辅相成，即像罗兰佐那样与异族通婚，使夏洛克的女儿"自愿"而又"自然"地皈依基督教。杰西卡的宗教身份有别于其父，这种差别在宗教上是得到认可的。很显然，近代欧洲社会，基督教的神学家们都认为"圣约只能由已

---

[1] James Shapiro, *Shakespeare and the Jews*, p.146, p.151.

经净化其肉体的犹太男性传播"；而这"有助于解释《威尼斯商人》的杰西卡和《马尔他的犹太人》中的阿比盖尔等犹太人女儿为何能轻易地跨越宗教障碍，而他们罪孽深重的父亲却被主流的基督教社会割裂开来"[1]。

像朗斯洛特这样的普通人在经济上的担忧和詹姆斯一世帝国扩张的宏图大志是相抵触的，所以政府根本不会因为经济问题而停止皈依异教徒。因此，尽管娶犹太姑娘或异族女子会影响一个男子的好名声，但只要他能皈依她，把她拉入"内部人"的行列，这桩婚姻即可被接受。[2] 罗兰佐在信仰上重塑杰西卡，无意中即参与到帝国计划中了。他的殖民成就不是征服更多的土地或在海外拓展更多殖民地，而是通过异族通婚同化已经在帝国生活的移民者后代。另外，杰西卡似乎也"自愿"地配合他，尽力担任好她的新宗教角色：她先是女扮男装，把自己打扮成一个男仆，而后又成为一个基督教徒和"亲爱的妻子"（第二幕第三场第20行）。

五、结语：杰西卡财富的法律与经济保障

如果说孝道作为一种"自然法则"在近代社会人们的头脑中是左右道德领域的一股无形的力量，那么作为国家机器的法律机构（它和道

---

[1] James Shapiro, *Shakespeare and the Jews*, p.120.
[2] 布斯的研究指出，近代欧洲主流认为异教女子变成基督徒是大为有利的，因为一旦转化为"内部人"，她们可以为基督徒丈夫生儿育女。参见琳达·布斯：《"获得合法的种族"》（Lynda Boose, "'The getting of a lawful race': Racial discourse in Early Modern England and the Unrepresented Black Woman." M. Hendricks, and P. Parker, eds., *Women, 'Race,' and Writing in the Early Modern Period*. London: Routledge），第41页。

德标准一样是社会构建元素）是主流社会维护自己的利益、维持社会秩序的一种更易触及的而且更加强大的工具。法律是这部剧的主要情节涉及的关键要素；具体说，《威尼斯外籍人法》是剧中人物命运的仲裁依据。在一个假律师（鲍西娅冒充的法学博士）的操纵下，夏洛克得到他想要的"公正"；律师对法律"睿智"的解读救了安东尼奥的性命。法律对杰西卡命运的意义尤为重大，因为法律以遗嘱的形式规定她将拥有夏洛克的财产。遗嘱在规定继承人权利方面具有法律效力。正如理查德·维斯伯格所说的，安东尼奥在看似仁慈宽厚的外表下提前决定了夏洛克的"遗嘱"：

> 他（安东尼奥）僭越《威尼斯外籍人法案》所规定的条款，坚持要求夏洛克以后的财产由他支配……他硬性规定了一下方案：夏洛克必须当庭写下一张文契，声明他死了以后，他的全部财产都传给他的女婿罗兰佐和女儿。[1]

本来夏洛克如果对女儿或者女婿不满意，完全可以在遗嘱中把财产转赠给他人。但是他订立遗嘱的权利被剥夺了。这张由安东尼奥决定的把遗产传给杰西卡的"遗嘱"比鲍西娅父亲决定女儿婚姻的遗嘱更具法律权威性。安东尼奥决定夏洛克"遗嘱"的内容，从法律上保证了杰西卡能拥有这笔财产。这样，她在基督教社会中的身份比她单单皈依基督教要

---

[1] 维斯伯格从法律角度分析本剧，认为将夏洛克一半财产判给安东尼奥监管（"夏洛克信托基金"），在夏洛克死后移交给其女儿女婿，这种做法是违法的。安东尼奥没有处置夏洛克财产所产生的增值资金或者利息的权限。参见理查德·维斯伯格：《安东尼奥的法律残暴》（R. Weisberg, "Antonio's Legalistic Cruelty: Interdisciplinarity and *The Merchant of Venice*," *College Literature* 25.1 [1998]），第12—20页。

更有保障。虽然杰西卡不能继承她父亲的"种族",她却能继承他的财产。法律保障了杰西卡在基督教徒家庭的婚后生活。

经济是决定一个人在社会生活中,尤其是资本主义社会婚姻生活中的一个很重要的指标,因此杰西卡要成为基督教徒的妻子就必须富有。经济地位在确定她的基督徒妻子这一新身份起到很重要的作用。她正是考虑到这一点,所以在和罗兰佐从家里逃走时带走了父亲很多钱财和珠宝。在以上提到的私奔这一场中,她指示罗兰佐:

来,把这匣子接住了。你拿了去会大有好处。(第二幕第六场第33行)

这不是控制鲍西娅命运的代表父命的匣子,而是装满父亲珠宝的匣子,它从另一种意义上决定女儿的命运。杰西卡在和情人逃走之前,要"收拾些银钱带在身边"(第二幕第六场第50—51行)。罗兰佐知道基督教中把偷窃定为一项罪行,但是他还是同意并协助她偷走她父亲的珠宝钱财。这表明他也非常看重财产。这个年轻人在选择娶这位犹太姑娘时想法并不浪漫,剧中他和杰西卡的几次"浪漫"际会无不以现实的精明盘算画上句号。鲍西娅从威尼斯回来后告诉罗兰佐夏洛克死后的财产都会归他所有,他借用圣经中的典故来回答:

你们像是散布玛哪的天使,救济饥饿的人们。(第五幕第一场第293行)

这些都表明了他想得到物质满足而非追求精神层面的迫切心情。

如前文所引，罗兰佐想起私奔的时候（第五幕第一场第14—17行）的话具有讽刺意味，莎士比亚在罗兰佐的台词里用财富、贫穷和偷窃等隐喻语，表现了浪荡公子罗兰佐在经济方面的考量，同时也突出了杰西卡对自己父亲的背叛。因此，杰西卡在"白人"世界中的地位得到稳固，完全因为她从父亲那儿偷到的财产才得以实现的；之后又经过"合法"手段从父亲那里继承了更多财产，这些财产在白人社会看来都可以弥补她作为"前"犹太人女儿的劣势地位。

看来，杰西卡的财产对于她本人在莎士比亚所刻画的威尼斯社会中的身份地位至关重要。不仅如此，对于我们深刻理解莎士比亚创作《威尼斯商人》时代的文化特征也是不可或缺的。从这个意义上看，莎剧中这个小人物提供给我们的"财富"绝不输给她那富可敌国的高利贷商人父亲，或者那位光彩照人的"法学博士"女主角。而且，作者通过文本的精心设计在对她的刻画上处处镶珠嵌玉，赋予她更重要的文化内涵。这些内涵只有在"后"学关照下，通过对文本的"细读"才能体会得到，其文化特征是构建西欧近代甚至现代社会妇女身份那张庞大网络的一些基本要素。我们通过剧本这个文化"制品"的内部网络系统，能够了解到文化机制在塑造个人文化身份上是如何运作和发挥作用的。本文讨论的这个系统的终端制品，即杰西卡，先是脱离了她的"黑人"父亲，被洗"白"得像其他白人妻子一样。随后，她又受到教化，学习模范妻子的美德和聆听基督教音乐，学习做一个有德行的基督徒妻子所需承担的责任。总之，她经历了种族、宗教信仰和外貌等方面的重重蜕变。因此，杰西卡无疑是一件珍宝，她的多重身份中蕴含了丰富的宝藏，对研究那个塑造了她的文化身份的霸权社会极有价值。

《威尼斯商人》中的法律与权利哲学[1]

冯 伟

繁荣的海外贸易促生了威尼斯较为完善的现代民法和商法体系，然而就其本质而言，《威尼斯商人》中的法律体系充其量是一种经济政策，而不是基于个体权利和平等原则之上的现代法律体系。一方面，威尼斯社会赋予法律以公平、程序、权利保护等"现代法的精神"；另一方面，法律只是夏洛克或鲍西娅手中实现"血亲复仇"的工具，无法真正起到保障个体权益、调解纠纷的作用。

《威尼斯商人》中的"法官"鲍西娅面对的是一场极为棘手的法律纠纷，因为这场官司无论结果如何，都将成为"一个恶例，以后谁都可以借口有例可援，什么坏事情都可以干了"[2]（第四幕第一场第228—230行）。如果夏洛克败诉，"契约自由"的法律原则将遭到践踏；如果安东尼奥败诉，"一个心肠最仁慈的人"（第三幕第二场第304行）、一个"身上存留着比任何意大利人更多的古代罗马的侠义精神"的人将因

---

[1] 原载于《国外文学》2013年第1期。
[2] 本文对该剧原文的引文均取自朱生豪的译本，行数标注则以诺顿版《莎士比亚全集》为准。

为一份不同寻常的借贷合同而丢掉性命（第三幕第二场第306—308行），而这必然有损威尼斯公正的法治形象。20世纪以来，莎士比亚研究者纷纷从种族歧视、身份政治、宗教宽容等角度为夏洛克"翻案"，谴责鲍西娅、安东尼奥等基督徒的伪善；然而仅从法理学的角度看，此类评论者大都忽略了该案件背后的现代法律困境。鲍西娅虽然在维护法律不可更改的地位，但因其宣判明显违背了合同之本意，造成了法律的不可预测性，最终消解了法律不可更改的神圣色彩。然而，作为法官的鲍西娅，或者默许原告（如果我们姑且忘记夏洛克的犹太人身份，而将其看作一般的法庭原告的话）因三千达克特的延期付款便欲取人性命的恶行，或者为了保护安东尼奥的人身安全，以道德的名义破坏法律契约，这场官司的裁定空间实在是十分有限。

一、威尼斯的法律困境

《威尼斯商人》一剧中，安东尼奥与夏洛克一案因为涉及了种族、宗教、经济、政治等众多因素，而使得"一磅肉"的合同纠纷变得异常复杂。如果仅从法律角度解读这场官司，我们不妨暂时抛开剧中官司双方的各种身份，权且将双方命名为A和B。案情大体如下：A与B在官方公证之下，签订了一份商业借贷合同，按合同规定，A向B无偿提供借贷，贷款金额为三千达克特币，为期三个月。[1] 不过，这份无息贷款同时包含了一份不同寻常的违约条款：一旦B出现违约行为，那么A将有权在B"身上的任何部位割下整整一磅白肉，作为处罚"（第一幕

---

[1] 黄仁宇：《资本主义与二十一世纪》，北京：生活・读书・新知三联书店，1997年，第94页。

第三场160—163行）。三个月后，B未能如期偿还贷款，A向法庭提起诉讼，要求按合同割肉。

如果回到该合同的最初语境之中——文艺复兴时期的城邦共和国，威尼斯——我们不难判断，该案件的判决结果其实并无太多悬念：白纸黑字之下，B必须按合同赔偿。关于这一点，甚至连本案中的被告B也十分清楚：

> 公爵不能变更法律的规定，因为威尼斯的繁荣，完全倚赖着各国人民的来往通商，要是剥夺了异邦人应享的权利，一定会使人对威尼斯的法治精神发生重大的怀疑。（第三幕第三场第29—34行）

也就是说，威尼斯乃是一个高度法治的城邦，严格秉承司法独立的原则，因此无论从抽象意义上的法律原则，还是一般意义上的商业合同来说，人们对于该案审判结果的预期并不存在分歧，正如西奥多·奇奥科斯基（Theodore Ziolkowski）所指出的：

> 事实上，如果我们接受了鲍西亚所宣称的这两条法律的合法性的话——就像我们接受合同的合法性一样——整个事情根本就不需要通过庭审来解决，公爵可以直接做出简单的裁定。[1]

然而即便假定剧中由公爵"直接做出简单的裁定"，如此纠纷也必

---

[1] 西奥多·奇奥科斯基：《正义之镜：法律危机的文学反思》，李晟译，北京：北京大学出版社，2011年，第269页。

会引起现代人关于威尼斯法律正义与社会道德的争论：难道B的一磅肉（也许是他的生命）可以贴上"三千达克特币"的价格标签？该合同赋予A在B身上割一磅肉的权利，难道不是默许潜在的"谋杀"行为，甚至使之合法化吗？如果一项法律连最起码的"不得谋杀"这样的道德戒律都无法保证的话，该法律本身的正当性何在？也许法官可以争辩说（正如B在法庭外所指出的那样），为了整体法律秩序的稳定，在确定法律的概念和法律义务时应当淡化法律的伦理因素。法官甚至可以像20世纪西方分析法学者那样认为，法律义务不能因为道德上的不正当而失去法律效力。公爵固然可以坚持法律秩序稳定为由判定合同有效，然而倘若某种法律被认为不是良好的法律时，人们便会认为没有服从的义务，进而出现不服从法律的现象：

> 请堂上运用权力，把法律稍为变通一下，犯一次小小的错误，干一件大大的功德……（第四幕第一场第222—225行）

这段话的言外之意无异于表明，"变通"、违反法律可以是一件"大大的功德"，而按合同执行、遵守法律有可能则是不人道的。

如此看来，威尼斯的法律正面临一场"正当性"的理论危机。对于这场官司的特殊意义，公爵似乎也有所察觉。他不但为该案中的B感到"难过"（第四幕第一场第3行），而且还多次奉劝A放弃执行合同。如B在庭上指出：

> 听说殿下曾经用尽力量劝他不要过为已甚，可是他一味坚持，不肯略作让步。既然没有合法的手段可以使我脱离他的怨毒的掌

握,我只有用默忍迎受他的愤怒,安心等待着他的残暴的处置。
(第四幕第一场第7—14行)

然而,无论是威尼斯公爵还是被告B,如此论调表面看来似乎顺理成章,实际上却是自相矛盾、困难重重。

作为城邦的最高统治者,公爵坚持主张自己也不能凌驾于法律之上,固然值得称赞,然而问题在于公爵并未就此承认威尼斯法律体系本身的内在悖论,而是把矛盾引向了合同纠纷的原告A,指责A现在竟然把这份合同(在本案中未尝不是威尼斯法律精神的象征)"信以为真":

人家都以为——我也是这样想——你不过故意装出这一副凶恶的姿态,到了最后关头,就会显出你的仁慈恻隐来,比你现在这种表面上的残酷更加出人意料……你看他最近接连遭逢的巨大损失,足以使无论怎样富有的商人倾家荡产,即使铁石一样的心肠,从来不知道人类同情的野蛮人,也不能不对他的境遇发生怜悯。(第四幕第一场第18—34行)

考虑到这番话不是出自别人,而是威尼斯法治的捍卫者,则不免充满了反讽之意。

当然,公爵本人丝毫没有觉察到自己这番话有何反讽之处。认为公爵蓄意"阴谋"将威尼斯的法律困境归咎于原告,也有失公允。然而一个不争的事实是,A显然承担了一份本不完全因他而起的道德和舆论谴责。进一步说,如果B在这场官司中败诉,威尼斯的法律两难境地将暴露无遗,但在公爵的解释之下,酿成B个人悲剧的不是威尼斯的法律，而是由于B要与"一个心如铁石的对手当庭质对，一个不懂得怜悯、没有一丝慈悲心的不近人情的恶汉"（第四幕第一场第3—6行），或者如后文葛莱西安诺所说，是由于"这个残忍的恶魔逗他杀人的兽欲"（第140行）。A作为道德意义上的替罪羊，掩盖了威尼斯的法律危机。行文至此，如果继续使用A和B这样的代号来解读《威尼斯商人》，不免会显得颇为捉襟见肘了。剧中A之所以顺理成章地成为了威尼斯恶法的替罪羊，恰恰是因为他的特殊身份：放高利贷的犹太人。

威尼斯的歧视性法律有着广泛的社会文化基础。一方面，夏洛克放高利贷的行为虽然属于合法行为，但却是遭到主流社会唾弃的不道德行为。另一方面，如詹姆斯·夏皮罗（James Shapiro）指出，16世纪以前，有关"何为犹太人"的问题从来就不是一个问题。布道文、绘画作品、宗教剧、大作家乔叟的作品以及一系列流行文体，都异口同声地把犹太人塑造为把基督耶稣送上十字架、永不悔改的叛逆之徒。犹太教徒和基督徒之间有着难以逾越的鸿沟，两者的道德情操更是有着天壤之别，根本不能混为一谈。[1] 事实上，伊丽莎白时代英国对于犹太人的种种想象，其荒诞和离奇程度似乎对于21世纪的读者已经难以想象：社会上广为流传着犹太人嗜血、拿婴儿献祭，甚至男人也有"月经"的各种匪夷所思的谣传，剧中夏洛克割肉的要求似乎很难不在16世纪的英国观众中间激起类似的联想。正是由于"犹太人"在早期现代语境中的妖魔化形象，公爵才可能想当然地认为，这场纠纷的关键不是进退维谷的威尼斯法律，而在于夏洛克："犹太人，我们都在等候你一句温和的回

---

[1] James Shapiro, *Shakespeare and the Jews.* New York: Columbia University Press, 1996, p.13.

答。"（第四幕第一场第35行）上文安东尼奥在夏洛克出庭前的表白在逻辑上与公爵也并无二致，他的悲剧在于夏洛克的"怨毒"（第四幕第一场第11行）、"愤怒"（第四幕第一场第12行）和"残暴的处置"（第四幕第一场第14行）。总之，剧中各色人物对于夏洛克的道德谴责回避了威尼斯城邦法律体系的正当性讨论，甚至可以说，犹太人的"残忍"和"贪婪"掩盖了威尼斯法律的"不道德"。

二、威尼斯的权利哲学

不同于《一报还一报》中维也纳的神权政治，或《裘力斯·凯撒》中罗马的直接民主政治，更有别于《李尔王》中的绝对君王政治，《威尼斯商人》中的威尼斯代表了早期现代欧洲最早的市民社会。事实上，历史上的威尼斯常被称作"一个没有领域的城市"、"一个商人共和国"，"它的政府即是一个股份公司。它的统领就是它的总经理。而参议员，就是它的董事会。它的人口，就是它的股份持有人"[1]。市民社会意味着国家或城邦与社会之间的关系发生了根本变化，意味着国家权力运作方式的根本变化。国家不再以教训或命令的方式干预社会运作，而是必须借助法律手段。换言之，法律，而不是宗教教义或者政治权威，成为社会控制的主要手段。随着国家行政权力的退场，法院也成为调解民事纠纷的唯一正当之所。正是由于法院权力的不断上涨，威尼斯的市民，乃至外邦人夏洛克才有可能与安东尼奥代表的主流社会分庭抗礼，

---

1 达克特（ducat）是威尼斯的通用货币，每达克特含纯金3.55格兰姆，近于八分之一盎司。按照黄仁宇的说法，15世纪初年威尼斯的财政收入超过每年150万达克特，以现代的价值计，大约为8500万美元。详见黄仁宇：《资本主义与二十一世纪》，第66页。

才有可能说出:"您要是拒绝了我,那么你们的法律去见鬼吧!威尼斯城的法令等于一纸空文。"(第四幕第一场第102—104行)阿兰·布鲁姆(Alan Bloom)如是描述莎士比亚笔下的威尼斯:"商业精神缓和了狂热之情,一个视钱如命的人不大可能抛下一切参加十字军东征。而威尼斯首先是一座商业城市,它的确比别的城市吸引了更多样的人群。这个城市为了自身发展需要投机的资金,这正是夏洛克能在威尼斯生活的前提。人们服从法律并不是因为法律本身值得尊重,而是因为它是城市繁荣的基础。"[1]

全剧中夏洛克与安东尼奥第一次会面时,夏洛克即以旁白的方式交代了二人之间的关系:"他的样子多么像一个摇尾乞怜的税吏!我恨他因为他是个基督徒,可是尤其因为他是个傻子,借钱给人不取利钱,把咱们在威尼斯城里干放债这一行的利息都压低了。"(第一幕第三场第41—45行)无论夏洛克与安东尼奥之间存在怎样复杂的恩怨矛盾,利益冲突显然是二人后来对阵公堂的起因之一。如果仅就"一磅肉"契约纠纷本身的性质而言,夏洛克诉安东尼奥一案首先是一场民事诉讼(只有在鲍西娅曲解一磅肉的合同,并引证威尼斯法律指控夏洛克意图谋杀威尼斯公民以后,这场民事诉讼才变成了刑事诉讼)。日益频繁的商业和贸易活动必然产生出形形色色的民事商业纠纷,这本是在所难免之事。事实上,在1400年至1600年,整个西欧社会经济都经历了一场深刻的变革,资产阶级的私法原则,包括契约原则和物权思想已经逐步取代了旧的人际关系。如泰格等学者在《法律与资本主义的兴起》一书中

---

[1] 阿兰·布鲁姆和哈瑞·雅法:《莎士比亚的政治》,潘望译,南京:江苏人民出版社,2009年,第14页。

指出:"贯穿1000—1804年法律蜕变的主线索,则是契约和产权观念的变化——也就是订立可强制履行的契约的自由之逐步确立;以及产权之走向绝对化,即它脱离所有其他社会因素,成为纯粹属'个人'与'物'之间的关系。这两个发展,是现代资本主义法理学的基石。"[1]

西方现代资本主义法律强调私产的保护,而中国传统法律则强调定纷止争、追求和谐,进而"寻求一种社会原有的和睦与秩序"[2]。在某种意义上,中西两种不同的法律传统乃是源于对"公"、"私"利益截然不同的叙事方式,例如现代法律体系主张私有财产神圣不可侵犯,而传统法律则认为"私义行则乱,公义行则治,故公私有分"[3];"夫立法以废私也,法令行而私道废矣。私者,所以乱法也"[4]。可以说,威尼斯的法律与中国传统法律文化存在着本质差异,前者与莎剧《一报还一报》中维也纳的法律也大相径庭。[5] 简言之,威尼斯的法律更加注重保护公民的"权利"(尽管这种保护对于外邦人来说远远未能达到"法律面前人人平等"的现代标准),而中国传统法律、维也纳宗教法律则更加注重臣民的道德教化和精神升华。中国近代的法律教化以"礼治"为核心,维也纳的法律则更接近基督教的宗教法律。或者借用社会学的术语,中国传统法律发轫于乡土中国的"熟人社会"[6],而威尼斯的法律则

---

1 迈克尔・E・泰格和玛德琳・R・列维等:《法律与资本主义的兴起》,纪琨译,上海:学林出版社,1996年,第9页。
2 刘星:《中国法律思想导论:故事与观念》,北京:法律出版社,2008年,第22页。
3 《韩非子》,阙名注,上海:上海古籍出版社,1989年,第46页。
4 《韩非子》,第143页。
5 有关《一报还一报》中的维也纳法律文化、《裘力斯·凯撒》中的罗马政治的分析,参见冯伟:《羁勒、狮子与藤鞭:〈一报还一报〉与英国文艺复兴时期的刑法思想》,《外国文学评论》2010年第1期,第121—129页;冯伟:《罗马的民主:〈裘力斯·凯撒〉中的罗马政治》,《外国文学评论》2011年第3期,第5—15页。
6 费孝通:《乡土中国》,南京:凤凰出版传媒集团,2011年,第61页。

是现代市民社会的产物。

> 现代都市社会中讲个人权利，权利是不能侵犯的。国家保护这些权利，所以定下了许多法律。一个法官并不考虑道德问题、伦理观念，他并不在教化人。刑罚的用意已经不复"以儆效尤"，而是在保护个人的权利和社会的安全。尤其在民法范围里，他并不是在分辨是非，而是在厘定权利。[1]

《一报还一报》中的公爵可谓司法、行政、教育三重意义上的首脑，剧中人物的"大团圆"结局也同样是公爵执法、执政和教化三重功效；然而，《威尼斯商人》中的法官"鲍尔萨泽"则只负责"厘定权利"，不问是非。不过，这并不意味着威尼斯是个不注重道德和教化的社会，相反，在法官鲍尔萨泽出场、正式大审开始以前，公爵即已试图扮演教育者和调节者的角色。这在该剧第四幕第一场戏开始前，公爵和安东尼奥的对话即可看出：

> 公爵：我很为你不快乐；你是来跟一个心如铁石的对手当庭质对，一个不懂得怜悯、没有一丝慈悲心的不近人情的恶汉。
> 安东尼奥：听说殿下曾经用尽力量劝他不要过为已甚，可是他一味坚持，不肯略作让步。既然没有合法的手段可以使我脱离他的怨毒的掌握，我只有用默忍迎受他的愤怒，安心等待着他的残暴的处置。（第四幕第一场第3—14行）

---

[1] 费孝通：《乡土中国》，第61页。

仅从上面公爵和安东尼奥的简短对话看,此处至少还包含两层含义:第一,夏洛克的申诉虽然恶毒,但却合法,履行合同是其合法权利;第二,公爵除了劝说调停之外,无权干涉法庭判决。城邦不能剥夺夏洛克对于安东尼奥一磅肉的占有权,如果宣布该契约无效,则意味着破坏契约且将城邦自己的道德信念顶替了法律。换言之,威尼斯更加注重的是司法独立的原则,而不是家长式的教化和"规训",它只关乎法律的内在道德,不坚持法律的外在道德。[1] 从某种意义上,缘于对"公平"、"程序"和权利保护原则的强调,威尼斯的法律体系已经初具"权利本位"、"法律的形式合理性"等现代法律特征。[2]

三、威尼斯:自由而不平等的法治城邦

罗斯科·庞德(Roscoe Pound)认为,作为某种理想社会秩序的反映,不同时代和不同社会的法律体系并非一成不变、故步自封的。例如,中世纪法律的目的被认为是在于"和谐一致地维护社会现状"。16世纪以后,一种"自由竞争式的独立个人的社会理想"逐渐取而代之,最终在19世纪发展到极致,被庞德表述为法律正义。[3] 顺着庞德的思路,我们不难看出,《威尼斯商人》中的法律背后同样隐含着一种有别于中世纪的社会理念。随着商业活动和海外贸易的日益繁荣,威尼斯已经俨

---

1 此处所谓法律的内在道德指的是法律体系本身的一致、有效与否,而法律的外在道德指的则是法律体系之外的伦理道德和价值体系。法律的内在道德语出20世纪美国法学家洛·富勒(Lon Fuller)。
2 强世功:《立法者的法理学》,北京:生活·读书·新知三联书店,2007年,第9页。
3 罗斯科·庞德:《通过法律的社会控制》,沈宗灵译,北京:商务印书馆,2008年,第2—6页。

然成为早期现代市民社会的缩影,而巴萨尼奥所代表的贵族风范也随之开始没落。

在新的理想的社会秩序之中,自由竞争、权力至上、契约自由等成为威尼斯法律所竭力捍卫的基本理念。在威尼斯从"身份社会"转变为"契约社会"[1]的过程中,威尼斯法律所承载的社会功能也在发生着深刻变革。安东尼奥与夏洛克之间的契约纠纷正是在此语境之下发生。

夏洛克对于"一磅肉"的坚决诉求与当代法律学的"权利"思想仅有一线之隔,这归根结底是由威尼斯的经济和海外贸易性质决定的。"权利"保护和契约自由之所以成为威尼斯法律的核心理念,一个现实原因是市场经济的发展要求对个人权利加以平等保护。伴随着市民和商人阶层的崛起,为了达到稳定、安全交易的目的,人们对于法律的可预期性的要求逐渐高涨,"法律的内在道德"之重要性也越发显现出来;现代法律注定从传统的"义务本位"向"权利本位"转变,进而符合马克斯·韦伯(Max Webber)所谓的"形式理性"的要求。在此意义上,剧中威尼斯公爵、安东尼奥乃至鲍西娅所代表的"守法主义",未尝不是威尼斯经济发展对于法律体系提出的必然要求。威尼斯的法律因此被赋予了新的价值和精神气质。公平、正义、程序、权利保护,成为这一新兴的现代法律体系的关键词。

《威尼斯商人》中的"一磅肉"除了象征夏洛克的仇恨以外,实则还有另外一层法律含义:按照赔付条款,安东尼奥未能在合同规定的三个月期限之内无息偿还贷款;因此,他身上的"一磅肉"已经归借贷者

---

[1] 关于契约社会和身份社会的划分,参见亨利·梅因:《古代法》,沈景一译,北京:商务印书馆,1959年。

夏洛克私人所有。从某种意义上来看，人类法治进步的历史，就是公民财产利益逐渐得到尊重的历史，就是以公法捍卫私法的历史。西方有一句谚语，"风能进，雨能进，国王不能进"，即象征了私有财产的神圣不可侵犯。

从维护财产利益的角度出发，私有财产神圣不可侵犯的观念维护了个体公民的财产权益，使私人财产不受国家、政府或者其他权力机构的侵害，从而促进社会经济的和谐发展。更重要的是，私有财产神圣不可侵犯的思想赋予了一个即便是穷困潦倒的人以对抗国王权威的权利，使其能够在权贵面前维持个体的尊严。无独有偶，美国法哲学家罗纳德·德沃金（Ronald Dworkin）建构的"法律帝国"，其伦理基础恰恰是个体的自尊和平等，"它们共同支撑着其法律理论的正义论要求，构成了其新自然法学说的基座"[1]。法律与文学研究领域的顶尖学者，理查德·韦斯伯格（Richard Weisberg）也认为，虽然夏洛克并非某种悲剧式的英雄，而且在他身上带有明显的滑稽和恶棍色彩，但其恪守律法的激情，他对自身伦理价值的伸张和捍卫却并无任何滑稽可言。[2] 也许正因如此，当剧终夏洛克不但被勒令改教，而且财产也被威尼斯社会充公时，他面对法庭判决的无力回应才博得了众多观众的同情：

> 你剥夺了我的谋生手段，也就夺去了我的生命。（第四幕第一场第391—393行）

---

[1] 傅鹤鸣：《法律正义论》，北京：商务印书馆，2009年，第299页。

[2] Richard Weisberg, *Poethics, and Other Strategies of Law and Literature*. New York: Columbia University Press, 1992, p. 93.

如果暂时抛开作为21世纪观众的"后见之明"[1]，回到该契约的原始法律和文化语境，我们就会意识到，该合同不论在内容，还是程序上都是符合威尼斯当时的法律的。虽然夏洛克坚决要求"按约执行"，表现得冷酷无情、毫无人道精神，但也未尝不是守法行为。

众所周知，欧洲大陆法系是以罗马法为基础而建立起来的，而罗马法自古以来即缺乏主体权利的词汇和概念：

> 甚至具有最大要求权的词——dikaios...ius——都表明这一概念的缺乏，因为，在古典时代，这两个词主要是在客观意义上意指权利。我们通常说："我对这本书拥有权利"……他们则说"我拥有这本书是正当的"。[2]

事实上，奴隶制是否符合正义的问题，几乎没有引起罗马人的任何兴趣。如同土地、衣物、金银等"有形"财产一样，奴隶也被认为是人的私有财产。夏洛克坚持对安东尼奥身上的一磅肉具有"所有权"，可谓是以其人之道，还治其人之身。16世纪威尼斯的商人萨拉里诺当然不可能从天赋人权或自然权利的哲学角度来考虑"一磅肉"的不正当性[3]，然而他对于一磅肉"使用价值"的关注则不无反讽之意：

---

[1] 美国职业律师丹尼尔·J·科恩斯坦指出，除了剧中鲍西娅的判决以外，这场官司本来还可以有其他不同种判决方式。参见丹尼尔·J·科恩斯坦：《"见鬼！"》（Daniel J. Kornstein, "Fie upon Your Law!", *Cardozo Studies in Law and Literature*, Vol. 5, No. 1, A Symposium Issue on "The Merchant of Venice" [Spring, 1993]），第39—40页。

[2] 彼得·甘西：《反思财产：从古代到革命时代》，陈高华译，北京：北京大学出版社，2011年，第204页。

[3] 直到1948年12月10日，联合国大会才在《世界人权宣言》的第四款中声明："任何人不得使为奴隶或奴役；一切形式的奴隶制和奴隶买卖，均应予以禁止。"

我相信要是他不能按约偿还借款,你一定不会要他的肉的;那有什么用处呢?(第三幕第一场第50—51行)

按照夏勇先生的说法,所谓权利,"就是特定的主体对特定的客体提出与自己的利益或意愿有关的必须作为或必须不作为之要求的资格(entitlement)"。究其本质,权利最终应该归结为一种"资格","否定了资格,也就否定了权利;肯定了资格,也就肯定了权利"[1]。显然,剧中夏洛克仅仅具有在威尼斯生存的权利,却远不具备威尼斯公民的资格,因此从这个意义上,他的权利遭到侵害即不足为奇了。而剧终鲍西娅对夏洛克的惩罚性判决恰恰建立在后者的异邦人的身份之上:

威尼斯的法律规定:凡是一个异邦人企图用直接或间接手段,谋害任何公民,查明确有实据者,他的财产的半数应当归受害的一方所有,其余的半数没入公库,犯罪者的生命悉听公爵处置,他人不得过问。(第四幕第一场第363—371行)

显然,威尼斯的法律虽然恪守了契约自由的原则,却没有奉行政治平等的原则。

德沃金在论述其权利伦理时指出,权利理论强调保护个人权利,因为需要特殊保护的是个人而不是社会。一个社会中所有的人都应该且必须受到同等的关心和对待,政府必须认真对待权利,政治法律制度正义论的要求是所有的人必须成为政治社会的真正平等的成员;否则,个

---

[1] 夏勇:《中国民权哲学》,北京:生活·读书·新知三联书店,2005年,第4页。

人便具有反对政府的道德权利。德沃金甚至认为,一个国家或政府存在的合理性即在于它是否能够平等地关心和尊重其治域下的公民,公民有获得平等关切和尊重的权利,这是一切权利的根基,是"政治道德上的设准或公理,所有的其他的权利都是从这里推导出来的"[1]。正是基于此,德沃金才将其权利哲学的专著命名为《认真对待权利》,而德沃金所指的"认真对待权利",并非针对个体,而是对社会和政府的要求,在他看来,社会并没有权利,因为"从根本上说,所有的法律规则均是针对政府的"[2]。不难看出,威尼斯的法律远远不是如德沃金主张的那样是"针对政府的";相反,这种法律体系与其说是个体权利的保护,不如说是一种实用主义的"向前看的工具性策略"[3]。早在19世纪,法学家耶林(Rudolph von Jhering)即在其法律名著《为权利而斗争》中就指出,夏洛克的法定权利受到了侵害,而当他绊倒在台阶下时,"威尼斯法律同他一起倒下了"[4]。

　　阿兰·布鲁姆曾说:"威尼斯的犹太人生活富足,15、16世纪受到法律的全面保护。威尼斯的犹太团体跟侨居世界各地的犹太团体相比拥有某些特权。夏洛克对安东尼奥的诉讼完全依赖于法律,而且他深知法律的根基在于经济。威尼斯是新政治思想的典范,宽容、世俗、信仰共和,它解决政治问题的方式是那种在西方国家占统治地位的方式,我们

1　罗纳德·德沃金:《认真对待权利》,信春鹰和吴玉章译,北京:中国大百科全书出版社,1998年,第14—16页,第272—273页。
2　罗纳德·德沃金:《认真对待权利》,第21页。
3　该语出自美国法学家理查德·波斯纳(Richard Posner),转引自林立:《法学方法论与德沃金》,北京:中国政法大学出版社,2002年,第16页。
4　西奥多·奇奥科斯基:《正义之镜:法律危机的文学反思》,第173页。

简直再熟悉不过。"[1] 然而，犹太人虽然受到了"法律的全面保护"，并非是由于威尼斯社会深谙个人权利乃法律正当性之所在的道理，而是其经济政策使然。经济的快速发展要求实现马克斯·韦伯所谓的法律的内在理性，但法律的内在理性却无法保证法律的内在道德。纵观全剧，《威尼斯商人》中的法律无法真正起到调解纠纷、保障公民权益的作用，而充其量是夏洛克或鲍西娅手中实现"血亲复仇"的工具。威尼斯繁荣的海外贸易虽然促生了完善的现代民法和商法体系，然而就其本质而言，《威尼斯商人》中的法律体系充其量是一种经济政策，而不是基于个体权利和平等原则之上的现代法律体系。

1　阿兰·布鲁姆和哈瑞·雅法：《莎士比亚的政治》，第15页。

谈《仲夏夜之梦》[1]

裘克安

《仲夏夜之梦》[2]是莎士比亚的奇妙杰作,它是世界上演出次数最多的剧本之一,是少年儿童和富有童心的人所最喜爱的作品。英国浪漫主义诗人济慈遗物中有一部莎士比亚全集,其中他翻阅最多的就是《仲夏夜之梦》和《暴风雨》,这从页边的颜色深度上可以明显看出。

"仲夏",就是"中夏"。我国旧时把一季三个月分称为孟、仲、季。仲夏就是农历五月。按英国的说法,仲夏夜是阳历六月二十三日之夜,恰巧和我国的夏至日相当。传说这夜神仙在森林里宴乐,凡人进了森林就会中魔。绿茵铺地,浓荫如盖,月色朦胧,花香幽微,这就是《仲夏夜之梦》的自然背景。

---

[1] 原载于《读书》1983年第6期。
[2] 《仲夏夜之梦》,中国现有方平的译本,收在《莎士比亚喜剧五种》内,上海译文出版社1979年;还有朱生豪译、方平校的译本,收在《莎士比亚全集》第二卷内,人民文学出版社1978年。此外,应该还有曹未风和梁实秋的两种译本,但未得见。方平的译本用诗体较多,比较接近原文,本文作者在本文中引用的几段诗是以方平译本为基础校改的,在此对方平同志表示感谢,我校改的目的只是使其更加接近原文,谈不上诗意,如果真要译诗,还得别下功夫。

这是一部庆祝婚礼的喜剧。剧情的框架，说的是古希腊雅典大公西修斯要和阿玛宗女战士国女王希波吕妲结婚了。婚礼正在筹备，其中包括一出由手工工匠排练的戏。大公受理了一宗反抗包办婚姻的案件，定在几天后判决。到最后一幕，婚也结了，戏中戏也演了，案子也皆大欢喜地解决了。

这出戏究竟是为谁的婚礼而写、而演的呢？现在已没有确凿的材料可资证明。1963年英国社会历史学家劳斯（A. L. Rowse）提出的一种说法，笔者认为比较合理。

《仲夏夜之梦》的首次上演，是在1594年5月2日托马斯·赫尼奇爵士和骚散普顿伯爵夫人（一位寡妇）结婚的前夕。地点是在骚散普顿庄园。换言之，它不是先在剧院上演，而是先在私家演出的，不过演出的人大概就是莎士比亚所属的"宫廷大臣剧团"。骚散普顿老伯爵死后，其子继承爵位。莎士比亚写的长诗《维纳斯与阿都尼》和《鲁克丽丝受辱记》就是在前两年献给这位年轻伯爵的。

在女王伊丽莎白一世时代的英国，伶人的地位是低微的。莎士比亚只是个小镇手套工人的儿子，他到伦敦演戏，逐步学会了改戏、写戏，仍然无名无利。1592年和1593年伦敦鼠疫流行，戏院关闭，剧团到外地巡回，演演停停，莎士比亚的生活更加困难。为此他才写了长诗，献给小骚散普顿，并公开出版。这使他顿时赢得诗名，据说小骚散普顿给过他一千镑钱。这在当时可是一笔大钱；可能没有这么多，但莎士比亚能以钱在剧团入股，生活有了依靠。他和小骚散普顿的友谊一个时期很密切，反映在莎士比亚的十四行诗中。凭借伯爵的提掖，莎士比亚可以出入权贵之门，了解了上流社会形形色色的风雅和隐私。

寡母劝小伯爵早些娶贵族女子为妻，好巩固家门的地位。她曾要莎士比亚协助规劝，他的头一批十四行诗就是为此而作。但小伯爵怕受拘束，拖延不娶。到了1594年，寡母自己就找了比她大几乎二十岁主管宫廷财务的枢密大臣托马斯爵士结亲。这可是莎士比亚受其恩惠的保护人（patron）家的大喜事，因此有了这贺婚的喜剧。

这时莎士比亚刚满三十岁，正当壮年。除上述诗作以外，他已经写了约十部戏，主要是历史剧和喜剧，其中多数还带有模仿的痕迹。《仲夏夜之梦》则是他的创作才能成熟后的第一部戏。从故事、人物塑造到语言都表现了独创性。

现在再回过去接着讲剧情。西修斯本是希腊神话传奇中的英雄人物，他的业绩之一是征服阿玛宗国，俘获了它的女王。阿玛宗，也可以译作亚马逊，是个女儿国。这可不是像《镜花缘》里面那样的文明闺秀之国，它的统治者全是身强力壮的女战士，一向是无敌的。不想，女王败于西修斯之手，做了俘虏。西修斯虽然在武功上取胜，不久却做了爱情的俘虏。这一对是成年人成熟的爱情结合，影射了上面所说大臣和伯爵夫人的婚姻。剧中的大公和女王，就是暗指托马斯·赫尼奇爵士和骚散普顿伯爵夫人。莎士比亚把人和地安排在外国，也装点一些外国特征和情调，其实写的还是英国的人和英国的地，这是他惯常的做法。

反抗包办婚姻的案件牵涉到四个青年，两男两女。赫米娅违抗父命，不愿嫁给狄米特律，另爱上拉山德。而她从小的闺友海丽娜却单恋着狄米特律。案子提到雅典大公面前，大公坚持了保守的法律和传统，限令赫米娅在几天以内遵从父命，否则按雅典法律，可以处死，除非她在月亮女神黛安娜神坛前发誓终身不嫁。得到莎士比亚同情的、坚强的赫米娅决定跟拉山德私奔，两人相约在城外森林会合。她不该将此事告诉了密友海丽娜。海丽娜为了讨好狄米特律，竟把秘密透露给了他。这样，在仲夏的新月之夜，这四个青年分别都来到了黑影幢幢的森林。

这一夜仙王奥布朗要在这个森林里跳舞宴乐。他同仙后提泰妮娅为了争夺一个小男孩拌了嘴，想捉弄她一下，命仙童蒲克在她眼皮上滴一种花汁仙药，使她醒来时会爱上她所看到的第一个活物。莎士比亚笔下的这些神仙，是英国民间传说中的善良精灵，他们都不害人，即使比较土气的蒲克，也只是爱搞一些恶作剧，并非有伤人之意。

同一夜，织工波顿等六个手艺工人也到森林里来排戏——一出为大公婚礼助兴的小戏。在蒲克的顽皮安排下，波顿被套上驴头假面，成为仙后迷恋的对象。玲珑绮丽的仙女和世俗的工人配成一对，真是莎士比亚的妙想。

有隐身术的仙王从旁看到海丽娜追求狄米特律而受他鄙弃的可怜情状，就叫蒲克把仙药也滴一些在狄米特律眼上，以期他醒来时能回报海丽娜的爱情。不料蒲克错把仙药滴在拉山德眼上，造成一场误会和混乱。最后仙王让蒲克做了补救，使得仙后和他自己重新和好，并使两对青年成双成对。对于这些青年人的爱情关系，莎士比亚主张婚姻自主，个性解放，这是明确的。但同时他对爱情和理智的脱节现象有不少议论，对外表和实质的矛盾也予以揭露。所谓"情人眼里出西施"，不但中国有，外国也有，乃至仙后爱上了驴头人。这是魔术呢？还是现实？在这些滑稽的幻象中间，存在着某种哲理。至于仙王和仙后的吵架与和好，原也不过是为了区区细事，但却影响到了人间的祸福，非他们自己所逆料。

在戏剧里现实地描绘下层社会的手艺工人：织工波顿（字义为"线轴"）、木匠昆斯（"木块"）、细木工人斯纳格（"服帖"）、白铁工人斯诺特（"猪嘴"），等等，是莎士比亚的创举。他们为了祝贺大公的婚礼，排了以希腊故事为基础的短悲剧《皮拉摩斯和提斯拍》。这也是争取婚姻自主的题材，但结果男女双方都遭惨死。这个戏中戏的台词，莎士比亚有意用夸张的措辞，一方面是模拟讽刺当代有些类似的蹩脚戏，另一方面用以善意地嘲笑工人们难于处理脱离他们生活太远的文艺题材。这些人物是莎士比亚从小熟悉的，写得浑厚可爱。

戏中戏演毕，西修斯做了一番评论之后，剧本已经完结了，现在的第五幕第二场似乎是多余的。（在这里顺便指出，莎剧的分幕分场都是后人搞的，并非莎士比亚自己所分。当时舞台根本无幕，一场场接着演下去，演完为止，大体两个小时，中间也不休息。）但当时演出时却并不多余，它是为在骚散普顿府第里演出时用的。仙王、仙后和众小仙唱歌跳舞，然后从不同的门退出大厅，去祝福三对伉俪的新房和新床，最后由蒲克致收场白，这真是再恰当没有了。但到后来再在剧场公演时，这第五幕第二场倒确是不必要，也许是略去不演的。

《仲夏夜之梦》的结构复杂而巧妙。按人物类型来分，如上所述，可以分为四个层次：最空灵虚幻的是仙王、仙后、仙童蒲克和四小仙（豆花、蛛网、飞蛾和芥籽）。其次是大公和他的新夫人。再次是四青年。最后是六个粗俗的工匠。这四种人代表了四个不同的意境，有不同的思想和语言风格，采用了不同的文体：仙人的典型诗句是一种七音节（四个重音）的诗行，产生一种跳跃音的效果；公爵夫妇用的是庄严的无韵诗；四青年用的是无韵或两行一韵的抑扬格五音步诗行，有时还相互插话；工匠们说的是散文道白，满口俚语。总起来说，《仲夏夜之梦》是莎士比亚戏剧中用韵最多的诗剧，文体最多样化，反映了诗人已经熟练掌握了伊丽莎白时代流行的各种诗文体裁。戏中穿插歌舞，包括当时人们最喜爱的华丽的列队表演。

在莎士比亚的时代,剧团中是没有女演员的。女角都由童音未变的男孩担任。《仲夏夜之梦》中的仙人更是由孩子表演的了。这样,共需十个男孩才能演这个戏。可以设想,本剧在贵族宅第里演出时,可以请贵族家的男孩子参加客串。像豆花、蛛网、飞蛾和芥籽这些小仙的角色,没有多少台词,如果由孩子们串演,可以大大增添观众的乐趣和全剧的欢乐气氛。

《仲夏夜之梦》除了描写有人的环境之外,大量描写了仙境、梦境,容许诗人的想象力自由驰骋。仙童蒲克绕地球飞一周只消四十分钟。最小的小仙可以藏在橡树子的小碗壳里。他们

> 飞过山,越过谷,
>   穿过树丛和荆棘;
> 飞过围场,越过园林,
>   穿过江海和火焰,
> 我到四处遨游,
> 快得赛过月球;
> 我听候仙后的吩咐,
> 用露浇草地上她的舞圈……

莎士比亚灵活运用希腊神话故事以及他对英国田野景物细致观察所得的材料,加上晚近英国刚接触印度的新奇印象,编织出超越时间和地点限制的美丽图景。特别是他介绍英国普通人民生活中的乐趣,听来更是亲切动人,例如:农妇们关于仙童恶作剧的迷信,两个少女在一起绣花和谈知心话的回忆,凌晨出猎时猎狗吠声构成的音乐,影射1575

年莱斯特为讨好伊丽莎白女王在肯尼尔渥斯城堡安排户外表演的盛况，等等。

莎士比亚剧本里常有一些影射时事的地方。这种影射，随着20世纪评论和历史家考证取得成果，逐渐得到解释和证实。本剧中仙后谈到她和仙王的吵架得罪了风神，他们

> 白白向我们吹送音乐，
> 像为了报复，从海里吸起
> 瘟疫的毒雾，化雨降在地上，
> 使得条条汹涌的江河泛滥，
> 推倒了它们的堤岸：
> 因而耕牛白白拖了犁，
> 农夫空流了汗，青稞
> 还没长须就已经烂掉。
> 涝地上畜栏空站着，
> 瘟死的牲口喂肥了乌鸦。

据考证，这种淫雨反常的天气，是1594年夏季特有的事，因此推断这段话是该年冬天剧院演此戏时加进去的。

剧中有一段称颂终身未结婚的伊丽莎白女王的话。仙王说，有一次他看见小爱神丘比特在射箭：

> 全副武装的丘比特瞄准了
> 西方宝座上美丽的童贞女，

从弓上猛地放出他播种爱情之箭，

　　就像要穿透千万颗心一样。

　　但是我却看到小爱神的那支火箭

　　熄灭在贞洁如水的月光中，

　　而庄严的月神信女照样行进，

　　沉浸在纯洁的冥思中，毫不动情。

另外有一段反对抱独身的话却不完全一样了。西修斯说：

　　能这样控制自己的情欲，

　　过贞洁的一生，是大有福分的。

　　但一朵提炼出香精的玫瑰，

　　比了那在刺茎上孤芳自赏，

　　自开自谢、自生自灭的玫瑰，

　　究竟要享受更多人世的幸福。

　　这段话使人联想起莎士比亚第一批十四行诗的主旨，原来是劝19岁的骚散普顿小伯爵结婚而作。这段话在他母亲再醮时演出，也仍是恰当的。反正当时女王并不在场，不致开罪于她。剧场公演，女王向来是不光临观看的。如果戏在女王驾临的其他私家喜庆时演出，这段话也许要删去。

　　在《仲夏夜之梦》里，莎士比亚从多方面剖析了男女之间的爱情。他在这里写了一行极其出名的诗句：

> 真正的爱情经过的道路从不平坦。

这个思想在他以后的一些剧本，特别是不久就写的《罗密欧与朱丽叶》中还要加以发挥。莎士比亚指出爱情有其盲目和非理性的一面，但同时歌颂了爱情的奇妙作用。在这点上，莎士比亚无疑是一个浪漫主义者。他在第五幕第一场中，借西修斯之口，把诗人、情人和疯子相比。这段话也是十分脍炙人口的。

> 情人和疯子的头脑好像在沸腾，
> 有好多形象的幻觉，他们能感知
> 冷静的理智所不能感知的东西。
> 疯人、情人和诗人
> 都充满了想象力。
> 疯人能看到的魔鬼连无边的地狱
> 都容纳不下，情人是同样痴癫，
> 他认吉卜赛为美人海伦；
> 诗人的眼睛在狂热中滚动，
> 从地望到天，又从天扫到地，
> 犹如想象力对莫可名状之物
> 赋予形象，诗人的妙笔
> 能加以描写，给缥缈的虚无
> 以名字和寄寓的地方。

莎士比亚在创作了《仲夏夜之梦》以后，毫不停顿地继续前进，去攀登更高的山峰了。同时《仲夏夜之梦》剧被频繁地演出。1600年出版商托马斯·费希尔出版了《仲夏夜之梦》剧的第一个四开本,在扉页上写着"曾多次被宫廷大臣阁下的仆人们公开上演"。在1660年王政复辟以后,有很长一段时期,《仲夏夜之梦》剧的演出中往往着重观赏的一面,即搞了许多花哨的布景、服装,强调了音乐、舞蹈,对剧情加以删节。1662年,著名的日记作家塞缪尔·皮泼斯写道:"观《仲夏夜之梦》,此剧余前未见,亦不愿再见,因其为余一生所观最乏味、可笑之剧也。然余承认得见若干优美之舞蹈,并若干有姿色之妇女,此则余所乐也。"这位皮泼斯的趣味是相当庸俗而实际的,故而他有这样的评论,不过演出的方法也大有关系。1692年上演了由《仲夏夜之梦》改编的《仙后》,著名音乐家亨利·佩塞尔为之配乐,变成一种歌舞剧,其中一场还以中国式花园为背景,有"中国人"的合唱。19世纪前期德国作曲家孟德尔逊为《仲夏夜之梦》作乐并写了《婚礼进行曲》,这些音乐也有喧宾夺主之嫌。舞台设计一时也很繁缛,除花草树木之外,连活蹦乱跳的兔子也登了台。还有利用三度空间,把仙人吊在半空中演出的。严肃的导演和正式的剧团使《仲夏夜之梦》剧恢复本来面目,是比较晚近的事。另一方面,英国大、中、小学校学生的业余剧团,常常在露天演出这个戏,倒还朴素和自然。

  应该指出,莎士比亚时代的舞台是无幕布、无布景的空台子,有点像颐和园慈禧太后时的舞台。一切时间、地点、景物都是靠莎士比亚的诗句给听众描述的,听众必须自带想象力去看戏。

  自带想象力去看戏、读剧本,这该不是奢求吧?

编剧者的梦魇:戏谈《仲夏夜之梦》[1]

彭镜禧

一、引 言

莎士比亚惯爱在剧中扯到戏剧问题,大家早已熟悉。[2] 一提起来,我们就会想到丹麦王子怎样谆谆告诫演员谨守中庸之道:

> 表演配合文字、文字配合表演。特别注意这一点:不可逾越了自然的中庸之道。因为任何表演过了头就背离了它的原意。演戏的目的,从古到今,一直都好比是举起镜子反映自然……(《哈姆雷特》,第三幕第二场)

博思普(Prospero)为他所谓"虚渺的盛会"——其实就是戏剧本身——向观众赔不是:

---

[1] 选自彭镜禧:《细说莎士比亚论文集》,台北:台湾大学出版中心,2004年。
[2] 关于这点以及某些相关问题,可参见阿尔文·B·柯南:《国王的剧作家莎士比亚》(Alvin B. Kernan: *Shakespeare, The King's Playwright*. New Haven: Yale University Press, 1955),特别是第三、第四及第七章。

> 盛会到此结束。我们这些演员,
> 我说过了,都是精灵,已经
> 溶入空气之中,溶入稀薄的空气:
> 而正如这场没有根基的幻景一样,
> 耸入云霄的高楼、华丽的宫殿、
> 庄严的庙宇、伟大的地球本身——
> 不错,它所拥有的一切,都将消逝……(《暴风雨》,第四幕第一场)

杰梅茵·格里尔(Germaine Greer)说得好,这一段话"指陈出伊丽莎白时代认为剧场和宇宙相似的观念,至为感人"。然而,我觉得在《仲夏夜之梦》里,莎士比亚才真正提供了我们足够的线索,把这些线索结合起来,就可以组成一幅完整的图案,看到莎翁通盘检讨剧场经验中各种重要成分的相互关系——从剧本的创作开始,一直到剧本的演出,都包括在内。

拙文旨在指出,莎士比亚如何在飨我们以《仲夏夜之梦》之际,同时观察、界定了剧作家、导演、演员、观众,乃至剧评人的复杂关系。因为在赏心悦目之余,我们也目睹了剧本的传递过程——从剧作家传到导演、再传到演员、终于传到观众。在这个过程中,我们发现,剧本历经一连串更动;等到观众欣赏的时候,剧本几乎是"不着一点'原作的'痕迹"了[1]。

---

[1] 戴维·扬(David Young)对本戏的"戏"有过专书深入讨论,笔者深受启发。

二、剧本的产生

我们的讨论,理当从这里开始:剧本是如何产生的?从森林走出去的两对雅典情侣,一路叙述他们记忆不全的前一晚的经验。但是,他们离奇的故事立刻被理智挂帅的雅典公爵西秀士(Theseus)斥为"荒诞不经"的"神仙把戏":

情人和疯子满脑子翻腾,
有各式各样的幻想,看得到
冷静的理智无从理解的东西。(《仲夏梦之夜》,第五幕第一场)[1]

妙的是,他接着扯进了第三种人物,宣布说:"疯子、情人和诗人／全部由想象力组成。"他对诗人及诗人创作过程的观察,跟我们现在要讨论的,殊多关联:

诗人的眼珠,一阵疯狂的转动,
从天上看到地下,从地下到天上;
一当想象力具体的制造出
前所未有的事物,诗人的笔
便赋予它们形体,给那虚无的东西
一个实际的居处和名称。(第五幕第一场)

---

[1] 本文中所引莎剧,其中未标出剧名者均为《仲夏夜之梦》。

西秀士这段话当然深具讽刺意味。观众亲眼见到了舞台上所发生的一切——也就是说，某些"虚无的东西"的的确确在某一段时间内，占据了一个"实际的居处"；眼见为凭，舞台上发生的是真实故事。因此，尽管公爵自信满满，一副权威的姿态，观众恐怕不会和他站在一边，反倒是比较可能同情那迷惘的亚马逊女王海波力达（Hippolyta）。

话说回来，西秀士所言，从另一个角度来看，确是一针见血。诗人（这里采用广义的解释，包括所有作家）创作的剧本失败，心血付诸东流；或剧本脱离诗人而独立，乃至编剧者能否宣称他的著作权都成疑问：这些都是司空见惯的事。观众所见，果真能够正好是编剧者所要表达的吗？在原创的本子和再创的本子之间，有一段距离——有时是鸿沟。在剧场里，这代表剧本和观众所接受的真正演出之间的差距。是舞台上的一切，如西秀士所说言，只存在于诗人的想象里。

通常，剧本变质的第一步，发生在导演对剧本的接受情形。导演可能会真正误解原作的意义，也可能会任性而执意去曲解编剧者。且以《仲夏夜之梦》里奥本龙（Oberon）所下的一些指令为例。贵为精灵之王的奥本龙，无论为了满足一己一时的怪念头也好，或是插手年轻恋人的爱情纠纷也好，随时可以展现他的超自然法力，说做就做。当他发号施令的时候，就变成一个有剧本待演出的编剧者。饶富意义的是，他的"戏"没有一次按照他自己制定的脚本发展。有时候是剧本本身出了毛病；而剧本在走到舞台的路上，又有太多防不胜防的风险。

三、剧本何处去

奥本龙写第一个剧本，是为了报复他执拗不愿让步的妻子——精灵之后泰淡雅（Titania）。他先命令泼哥（Puck）去采撷号称"空恋花"（Love-in-idleness）的三色堇；之后，在一段三分不像夫君、七分倒像顽童的独白里，他向观众表白：

> 一旦有了这花露，
> 我要趁泰淡雅熟睡的时候，
> 滴下汁液到她眼里：
> 等她醒来，最先看到什么
> （管它是狮子、大熊、豺狼、野牛，
> 是管闲事的猴，或无事忙的猿）
> 她就会全心全意去追求……（第二幕第一场）

我们可以说，这里的精灵王已经变成编剧者，刚刚完成一篇短短的剧作。不但如此，他也决定亲自去执行——也就是说，他将导演自己的戏。他来到泰淡雅睡觉的地方，摆平了守卫，把"空恋花"的花露挤到她的眼睑，一面祷告说：

> 无论醒来看的是谁，
> 把它当作心肝宝贝；
> 为它痴迷为它憔悴……（第二幕第一场）

值得注意的是，在前后两段话里，奥本龙足足列举十种野兽，作为泰淡雅醒来一见钟情的"恶兽"参考名单。由此可见，即使编剧人凑巧有精灵王的能耐，也无法完全掌握自己剧本的确切发展。

然而，就算有了这个警告在先，事情的结果也使得编剧者本人以及观众，大吃一惊：泼哥把霸臀（Bottom）变为驴子，而这驴头又成了泰淡雅眼中的天使。我们还记得，奥本龙原来的"剧本"里，并没有提到驴子。这并不是说，一个驴头有什么大不了。可是，由这一件事显示，本来职司执行制作另一出戏的泼哥，已经乖离了原来设定给他，由他去导演的剧本。原来，泼哥巧遇雅典工匠在森林里排演，就说：

怎么，要演戏啦？我来做听众；
或许也客串演员，如果有必要。（第三幕第一场）

结果呢，泼哥在这出短剧里的戏份，远大于他所预期的。他不仅是听众兼演员，实实在在成了他主人奥本龙的共同编剧者。他甚至恣意改动了精灵王的原作；后者根本蒙在鼓里，当然更说不上授权。有趣的是，事后奥本龙对此似乎毫不介意。他向泼哥保证："这结果比我设计得更妙。"（第三幕第二场）换句话说，虽然剧本的发展没有遵照原来的构想，这位原编剧者仍然很满意，甚至可以说是大喜过望。

第二个例子正好相反：导演几乎一字不差地遵守原剧本，可是剧作家还是大呼冤枉。这个例子就是奥本龙设计的第二个剧本，和我们刚刚讨论过的差不多是同时的创作。一方面，奥本龙决定亲自去让泰淡雅"充满可恨的幻觉"；另一方面，他指派泼哥担任第二出戏的导演。他当时是这样说的：

你拿一些"花"去，搜寻这林园：
有个雅典甜姐儿一心迷恋
一个傲慢的青年；往那人眼上滴……（第三幕第二场）

这个剧本要求把花露滴在一个"傲慢的"雅典"青年"的眼睛上，至于辨识的方法，就靠"他穿的是雅典衣服"。剧本的意图似乎很明显，指示也直截了当。泼哥以他惯有的愉快心情，接受了这份差事，立刻就去办；他说："放心吧，好主人，您的仆人这就去。"（第二幕第一场第286行）

当然，奥本龙心中所想到的青年，是狄迷特（Demetrius）。在他发号施令——或者说，写剧本——的时候，并没有预见到可能造成混乱，因为他那时还不知道森林还有另外一对雅典男女。结果，泼哥好不容易发现赖散德（Lysander）睡卧在隔着贺媚儿（Hermia）有一段距离的地方，就误以为这个青年正是他寻寻觅觅的人。

于是泼哥就把主人交代给他的事办了。而我们都知道后果是何等的混乱。

编剧者奥本龙躲在森林里，眼看他一片好心巧妙设计的戏中戏[1]竟演变为一场匪夷所思的疯狂大追逐，便数落他的导演：

> 这是你的疏忽：你老是弄错，
> 否则就是存心捅出这乱子。（第三幕第二场）

这番评语正好点出编剧者心目中的导演角色，也暗示出两者之间特有的紧张关系。从编剧者的观点来看，戏剧的失败，若非由于导演能力不足，就是由于他故意曲解剧本。这种说法的特点是，编剧者没有想

---

[1] 在这里，我采用戏中戏最广的定义，因此包括的不仅《皮拉木和赛施碧》这种明显的戏；只要是刻意安排角色做戏剧接触，并至少有舞台上演员一人认真看戏的，都可以算作戏中戏。

到，错误也许出在他自己，他的剧本。

泼哥先是喊认错："精灵王，请相信：是我弄错。"但是他立刻提出理由来：

> 您不是说，辨认这号人物
> 须看他穿的是雅典衣服？
> 我的工作也可算毫无缺点
> 因为我涂的是雅典人的眼。（第三幕第二场）

泼哥这话也说得对。由此可见，导演虽然规规矩矩完全恪遵剧本的指示，仍旧可以冒犯编剧者；实则编剧者既然容许他的剧本可以做不同的诠释（演出），理当为这类错误负责才是。

这段插曲还有更深刻的意义。明眼人注意得到，泼哥虽然承认他"弄错"，却对这桩错事毫无悔意。他在结束前引的辩解之时，反而是欣喜之情溢于言表：

> 我真高兴事情如此发展，
> 他们的吵闹我觉得好玩。（第三幕第二场）

这个说法，和他前面带引雅典男女疯狂追逐时候所说的，前后一致。这样看来，奥本龙疑心导演捣鬼，难驾驭，倒也不是毫无根据。诚然，泼哥在这件事情犯的错，似乎只是无心之失，而且，前面也提到过，编剧者奥本龙至少和导演泼哥一样要对戏剧的差错负责。可是，单从以上所引泼哥的台词，可见导演大人的确有可能刻意去修改他收到的剧本——不为别的，光是"好玩"一件，就构成足够理由。诱惑总是有的。

四、结　语

　　阿尔文·B·柯南指出："伊丽莎白时代公众剧场里上演戏剧的情况，显然迫使莎士比亚对自己剧作的真正效果，产生了多少有点悲观的结论；至于其他，没有那么显而易见的戏剧演出条件，则使他对编剧艺术的地位，产生更大的疑惑。"[1] 在《仲夏夜之梦》里，我们看到了编剧者创作的剧本走过必经的路程，从编剧者、导演、演员的手中，到达观众。为爱所苦的赖散德喟然叹道："真爱的道路从来不平稳。"但是，至少在《仲夏夜之梦》的主戏里，人人都获得了圆满快乐的结局。相较之下，剧本的道路，才更加崎岖。由于一路上，人人都用自己的眼睛来看，所以他看到的，不是剧本，而是自己的驴头；剧本每转手一次，就经过一次换移/翻译（translation）。"艺术"和"美感"这两端，永远碰不到头。

　　西秀士以及他那班人看戏只是为了"做梦打发时间"（第一幕第一场）；对这种人来说，一场仲夏夜之梦跟其他任何游戏一样，都可以达到目的。对有心传达某些讯息的严肃编剧者来说，这种梦境里可能只会产生梦魇。

1　阿尔文·B·柯南：《国王的剧作家莎士比亚》，第151页。

简论《终成眷属》[1]

孟宪强

《终成眷属》(1603年)是莎士比亚戏剧中不太引人注目的剧作之一,莎士比亚研究的一般专著中涉及甚少。《外国文学研究》整理发表的我国从1918年以来的莎评目录中竟没有一篇关于这出戏剧的论文。这出戏也是莎士比亚"很难处理"的剧本之一,文学史上一般都认为它是一出喜剧,但都说它与莎士比亚第一时期的喜剧不同;有的说它"实质上是悲喜剧"[2]。这种看法比较接近这出戏的实际。其实,《终成眷属》不是一出喜剧。剧本的结尾虽然带有大团圆的色彩,但它并不是有情人的美满结合。强颜欢笑难遮悲情苦泪,它的独特的戏剧冲突及其独特的情调都表明它在艺术上有独特之处。它是莎士比亚创作的三部悲喜剧之一。关于悲喜剧的理论探索与历史考察已有另文论述,[3]这里仅就《终成眷属》的戏剧冲突、人物形象和主题思想等几个方面做些初步探索,进而阐明它并非喜剧,而是一出悲喜剧。

---

[1] 原载于《外国文学研究》1985年第3期。
[2] 施咸荣:《莎士比亚和他的戏剧》,北京:北京出版社,1981年,第49页。
[3] 孟宪强:《莎士比亚悲喜剧初探》,《社会科学战线》1984年第1期。

一

　　海丽娜与勃特拉姆之间的爱情婚姻纠葛构成了这出戏剧的基本冲突。在这出戏剧的基本冲突中，两个主要人物各自走着合乎自己逻辑的道路：海丽娜痴情地热恋着勃特拉姆，为此忍受了种种痛苦和侮辱；勃特拉姆蔑视海丽娜低微的身世，对她毫无感情，他们两人都在自己命运的轨道上运行着。国王把勃特拉姆赐给海丽娜，但他们勉强结婚之后勃特拉姆就抛弃了海丽娜；勃特拉姆在寻欢作乐的时候误与海丽娜结合；最后国王再次迫使勃特拉姆接受海丽娜。这就是剧作家勉为其难的"终成眷属"。其实，在这出戏中爱情并未取得胜利，海丽娜的命运如何，吉凶未卜。所以从全剧的基本冲突来看，它并没有一个真正欢乐的结局。只是两个主要人物各自充分地显示了他们的面目。光彩的愈益炫目，丑恶的更显可憎。海丽娜悲惨的命运没有得到真正的改变，带有很大的悲剧色彩；勃特拉姆高傲的贵族偏见也没有真正地抛弃，这又使这出戏带有讽刺喜剧的因素。两方的冲突并没有在紧张的状态中得到解决，他们分别走到了自己戏剧人生的终点。这出戏剧的冲突及结局充分表明了它与喜剧的根本区别。

　　具体展示海丽娜与勃特拉姆戏剧冲突的发展及演变过程，可以更清楚地看到这出戏剧与喜剧的明显的不同。

　　首先，海丽娜与勃特拉姆的社会地位不同，虽然生活在同一个环境中却有着截然不同的思想感情。这是形成他们之间戏剧冲突的一个基因。海丽娜的父亲是一个医生，在伯爵的家里服务。医生死后把自己的爱女托付给伯爵夫人照顾。伯爵夫人很喜爱她，说她"正直得自天禀，教育更培植了她的德性"。海丽娜虽然住在伯爵府邸；虽然伯爵夫人爱之如女,但她的实际地位却近于婢仆。海丽娜的父母都是"闾巷平民",她却爱上了伯爵夫人的儿子勃特拉姆。她明明知道这是"逾越名分"的事情,可是她的感情却是那样强烈,以致觉得勃特拉姆离开她,她就没有生趣了。一个寄人篱下的医生的女儿,对一位"簪缨巨族"的青年伯爵产生了爱情,她的命运如何,全在于伯爵的思想和抉择。勃特拉姆是法国有名的罗西昂伯爵,有高贵的血统,在法国的宫廷中很有地位。他的已故的父亲与国王关系密切,国王甚至说同他是"莫逆之交",并且说要把勃特拉姆当成自己的儿子。勃特拉姆想的是为王上"尽忠效命",所追求的是贵族的声望。他的心中根本没有海丽娜,连想都没有想到一个医生女儿的爱情。因此当国王为了酬谢海丽娜医好了自己的病而把勃特拉姆赐给她做丈夫的时候,勃特拉姆十分轻蔑地说:"我不知道我为什么必须娶她,难道我一定要降低我的身份跟一个下贱的女子结婚吗?"国王劝他不要看重门第,说海丽娜的贤淑美貌就是她自己的嫁妆,他还要赏赐给她光荣和财富。可是勃特拉姆对此简直是不屑一顾。他说:"我不能爱她,也不想爱她。"最后,只是在国王警告他违抗王命的严重后果的时候,他慑于国王的权威,才口不应心地说:"我愿娶她为妻。"勃特拉姆觉得,娶海丽娜为妻真是"永远倒霉了"!因此,结婚仪式刚刚结束,他就决心抛弃他的妻子。在新婚燕尔之夕,他离开了法国,去意大利参加战争,让她守活寡。他在给海丽娜留下的信中说:"汝倘能得余不离手之指环,且能腹孕生一子,确为余之骨肉者,始可称余为夫;然余可断言永无此一日也。"这就是勃特拉姆可怕的判决。他还声称只要妻子留在法国,他就对法国无所留恋。海丽娜同勃特拉姆地位悬殊、思想迥异,靠国王的命令勉强地撮合在一起,这就注定了不会有好的命运。

其次，海丽娜委曲求全，巧妙安排与勃特拉姆寻欢作乐，使他陷入圈套，造成解决冲突的表面条件；然而这个条件纯粹是偶然的、意外的，它不足以改变勃特拉姆的思想感情。海丽娜为了满足勃特拉姆提出的要求，离开了伯爵府邸，暗中追踪勃特拉姆，来到了佛罗伦萨。这时勃特拉姆正给公爵当骑兵队长，作战很勇敢，大出风头。他苦苦地追求寡妇的女儿狄安娜。海丽娜打听到这些情况以后就向寡妇公开了自己的身份，诉说了自己的苦楚，请她们帮助她。她们很同情她，就允诺了。狄安娜替海丽娜索取了勃特拉姆的指环，海丽娜暗中当了狄安娜的替身，而且有了身孕。海丽娜靠她的苦心和机智，做到了勃特拉姆认为根本做不到的两件事，"奇迹"被海丽娜制造出来了。她满以为借助于这个"奇迹"可以重新得到失去了的丈夫。其实，这仍是她的一个幻想。

最后，国王的判决只是使冲突的双方处于新的僵持状态，矛盾并没有真正解决。因为爱情不能靠强力夺取，不能靠权威赐予，也不能靠"奇迹"获得。这种奇特而高贵的感情是两颗心灵结合的杰作，所以，国王再一次发出的命令仍然不能开出爱情的花朵。勃特拉姆回到法国的时候，传闻海丽娜已经死去，国王很伤心。责备勃特拉姆"痴愚狂悖"。勃特拉姆向国王表示他很爱大臣拉佛的女儿，一见到她的时候就钟情于她；而这，正是他拒绝海丽娜的原因。这时国王看到了勃特拉姆手上戴的指环，而这个指环正是他为答谢海丽娜赠予她的，国王追问指环的来历，勃特拉姆撒谎说，是意大利一个女子从窗口扔给他的。正在这时狄安娜母女出面告状，勃特拉姆一再狡辩，甚至公开诬蔑狄安娜是"军营里一个人尽可夫的娼妓"。狄安娜出示勃特拉姆送给她的指环，驳斥了勃特拉姆的诬蔑，证明当初他确曾以婚姻相许。在事实面前勃特拉姆只好承认"逢场作戏的事是免不了的"。国王追问狄安娜指环的来历,引出了海丽娜。海丽娜一上场就带有几分自豪、迫不及待地喊了一声"我的好夫君"。然后,她说明了事情的真相。最后她问他:"现在这两件事都办到了,你愿意做我的丈夫吗?"这时勃特拉姆虽然是丑态毕露,山穷水尽,请求原谅,但他对海丽娜并不是毫无保留,所以他对海丽娜冷冷地说,如果她能把这件事解释明白,他就"永远永远爱她"。这句话的价值同他当初说的"我愿意娶海丽娜为妻"一样地不可靠。尽管国王这时兴冲冲地宣告说:"这一双怨偶",已经"变成佳偶",但这仍然是一厢情愿。海丽娜的命运是凄惨的,正如剧中一个人物所说的那样,"一个失爱于夫主的妻子,无论在什么地方,她的心永远是载满了凄凉的"。海丽娜的命运所激起的美感是悲剧式的怜悯之情,并且也带有一定的恐惧因素,具有这种美感的戏剧不是喜剧。然而它又不是悲剧。女主人公更为悲惨的命运存在于必然发展的趋势之中,并不具有现实性。从戏剧冲突的性质、结局及其所激起的美感来考察,可以肯定地说《终成眷属》是一出悲喜剧。

二

这出戏剧中的正面人物不像莎士比亚喜剧中人物那样富于理想色彩,那样具有乐观情调。特别是女主人公海丽娜,她是莎士比亚笔下一系列追求爱情女角中一位多少带有一点殉教者味道的人物。她的命运并不是一首爱情的颂歌,她所执着于其中的那个爱情使她一步一步地遭受着痛苦和羞辱的折磨。她把自己的青春、热情、智慧全都献给了爱情的祭坛;然而,她始终也没有得到这个爱情。她的命运提出了一个严肃的问题:爱情能不能冲破等级门第和地位的界限?回答是否定的;虽然带有一个光明的尾巴，但它的基调是凄凉的、悲观的。这样，这出戏就带有了一定社会问题剧的因素。

海丽娜的爱情是十分强烈的，她常常为此泪痕掩面。别人以为她是痛悼父亲的死亡，可是她知道自己内心世界的真实。她那些滔滔的眼泪不是为父亲流的，她爱勃特拉姆胜过了父亲。"父亲的容貌怎样"，她"早已忘记了"，在她的"想象之中，除了勃特拉姆以外，没有别人的影子"。当伯爵夫人问她是否爱上了自己儿子的时候，她开始支支吾吾，但很快就据实以告，说爱他，"并且爱他胜过爱您，仅次于上天"。爱情在海丽娜的心中占据着一个至高无上的地位，它是人世间一切事物都不能与之相比的，父母之情、恩主之谊，都在爱情之下。因此，当勃特拉姆被召去宫廷时，她甚至觉得没有了生趣。

海丽娜很聪明，对事物具有比较正确的判断力。她清楚地知道对勃特拉姆的爱情是一种妄想。一个医生的女儿爱上了位高权重的伯爵，这是"逾越了名分"的，是高不可攀的。她知道这种痴心的希望就像驯鹿与狮子匹配那样，一定要"为爱而死"的。海丽娜对这件事情的结局是这样洞若观火，可是理性却拗不过感情，她深深地跌进了她明明知道毫无希望的爱情深渊之中。

海丽娜相信人的力量。她认为，"一切办法都在我们自己，虽然我们把它诿之天意"。她认为人可以靠自己的力量自由发展，所以她想自己与勃特拉姆虽然"地位悬殊"，但只要是"惺惺相怜的人，造物总会使他们结合在一起的"。"能够努力发挥她的本领的怎么会在爱情上失败？"由于有这样的认识，她形成了一个计划：靠给国王治病的恩赐，使勃特拉姆成为她的丈夫。然而他们并非"惺惺相惜"，勃特拉姆根本谈不到对她的爱；相反地倒是由此产生了怨恨、憎恶和敌意，最后怒而出走。海丽娜十分痛苦，但她既未因此幡然醒悟，也未因此而绝望。她以独特的"代庖"方式解决了勃特拉姆信中提出的两个难题，并对自己的计谋很满意，说这是一场"合法的骗局"。"男的有邪心，女的无恶意"，"看似犯奸淫，实则行婚配"。海丽娜的苦心可以感动上苍，但却感动不了勃特拉姆的铁石心肠。国王的旨意可以使海丽娜成为勃特拉姆的妻子，但无法使她得到他的爱情。作为一个少女，海丽娜克服了重重困难，忍受着巨大的痛苦，千方百计地要得到她所追求的爱情，她是令人同情令人怜悯的。尽管她相信人的力量，也的确最大限度地发挥了个人的聪明才智。但事实证明人的力量毕竟是有限的。她的全部充满机智的活动并未打动勃特拉姆的心。她的炽烈的爱情并没有冲破门第和地位的樊篱。从这个意义上看，谁能说海丽娜不是悲剧命运呢？

这出戏剧中的另一个主要人物是勃特拉姆。他既不是滑稽幽默的喜剧角色，也不是制造人间悲剧的歹徒恶棍。他糅合喜剧人物与悲剧人物的特点，在复杂的戏剧冲突中显出了"善恶的本来面目"。他是一个正在资产阶级化的贵族青年。

勃特拉姆具有执拗的贵族偏见，非常高傲，生活在贵族的优越感之中。当他听说国王把他赐给海丽娜做丈夫的时候，他感到简直不可思议。在他心中海丽娜只是一个寄养于他家的不幸女子，是一个可怜的医生的女儿。一个赫赫的伯爵怎么能同她结婚呢？因此勃特拉姆当即表示反对，后来只是慑于国王的威权，才勉强接受了成命。在法律方面勃特拉姆无能为力，海丽娜成了他的妻子；但是，勃特拉姆从思想方面进行反抗。他冷酷地从精神上折磨海丽娜。从这个方面来看，海丽娜的不幸带有咎由自取的因素。勃特拉姆不爱海丽娜是可以理解的。勃特拉姆并不是一个坏人，他说自己早已爱上了大臣拉佛的女儿，所以对海丽娜从未有过任何爱情的表示，甚至直到最后勃特拉姆也没有这种感情的萌生。勃特拉姆的贵族意识是强烈的，他拒绝和摆脱海丽娜有合乎逻辑的思想原因。勃特拉姆的贵族道德观念几乎荡然无存。他追求享受，为达到目的不择手段，表现出了明显的资产阶级的特点。在意大利的时候，他用各种办法引诱狄安娜，非要占有她不可。用他自己的话来说，就是"逢场作戏"。他给狄安娜送各种礼物，答应娶她为妻，甚至送掉了六世相传的指环，作为他的信物。勃特拉姆这个贵族的不肖子孙，为了享受，他宁可抛弃贵族所珍视的家传珍宝。勃特拉姆的利己主义道德观念是现实生活的产物，莎士比亚把勃特拉姆的一切恶劣行为都归罪于帕洛的引诱是有道理的。勃特拉姆作为一个贵族青年正是接受了以帕洛为中介的资产阶级道德原则，才堕落得那么迅速。到后来，勃特拉姆为了掩饰自己的罪过竟在大庭广众之中诬蔑一个柔弱的少女是"随军的娼妓"，"人尽可夫"；明明是他不择手段地引诱狄安娜，却颠倒黑白地说是狄安娜诱惑了他。勃特拉姆的这些表演充分暴露了他灵魂的卑鄙丑恶。

　　勃特拉姆受了资产阶级思想的影响，犯有道德方面的过失。然而在同海丽娜的婚姻关系中，他是处于被动地位的。他虽然造成了海丽娜的巨大痛苦，但责任不完全在他。对此应该给予公正的评断。他不爱海丽娜，是因为他爱自己钟情的贵族小姐。这个形象的意义在于表明贵族意识和享乐思想都是破坏爱情的社会力量。

　　帕洛是这出戏中的一个次要角色，但却是一个成功的艺术典型。他是勃特拉姆的侍从，海丽娜说他"是一个出名爱造谣的人，是个傻子，也是一个懦夫"。他的典型特征就是毫无道德。他是勃特拉姆堕落的酵母和外在原因。

帕洛具有奴才的本性，善于讨好主人，骗取主人的好感和信任。剧中许多人都指出了帕洛这一特点。臣乙说："他凭着那副吹吹拍拍的功夫，果然很讨人喜欢。"臣甲说帕洛"依靠花言巧语的诱惑才取得了公子的欢心"。帕洛正是靠这种吹拍阿谀的手段使勃特拉姆上了当，误认为他是个军人，"而且有很勇敢的名声，见多识广，有胆量"。因此当帕洛给他出坏主意时，他总是言听计从在勃特拉姆所干的一切勾当中都包含着帕洛的邪恶。当勃特拉姆告诉帕洛他不准备与海丽娜同居的时候，帕洛立即煽风点火，怂恿勃特拉姆离开法国。勃特拉姆在气头上说法国是个"狗窝"，他附和说法国是一个"马棚"，并且说在这里没出息。他对勃特拉姆说"还是从军吧！"勃特拉姆听了以后就说，"我一定这样办"。这样，在新婚之夜，勃特拉姆就抛弃了海丽娜，带着帕洛去意大利的佛罗伦萨。在这里人们都说帕洛是个"卑鄙龌龊的军官"，"那个年轻的伯爵就是他诱坏的"。他当所谓的媒人，在勃特拉姆与狄安娜之间穿针引线。帕洛是勃特拉姆干坏事时一个不可缺少的伴侣。

帕洛还是个流氓无赖式的人物，冒充英雄，甘当叛徒，什么厚颜无耻的事都干得出来。勃特拉姆的部下在战斗中损失一面战鼓后，他先小题大做，说那还了得，没有战鼓怎么指挥战斗？然后他大吹牛皮，夸下海口，声称自己一定要把失去的战鼓寻找回来。可是他一上战场，腿就吓软了，他很后悔，怕丢了性命。可他又想冒充英雄好汉，竟在身上割破几个地方，把剑击断，然后谎报是同敌人发生激战之后所受的伤。可是还没等他实行自己的计划，就落入了同伴们的圈套。在"审问"他的时候，他一五一十地招出了军事秘密，答应出卖佛罗伦萨公爵；还大骂他的主人是个"危险的淫棍"、"色中饿鬼"、"破坏处女贞操的魔王"。帕洛想以此讨好"敌人"，以便保全性命。帕洛为达目的不择手段的丑恶表演，引起了勃特拉姆的憎恶，把他赶出了军营。帕洛决心"厚着脸皮活下去"。他想另投新主，可是到处碰钉子，谁都觉得他实在可厌。帕洛是英国封建关系瓦解时期的社会产物，大臣拉佛说他是一个"无赖浪人"，点明了他的实在身份。他的不稳定的社会地位使他最敏感地形成了资产阶级的生活信条，为了生存和发展，他什么都可以干。勃特拉姆把他赶走，最主要的原因是他看到了帕洛身上所最缺少的就是贵族对臣下附庸所要求的忠诚。莎士比亚通过这个形象，抨击了正在形成中的资产阶级道德原则。帕洛的形象塑造得很成功，马克思在《福格特先生》一文中引用帕洛寻找失去的战鼓的可笑行为，无情地讽刺了路易·波拿巴雇用的德国密探福格特。[1]

三

这出戏剧的基本思想有接近喜剧的地方，那就是赞美爱情，赞美人的品德和才能，表现人文主义的人生理想；但也有与喜剧不同的地方，那就是美好的爱情不能变为现实，它只存在于幻想的追求之中。剧中提出了爱情能否冲破等级门第界限这个中心问题，而答案则是否定的：虽然可以"终成眷属"，但却不能够"皆大欢喜"。

莎士比亚三出悲喜剧的爱情主题比他的喜剧更深刻些。它们主要不在于表现爱情的美好和神圣，以及得到爱情的幸福和欢乐，而在于探讨爱情的命运。爱情由于受到各种社会力量的支配，往往遭到不幸；莎

---

[1] 马克思：《福格特先生》，《马克思恩格斯全集》（第十四卷），北京：人民出版社，1995年，第419页。

士比亚以其现实主义的深刻观察力探讨了破坏爱情的种种社会因素。在《特洛伊罗斯与克瑞西达》中，莎士比亚着重表现了战争对爱情的践踏和摧残；在《一报还一报》中，莎士比亚着重表现了权力和金钱对爱情的腐蚀和毒化，而在《终成眷属》这出戏中则着重表现了门第、地位对爱情的抗拒和阻隔。莎士比亚的三出悲喜剧都带有浓厚的社会问题剧的因素。

在《终成眷属》中爱情的力量表现得极其微弱，它企图依靠权力的帮助得以实现。最初，读者们所看到的只是一个弱女子的美好憧憬，她不知道该怎么样去达到自己的目的，而且深知自己的爱情无法实现，因此常常以泪洗面，借以排遣自己的痛苦和郁闷。后来，由于一个偶然的机会，她才产生了依靠个人力量获得爱情的"宏伟"计划：靠国王的恩赐得到她昼夜爱慕的人。然而强扭的瓜不甜，她所得到的只是冷冰冰的憎恶与敌意。权杖并不能播下爱情的种子。国王赏赐给海丽娜的只能是法律意义上的丈夫，绝非精神世界的爱情，而且她很快就失去了名义上的丈夫。最后她再一次靠国王的裁决，使失去了的丈夫又回到了自己身边。但所得到的仍是个对她毫无情意的丈夫，一个爱情的影子。在这里，爱情那种美好和迷人的魅力大大地削弱了，人们所看到的是为爱情所做出的努力和牺牲，眼泪、痛苦和羞辱就是献在爱情祭坛上的祭品。莎士比亚在《终成眷属》中所表现出来的思想正是喜剧的爱情主题与悲剧的爱情主题的一个中间状态。在这里美好的爱情所发出的一声声叹息感动了人们，但是它却不能冲出门第地位的界限。不同地位的人们中间有一条巨大的鸿沟，这是微弱的爱情无法超越的。它的最好的结果是把自己所爱的人选为丈夫，而不能得到他的心，更不能获得爱情所带来的一切幸福。同喜剧的欢乐气氛比较起来，这的确是太黯淡了。它毫无光彩，令人伤心；但是，它毕竟还没有造成更为惨痛的悲剧。莎士比亚通过这个爱情主题曲折地抨击了封建思想对爱情的破坏，也揭露了资产阶级享乐思想对爱情的毒化，表现了莎士比亚戏剧创作中批判倾向的增强。

这出戏剧还把爱情主题置于战争的背景之下，以战争践踏爱情作为基本主题的一个补充。战争是16世纪以及17世纪初英国社会生活中一个重要的社会现象，它也是爱情的大敌。战争使信誓旦旦的爱情化为泡影；它使男子寻欢作乐，把女子作为享乐的对象；它使女子投入另一个男人的怀抱，它把爱情变成奸淫。

这出戏剧否定了门第等级观念，赞美了人的品德和才能。莎士比亚通过许多人物的口表达了这个思想。国王劝勃特拉姆娶海丽娜的时候说："善恶的区别，在于行为本身，不在地位的有无……要是把人们的血液倾注到一起，那颜色、重量和热度都难以区别，偏偏在人间关系上，会划分这样清楚的鸿沟，真是一件怪事。"莎士比亚借助于国王的口，从人的天性出发，强调了人人平等的思想，主张以人的行为本身来判断一个人的价值，表现了一种新的价值观。小丑在同伯爵夫人谈话的时候说："有许多有钱的人都不是好东西"，宫廷里"有不少锦衣玉食的鄙夫"，而"做佣人的不一定世世代代做佣人"。剧中，"尽善尽美"的海丽娜与慈祥、善良的伯爵夫人备受称赞，尽管她们的地位相差悬殊，但精神世界却是同样的美好。这两个人物形象相互辉映，而勃特拉姆同她们比起来就相形见绌了。莎士比亚以不同形象的鲜明对比，有力地显示了他的思想观点：善恶在行为本身，而不在地位的高低。批判陈腐的封建观念，歌颂人的力量、品德和才能正是这出戏剧的重要思想内容之一。

《终成眷属》在莎士比亚的三出悲喜剧中，比较突出地抨击了封建门第等级观念和资产阶级享乐主义的人生观。莎士比亚喜剧中的那种欢快气氛在这里已经变成了无可奈何的情绪。莎士比亚对现实的认识正在深化，他的艺术创作正在走向最高阶段。

情趣无穷的《驯悍记》[1]

任明耀

一

莎士比亚的喜剧像璀璨的珍珠，使人眼花缭乱，又令人忍俊不禁。其中《驯悍记》我认为是一部妙不可言的欢快喜剧。

对于这部喜剧的评价历来是有争议。有的批评家认为这部喜剧宣扬了封建的妇女道德观，是不足取的，即使从艺术角度来看，也有缺点，如在序幕中那位补锅匠斯赖在半途中不声不响地消失了，颇不合情理。有的批评家认为这部喜剧仍然含有深刻的哲理，艺术上也有很多可取之处。如何辩证地评价这部喜剧，是一件很有意义的事。

像其他戏剧作品一样，莎士比亚的这部早期喜剧也是根据其他作品改编的。根据国外有关资料所载，这部喜剧的出现最早可以追溯到1584年，原来是一部根据广泛流传在民间的故事编成的闹剧，据说由莎士比亚于1594年为新建的宫内大臣剧团重新改编而成此剧，他点石成金，在内

---

[1] 原载于任明耀：《说不尽的莎士比亚》（外国文学评论集），香港：香港语丝出版社，2001年。

容上有所增减，在艺术上有所创新，使这部古老的闹剧重新焕发光彩。[1]

　　这部喜剧共五幕，外加序幕，篇幅可谓长矣。这样的安排在他其他的剧作中是不多见的。莎翁出手不凡，尽管是序幕，也写得颇为别致。序幕共两场：第一场是补锅匠斯赖跟酒店女主人吵着上场。女店主要求斯赖赔偿他打碎的杯子，可是斯赖死活不肯。由于他喝酒过度，干脆躺在地上睡着了。贵族和他的一群猎奴上场以后，见这个醉汉躺在地上，就打算作弄他一番。贵族要他的猎奴将斯赖抬到贵族家中去，并将他打扮成贵族模样，另一方面要他的猎奴装扮成斯赖的仆人好好服侍他。此时刚好有一戏班路过这里，贵族就请他们来串演一幕戏文，好让这位"贵人"醒来以后听戏，同时贵族又指派他的僮儿巴索罗缪扮成贵妇人模样，做"贵人"的夫人，待他醒来时要装成哭哭啼啼，以为丈夫疯癫了好多年以后才清醒过来，所以才高兴得哭起来了。第二场斯赖在贵族华丽的卧室中醒来以后，只见一些仆人小心侍候着他，使他大为吃惊，以为自己中了邪。可是扮成仆人模样的贵族却在旁边口口声声说他是个不折不扣的贵人，还说他有一位貌美无比的夫人。补锅匠以为自己在做梦，可是眼前的一切又如此真实可信。仆人们说他已睡了十五年，如今才真正醒过来了。等到小僮扮的贵妇人上场时，斯赖当然更吃惊了。他见如此美貌的贵妇竟是他的夫人，不免欲火炎炎。这时候，仆人上来报告说，那戏班要为他演出一段有趣的喜剧替他解闷。于是他和他夫人在喇叭吹奏声中一起往下欣赏这喜剧的表演。[2] 下面的五幕戏是该戏班演出的内容。

1　The Encyclopaedia Britannica, 11th Edition, New York, 1911, p.779.
2　原先序幕还有下文：补锅匠一面看戏，一面加以评论，到晚上他饱餐一顿，仆人们又将他灌醉，抬到他原先野外醉倒的地方。

莎士比亚为什么要写上这个序幕是令人思索的。如果没有这个序幕，下面的五幕戏也写得十分完美了。我以为莎翁要安排上这个序幕，绝不是画蛇添足，而是要引起观众的强烈兴趣。另外，这既是戏中戏，当然又是作者虚构的故事。尽管故事是虚构的，可是从剧本所描写的主题来看是令人深思的。我们对剧本的主人公悍妇凯瑟丽娜究竟应该怎么看待？作者是歌颂她还是批判她？我想，莎士比亚的高妙之处，就在于他所创造的人物不是自己先下结论，而是让后人去评说，这也许正是"说不尽的莎士比亚"的原因之一吧！

二

戏剧矛盾是围绕主人翁凯瑟丽娜展开的。帕度亚富翁巴普提斯塔有两个性格完全不同的女儿。长女凯瑟丽娜是个悍妇，不少青年人见她望而生畏，不敢向她求婚。次女比恩卡是一个既美貌又温柔的姑娘。全剧有两条线索展开矛盾冲突。一条主线是维络那绅士彼特鲁乔向凯瑟丽娜求婚的故事；另一条副线是三位男子向比恩卡求婚的故事。两条线交叉进行，错落有致，使戏剧冲突一浪高过一浪，情节愈来愈引人入胜。凯瑟丽娜既是一个性格暴躁的悍妇，彼特鲁乔如何能将她制服？三个男人向一个姑娘求婚，究竟谁胜谁败？这些"悬念"都叫人非看下去不可。"悬念"解决了，似乎可以皆大欢喜终场了，可是终场以后还有不少问题似乎并没有解决，当观众离开剧场的时候，他们仍然陶醉在有趣的剧情中。他们仍然在热烈讨论剧中每个人物的性格，特别是在议论悍妇凯瑟丽娜怎么会被彼特鲁乔制服得服服帖帖？彼特鲁乔不用骂声，也不用吵架，更不用武力，而是采用"饥饿疗法"和"疲劳作战"就使她唱出了一首"男尊女卑"的赞歌，这难道是可信的吗？这难道就是莎士比亚提倡的"妇道"吗？我以为，我们不能被悍妇和彼特鲁乔的表面现象所迷惑。也许正因为各人对此剧的主题和人物理解不同，因而自新中国成立以来，这出喜剧一直没有在中国的舞台上演出。据说上海的戏剧界曾经打算演出此剧，后来由于种种原因未能演出。直到1986年春在上海举行的莎士比亚戏剧节上，这出戏才首次由上海人艺和陕西省人民艺术剧院将其搬上中国话剧舞台，并获得专家和观众的好评。可见一部有争议的戏剧在舞台上演出，更能引起观众的强烈兴趣。

莎士比亚多方位地描写了凯瑟丽娜的"凶悍"，这与她后来变成非常驯顺的"羔羊"形成了强烈的反差。在中国戏剧舞台上像这样的悍妇形象并不多见。

初看凯瑟丽娜的一言一行，真可谓是"其凶无比"的雌老虎，她无论对其父亲、对其妹妹、对所有的求婚者都有点"蛮不讲理"。她开口骂人，动手打人，对这样的"悍妇"，谁还敢问津？莎士比亚描写她的"凶悍"，可谓集"凶悍"之大成。可是我们首先要问的是，她的"凶悍"有没有道理？如果没有道理，她就不可能得到观众的同情和谅解。平心而论，她的"凶悍"都是有一定道理的。例如：她对父亲的"凶悍"——因为父亲不把她当作亲生骨肉看待，而是当作"货物"待价而沽。谁的聘礼多就嫁给谁，这种市侩式的买卖婚姻，难道还有一点父女之情吗？

她对妹妹比恩卡的"凶悍"——因为妹妹自恃貌美、求婚的人多和父亲对她的偏爱，瞧不起这个"嫁不出去的姐姐"，这难道还有一点手足之情吗？她对求婚者的"凶悍"——因为她看穿了这批求婚者都不怀好心，因而骂他们是"臭男人"，不是骂得很有理吗？她言辞尖厉，骂得他们望风而逃，不是大快人心吗？可见这位"悍妇"是一位很有勇气、很有见识的姑娘,她的"凶悍"是假,她的"纯真感情"是真;她的"凶悍"是手段,她的反抗精神和反传统偏见是目的;对如此有胆有识的姑娘,难道不值得赞扬吗?所以我们绝不能被"凶悍"的表象所蒙蔽,而应该看到她表象后面的实质,这样才能对她有正确的评价。

剧中最精彩的描写自然是彼特鲁乔向凯瑟丽娜的求婚场面。这一对欢喜冤家唇枪舌剑,一来一往,把戏剧冲突逐步推向了高潮,使我们既感到惊叹不止,又感到情趣无穷。

彼得鲁乔既风闻凯瑟丽娜的"凶悍",但敢于向她求婚,这就不得不令人佩服他非凡的勇气。对这样的男子汉就值得去爱。如果一个胆小鬼,遇上另一位求婚者霍坦西奥被打得头破血流的场景,一定会被吓倒,可是彼得鲁乔对此非但不害怕,甚至从内心深处赞佩凯瑟丽娜的"勇敢",而更加十倍地爱她了。真可谓奇女子碰到了怪男子,好戏有得看了。

彼得鲁乔未雨绸缪,这是他取得成功的重要原因。他未见悍妇以前,早就做好了思想准备。对如此悍妇开始不能硬碰硬,而是应该采取"软功"来对付。你看看他的"软功"有多么的高明:

> 如果她开口骂人——就说她唱的歌儿像夜莺一样曼妙。
> 如果她皱眉头——就说像浴着朝霞的玫瑰花一样清丽。
> 如果她默不作声——就恭维她能言善辩。
> 如果她说"滚蛋"——就向她道谢。
> 如果她不愿意出嫁——就向她请问吉期。(《驯悍记》,第二幕第一场)[1]

---

[1] 本文莎剧《驯悍记》译文均引自朱生豪译《莎士比亚全集》(第三卷)。

他初见凯瑟丽娜就以爱称"凯特"叫她，并立即要求她做他的妻子，悍妇见他如此开门见山、单刀直入向她求婚，也感到意外。她不但骂他"大笨鹅"、"黄蜂"，甚至还动手打了他。可是他坚持"骂不还口，打不还手"，还一口咬定他们二人是"天造地设的一对佳偶"。这初次交锋就使悍妇软了下来。然而聪明的悍妇不但要听其言，而且还要观其行。她继续用恶毒的语言大骂他是"疯疯癫癫的汉子"、"轻薄的恶少"、"胡说八道的家伙"。可是他深深懂得"骂就是爱"的道理。男女相爱从骂开始而达到"海誓山盟"结成佳偶的实例并不少见。他深刻了解悍妇对他的谩骂是假象，对他动了心是真情。于是他更加下了决心要娶她，并立即决定星期日就举行婚礼。如此说干就干、高速度的求婚不得不使悍妇大为吃惊、大为动心。从表层现象看，彼得鲁乔似乎有点蛮干，然而他洞察悍妇的内心世界，深信他的求婚必然取得成功。他很懂得妇女的心理，知道如果一味软下去一定会导致失败。接下来的矛盾冲突，彼得鲁乔由被动变主动，由软变硬，不断使悍妇在他的进攻面前步步后退，直至完全被制服为止。

值得玩味的是，彼得鲁乔所采取的策略是异想天开的。结婚的日子到了，新娘已经打扮停当，可是新郎却迟迟没有露面，这一招把新娘都气哭了。悍妇从来不哭，这第一回合就将她的威风杀下去了。等到新郎破衣烂衫、疯疯癫癫上场来时，更使她气得发疯。可是新郎不管三七二十一，结婚酒也不吃，就将新娘带走了。从此以后她节节败退下来，直到被她丈夫制服为止。这其中有"饥饿疗法"，也有"疲劳作战"，更有"指鹿为马"，所有一切作弄悍妇的恶作剧，她都全部接受下来。这一切到底说明了什么呢？我以为凯瑟丽娜具有"慧眼识郎君"的本领。她知道彼特鲁乔所有这些非理性行为都是假象，这些行为的实质，都集中在一个"爱"字上。由于他爱得深,她才不计较彼特鲁乔的出格行为。在现实生活和自然界中,男女相爱的表现方式是多种多样的。从来没有一对青年男女相爱的模式是一模一样的。我想,最能使悍妇感动的,莫过于彼特鲁乔敢于冲破一切阻力向她求婚,而且来势猛烈,态度坚决,火箭式地从求婚马上到结婚。如果男方没有强烈的爱情,能办到吗?再说,彼特鲁乔在新婚那天,敢于冲破传统习俗,故意穿得破破烂烂、行动乖张,并且敢于在大庭广众之下亲她的嘴,难道不是一种爱的表示么!再说,彼特鲁乔到家后对她的一连串"折磨",说到底,也是为了一个"爱"字。当然,这种"爱"的方式是不值得提倡和效仿的。对于这对古怪男女独特的恋爱方式,应该如何来正确理解呢?历来众说纷纭,莫衷一是。导演在处理这对男女的恋爱方式时,也各显神通。可是我很赞同英国导演高本纳先生的观点。他为上海人艺导演《驯悍记》时,强调用现代人的观点来体现莎翁的人文主义思想。对如何理解这两个男女主人翁时,曾经讲过这样一番话:这是一个男女关系的爱情戏,但不要演成谁征服和驯服了谁,而是要体现这两个人物是"两颗孤独寂寞的心彼此都有爱的需要,相互接近,相互鼓励,以共同面对一个复杂和艰难的世界"[1]。按照这样的观点去理解这两个男女主人翁,我以为一切纠缠不清的问题都可以迎刃而解了。

  这里要特别指出的是,莎士比亚在描写这对青年男女爱情的同时,也表露了他的妇女观和恋爱观。男女相爱必须是心灵相通,这对男女正因为他们的两颗心是相通的,所以碰撞以后才能达到如此和谐的地步,即使对方有些缺点,也无足轻重了。中国台湾著名作家琼瑶有一段著名

---

[1] 参见《用现代人手法表达莎士比亚》,《首届中国莎士比亚戏剧节会刊》第1期。

的话:"夫妻共同生活包括容忍、欣赏,要连对方的缺点也爱进去,才有资格说婚姻。"[1]凯瑟丽娜和彼特鲁乔的婚姻不也是这样吗?如果两颗心是不相通,不管表面上如何亲亲密密,实际上却是同床异梦。从莎士比亚所描写的男女相爱的场景看,我们不能不赞叹莎士比亚是深谙妇女心理学的。至于莎士比亚的妇女观,莎士比亚通过凯瑟丽娜的口多次说出了他的观点,下面这段话是十分典型的:

> 一个女人对待她的丈夫,应该像臣子对待君王一样忠心恭顺;倘使她倔强使性、乖张暴戾,不服从他正当的愿望,那么她岂不是一个大逆不道、忘恩负义的叛徒?应当长跪乞和的时候,她却向他挑战;应当尽心竭力服侍他、敬爱他、顺从他的时候,她却企图篡夺主权,发号施令,这是一种愚蠢的行为,真是女人的耻辱。(《驯悍记》,第五幕第二场)

这种妇女观拿现代人的眼光看,显然已经过时。特别是指着太阳说月亮,硬要妻子服从的行为,更是荒唐可笑。这种"妻子应盲目服从丈夫"的观点,只能培养妻子成为奴隶,跟当今妇女要求男女平等,要求解放的时代潮流,完全是背道而驰的。从这里,我们明显地看到莎士比亚人文主义思想的局限性。然而我们从历史唯物主义的观点来看莎士比亚的妇女观,那是不足为怪的。因为当时的英国人,一般都希望秩序井然,以便发展工商业。家庭是社会的重要组成部分,必须提倡夫唱妇随的伦理观念,否则,国家和家庭都得不到安宁,社会生产力自然也得不

---

1 《琼瑶谈〈几度夕阳红〉》,《钱江晚报》1989年7月25日。

到发展。莎学家德特立的说法比较合乎情理。他认为在这出戏里,莎士比亚是从宇宙性质的整体概念的角度来看待夫妻关系的。伊丽莎白时代的人们认为宇宙万物都是等级森严的,只要有一处等级被破坏,便会造成混乱。[1] 由此观之,莎士比亚的妇女观不可能超越当时的历史范畴,只能达到伊丽莎白时代的水平线。

三

比恩卡的故事是《驯悍记》中一条不可或缺的副线。由于这条副线的穿插,才使剧情错落有致,形成的戏剧冲突高潮迭起。

比恩卡是凯瑟丽娜的妹妹,偏偏她又天生丽质,性格温柔。这一对性格完全不同的姊妹,处在同一家庭的氛围中间,自然矛盾百出。偏偏那位顽固的父亲又坚持按顺序出嫁两个女儿。长女人称悍妇,没人敢向她求婚,次女偏偏有三位男子向她求婚。对如此错综复杂的矛盾,到底如何解决才好?观众着实为作者捏一把汗。可是莎士比亚以高超的艺术技巧,将矛盾一个个地顺利解决了,使剧中人皆大欢喜!

先有葛莱米奥和霍坦西奥向比恩卡求婚,以后又插进来一个从彼萨来的老绅士的儿子路森修,他也偷偷爱上了比恩卡。三男追一女,情况变得更加复杂起来。路森修又不是直接向她求婚,而是化名和他的男仆特拉尼奥互换身份,以特拉尼奥装扮他的主人模样向比恩卡求婚,如此若明若暗的求婚方式,更使情况复杂起来。三个男子再加幕后策划人路森修同追比恩卡,岂不成了多角恋爱!其中有的真追,有的假追,真

---

[1] A. W. Verity (ed), *A Midsummer Night's Dream*. Cambridge: The Pitt Press Shakespeare, 1900, p.30.

真假假，钩心斗角，搞得观众眼花缭乱，又兴味盎然。经过一番曲折巧妙的斗争，终于有情人皆成眷属，路森修和比恩卡相爱了。霍坦西奥自知追求已经无望，就退而求其次，向一位寡妇求婚。连同悍妇凯瑟丽娜的一对，这三对青年男女都各自找到了心爱的人。从路森修和比恩卡的相爱经过来看，男女双方必须建立在情投意合的基础上。从霍坦西奥这个人物身上，可见自知之明是多么的重要！强扭的瓜不甜，霍坦西奥是深知此理的。这三对年轻人的婚姻纠葛，构成了喜剧情节的多姿多彩。这也可以说是莎士比亚独创喜剧艺术的手法之一。但这三对年轻人的婚姻纠葛有主有次，有详有略，有明有暗，给人美不胜收之感。剧中的两条故事线索交叉进行，既是对照，又有不同的含义。两者水乳交融，不能分隔。如果没有这条副线的陪衬，必然会使这部喜剧减色不少。

四

乔装打扮是喜剧的惯用手法之一，中外喜剧都一样，因为乔装打扮容易产生误会，真假难分，更容易增加笑料。《驯悍记》中三位求婚男子为了取得比恩卡的好感，他们费尽心机要博得比恩卡的欢心。葛莱米奥尽管非常富有，又兼"邻居素识"的优势，自以为必胜无疑，可是由于他"胡须都已经斑白"，首先败下阵来。

第三幕第一场是非常精彩的场景。霍坦西奥和路森修成了最后的竞争对手，他们化装成不同的身份进入府中争当比恩卡的家庭教师。他们实际上不是在教书，而是通过这一手段暗中向比恩卡传递爱的信息。

路森修寒士打扮，以拉丁文哲学教师的身份来给比恩卡教授拉丁文。霍坦西奥以音乐教师的身份来给比恩卡教授音乐。路森修一边教拉丁文，一边向比恩卡表达自己的爱慕之情。聪明的比恩卡同样以拉丁文为掩护来表达她的意见。她是如此巧妙地解释刚教给她的那段拉丁文：

> Hac ibat Simois，我不认识你；hic est Sigeia tellus，我不相信你；Hic stetret Priami，当心被他听到；regia，不要太自信；celsa senis，不必灰心。（《驯悍记》，第二幕第一场）

这段模棱两可含糊不清的表白，看来使人有点摸不着头脑，可是路森修心领神会，他知道最后一句话是关键，"不必灰心"，却已表达了她愿意接受他的爱情。

那位音乐教师对他们的一举一动颇为敏感和怀疑。他成竹在胸，以教音阶为名，向比恩卡传达了爱慕之意。比恩卡对着那古怪的音阶符号和解释，干脆回答他说："这是什么音阶？哼，我可不喜欢那个。还是老法子好，这种稀奇古怪的玩意儿我不懂。"（《驯悍记》，第二幕第一场）这不是"闭门羹"又是什么呢？看了这趣味盎然的求爱场景，不由得不使我们想起中国戏曲《唐伯虎点秋香》的有趣场景，唐伯虎为了追求秋香，不惜扮成书僮模样混进府去当差。可见中外戏剧家对爱情的追求，都喜欢用乔装打扮的形式来描写，然而一般说来女扮男装的多，男扮女装的极少见。中国戏曲中女扮男装的戏数不胜数。如《女驸马》、《孟丽君》、《梁山伯与祝英台》、《桃李梅》、《铁弓缘》、《木兰从军》，等等。男扮女装的表演形式在《西游记》的戏曲故事中时有所见，其他如《花田八错》中的鲁智深，他男扮女装为的是捉拿小霸王周通，但都不是为了爱情描写的需要。在莎剧中男扮女装也很少见。《驯悍记》序幕中那位僮儿的男扮女装就是一例；另外在《温莎的风流娘儿们》中那位没落的骑士福斯塔夫,为了逃避追踪,曾经装成巫婆逃了出去,也算一例。但这一切乔装打扮都是为了情节发展的需要,不是为了爱情描写的需要。这种现象颇值得研究。费理伯格博士(Dr. Freeburg)曾指出,女扮男装不仅能使情节复杂,而且对于人物刻画也有好处。她对剧中其他人物来说,是一个男人,而观众则知道其中底细,和她一道享受将别人蒙在鼓里的乐趣。[1]除此之外,我以为女扮男装不像男扮女装那样容易被人识破。而且这种非正常现象在现实生活中也时有发生,故而也容易被观众所接受。"真即是假,假也是真",观众就喜欢在真假难辨之中享受审美的情趣。要是把人物写得太露太直,还能引起观众发笑吗?

五

《驯悍记》的演出,历来是观众十分感兴趣的问题。有一千个导演,就有一千个莎士比亚。在欧美各国数百年来对此剧的演出,风格大不相同,对人物的理解也不相同,因此观众的反应效果也不一样。这也许正是莎剧屡演不衰的原因。如果我们回到16世纪初,与伦敦的绅士们一起在那既无幕布,也无布景的舞台底下,欣赏莎翁这出妙趣横生的《驯悍记》,我们会自然地发现,这不过是关于一个工于心计的男人征服骄悍的妻子、最后使她完全顺从的应时故事。然而,我们在1986年首届中国莎士比亚戏剧节上,看到上海人艺演出的《驯悍记》,发现它却

---

[1] V. O. Freeburg, *Disguise Plots in Elizabethan Drama*. New York: Columbia University Press, 1915. 参见J. Dover Wilson, *Shakespeare's Happy Comedies*. Chicago: Northwestern University Press, 1962, pp.27—30.

以崭新的风貌呈现在观众面前。男女主人翁皮图秋（即彼得鲁乔）和喀特琳娜（即凯瑟丽娜）已成为一对热情奔放、蔑视传统、自尊自信的恋人。他们对金钱不屑一顾，慷慨大方，在向传统挑战的过程中，彼此求得了和谐。有的评论家称这次演出是注入了现代人的血液的莎翁喜剧。这次别具一格的演出形式，跟《驯悍记》的导演，来自莎翁故乡的高本纳先生的精湛导演是分不开的。他说：莎翁写作此剧，是在一个无情的年代。面对今天的观众，我们应该尽力从字里行间挖掘剧本本身的潜在意义，用现代人的观点来体现莎翁的人文主义理想。[1] 他的话讲得何等的好啊！因此，高本纳先生独具匠心地将皮图秋和喀特琳娜处理成叛逆者的形象。高本纳对原剧在三处地方做了大胆的创新，使人物形象更加鲜明，情节更加合理。

第一，"婚礼"那场戏原本属于闹剧性质，导演把它改编成反传统的戏，丰富了剧本的内涵。婚礼开始时，皮图秋却迟迟不露面，正当众人惶惑不安时，他却身着破衣，打扮得奇形怪状地出现了。他完全不顾贵族社会的礼仪，对在场贵族冷嘲热讽，大闹婚宴，把喀特琳娜"强抢"而去。喀特琳娜也无视贵族家庭和社会的约束，凶悍、泼辣地怒骂那些贵族。一对蔑视传统的男女走到一起，一对渴求真正爱情的孤傲的心碰撞在一起，自然会产生真挚的爱情。皮图秋向喀特琳娜求婚时，起先有点玩世不恭，随着交谈的深入，他发现喀特琳娜有一颗不受传统束缚的心。她爱憎分明、光明磊落、心灵美好，他终于爱上了她，而喀特琳娜对皮图秋的求婚，先报之以谩骂，接着就为他的机智、直率、幽默

---

[1] 参见《一出注入现代人血液的莎翁喜剧——记上海人艺演出的〈驯悍记〉》，《文汇报》1984年4月6日。

所吸引，终于萌生了爱心。这样的婚姻自然有一定的思想基础，这跟一见钟情式的婚姻不可同日而语。

第二，对鲁禅西欧（路森修）和毕安卡（比恩卡）的重新处理。在原剧中，这对男女的爱情故事只是作为陪衬来描写的，但在这次演出中，导演和演员大胆地将这对改成好财喜色之徒。最后彼此由于过分贪婪放荡，导致了婚姻的失败。特别令人赞佩的，是导演把原作中原来由有悍妇道出的那段如何恪守妇道的台词做了巧妙的"移植"，改由鲁禅西欧来说，从而将这两对情人做了鲜明的对比，提出并回答了究竟是谁驯服谁的问题。这就大大深化了原作的主题。

第三，序幕的重新安排。对这场序幕如果不作相应的改变，岂不是有点不伦不类？导演对此做了大胆的创新。原作中的那位补锅匠斯赖变成了一个身着牛仔裤的中国青年水手。他从观众席中走上舞台，这时舞台上的演员正在排练《驯悍记》。这位口说上海话的水手毫不客气地打断了他们的排练，使观众耳目一新，顿时产生了亲切感，一下子活跃了场内的气氛，这样的改动，岂不比莎士比亚原来的构思更富有时代感吗？

由此可见，对于莎士比亚剧作，不是不可以根据现代人的审美需要，做大胆的创新。只有这样才能使莎剧常演常新，永远充满勃勃生机，甚至可以根据自己的国情，做些合理的加工或变动。根据世界各国当前莎剧演出的实际情况来看，都对莎剧原作做了一些更动、加工。真可以说是千姿百态、万紫千红。由此而想到，评论界对莎剧的评价，也应该突破旧框框，不要被前人和洋人的意见所束缚，大胆走自己的路，写出有中国特色的莎评来！

漫谈《驯悍记》及其他[1]

陆谷孙

先说一说关于这部戏的评价。这部戏在历史上有这样的说法:"在书斋里念很拙劣,而舞台演出确实很好,很成功。"特别是丈夫在驯老婆的时候,用了"饥饿疗法"、"失眠疗法"、"羞辱疗法";完婚的那一天又穿得破破烂烂,有打人的动作,有把烤好的羊肉扔出去的动作,相当热闹。最后,几个男子汉在一起打赌,看谁的老婆最驯服,演出有一定的喜剧性效果。在莎士比亚时代这个戏非常受欢迎。

从结构上讲,主要是由三个部分组成:一个是前面的序幕,然后是两条线平行,主线是喀特琳娜和皮图秋,再有一条次线是毕安卡和一群向她求爱的人,这条线往往不被人们所重视。《驯悍记》的出笼有两个来源:前面的序幕是从《天方夜谭》里借鉴来的,斯赖在那儿喝醉了,然后他被扮成一个贵族,体验了一下上层社会的生活,等等。二是因为西方有"驯悍"的长期传统,男的靠打人,有时靠床笫之间的技巧,把女的驯服了。莎士比亚如果有什么创新的话,那就是设计了"饥

---

[1] 原载于陆谷孙:《莎士比亚研究十讲》,上海:复旦大学出版社,2005年。

饿疗法",而这又是从驯鹰那儿得到启发。16世纪打猎盛行,打猎时要靠驯鹰,但要驯服一只鹰却很困难,要使它看见人不怕,看见狗不惊,然后听你的话去向猎物进攻,这需要经过一个很长的训练阶段。在训练时,就经常运用饥饿疗法。这个剧本漏洞很大,最明显的就是有序幕而没有尾声。国外在演出时,经常有人加上尾声。在文艺复兴时期,有过两部戏,一部叫作 The Taming of the Shrew,一部是 The Taming of a Shrew。一个冠词之别,历代的剧评家都在研究这两个剧本是不是都是莎士比亚写的。现在比较一致的意见是,两部戏都是莎士比亚写的。那部 The Taming of the Shrew 就有一个尾声,这个尾声很有意思,斯赖坐在门口,梦醒了,然后他说,看了这场戏很受教益,回去我也要驯自己的老婆,说了几句很有意思的台词就下去了。现代演出中,在追求毕安卡那一场,斯赖跑到舞台中央,化装成一个拳击裁判员,给求爱者打分,说这个求爱者有多么好,给打几分;那个求爱者有多么好,给打几分。戏处理得比较灵活,充分利用斯赖这个人。听说你们打算把斯赖改成一个上海人,那也挺有意思。

结构的漏洞,除此之外就是皮图秋怎么从维洛那到帕杜亚来的,这些都没有交代。实际上莎士比亚当时写剧本时往往给演员留有很大余地,只说某某这场做什么,具体的他不讲,到时候让你自己去发挥。可以和观众混杂在一起,在观众席里嬉笑怒骂;也可以从旁边加几句评语,很随便,根本不需要一定照他写的那样做。

20世纪三十年代,莎士比亚出生地有一个很有名的剧院叫斯特拉特福纪念剧院(Stratford Memorial Theatre),请了一位美籍俄国人叫Komizajevsky当客串导演,此人开创了《驯悍记》的一个新阶段,这个人很会创新。他导的《驯悍记》,在英国社会影响很大。英国社会很保守，对新的东西有时要摇头，但此人却被英国社会所接受了。他先把《驯悍记》这出戏的基调定下来。究竟是一个闹剧，还是一个浪漫主义的喜剧？他把《驯悍记》基本上定位浪漫主义的喜剧。如果是闹剧的话，从狭义的技术角度来看，就是不折不扣地按照古老的故事来演，就演不出人文主义的思想来，而他则强调要演出人文主义的思想。那他是怎么样处理的呢？开始的时候，让斯赖在台上与酒店的老板娘吵一架。先是效果声，乒乒乓乓地把酒杯、酒壶摔得一地，然后两人吵架，在一阵吵闹声之后马上回到一个很静很静的场面——英国农村的气氛，斯赖酒后在睡大觉。正剧开始的时候，又完全换了一个环境，从英国农村回到人文主义中心的意大利。这种处理既是转折又是对比。他认为这个戏的主题不是"驯悍"而是变形。罗马诗人奥维德（Oivd）写的《变形记》，对西方后代文学起了很大作用，包括三四十年代的作者，更早一些的俄国的陀思妥耶夫斯基、奥地利的卡夫卡等都受《变形记》的影响很深。这位导演反对有些剧团演这个戏的时候，在天幕上打上一个很大的图案，图案是两个动物，一个是很大的"shrew"，须知"shrew"不是悍妇的意思，原意是一种很毒、很凶，会吃、会吵，声音叽叽喳喳很刺耳的地鼠。另一个图案是雄鹰。这位导演反对这样的处理，他认为这样没有把这个戏的精髓体现出来，他认为这个戏的精髓是"变形"，于是强调气氛、音乐、灯光的强烈的大幅度的对比。我没有看过演出，全是看记载，不过我觉得是有道理的。他充分利用斯赖这个人物，用这个醉汉的眼睛来看世界。他很强调并且充分利用了"戏外戏"，他利用了另外一个本子里的结尾，其中有四段斯赖的短戏；有时干脆人不出来，只从后面音响效果里传来他的打鼾声。他有一个自述：莎士比亚戏剧观的精髓，或者说文艺复兴时代的戏剧观，即"舞台者小世界，世界者大舞台也"。所以他觉得，舞台即生活，舞台与世界一定要想办法沟通起来。我觉得你们打算在戏中安排一个上海青年，这一处理还是比较符合莎士比亚的戏剧观的。我希望你们不要把序幕砍掉。一方面这中间反映了他的戏剧观；另外，这段戏台词写得特别好。他在序幕里，完全是写他的故乡。我去过那个地方，也到小酒店喝过啤酒，在他的故乡有个流氓，叫斯蒂芬·斯赖，很有名，有文献资料记载，他某年某月某日打破酒店里什么东西，赔了多少款，都有记载。这些生活对莎士比亚来说非常熟悉，非常接近，非常亲切，所以他才这样写。我觉得如果序幕不删的话，今天上海的观众可能会觉得只有帽子，没有靴子，像啥？可是对懂得莎士比亚或者看过莎士比亚书的人来讲，看到那段会感到很亲切。你们最好走出一条中间的道路，既要使一般的观众不觉得难接受，又能使研究莎士比亚的学者们觉得很有莎味。有时莎味就在这里，包括戏服的突变，正戏一开始完全就是意大利的。这是我个人的一个希望。

关于喀特琳娜这个人物，莎翁写了许多女角都比男人更有办法，所以曾有人怀疑莎翁是否正常，从两性方面怀疑莎翁是否正常。他所写的女角一般都没有妈妈，只有爸爸。为什么只有父亲，现代心理学发展以后，莎士比亚研究形成一种新的学派——心理学派，专门研究他是否有一种恋母的情结。女孩有恋父情结。《威尼斯商人》里的安东尼奥有什么用，你看鲍西娅多厉害。巴萨尼奥一点也没有用，到时候都被老犹太牵着鼻子走，但鲍西娅一上来，威尼斯商人没话讲了。我觉得莎士比亚写的女主角，基本上有两类，一类就像琵特丽丝这些人物，泼辣且有女权意识，第二类是悲剧中的一些人物，基本上都是牺牲品，像苔丝狄蒙娜，这后一类我看不甚成功。

但是喀特琳娜不同上述两种人物。喀特琳娜当然不是牺牲品，尽管男的怎么折磨她，她也不像苔丝狄蒙娜那样。从本质上讲，还是符合当时莎士比亚的妇女观点，符合他的婚姻观的。这里有一个问题就是他写的那最后一大段，历来被人攻击得体无完肤，认为莎士比亚怎么大男子主义到如此地步，连萧伯纳都觉得这场写得太糟糕，是败笔。

20世纪六十年代，西方女权主义闹得很凶。女权主义者攻击莎士比亚那段话，但却不能战胜莎士比亚这样一个大人物。于是，他们就想出一个折中的办法，做了歪曲的解释，说那段话不是真话，是为了照顾男人的面子。实际上男的被女的骗了，是男的被女的驯服了。因为他说了那一段话后丈夫就相信了。你看："我老婆多好，多温顺啊。"也有人说她所讲的是反话，其证据是：这里讲的男人应该在海上如何如何辛苦，等等，使用间接的办法来强调丈夫的职责，这种说法被认为是修正主义（英文里也叫修正主义）。经典莎士比亚学派认为喀特琳娜受驯服的过程就像动物受主人驯服一样，完全是自发的。这两种观点都比较极端。那些女权主义者还说，这段话既是反话，又是抗议：抗议"饥饿疗法"、"失眠疗法"，抗议她父亲的利害考虑。我觉得这种说法比较牵强，不能成立。如果我们考虑到当时的时代背景，考虑到当时文学中存在的"驯悍"这么一个母题传统，莎士比亚持有这种观点就不难理解了。在当时如果你要驯服妻子的话，就拳打脚踢；有时也采用杀鸡儆猴的方法。拿个鸡来，一刀把它杀了给老婆看，这在西方文学和传说中很多。包括这个故事，按传统说法，皮图秋在驯服喀特琳娜时候说："啊呀，喀特琳娜，你的牙疼，我看你的牙齿不好，得找个人来拔！"然后真的找了一个人来拔牙，的确有人身伤害的情节。传说中类似这样的很多，但在这部戏里不是这样。这个人不光会叫、会喊、会丢东西、会吵闹，而且这个人很有心计。从心理学角度来讲，喀特琳娜最后一段话非常符合莎士比亚时代的婚姻观。伊丽莎白时代的婚姻很强调和谐,与中世纪的婚姻完全不同。中世纪的婚姻观认为:第一,老婆是生孩子的工具;第二,老婆应该在家里做苦工;第三,理想的女性不是一个三维的人,不是一个立体的人,是没有人性的人。在我国古代小说也有这方面的描绘,就像林黛玉那样,弱不禁风、多愁善感至病态。后来罗马天主教教会中的教士们成了婚姻的改革者,改革的主要目的就是希望两性和谐。男人当然应当是"较强的性别"(the stronger sex),女的是"较弱的性别"(the weaker sex),所以男的应该在外面挣钱,女的应该在家里料理家务。这是和谐的,不是奴隶关系。最后一段的台词里讲:"你的丈夫即是你的主人,你的生命,你的监护人。"这说明她的丈夫乃是一个爱她的主人,而不是邪恶之辈。我们再来分析一下皮图秋。他拒绝参加喜宴,带走喀特琳娜时,对那些来自上层的亲友说:"我的喀特琳娜是动产,我要把她带回到维洛那去,谁都不许阻止。"这段话完全是中世纪的腔调。但是别忘了那时候他本身就是在演戏。驯悍过程就是从这里开始,他衣服穿得那样离奇,本身就在演戏,所以对这话完全可以不必当真。而且这段话也未必就是皮图秋本人的婚姻观。如果他真是这样的婚姻观,那他早就将喀特琳娜和别的仆人一样对待了——打,把她打出去就行了,何必花费那么许多心计。先是向她求婚,求婚那段他也是非常有心计的。然后在结婚的那天故意当着这么多的客人,出喀特琳娜的丑,要让这个女人重新发现自我。评论家认为在序幕里头一个醉汉失去了自我,而在正戏里一个女角最后得到了自我,也就是说喀特琳娜开始时那么凶悍,那么霸道,并不是她真实的自我,而是她病态的自我,然后变形,脱颖而出,蜕变出一个新的喀特琳娜。所以我说皮图秋真的用打骂的方法,也是很容易降服这个妻子的,但是他得不到她的爱情。他用"饥饿疗法"、"失眠疗法",是为了得到一个驯服的老婆,为了有一个有爱情的妻子。从这个大框框来看,皮图秋虽然说了一些大男子主义的话,是可以理解的。他先要当头一棒,把她的傲气摧毁了。这是一个发现自我、重生、蜕变的过程,角色如果循着这条线索去演的话,一定能够成功。

这个剧不是一个闹剧,而是一个浪漫主义的戏,因为剧中有很多浪漫主义的人物。你看,皮图秋在举行了婚礼以后,急于要把喀特琳娜带回维洛那去,走的那天路上多辛苦啊,黑夜冷得要死,累得人仰马翻;而回娘家的时候,却是春光明媚。"哦,太阳把我的眼睛照花了!"从好多地方都能看出,他希望喀特琳娜能去掉自己凶悍的外壳,重新发现自己。

有些地方我们就很难表演,比如说喀特琳娜讲到的"太阳"。"太阳"是双关语。(英文中sun和son音同义不同)这些地方可引起很多俏皮的联想,翻译起来很难表达。再从心理上来分析一下,喀特琳娜小时候就失去了母亲,从小就处于孤独境遇。父亲喜欢小女儿,小女儿旁边围了一大群追求者,这和她孤零零的、无人问津的境遇,形成了强烈的对比。喀特琳娜处在这个位置是很难受的。妹妹毕安卡很坏,她说话很阴毒,常常话里带刺。表面看起来,她似乎很温柔,实际上是残忍的。有人说她是一只平时蜷缩在角落里的猫,一旦激怒了她,她就会一下子张牙舞爪扑过来。妹妹嘴上不说,可心里是瞧不起姐姐的。父亲只知道疼爱妹妹,而妹妹又有那么多的追求者,而自己一个也没有。长期生活在这么一个情景中,必然会形成一种病态心理,所以她就凶悍泼辣,对抗一切。正在这时突然来了一个求婚者。求婚者一上来就用一些赤裸裸的性挑逗的字眼。这些字眼我希望你们不要删掉。那年北京演《威尼斯商人》,什么"没做丈夫已经变了乌龟"这些台词都删了,说是"这些字眼怎么好在中国舞台上出现呢?"这些东西往往是很精彩的,是莎士比亚的一大胜场,不仅语言上如此,从剧情上讲,也是这样。如果没有这些话,怎么征服这个凶悍的女人呢?求婚的那段词里,什么黄蜂啦,什么刺啦,都是有性象征意义的词,有人评论这一段是"心理强奸",我觉得很有道理。这是戏嘛!你们都是一些技艺高超演员,不要存任何顾虑,一定要演得透彻。

皮图秋通过那段求婚的话,首先从心理上征服了喀特琳娜,实际上女人这时已经是属于他的了,然后穿得破破烂烂的来结婚。那个时候——文艺复兴时期结婚礼仪是很隆重的。先要订婚,订婚就够麻烦的,单说新郎给新娘戴戒指,要从大拇指一直移戴到无名指。结婚仪式非常讲究。戏里有大闹教堂这一段,可是没有演,是由格莱米欧叙述的。婚礼上葡萄酒喝光了,就吃泡过葡萄酒的面包,喝酒吃饭,要闹两个礼拜。可以想象,那天喀特琳娜肯定是穿得很漂亮,在屋里等着。屋里用香料熏过,地上撒着花瓣。新娘不能把头发上卷,一定要垂下来,不要穿金黄色的结婚礼服,金黄色在文艺复兴时期是忌讳的,它象征着贪欲、贪婪。肉色的也不好,和皮肤的颜色太相近,一般都是穿白色的,表示纯洁。婚期那天,喀特琳娜准备好了一切,只等新郎皮图秋来迎娶,结果新郎却穿得怪里怪气像个疯子一样。婚礼之后,当晚又不让她参加喜宴,要带她回自己的乡间别墅,风风火火地连夜赶路。一路上又是人仰马翻,好不容易到家了,不让她吃、不让她睡,接着又赶走了帽匠和裁缝,不让她穿好看的衣服,等等。以后,他们重新回到她父亲那儿。三个男子汉打赌,看谁的老婆最听话。结果喀特琳娜最听话,出来说了一大段关于女性美德的话。我觉得这段话符合她的心理逻辑。皮图秋在喀特琳娜说那段话以后应该有三种感情，一是爱、一是自豪、一是感恩。我认为任何一个人在听完喀特琳娜的这大段话后，几乎都会受到打动。扮演喀特琳娜的演员如果把人物心理上的发展轨迹——过去没有自我，后来发现了自我，这样一个蜕变过程，也是一个变形过程，也考虑进去，对表演是有帮助的。我还有一个想法：喀特琳娜的正式婚礼给皮图秋搅了。现在她在舞台中心说这段话，大家都看着喀特琳娜，好像是补行了一场真正的婚礼。我不知道你们的皮图秋会耍鞭子，老是在那儿挥动，我觉得太直白了一点。皮图秋虽然嗓门很高、大吵大闹、大打出手，包括指鹿为马、太阳当月亮，以及穿了一身像疯子一样的衣服等，但他还是有理性的，也有自己的爱情理想，否则，他为什么要花那么大的功夫去驯妻呢？

下面我再说说国外的演出，我在国外看过一些莎剧的演出，就是没看过《驯悍记》。看的演出有英国的、加拿大的、美国的。英国的看得最多，每一次莎士比亚研究会开会，英国皇家莎士比亚剧团总是在那儿演的，在那儿我看过《麦克白》、《李尔王》、《哈姆雷特》等。美国首都华盛顿有一个很有名的福尔嘉莎士比亚图书馆。那里不仅莎士比亚的藏书极其丰富，而且还有一个莎士比亚剧团，经常演出。他们忠于原文，强调他的语言，亦即诗的功力。我在那儿看过《奥瑟罗》和《温莎的风流娘儿们》。莎剧你可以这样演，也可以那样演。我看到过《麦克白》中三个女巫跳迪斯科。也有把《李尔王》演成一个心理剧，把它与现代派、荒诞派的戏联系起来。老李尔王在王位上是个昏君，到了庄园里他发疯了，倒正是他理智的表现。《麦克白》的演出也有穿牛仔裤上台的，在国外认为如果服装不好，宁可穿西装系领带、穿牛仔裤、毛线衣。为什么这样呢？这是基于一个信念：莎士比亚是超越时代的。我在莎士比亚出生地看了一场《麦克白》，开始时三个女巫的台词全部删了，戏一开场，舞台上有一个士兵倒在地上死了。三个女巫像三只凶鹰一样，趴在士兵的尸体上抢东西，剥夺他的遗物。背景是个大炮的炮口，还有一些断垣之类的景，给人以战争劫后的感觉。这时舞台上出现很多士兵，有的手持中世纪的矛和盾，有的拿现代步枪；穿戴打扮有中世纪的服饰，也有戴德国士兵的钢盔；还有穿哥萨克军大衣的；也有穿英国式伞兵服。他们觉得只要总体上是完美的——非常强调美学，重视视觉美——即使有些设想脱离剧情也是可以的。哪来的德国兵呢？这是导演和舞美的决定。不是有种叫"auteur"的导演吗？不管拍电影还是舞台演出，一切都由这位导演说了算，编剧退到次要位置，任导演放开手脚二度创作。这样的导演基于这样的信念：一是莎士比亚是超越时代的；二是相信自己的灵感。总的说来，在英国看到的演出传统的比较多，在美国看到的任意性较强，加拿大也是这样。《麦克白》演出时根本不用幕，观众一进剧场就看到了台上的布景。那是一种不锈钢的钢架结构的布景，给人一种清冷的感觉。音乐就像拉动着的钢锯，很刺耳。他们说《麦克白》可以有三种演法：第一种是受了巫婆的挑拨，第二种是作为鬼戏来演，第三种是演成心理剧。那次演出完全是处理成心理剧。光色也是蓝的和绿的为主。谋杀那场是血红的光，然后鬼魂也全没了，光打到麦克白身上。麦克白走到墙边，墙上出现了奇大无比的阴影，这样就把人物的心理凸现出来了，导演把灯光、服装全部调动起来了，充分展示人物的心理。

我在美国看的《温莎的风流娘儿们》，舞台上全是镜子，如果你们认为《驯悍记》这个戏是表现"变形"的话，也可以多用些镜子。（有同志告诉笔者说:"我们这个戏,导演和设计已经决定用镜子。") 他们的喜剧演员都会杂技,会骑独轮自行车,能同时抛接三把火炬。舞台到处是暗的,只有镜子是亮的,非常热闹。穿的是现代杂技团小丑的衣服,也有中世纪人的打扮,红的头巾,嘴里衔着一把刀,活像《金银岛》里的海盗。最妙的是福斯塔夫(戏里的小丑),莎翁剧中一个非常有名的小丑,自作多情,给两个太太写情书,两封情书的词完全一样,要寄信了,怎么办?很妙,台上一下子推出来一个美国邮筒(美国邮筒的特点是上面有鹰徽)。反正各种各样的手段都用上了,想象力非常丰富,非常自由。

另外,我在那里还看过《李尔王》。因为是在莎士比亚的出生地,所以那里的舞台还维持了那个时代的样式,三面是观众席,上台和下台有两个通道,台是圆形的,经过两个通道再上舞台。这两个通道是很窄的,演员就在上面斗剑,下面全是观众,你如果坐第一排的话,上面一打,你就要吃灰尘,演员唾沫星子都可以溅到你的脸上。演起来非常自由。强调即兴,忘记自我,不讲什么体系。李尔王是世界公认的最有演头的一个角色。但演出以来,是你觉得非常好的几乎还没有。世界的大演员,包括劳伦斯·奥列维埃爵士最近演过《李尔王》,也拍成了电视剧。但看来看去没有一个特别出色的李尔王,也没有一个完全不像的李尔王。哈姆雷特也是这样。奥列维埃也演过哈姆雷特,他演得很好,但总觉得缺点什么,因为观众对这些人物太熟了,形成了各自的心理期望值。我那次看《李尔王》,对角色的印象不怎么深,给我印象深的是台上流血多,包括葛罗斯特挖眼睛那场,演得非常有震撼力,我看了,感到刺激很大,到晚上睡觉了,我还想着那个场面。在我们这里弄不好又是刺激感官,是宣传暴力,这样的认识太机械了。

莎士比亚的《一报还一报》[1]

孙家琇

《一报还一报》[2]于1604年12月在宫内演出过;它和《特洛伊罗斯与克瑞西达》以及《终成眷属》都在17世纪初期出现,有相似的创新意图和艺术特征,因此也和它们一样,在近几十年来被称为"阴暗的喜剧"或者"问题剧"。

它主要取材于一出英国老戏,即由G·魏特斯通根据意大利钦提奥的故事改写成的,分两部十场的《普洛莫斯与卡珊德拉》。该剧情节简单,容易理解。剧中为犯罪兄弟祈求饶命的卡珊德拉,屈从法官普洛莫斯的条件失身于他,但事后却仍目睹了兄弟的头颅,遂向国王告状,法官被判处先娶女方为妻然后受死赔命。但实际上好心狱吏的调包计救下了兄弟,卡珊德拉转而为丈夫求饶,获得了赦免。很明显,跟这出老戏相比,《一》剧的情节、人物、思想等等变动都很大,而正是这些变动使它长期以来引起了众多的困惑和争论。可以说,到底应该如何理解与评价这出"问题剧",至今还是个值得探讨的问题。

---

[1] 原载于《外国文学评论》1991年第4期。
[2] 1981年,北京人民艺术剧院同英国导演及舞台美术工作者合作,以《请君入瓮》的剧名在首都剧院公演此剧,观众反映很好。本文使用《一》指代《一报还一报》。

一、近二百年来的聚讼纷纭

西方一位当代论者曾说，《一》剧也许是莎剧中"最复杂，甚至最矛盾的作品"，"它像是每看则花样必变的万花筒，而越熟悉它，就越会感到某种见解和另一种不易分开"。[1] 这是言过其实，因为不少见解是尖锐对立的，但也反映论者们的困惑。我们应该知道一些有代表性的例子，作为尽力理解此剧的参考。

19世纪的论者们对于莎士比亚的阴暗喜剧多抱反感，最有代表性的柯勒律治，他斥责《一》剧是"一部可恨的作品，尽管它是莎士比亚式的"；"安哲鲁逃脱法网大大伤害了我们的正义感，依莎贝拉本人竭力使自己不可爱；克劳狄奥令人嫌恶"。它是"莎剧中唯一痛苦的戏"。"安哲鲁被赦和他的婚姻，不仅违背公正、激起强烈的义愤（因为残酷、淫邪和该死的卑鄙不能得到宽恕，不能想象他已从道德上悔改），同时也使那妇人降低了品格"[2]。W·哈兹列特也感到《一》剧产生痛苦的印象，"我们的同情心从四面八方被击退，被摧毁了"[3]。

20世纪《一》剧编辑J·D·维尔逊和奎勒库奇，根据剧文中的缺陷和错误，认为只能肯定剧中具有魔力的诗段是莎作，其他部分则靠不住。

从基督教角度解释并大力赞扬《一》剧的主要代表者W·奈特，强调剧本的思想是以《圣经·福音书》中"你如何度量人，也就如何被度量"、"人本身有罪不能擅敢审判他人"这类伦理标准为基础的。在情

---

[1] 莎士比亚：《一报还一报》，J·M·诺斯窝提新企鹅版1979年再版序言。
[2] S·柯勒律治：《关于莎士比亚和其他英国诗人的演讲》（1829年），《附录》，伦敦，1914年。
[3] W·哈兹列特，转引自L·C·奈茨：《〈一报还一报〉的模糊性》，《钓隐》X，1941年。

节布局上，诗人宁可冒着某种僵硬或任意性的危险来充分表达他的主题。剧中人物代表道德天性的各种侧面，如依莎贝拉代表"圣洁"，安哲鲁代表"法利赛式的正义"，公爵代表"健全而开明的伦理"，庞培和咬弗动太太代表"职业性的非道德"等，因此全剧是寓言式或象征主义的。他盛赞公爵，像《暴风雨》的主人公，控制着全部戏剧行动，时而显出了"近乎神的预知、智慧和控制力"，"他的形象与行动意图充满了彼世的神秘性"，甚至"像耶稣一样，是一种新的伦理秩序的预言者"[1]。他的这种看法和解释很受 F·R·利维斯推崇。[2]此外，R·W·钱伯斯也认为《一》剧表现了基督教宽恕精神；[3] R·巴顿豪斯同意此剧有明显的宗教寓言性，说"莎士比亚下意识地就会把公爵想象为上帝的化身"[4]。A·基尔希肯定《一》剧的结构统一，是"一出激烈的基督教戏剧"；公爵的计谋代表上天的隐秘行事。虽然作为人，他的计谋不够理想，但他成功地努力实现了"公正"，用强迫悔罪来改造他的罪恶的人民。[5]

1941年，L·C·奈茨写文指出《一》剧给众多读者"造成紧张和精神不快"的缺陷；诗人对待中心人物克劳狄奥的态度与描写是游移模糊的；对于公爵和依莎贝拉应该持何态度，我们也把握不定。全剧提出了"自然本能与个人自由、自我控制与公共法律之间关系"的问题，但

---

1 W·奈特：《〈一报还一报〉和福音书》，《火轮》，1930年。他的这种看法和解释很受 F·R·利维斯推崇。
2 F·R·利维斯：《〈一报还一报〉和之伟大》，《钓隐》X，1941年。
3 R·W·钱伯斯：《人的不可征服的心灵》，纽约：哈斯克尔出版社，1939年，第250页。
4 P·巴顿豪斯：《〈一报还一报〉和基督教赎罪的教义》，《现代语言协会出版物》LXI，1946年。
5 A·基尔希：《〈一报还一报〉的统一性》，《莎士比亚年鉴》XXVIII，牛津：牛津大学出版社，1975年。

澄清问题的过程"令人不仅感到是矛盾的而且是真正模糊的"[1]。

F·R·利维斯直接进行了反驳,强调《一》剧是"莎士比亚最伟大的剧作之一,是其成就中最为完美和令人信服的"。克劳狄奥的表现并不奇怪;公爵的态度完全"是我们应持的……也是全剧的整个态度"。《一》剧不是悲观主义的,"不适于同《哈姆雷特》、《特洛伊罗斯》的情绪相联系"。剧中性欲处理的复杂性并非是模糊无把握。他十分同意奈特所说的,公爵不仅仅是个剧中人物,而是从上面指导行动的天意代表。[2]

但十来年之后,评论莎士比亚"问题剧"的E·M·W·梯里亚德和W·W·劳伦斯又对此剧表示了同上述柯勒律治相似的感受。前者更指出了剧作结构不统一,前后分成了好、坏两半;后者认为公爵不过是"一个可以用来组织剧本的省力的工具"[3]。

从历史文化角度分析此剧的E·M·波普认为,它是探讨君王责任,尤其是关系到行使公正的问题。莎士比亚写作此剧,是因为他知道这个题材能吸引人并会引起国王的注意。波普列举了文艺复兴时期一些关于统治与基督教公正的学说来论证为什么剧中的公爵被写成"天意的体现者"以及为何全剧中有一种奇怪的"寓言的色彩"[4]。

但C·利奇指出她的论点未免简单化,"不符合莎剧从来都不单纯体现某一命题的特征"。像其他莎剧一样,"《一》剧也包含着和主要思想同样应受注意的次要思想;它有一个道德剧框架,有附带的讽刺和对

---

[1] W·哈兹列特,转引自L·C·奈茨《〈一报还一报〉的模糊性》。
[2] F·R·利维斯:《〈一报还一报〉和之伟大》。
[3] E·M·W·梯里亚德:《莎士比亚的问题剧》,多伦多大学版,1949年;W·W·劳伦斯:《莎士比亚的问题喜剧》,1931年;《论〈一报还一报〉》,《莎士比亚季刊》IX,1958年。
[4] E·M·波普《〈一报还一报〉的文艺复兴背景》,《莎士比亚年鉴》II,1949年。

于人的行为动机的深刻探查、对不幸者和受压迫者的强烈同情"。"基督教色彩并不决定此剧的特殊效果。"他指出：W·奈特等都忽略了"数百年来（公爵）这个人物所引起的反感"。莎士比亚"中年剧作中常用审讯；此剧也有不少对于执行公正以及包括那些减损法律尊严的滑稽工具们的评论"[1]。玛丽·拉萨尔斯认为莎士比亚构思此剧"要表达的关于公正、仁慈和性不道德的思想"。

J·W·莱弗指出此剧是写"公正与仁慈、天恩与人性、生命和死亡等主题的"。他强调社会紊乱和越轨的性欲具有颠覆性或破坏性，必须用权势加以反击。《特洛伊罗斯与克瑞西达》描写战争和淫乱无法铲除，是因为没有权威、长者和智慧的控制；公爵既具有、又运用了"真正的最高权威、高龄和智慧"。因而挽救了国家。[2] 他这种盛赞公爵和严厉法治的观点受到了J·道里莫尔的反驳。[3]

J·本尼特和E·单策等人看到此剧和新登基的国王詹姆士一世的关系，如公爵被赋予的某些特点是向他献媚；剧中的政治哲学很大一部分反映了国王为指教儿子而写的《国王御赠》中的内容。[4]

M·明考夫和H·霍金斯都彻底否定了公爵；前者认为"文森修公爵是一个毁坏了全剧的多余的赘疣"[5]；后者以更强烈的情绪说公爵"什么也没学到。他不接受任何权力的限制，从来不分析整个情境"，"是

---

1 C·利奇：《〈一报还一报〉的含义》，《莎士比亚年鉴》II，1949年。
2 J·道里莫尔：《〈一报还一报〉中的犯罪与监视》，《政治方面的莎士比亚》，伊萨卡：康纳尔大学出版社，1985年。
3 J·本尼特：《作为皇宫娱乐剧目的〈一报还一报〉》，纽约：哥伦比亚大学出版社，1966年；E·单策：《莎士比亚的诸问题》，纽约：哥伦比亚大学出版社，1963年。另见N·B·萝丝：《神父公爵和学者国王》，《非洲英语研究》IX，1966年。
4 M·明考夫：《〈一报还一报〉一个门径的问题》，《莎士比亚年鉴》II，1966年。
5 H·霍金斯：《貌似真题》，牛津：牛津大学出版社，1972年。

个外在的剧情的操纵者","他企图结合法治与仁慈的任何努力都失败了;他的性格也变得模糊不可信。他要把喜剧强加于其他人物和观众,证明他可鄙地浅薄";"剧本的结局不仅在审美和理智方面都不令人满意,而且使人极为愤怒"[1]。

但C·露易丝则强调公爵的发展变化,指出剧本也涉及维也纳公民们的道德自新。公爵有矛盾心理,为了个人宁静逃避责任,疏远人民;自己不明确,也从未向人民明确他对法治的要求和态度。他面慈心软,放纵罪过,又受安哲鲁式严惩主义的吸引。莎士比亚赋予他的谦逊和对原则的要求,使他看到自己的局限性,学会了如何权衡罪过,最后成为引导和改造人民的教育者。[2]

以上一些突出的例子,足以说明长久以来意见纷纭的矛盾;有的显然很荒谬;有的虽含可取的见解或感受,但又不免模糊或零散,不能切中这出"问题剧"的实质,或者没有比较全面的论述,应该说,原因不在于作品,而在于论者。许多人使用脱离社会背景,无视作者意图和文艺创作环境的观点方法;有的囿于一般喜剧模式——如"正面主人公"、"皆大欢喜"的结尾之类,而加以套用,这是必须避免的,尽管我们仍然可以借鉴和对比各种正、反意见。有人说对于《一》剧的重新估价相当于"重新发现";希望本文在这一点上略微起些抛砖引玉的作用。

二、《一报还一报》的现实性和针对性

1603年詹姆士一世登基以来,英国的社会、政治和经济状况越发不

---

1 C·路易丝:《暗地里解决暗地里干的事,文森修公爵与判断》,《莎士比亚季刊》III,1983年。
2 F·R·利维斯:《〈一报还一报〉和之伟大》。

妙。他首先以女王末年放松了控制为由，加强了高压统治。剧中咬弗动太太抱怨："打仗的打仗去了，病死的病死了，上绞刑架的上绞刑架去了，本来有钱的穷下来了，我现在弄得没有主顾啦。"（第一幕第二场）这段话，正像J·W·莱弗所说的，恰恰"概括了1603—1604年冬天英国的几大问题"，即同西班牙交战仍未结束；伦敦的黑死病再发；审判和处死阴谋犯（拉雷爵士等）；商业萧条，市面不景气；如果（像剧中路西奥莱提到的）和平谈判成功的话，大量官、兵要涌回伦敦。[1] 此外当然还有继续推行血腥立法的灾难。

由于时代巨变所造成的强烈动荡，新王朝同女王时期一样，几乎是歇斯底里般地害怕叛乱，渴望秩序。因此每遇风吹草动，就照例狡猾地以转移罪责的手段，把矛头指向社会下层，而妓院和性行为不轨总是首当其冲。这样对社会道德风气的挞伐，既是为了转移人们对政局的不满，又为防范三教九流等杂人在妓院聚集滋事。J·道里莫根据《斯图亚皇家公告》所透露的这种用意[2]和J·A·夏普、L·斯通、F·G·艾米逊等有关的调查数字（1603年以前的四十五年内，仅艾塞克斯一个郡就曾指控和判处一万五千人性行为不轨，即三十岁的成年人每四人中就有一人遭殃），以及明确的论断"镇压妓院不是出于表面上明显的原因，而是镇压下层世界"[3]，着重阐述了这种社会政治背景，特别是英国政府的实用主义欺骗性。他不无道理地认为，剧中与克劳狄奥、咬弗动太太、庞培等人物有关的情节，以及表现公爵、爱斯卡勒斯等害

---

1 C·路易丝：《暗地里解决暗地里干的事》。
2 J·道里莫尔：《〈一报还一报〉中的犯罪与监视》。
3 先有七次再版，加上威尔士译本和W·维力马特诗体择译，共九版。

怕阴谋的台词，都有现实意义。[1]

当时另一个情况是，詹姆士一世凶残、迷信，却以明君和学者自居；除宣扬"王权神授"的信条之外，还著书阐述所谓为君之道或治国原则。他在1599年写给儿子的《国王御赠》和1604年的《自由君主国的真正法律》里强调按上帝的意旨从政，在执行公正和严惩时必须与仁慈相结合。这也是文艺复兴以来政治理论家和《圣经》阐释者们最爱宣扬的观点。《国王御赠》一连再版了九次，[2]一时间使这种基督教徒王者的理论甚嚣尘上，引起了不少人的兴趣或附会。然而，高超的理论和具体实施之间的差距何等遥远，它所掩饰的欺压、不公又何等严重！这是逃不出莎士比亚的洞视的。他特意在《一》剧里针对这种"自由君主国"的所谓"真正的"法治进行嘲讽揭示，完全不是偶然的，当然他得采取巧妙的方式。有人说文森修公爵与詹姆士一世相似，如自称不爱在民众面前"铺张扬厉"，"喜爱恬静隐退的生活"，相信"上天生我们是要把我们当作火炬"等等，是诗人在讨好国王。这很可能，但这种"讨好"也是（属于国王供奉剧团的）。莎士比亚所用的"烟幕"，正如同他硬以喜剧形式和表面上美化公爵的手法来做反面文章一样。国王可以随其所好欣赏《一》剧的"喜剧性"，也可以从具有暗讽意义的剧名"一报还一报"来认为诗人是在表现福音书中"仁慈"、"宽恕"、"判罪者同样受上帝审判"的教义，而加以首肯。但是当时也自有能看到莎士比亚

---

[1] 詹姆斯·L·拉金和保罗·L·休斯合编：《斯图亚特王室公告》（第一卷），牛津：牛津大学出版社，1973年。

[2] F·G·艾米逊：《伊丽莎白生活，道德与教会法庭》，契尔姆斯弗德艾塞克斯郡郡会，1973年；L·斯通：《1500—1800年英国的家庭、性与婚姻》，伦敦：维登菲尔德出版社，1977年。

问题喜剧中的"道理"和"智慧"的明眼人。[1]

除去揭示以公爵为代表的"高超"法治之外,《一》剧也借安哲鲁的绝对严惩主义和做法,强烈地鞭挞了英国政府的暴戾与权势的奸诈和无耻,并借糊涂差役爱尔博、愚蠢绅士弗洛斯和将要成为刽子手的庞培的滑稽诉讼,讽刺了政府的腐败和无能。后两方面的情节和意义暂不多谈;我们要着重探讨历来争论的焦点——贯穿全剧的、公爵行动的实质。

三、"旧瓶"新用:维也纳公国"真正的"法治

《一》剧是莎士比亚戏剧中使用"旧瓶"(即戏剧常套)最多的作品,但手法与用意却不同寻常——不是为制造浪漫情节与效果,而是别开生面地为揭示和暗讽社会政治问题服务。因此,只见"旧瓶"而不见"新酒",就会弄错了剧作的性质,剧中那些乔装、私访、偷听、替身术(或床上骗局)、换头术、拦路告状、团圆成婚等老套子都和公爵有关,即不断地成为他试行法治的"妙计",它们也就变成了揭露这位统治者滥用法制原则的根据了。

戏一开始,我们就看到维也纳公国极糟的状况是文森修公爵十四年来执政松弛的后果。现在不能不"重整颓风"了,也即推行暴政。他害怕个人受到人民怨谤而把责任推给安哲鲁。他明知安哲鲁的情操不佳,却看中了后者的冰冷严酷。果然,他随即完全赞同安哲鲁判处过

---

[1] 莎士比亚同代人在《特洛伊罗斯与克瑞西达》第二个四开本所作序言中指出,喜剧可以包含深邃的内容,特别是莎士比亚喜剧"是那样忠实于生活,以至能够成为我们生活当中一切行为的最好注释,同时又表现出智慧的高度灵巧和力量";"人们在其中找到的道理比他们自己所拥有的还要多"。这同样可以适用于不比《特洛伊罗斯与克瑞西达》剧逊色的《一》剧。参见裘克安:《莎士比亚年谱》,北京:商务印书馆,1988年,第161页。

失较轻的克劳狄奥死罪,哪怕表面上曾对安哲鲁讲过有"需要执法从严"和"不妨衡情宽恕"的两种情况。不仅如此,他特意乔装为教士。这个身份既是他有到处进出的方便(某些论者所赞许的上帝般的无处不在),又有了以宗教权威支持暴政和束缚人的精神的权力。所以他斥责朱丽叶"罪恶深重";诱惑克劳狄奥看破人生甘愿受死。他这位"仁慈的"公爵神父颇有一种神秘的残酷性。

克劳狄奥之辈的死活,在他眼里原是无足轻重的,可是情况起了变化。由于偷听,他得知安哲鲁的要挟和特权枉法。这在性质上远比克劳狄奥的罪过严重。他曾对托马斯神父表示过要看看权力是否能够转移人性,现在既然看清了,他应该如何对待呢?

我们看到他丝毫没有严加处理的念头;他首先替摄政掩饰,欺骗克劳狄奥,而且竟能伪称"曾经监临安哲鲁的忏悔",知道后者不会企图奸污依莎贝拉,"完全是事实"。跟着,就是向依莎贝拉提出床上骗局的计谋。这并不只是像某些论者所说的,是诗人意在保护女主人的贞操,这一点很多论者也都指出了,由安哲鲁的未婚妻代替依莎贝拉赴约,那同克劳狄奥与未婚妻朱丽叶的罪行毫无二致,照理也该处死主犯。然而,那却是公爵的得意计谋,其真正意图,从此刻起,就是偏袒官方,保住安哲鲁(他要成全玛丽安娜也是原因之一)。公爵没料到安哲鲁淫乱之后仍要处死克劳狄奥,而且是密令提前行刑。这更是无耻、残暴和犯法的。公爵却对他再次偏袒,不予处分,并且进一步提出了违法的换头之计,要狱官抗令执行。他对狱官说出了"克劳狄奥所犯的罪并不比判决他的安哲鲁所犯的罪更重",似乎是要救活克劳狄奥,再处理安哲鲁;但实际上,他想出"换头"的根本出发点,仍然是为了安哲鲁的最终利益——可以不用偿命。

那么，对依莎贝拉隐瞒真相，谎说克劳狄奥已经被杀头，却又是为何？除去公爵所说的，让她以后"格外感到惊喜"（也"格外"对他感恩吧？），其用意更在于利用她的"绝望"和仇恨来表演一场"拦路告状"的把戏。

公爵指定的地点在城门口；这不是好让众多百姓都能看"戏"吗？看到他与以前不同的严厉、公正和仁慈，因而有利于他重树威望？我们又看到既导演又表演这场公堂戏的主人公，时而公爵，时而教士，时而在场，时而退下，真是极尽迂回反复而又笨拙之能事。莎士比亚巧妙地利用这个场合，让依莎贝拉（也就是借她之口）痛揭罪大恶极的安哲鲁，让公爵教士指斥公爵本人不给申冤者做主，甚至责骂维也纳的"教化废弛，政令失修"，对"各项罪恶纵容姑息"。这都会使围观的人群感到义愤，然后，在路西奥把"教士变成公爵"之后，对公爵有意表演的"自责精神"产生好感。这真是暴露与暗讽的巧妙结合。

但"戏"尚未完，安哲鲁服罪求死，公爵再三表示要铁面无私，声称："法律无论如何仁慈，也要高声呼喊出来，'克劳狄奥怎样死，安哲鲁也必须照样偿命！'"，"同样处罚抵销同样的罪……"。这岂不是合乎"一报还一报"的公正吗？然而他有把握，玛丽安娜以至依莎贝拉，在他的挑战之下，都会为安哲鲁求饶，（更不用说他还有克劳狄奥没死的"王牌"）他怎能不表现上帝般的宽恕？这真是绝妙的操纵和伪装。难怪公爵早说过："虽然是一种骗局"，可是因有"多重好处，则可问心无愧"。这正是实用主义法治的本质，而美其名为照上帝旨意办事。事实上，就算是救下了克劳狄奥，安哲鲁可以不去抵命了，但是后者知法犯法的严重罪行和可耻的卑劣呢，却是不了了之，一笔勾销了。表面上的"宽严结合"，骨子里却是官官相护和借机培植亲信与酷吏。公爵所施行的"真正的"法治,原来竟充满暧昧、谎言和欺骗。

　　有论者肯定公爵在第八幕结尾曾严肃思考为君之道,特别是"欲代上天刑惩"的要求。他们没看到,他虽然讲了必须"孜孜以德自绳","待人一秉至公",却是把口气一转得出了"何不以诈冒诈,令其弄假成真"的结论,那当然就不会看到这里的尖锐讽刺了。他们也忽略了另一个深刻的暗讽,即安哲鲁本人确信自己犯了强奸民女的罪行,却因公爵的操纵,变成了使之得救的契机。最后,公爵出于好事的本性,或者是以为婚配有利于社会秩序,而给现实丑剧强加上了一个"喜剧"收尾,然而除克劳狄奥一对之外,其余都带强制性的三对,怎能皆大欢喜?这种结局,加上维也纳依旧糟糕的状况,只能是没有结局的结局。总而言之,公爵绝非莎士比亚所要歌颂的人物。诗人特别用纨绔子弟路西奥同他对比,是有用意的。这个自称"像是一根芒刺一样"钉住公爵不放的碎嘴子,尽管满口是诽谤,却也滑稽地说中了公爵的特征。

四、社会、人性和人生

　　《一》剧绝不仅是对于维也纳法治、公正等问题的嘲讽,它在精神上比较靠近《李尔王》等大悲剧,还更在于它对社会、人性和人生之间错综关系的洞视与批判,而它主要针对的是黑暗社会中反常的性欲、扭曲的人生道路和价值观。

　　政治、经济状况极糟之外,维也纳的社会道德风气之败坏,也令人瞠目。前边说过,政府为转移罪责,往往打击妓院和性不轨分子。那是一个方面;另一个方面是上层人物为了营利,开妓院逼人开皮肉生涯;下层穷人为混饭吃而充当乌龟、老鸨子。绅士和纨绔子弟们不务正业，热衷于嫖娼宿妓、偷鸡摸狗。这一切既时时散播腐臭，又不断因社会腐臭而滋长。早在第一幕第二场里，路西奥和甲乙绅士就突出地以谈论自己的性病和一年要花上几千元的风流债为乐。第二幕第一场的糊涂公案，揭出了庞培给差役爱尔博太太和蠢绅士弗洛斯拉上了皮条；后者交代不是自己主动上妓院，而是"每次都是给他们吸引进去的"。路西奥曾"把一个姑娘弄大了肚皮"，又不赡养孩子；庞培入狱，发现狱囚们多是妓院的老主顾。如此种种，说明性行为放荡之严重，但是问题更在于性欲放纵已经因司空见惯而被看作人的天性，认为是男人们应有的自由。庞培就觉得官府的干涉是"打算把维也纳城里的年轻人都阉起来"（第二幕第一场）；路西奥强调"这种罪是人人会犯的……要想把它完全消灭，那你除非把吃喝一起禁止"（第三幕第二场）。这些话固然含有对官府的抗议，但也反映一种对反常性欲的非道德观念。这种舛误的观念，因为同整个的社会存在相关联，是难以消除的。

《一》剧更进而描写了这种腐臭加上千年以来新、旧宗教的熏陶所造成的畸形人物。剧中依莎贝拉和安哲鲁各有坚强的自信和信仰；各自以为找到了人生真谛或崇高途径，然而实际上却各自扭曲了自然天性，向往着虚幻的目标。这两个人物在三场戏中的激烈冲突，是全剧中戏剧性最强和诗意最浓的焦点，但读者（观众）的兴趣远远超出了那几场戏，而拓展到他们的性格和形成其性格及命运的、各种有形无形与错综复杂的影响、根由方面。

首先，依莎贝拉是个年轻美丽、有感情、有常识的少女，她疼爱兄弟克劳狄奥，热爱同学朱丽叶以至姐妹相称。听说兄弟和朱丽叶出了事，她先是十分坦然地表示叫他们结婚好了。尽管对于见官求情把握不大，却仍在路西奥鼓励之下，尽力为兄弟恳求饶命。我们很快看到，确实像克劳狄奥所说的那样：

> 在她的青春的魅力里有一种无言的辩才，可以使男子为之心动；当她在据理力争的时候；她的美妙辞令更有折服的力量。（第一幕第二场）

可是，像她这样一位聪颖美丽的少女，却正要逃离俗世，受戒修道去，而这竟是一个自觉选择的人生道路。

这当然有宗教的影响，但并不是每个信徒都得弃俗出家啊。从全剧背景来看，更切实的原因显然是维也纳社会的淫风和女人可怜的处境使她产生了强烈的疑惧和憎恶。她曾说过淫乱是她"最为深恶痛绝的罪恶"：女人"比男人十倍脆弱"，尽管男人"以利用她们来找便宜，恰恰是污毁了自己"（第二幕第四场）。所以正是周围丑恶的淫风把人间一种最美的关系和理想——男女真挚的爱恋给糟蹋了。厌恶和惧怕更使依莎贝拉滋生了自我保全的意志和逃避心理。这是密切相连的两种意识；她深信削发为尼最能保持心身的纯净，而只有保持贞操，一心追求圣洁，她才能彻底摆脱卑污的命运，获得"来世求生的幸福"。因此她不怕圣克来修道院的清苦和拘束，反而提出了希望坚守最严格的戒律。这是一种强制的禁欲主义思想；在这一点上她同安哲鲁是相似的。这已经透露出她的反常的倔强和严酷。于此相辅的是在想象中竭力美化修道生活和修女们神秘的纯朴，比如她向安哲鲁提出的"贿赂"就是：

> 黎明以前上达天庭的虔诚的祈祷，它从天真纯朴的处女心灵中发出，是不沾半点俗尘的。（第二幕第三场）

可是她不知道，也不会相信这种"天真纯朴"对于自然人性的损害；不知道在逃避肮脏社会的同时，她也得逃避她自己——她的性爱的本能。有的评论者曾指出过她在剧中的以下台词：

为了我可怜的弟弟，也为了我自己，我宁愿接受死刑的宣判：让无情的皮鞭在我身上留下斑斑的血迹，我会把它作为鲜明的红玉，即使把我粉身碎骨，我也会从容就死，像一个疲倦的旅人奔赴他渴慕的安息，然而我却不愿让我的身体蒙上羞辱。（第二幕第四场）

她的话流露出了被抑制的性爱要求，它表现为一种转化成殉道者轻生重死的勇气和抑郁。信仰"仁慈"的依莎贝拉不仅对兄弟发出了歇斯底里般的愤怒，而且竟指责他想叫她牺牲贞操来保住性命的要求，实际上是"乱伦"，因此，他不可能是父亲的儿子，母亲也许曾对父亲不忠。这是对于一个年轻人要活的渴望和不得已的恳求，以及对人生性爱关系的歪曲和污蔑。

依莎贝拉甘愿为尼，这本身就是可悲和令人同情的；她所面对的难题和处境也引起同情，但是像上述的变态情感、自我维护的狂热、某种出人意料的矛盾和变化，也激起了不少反感和斥责。当公爵提出了"床上骗局"，让玛丽安娜去满足安哲鲁的肉欲时，她是立即完全同意的，好像只要保住她个人的贞操，"切勿奸淫"的教义也可以暂且搁开。当她听说摄政背约，依旧处杀了克劳狄奥时，她仇恨得咬牙切齿，呼叫"要去挖掉他的眼珠"，咒骂"万恶的世界！该死的安哲鲁"。这倒是突破了宗教约束的真情迸发，可惜并不多见。她不喜欢"绕圈子说话"，但实际上也用谎言（说自己受了奸污等）参与了公爵神父所导演的告状戏。她相信这样"就可以向这恶人报复你心头的仇恨"。她要报仇但最后为什么又转而替安哲鲁求饶呢，哪怕她极清楚他的卑劣与罪恶？这固然有同情玛丽安娜之意，也更有公爵故意挑战，强调她不能宽恕的反作用；然而恐怕不能排除，最为内在的不自觉的动机还是她所要表达的，性爱和自满的本能是根深蒂固的：

> 我想他在没有看见我之前，他的行为的确是出于诚意的，既然是这样，那么就恕他一死吧。（第五幕第一场）

总起来说，依莎贝拉是个复杂的人物，莎士比亚对她是既同情又批判。同情，因为她是维也纳社会的产物。克劳狄奥要她牺牲贞操的要求，公爵对她的所谓"眷宠"与求婚，一再揭示出了她本人和维也纳妇女的屈辱地位及命运。特别是公爵自以为会使她"享受莫大的尊荣"，不但同她要修行独立的决心相悖逆，而且实际上也是特权占有，所不同于安哲鲁的只在于所谓"合法"的方式罢了。对于公爵的两次"求婚"，莎士比亚让依莎贝拉迟迟不作答复，可以说是含蓄而又尖锐地提出了一个重大问题。

莎士比亚对维也纳公国公开的社会价值，如公正、正义、纪律、权威等的揭示，通过安哲鲁的形象获得了深度。但是同法治的关系只是安哲鲁的一个方面；他的形象的全部内容更是反常的人性和荒谬的人生目的的深刻写照。他比坏蛋埃古更为复杂；他令人痛恨，然而又出奇地多少引起对他的同情。这可能是由于从一开始他就被置于一种有暗讽意味的地位；另外，他曾确实相信过自己是诚恳的，并且有过内心挣扎。

安哲鲁最根本的问题就是表里不一、自欺欺人和虚妄的价值观、人生观。如果说依莎贝拉的目标是出世的,他却是一心向往世俗的名望、财富和权势。他卑劣的心灵可以使他抛弃失掉嫁妆的未婚妻,转而诬蔑她不贞来做掩饰。他施行酷政和私下犯法,却强调法律只追究公开的事实,而不过问审判盗贼的人自己是不是盗贼。但在维也纳社会风气糜烂和宗教禁欲主义影响之下,他所采取的主要途径是把自己塑造成一个清教徒式的"正人君子"。他竭力"用读书克制的功夫锻炼他的德性",以至他的"血液就像冰雪一样冷,从来不觉得感情的冲动,欲念的刺激"。这是路西奥讥讽他的非人的特点,但却正是他自鸣得意之处。他不懂得,没有真正的修养,一旦失足,这种顽固追求虚名的"意志",借扭曲天性来获得的君子外貌,就会完全崩溃,使他坠入可鄙可怕的邪恶之中。

安哲鲁感到"心思摇惑不定"时,曾叫依莎贝拉快走,他自己也要走开,但是又禁不住两次叫她"明天再来"。对于自己竟然能够受到诱惑,他很惊讶并且在自忖自责中把自己比作"芝兰旁边的一块臭肉"。可是一向喜好美化自己的习性,使他想到的更是魔鬼为了"引诱圣徒"而"用圣徒作他钩上的美饵"。他感到的实际上是性欲的冲动(后来在黑夜中换了对象他照样得到了满足)。可是现在,正是依莎贝拉的贞淑引动了他的情欲。依莎贝拉绝想不到,她所提出的要他宽恕兄弟的"贿赂"——"天真纯朴的处女"们的祈祷之类,恰恰最能击中他这个"圣徒"的自矜癖性。或许应该说,他也产生了一点爱情的萌芽,觉得自己"竟是这样爱她","想再听见她说话"和"饱餐她的美色"。这似乎不全是肉体方面特殊癖性的热血的狂焰,而略带有一些心灵之中的亲热情感。但即使如此,他也不懂和想象不到正当的追求和爱恋途径；相反，他只感到他那久被抑窒的"心头的欲念"把他抓住了，"兀自在那里奔腾"。这时他才承认"血流就是血流"，"人孰无情"。他开始厌恶虚伪的外表，责骂"地位"和"面子"。不幸的是，由于心灵卑劣，他不能改弦更张，立志做老实人。他拿定的主意是更加伪诈，把"善良天使的名号"（也就是安哲鲁三字的原意）写在魔鬼的角上。

这是安哲鲁从压制"自然"滑向违反人性的标志。"正人君子"安哲鲁一下子变成了自觉的恶棍。此后，他是怎样无耻地威胁依莎贝拉啊！

> 谁会相信你呢，依莎贝拉？我的洁白无瑕的名声，我的持躬的严正，我的振振有词的驳斥，我的秉持国政的地位，都可以压倒你的控诉；使你自取其辱，人家会把你的话当作挟嫌诽谤……（第二幕第四场）

安哲鲁此刻像被巨浪席卷了似的整个被他那膨胀的情欲和权势给吞没了。先前对声望的向往变成了彻底的盗名欺世；狰狞的残酷代替了道貌岸然！他果然仍要"一不做二不休"。淫乱之后，他不仅背约，而且因畏惧克劳狄奥的报复，私令提前行刑。这是从堂堂法官变成想杀人灭口的罪犯了。他从恶棍心理出发，拿少女怕公开自己受辱的念头自慰。终于面对依莎贝拉的揭发控诉时，他还竭力伪装和反咬，直至完全暴露无遗。幸亏他最后沉痛地服罪求死，表现出他还算知道做人的体面。当克劳狄奥出现时，他的"眼睛里似乎突然反出光来"，更透出了强烈的求生本能和希望。莎士比亚借爱斯卡勒斯的惊叹，概括了安哲鲁走过的人生歧途：

> 安哲鲁大人,像您这样一个人,大家都看您是这样聪明博学,居然堕落到——至于此;既然克制不住自己的情欲,事后又是这么鲁莽灭裂,真太叫人失望了!(第五幕第一场)

安哲鲁令人折服的艺术形象,真是包含着丰富的社会、政治、伦理、心理的内容、深刻的真实性和典型意义。莎士比亚给我们留下了真正创造性地描绘人物的范例,这个艺术形象无疑是使《一》剧成为不朽杰作的原因之一。《一》剧的内容充分说明了莎士比亚是从生活出发,他的剧作绝不是单纯体现某个命题的。作为问题喜剧,《一》突出地表现了莎士比亚暗讽的才能和手法。

《特洛伊罗斯与克瑞西达》的发展演变 [1]

陈才忆　温　健

特洛伊罗斯与克瑞西达的爱情故事，源头在荷马史诗，背景是特洛伊战争。经过几千年的发展，内容和情节不断发展演变，形成了以乔叟的叙事诗《特洛伊罗斯与克瑞西达》为最高艺术成就的多部作品和这些作品的改编本，至今仍广为传诵。

西方文学史上，荷马史诗既是文学源头，也常给诗人带来灵感和丰富想象。以荷马史诗描述的特洛伊战争为背景的特洛伊罗斯与克瑞西达的爱情故事，经过几千年缓慢的发展演变，形成了具有代表性的几部作品，即薄伽丘诗歌《爱的摧残》(*Il Filostrato*, 1335)、乔叟长达八千多行的叙事诗歌《特洛伊罗斯与克瑞西达》(*Troilus and Criseyde*, 1385—1388) 和莎士比亚剧本《特洛伊罗斯与克瑞西达》(*Troilus and Cressida*, 1602)，德莱顿因不满莎士比亚的这个剧本而创编的同名改编本，以及沃尔顿在1954年根据莎剧改编的三幕歌剧。直到今日，这个从古希腊走出来的故事还广为传诵。

---

[1] 原载于《重庆交通大学学报》（社会科学版）2010年第1期。

以上提到的作品中，乔叟的叙事诗成就最高，篇幅最长，共有八千多诗行，故事情节也最为完整详细。[1] 在乔叟眼里和乔叟去世后的两百多年里，这首诗的地位都在他的《坎特伯雷故事集》之上。

到了20世纪，学者对乔叟的《特洛伊罗斯与克瑞西达》给予高度评价，诸如"歌颂爱情的伟大诗篇"[2]，"英语语言中第一部也是最伟大的爱情叙事诗"[3]，而且还出现了各种研究学派，如以薄伽丘和乔叟的传记为主要标准的历史学派，基于波伊提乌思想的历史学派，以体裁和结构为对象的形式主义学派，以及研究宫廷爱情与个性的心理学派[4]。从20世纪九十年代到21世纪初，国内学者对乔叟以及这首长诗的艺术价值都给予充分肯定。

乔叟是怎样把特洛伊罗斯与克瑞西达的故事写成歌颂爱情的伟大叙事诗的呢？这个故事是如何从特洛伊战场走出来的呢？乔叟之后为什么还有相同故事的莎士比亚剧本和改编本？莎士比亚剧本的命运又如何？若弄清这些问题，我们对这个故事的发展演变过程也就有了一个清楚的概念。

一、乔叟之前，特洛伊罗斯与克瑞西达爱情故事的演变发展

荷马史诗只是略微提到过特洛伊罗斯的名字。古罗马诗人维吉尔

---

1 Margaret Drabble, *The Oxford Companion to English Literature* (6th ed). Beijing: Beijing Foreign Language Teaching and Research Press, 2005.

2 C. S. Lewis, *The Allegory of Love. A Study in Medieval Tradition.* Oxford: Oxford University Press, 1936, p.197.

3 Donald R. Howard, *The Idea of Canterbury Tales*. Berkley: University of California Press, 1976, p.345.

4 E. Talbot. Donaldson, "Chaucer in the 20th Century," *Studies in the Age of Chaucer*, 1980(2), p.7—13.

在《埃涅阿斯纪》中，简略而生动地描述了特洛伊罗斯战死的情景：他"弃甲丢盔正在逃跑，这位不幸的青年哪里敌得过阿喀琉斯，他被奔驰的马匹拖着，仰面朝天，还死抓住空战车不放，手里还握住缰绳，他的头和头发在地面上拖过，头朝下的长矛在尖土里划出条纹"[1]。我们现在所熟知的特洛伊罗斯的其他故事，在《埃涅阿斯纪》中从未提及。

到了6世纪，德吕士从希腊的角度用粗陋的拉丁文写了《特洛伊亡国史》，书中人物包含了特洛伊罗斯、白丽西达（Breseida）和狄俄墨得斯三人，且把特洛伊罗斯称为仅次于赫克托的特洛伊英雄，但还没有关于他们恋爱的叙述。

随后的六百年里，这三个角色无人问津。而最早描述这三个人物之间的恋爱故事的，可推法国12世纪后期的诗人彭诺瓦（Benoit），他在《特洛伊传奇》中把这三个人写成一篇独立连贯的故事，但彭诺瓦是从特洛伊罗斯与白丽西达分别的时候讲起的，仅假定前段的情节已经成立，没有叙述他们之间的恋爱过程。到了13世纪，又有基独（Guido）之作，但那只是基独将彭诺瓦的法语作品翻译成拉丁散文，故事情节没有任何发展。

又过了一百年左右，到了意大利文艺复兴时期，薄伽丘在年轻时思念爱人，借特洛伊罗斯的题材，写成了充满感伤情绪和性爱写实的诗歌《爱的摧残》。薄伽丘首次将白丽西达改成克瑞西达，狄俄墨得斯没有占重要地位，但创造了另一个主角潘达洛（Pandaro），他是克瑞西达的表兄，通晓世故，不谋私利，忠心地做男女主角的媒人。[2]

---

1 维吉尔：《埃涅阿斯纪》，杨周翰译，北京：人民文学出版社，1984年，第7页。
2 乔叟：《乔叟文集》（上卷），方重译，上海：上海译文出版社，1980年，第99—261页。

二、乔叟为创作《特洛伊罗斯与克瑞西达》所做的准备

1372年12月至1373年5月期间，在政府部门供职的英国诗人乔叟跟随外交使团，出使意大利热那亚和佛罗伦萨。佛罗伦萨是当时意大利的文化中心，这里诞生了但丁、彼得拉克和薄伽丘等伟大的意大利文学家。乔叟来到这里时，彼得拉克和薄伽丘都还健在，他们早已在欧洲享有盛誉。1341年，彼得拉克就正式受封为自罗马帝国没落以来的欧洲第一位桂冠诗人，而薄伽丘的史诗《十日谈》则拥有前所未有的读者，乃至远在法国和英国的人们都在诵读它[1]。乔叟来到佛罗伦萨，既受到他们的深刻影响，当然也受到意大利文艺复兴思想的影响。五年之后的1378年5月至9月，乔叟出使意大利的米兰，进一步接触意大利文学，特别是薄伽丘的作品。1374年6月8日，乔叟被任命为伦敦海关征税官员，负责羊毛、毛皮和皮革的税收，他在这个职位上一直干到1386年12月4日，长达十二年之久。当时英国的羊毛、毛皮和皮革主要出口意大利，乔叟与很多意大利商人打交道，他必然通过这些商人获得过或了解到很多意大利伟大作家的作品资料和信息。

乔叟被称为英国文学之父，他的这个荣誉归功于意大利这几位伟大的文学家。但丁的《神曲》、彼得拉克的十四行诗和薄伽丘的《十日谈》，都不是用高雅的拉丁文创作，而是用被认为是粗俗的、受人瞧不起的、普通老百姓所使用的意大利语写成，这些作品都获得了巨大的荣誉，这给致力于英语创作的乔叟极大的鼓舞。当时英国统治者讲的是法语，而英语是普通百姓的"粗俗"语言。

---

[1] 肖明翰：《英语文学之父：杰弗里·乔叟》，北京：社会科学文献出版社，2005年，第116页。

14世纪六十年代，乔叟翻译了部分法国诗歌《玫瑰传奇》，1381年至1386年之间，他一边创作《特洛伊罗斯与克瑞西达》，一边翻译波伊提乌的《哲学的慰藉》，很自然，这时期的创作受到波伊提乌思想的影响。

由于乔叟熟悉与热爱法国文学和意大利文学，他把以前关于特洛伊罗斯与克瑞西达的爱情故事融合在一起，用普通百姓的语言即英语写成了自己的这部不朽之作。

三、乔叟《特洛伊罗斯与克瑞西达》评价及其对莎士比亚创作的影响

《特洛伊罗斯与克瑞西达》的背景是荷马史诗所叙述的特洛伊战争，涉及的人物都是交战双方中的特洛伊人或希腊人。特洛伊罗斯是特洛伊王子，克瑞西达是特洛伊一祭司的女儿，另一主人公狄俄墨得斯则是希腊大将。诗中既描述了战场上特洛伊罗斯与情敌狄俄墨得斯的正面搏击，也叙述了特洛伊罗斯的哥哥赫克托与希腊大将阿喀琉斯的厮杀，以及兄弟俩均被勇猛的阿喀琉斯所杀。这些描述再现了或进一步想象了荷马史诗的部分场面。

乔叟在卷二描写了克瑞西达的心理活动。她觉得自己把爱交给特洛伊罗斯，是"为了我的地位和他的安宁"，因为他是一个贵人，是王子，所以结识他"实在不算失身份"。如果她不识抬举，他可能"怀恨于我，也许结果于我倒不利"。他是除赫克托外"最可敬爱的武士"，能把他"掌握在我手里"真是缘分，把爱交给他"不是什么耻辱"。但转眼又想，很多男人在起初爱得发狂，往往招来破裂的结果，受辱的

女子最后落得一场空。乔叟对克瑞西达心理活动在后来莎士比亚作品里成了内心独白。克瑞西达在潘达洛斯（Pandarus）的安排下，与特洛伊罗斯成功幽会。潘达洛斯是特洛伊罗斯的朋友，是克瑞西达的舅父和监护人。他与薄伽丘《爱的摧残》中的潘达洛系同一人，只是身份不同而已。

特洛伊罗斯因爱而忧郁，因顾虑而不敢采取行动。这种性格特征后来被莎士比亚用来塑造了忧郁且犹豫不决、优柔寡断的哈姆雷特。在卷四，克瑞西达离开特洛伊城到希腊军营中见父亲的头天晚上，特洛伊罗斯来到克瑞西达的家中，克瑞西达因悲伤而昏厥，躺着如死一般，四肢冰凉，连呼吸都停止了，特洛伊罗斯以为克瑞西达已死，万念俱灰，拔刀准备自尽。类似情节被莎士比亚用在《罗密欧与朱丽叶》中。所不同的是，特洛伊罗斯正要将刀刺进胸口时，克瑞西达正好苏醒过来，避免了一场悲剧的发生；而朱丽叶醒来时，罗密欧已经气绝，朱丽叶万念俱灰，也自尽了。

乔叟这样评价克瑞西达："严肃、纯朴、贤淑，是世上最高贵端庄的女子，言辞娴雅、仁慈、宽厚、活泼；她的柔肠充满了怜悯"，她唯一的缺点是"不十分坚定"。

克瑞西达在希腊军营日夜思念特洛伊罗斯，她想逃回去，父亲不许，但若过期不回，特洛伊罗斯会认为她负心，她陷入两难处境。她又想，如果晚上逃走，被人捉住，一定会被看成间谍，或落入歹人手里，可能会失身，所以她根本就不敢跑。她很快就决定留在希腊军营，一方面是她父亲的原因，再一方面是她性格的原因，第三个原因则是希腊大将狄俄墨得斯的引诱。

在交换战俘时，狄俄墨得斯来到特洛伊城，将克瑞西达护送到希腊营地，他对美丽的克瑞西达垂涎三尺，大献殷勤。当他看到克瑞西达非常痛苦地思念情人时，他觉得自己"若果真能把这朵花由她日夜思念的情人手中夺取过来，的确可以算得一个英雄了"。他的花言巧语改变了这位意志不十分坚定的女子的主意，使她决定留在希腊军营。狄俄墨得斯首先说特洛伊城必遭毁灭，特洛伊人没有一个能得救，她的父亲卡尔卡斯就是因为预料到了这一必然的结局，才果断抛弃了特洛伊，来到希腊营地；其二，他说自己是个名门之子，他那已经仙逝的父亲是当时有名的七王之一，如果父亲多活几年，他也成了君王。克瑞西达是比较现实的女子，她想到"他的爵位，想到城国的危急，以及自己孤苦伶仃的情况"，就"渐渐打定主意，情愿停留下来"。对于克瑞西达的背叛，乔叟说古书里早有足够多的谴责了，他"不愿再多苛责这位不幸的女子"，希望自己"以宽恕为怀，而放她过去"。可见诗人对克瑞西达充满同情，以一种宽容的态度对待她的行为，而没有过多地去谴责她的不忠。一个弱女子处在那种特殊的环境下，若不这样做，唯有死路一条。在保贞节还是活下去的两难选择中，世俗的她选择了后者，却招来了后来人的诟病。

　　无论特洛伊罗斯对意中人如何失望，如何疑惧，他心中仍然盼望着她，他有好几次差点决定做游僧去探视她。但他想，不管他怎样装扮，都可能被明眼人识破，被希腊人觉察。最后他还是没有付诸行动，只能哭泣和忧伤。当他最终在战场上从狄俄墨得斯的衣领上发现他送给克瑞西达的一只扣针时，他彻底明白了"她是一个不可信托的人"，他对此的反应是高声召唤死的来临，以求最后的安宁。最后，特洛伊罗斯被希腊名将阿喀琉斯所杀，他的灵魂升上八重天，在那里俯视游荡的星辰，倾听天庭的乐音。

我国学者对乔叟刻画的这两位主人公的评价十分中肯。王佐良认为，特洛伊罗斯"勇敢有理想，然而缺乏处世之道。克瑞西达活泼，讨人喜欢，但并不放荡"[1]，乔叟不着力谴责女主人公的变心，却强调男主角的忠诚，而且把一切归结为天命，这是波伊提乌的《哲学的慰藉》所起的作用。李赋宁等认为克瑞西达的背叛不仅没有受到谴责，反而被掩盖了起来，这是因为这首诗描述的只是中世纪的骑士与贵妇人之间的一种宫廷爱情，而这种宫廷爱情的三大特点之一就是千方百计地保护女士的"声誉"，只要女士的名声保住了，周围并没有人知道和议论，这种爱情就是成功的。以我们现代人的眼光看，这种宫廷爱情即为情感游戏。[2]

四、乔叟之后的《特洛伊罗斯与克瑞西达》

　　乔叟之后的一百年左右的15世纪，苏格兰诗人亨利森（Robert Henryson）在诗歌《克瑞西达的证据》中，继续描写克瑞西达以后的下场，说她在死前沦为乞丐和麻风病人。

　　中世纪传奇中，有个英语短语a woman of Cressid's kind（克瑞西达那类女人，即娼妇的别名）[3]，表明克瑞西达这个名字已演变成对情人不忠的女子（faithless to her lover）（见《牛津英语词典》），克瑞西达从此就成为不忠女子的代名词。克瑞西达的舅父潘达洛斯（薄伽丘的故事中

---

[1] 王佐良：《英国诗史》，南京：译林出版社，1997年，第26页。
[2] 李赋宁和何其莘：《英国中古时期文学史》，北京：外语教学与研究出版社，2006年，第165—166页。
[3] 莎士比亚：《莎士比亚全集》（下），梁实秋译，呼和浩特：内蒙古文化出版社，1995年，第176页。

是表兄）安排了克瑞西达与特洛伊罗斯的幽会，扮演媒人角色，到了16世纪，从潘达洛斯这个人名演变出了一个普通英语单词pander，意为"人肉贩子"，含有贬义。

莎士比亚创作的剧作《特洛伊罗斯与克瑞西达》，女主人公克瑞西达的名字在拼写上略有不同，从乔叟的Criseyde成了Cressida，内容也显然受到15、16世纪人们对克瑞西达评价的影响。莎士比亚把在乔叟笔下身陷希腊军营、身不由己、不得不割断特洛伊罗斯的绵绵情意的克瑞西达，变成了轻浮和情感不专的女子，认为她的背叛，一方面是自己的原因，另一方面而归于她的舅父。所以克瑞西达和潘达洛斯都成了人们鄙视的人物形象而不受喜爱。这就注定了莎士比亚这部剧作的命运："在舞台上并不十分成功。"[1]

当然，莎士比亚这部剧作演出不成功还有其他原因。翻译家梁实秋总结前人对该剧的批评时说，作品在结构上存在缺陷，莎士比亚的本意是以爱情为主题，但剧本中爱情和战争占有同样重的分量，因而失去重心，最后无论是对战争还是爱情的结局的描写，都是草草收场。在王朝复辟时期，英国戏剧家兼评论家德莱顿批判莎士比亚的这个剧本为一堆垃圾，并改写了此剧本。维多利亚时期，该剧本也因为其色情内容而遭唾骂。莎士比亚虽然没有成功地将特洛伊罗斯与克瑞西达的爱情故事搬上伊丽莎白时期的舞台，但他吸收了乔叟诗歌的一些精华，使他的《哈姆雷特》和《罗密欧与朱丽叶》更加完美了。

第一次世界大战后，当初并不被人们看好的莎士比亚剧本却大受欢迎，因为他描述了人性的非道德的一面和失望。在越南战争期间，该

---

[1] 莎士比亚：《莎士比亚全集》（第二卷），朱生豪译，南京：译林出版社，2007年，第273页。

剧本受欢迎的程度达到高峰，剧本的主题如长期战争、公然违背誓言、克瑞西达和希腊人都缺德等，回应了大众对现世的强烈不满，表达了理想与现实之间的巨大落差。由这个剧本改编的歌剧也深受人们喜爱。

五、结　语

特洛伊罗斯与克瑞西达的爱情故事从古希腊时期的特洛伊战场一路走来，最早的荷马史诗只提及这个名字，不同时期的人们充分发挥想象力，赋予它不同的情节内容和人物，越来越丰满，在乔叟笔下达到高峰，在莎士比亚的笔下有了更为丰富的意蕴和对人性的深入思考。由于不同时期的人们的评判标准不同，对其中的人物形象褒贬不一，或拒绝，或改编，或完全接受。

《温莎的风流娘儿们》创作特色漫议 [1]

徐克勤

英格兰的现实生活气息 [2]。莎士比亚戏剧的创作史料虽然十分缺乏,但《温莎的风流娘儿们》(1598年,下文简称《风流娘儿们》)的创作过程却有相当准确的材料可查。据18世纪英国传记作家所写,伊丽莎白女王非常喜爱《亨利四世》中的约翰·福斯塔夫爵士,旨令莎士比亚在两个礼拜内编一本福斯塔夫恋爱戏,剧作家尊旨在十天内就写成了《风流娘儿们》,喜剧上演博得了圣上的青睐。[3] 由此可见,这是一出地地道道的遵命戏。

莎氏的创作奥秘是推陈出新,在别人已有成就的基础上进行加工,百尺竿头,再进一步,其绝大多数剧本都可以全部或部分找到据以改编的底本。但《风流娘儿们》的情节来源却无从查考,看来迫于女王的限期,剧作家一时半时找不到现成的故事,只有调动自己的生活积累,直接从现实中取材。《风流娘儿们》的"情节直接以英格兰本土作背景,

---

1 原载《齐鲁艺苑》1994年第1期。
2 黑体为本文作者所加。下同。
3 阿尼克斯特:《莎士比亚的创作》,济南:山东教育出版社,1985年,第288—289页。

对温莎的自然环境、市井生活、风俗习尚的真实描写，使它获得了高度的现实性和浓厚的生活气息。这种情况在莎士比亚的喜剧中还是第一次出现"。[1] 难怪恩格斯说："单是《温莎的风流娘儿们》的第一幕就比全部德国文学包含着更多的生活气息和现实性。"[2]

恩格斯所盛赞的第一幕是如何描写温莎的现实生活的？喜剧是从一席鹿肉宴开场的。落魄骑士福斯塔夫带着自己的流氓跟班，闯进乡村法官夏禄的林苑，乱刀砍死一头鹿，夏禄口口声声要去告状，地方绅士培琪利用法官送来的鹿肉设宴替双方和解，全温莎的头面人物都出席了这次宴会。在宴会上福斯塔夫认识了培琪娘子和福德娘子，得知她们经管丈夫的钱财，宴罢归来便写情书去求爱，因而招致，两位风流娘子以后对他的捉弄。财源枯竭的福斯塔夫，不得不"紧缩"机构，精减人员。被撵走的跟班出于报复心理，去向俩娘子的丈夫告密，给下文傅德刺探与捉奸点燃了引线。爱文斯牧师赴宴时主动给法官侄子斯兰德提亲，打发人去托快嘴桂嫂向培琪家小姐求婚；可是桂嫂早已对法笺大夫承诺说，安·培琪小姐一定会嫁给他，这就引起大夫下战书要同"多管闲事"的牧师决斗的趣剧。央求桂嫂说媒的第三个人是范顿。媒婆替三个人同向一个姑娘求婚，这件事给安·培琪终场瞒过众人跟随意中人私奔打下了埋伏。第一幕仅仅是全剧的楔子，不但让温莎的各色人物捉弄人者和受捉弄者全都亮了相，把温莎的风土人情、生活习俗介绍得趣味盎然，处处散发着"快乐的英格兰"的泥土气息，而且把剧情的来龙去脉告诉了观众，使人们循着明晰的走向看下去，不至于在热闹多变的场

---

[1] 张泗洋等：《莎士比亚戏剧研究》，长春：时代文艺出版社，1991年，第126页。
[2] 马克思和恩格斯：《马克思恩格斯全集》（第三十三卷），北京：人民出版社，1973年，第108页。

面中感到茫无头绪。

两条干线两条支线。莎剧编排情节的特点大致有四多：多头绪、多枝节、多场景、多层次，这四多又集中凝聚在情节线索多上。《风流娘儿们》也不例外；关于这部喜剧情节线，国内外学者有不同的分法[1]。受这些分法的启发，细读原著，揣摸剧作家的创作意图，掌握整体构思，不妨把《风流娘儿们》的情节线分为两条干线与两条支线。中心基干线是温莎两个富裕市民妻子——福德娘子和培琪娘子对福斯塔夫的三次捉弄：后者把内容一字不差完全相同的两封情书，派侍童分别送给两位娘子，不料她俩是好朋友，联合起来对付他，让他上钩中计，一再出丑受辱。

另一条基干线是三个男子同向安·培琪小姐求婚：父亲一心把女儿嫁给斯兰德，母亲却选中卡厄斯大夫做女婿，安·培琪既瞒过了爹妈，又甩掉了两个不称心的求婚者，终于同心心相印的范顿秘密结了婚。两条基干线又各有一条支线作补充，使剧情更为丰富生动，内容更为充实饱满。福德捉奸反受娘子捉弄是中心基干线的补充。风流娘子引诱福斯塔夫上钩的办法竟然是"约他一个日子相会"，假意叫他来偷"情"，如果没有福德捉奸的配合，要笑福斯塔夫的恶作剧就不易奏效，一箭双雕（既惩罚坏人又教训忌妒丈夫）的效应也无法取得。店主骗人遭报复、替人帮忙得报偿是第二条基干线的补充。大夫与牧师决斗，邀请店主做公证人；好心的店主叫决斗双方"一个人到这儿，一个人到那儿，大家扑了个空"。受骗的双方握手言和，共同商量出报复的办法，

---

[1] 参见方平：《谈〈温莎的风流娘儿们〉的生活气息和现实性》，《和莎士比亚交个朋友吧》，成都：四川人民出版社，1983年，第3页；阿尼克斯特：《莎士比亚的创作》，第291页。

让真正的骗子骗走了店主的三匹马,使店主几乎破产;幸亏他替一对真心相爱的情侣范顿和安·培琪找到一位主持秘密结婚的牧师,不但全部损失得到补偿,而且还附加"黄金百镑"作为酬劳。往来两条基干线之间并将其联成一体的关键角色是快嘴桂嫂,她的正式身份是卡厄斯大夫的女佣人,兼营第二职业——媒婆;三个求婚人都央求她说媒,她也替他们出力去向培琪家小姐提亲;两位风流娘子顺便托她捎话,去向福斯塔夫通知约会时间。桂嫂在喜剧结构上所起的穿针引线、传递信息作用,至今尚未引起莎评界足够的重视。

清白的风流,神圣的欺骗。女王的"金口玉言",不仅规定了《风流娘儿们》的中心情节——福斯塔夫求爱,同时也限定了喜剧的中心思想——爱情婚姻问题。剧本表现了两种截然对立的爱情婚姻观:一种是把爱情当作金钱交易的手段,视女性为一注有利可图的私有财产,这是中世纪流传下来的封建旧习俗;另一种是自由择偶的新风气,把婚姻看成男女两情相悦的结合,这是人文主义新爱情观。贬旧褒新正是这出喜剧的主旨所在。福斯塔夫以第三者的面目,去向两个有夫之妇大献殷勤,这本身就很不道德了,更何况他求爱的目的是为了接管她们手中经管的钱财:

> 我要去接管她们两人的全部富源,她们两人便是我的两个国库;她们一个是东印度一个是西印度,我就在这两地之间开辟我的生财大道。(第一幕第三场)[1]

---

[1] 莎士比亚:《莎士比亚全集》(第一卷),朱生豪译,北京:人民文学出版社,1986年,第190页。本文所引莎剧译文,如无特殊说明,则出自此版本,不再加注。

正是财迷心窍的原因，导致他接二连三地上当受辱而痴迷不悟；"莎士比亚以这个人物批判了追逐金钱的恶劣社会风气，形象而生动地揭示了衰落的封建贵族阶级不得不向新兴的资产阶级靠拢的历史趋势"。[1] 温莎的两个市民妻子，特别是福德娘子，面对胖骑士的调戏，表现得成熟自信，开朗豁达，乐观机智，在无损于自己名节的原则下，将计就计。

  采取长期诱敌的计策，
  只让他闻到鱼儿的腥气，
  不让他尝到鱼儿的味道，
  逗得他馋涎欲滴，
  饿火雷鸣。（第二幕第一场）

自投罗网，三次赴约居心来偷"情"，却一再出丑。第一次头朝地脚朝天钻进盛脏衣服臭袜子的篓子里，被扔进泰晤士河的烂泥沟里，差点淹死；第二次被扮作巫婆，遭到福德一顿痛打，几乎疼死；最后扮成传说中的鬼怪，头上装了两只鹿角，被人拧得遍体鳞伤、叫烛火烧得体无完肤。这个老色鬼以打算让两个风流娘儿们丈夫头上生角始，以给自己额头装上两只大角终，极尽受奚落之能事。在惩处坏人的同时，还叫兴师动众前来捉奸的丈夫接受了教训，福德娘子说得好："我不知道愚弄我的丈夫跟愚弄福斯塔夫，比较起来哪一件事更使我高兴。"长于出谋划策的培琪娘子，用四行诗表述了她们那爱寻欢作乐而又洁身自爱的性格特点：

---

[1] 张泗洋等：《莎士比亚戏剧研究》，第126页。

不要看我们一味胡闹，

这蠢猪是他自取其殃；

我们要告诉世人知道，

风流娘儿们可照样清白[1]。（第四幕第二场）

福德和培琪夫妇毕竟是资产阶级人物，看重的毕竟是金钱权势。福德把妻子视为家庭里一项重要财产。

偷"情"的福斯塔夫和捉奸的丈夫，实际上展开了一场争夺和保卫私有财产的白热战。[2]

培琪给女儿找了个半傻子斯兰德，图的是他田地多、家底厚；培琪娘子偏偏要给姑娘选个连英国话也听不大懂的老外，为的是阔大夫经常出入宫廷，结交权贵；几个求婚人争先恐后到培琪家说亲，与其说是出于对安·培琪本人的爱，不如说更爱她所能继承的大笔遗产。剧中凡是图钱财、攀权势的人，统统都受到了捉弄。恋爱自由婚姻自主的新风气，同父母包办钱字当头的旧习俗冲突的结果，宣告了人文主义爱情婚姻观的胜利，剧终范顿向培琪夫妇说明真相的话，是这一胜利的宣言书：

你们用可耻的手段，想叫她嫁给她所不爱的人；可是她跟我两个人久已心心相许，到了现在，更觉得什么都不能把我们两人

---

1 "可照样清白"一句，采用了方平的译文，参见莎士比亚：《莎士比亚喜剧五种》，方平译，上海：上海译文出版社，1986年，第489页。

2 方平：《谈〈温莎的风流娘儿们〉的生活和现实性》，第7页。

拆开。她所犯的过失是神圣的,我们虽然欺骗了你们,却不能说走不正当的诡计,更不能说是忤逆不孝,因为她要避免强迫婚姻所造成的无数不幸的日子,只有用这办法。(第五幕第五场)

一部闹剧杰作。有学者认为,《风流娘儿们》"远远不是一部成功之作",理由之一是说"它偏离了莎士比亚喜剧的一贯抒情风格,去追求闹剧的效果";理由之二是说它"在情节、人物乃至语言方面,似乎莎士比亚没有进行仔细的推敲和斟酌,留下了不少粗糙和草率的痕迹"。从创作限期的紧迫考虑,第二个理由不无道理。但第一个理由则未免有厚此薄彼之嫌,仿佛只有抒情戏才够得上高档次、高品位的喜剧,相形之下,闹剧必然流于低档次、低品位乃至低格调之列。要知道抒情剧和闹剧各有巧妙不同,不应以体裁论高低,而应以质量见优劣。以情节和热闹场面取胜的闹剧,有其不可替代的优势,它以其贴近生活和娱乐性更受观众欢迎。其实莎氏的抒情喜剧,部部都少不了闹剧成分。就说抒情性最突出的《第十二夜》吧,如删去丫鬟设计捉弄大管家马伏里奥的闹剧线索,这出戏便会大大减色。再以号称莎氏四大喜剧之一的《无事生非》来看,要是没有两个独身男女的相恋、两个糊涂警官的破案这些闹剧情节,这出戏便会成为一副抽掉实质内容的空架子。怪不得英国诗人柯勒律治反问道:《无事生非》这出抒情戏,如果"取消培尼狄克、贝特丽丝、道格培里以及他们对希罗遭遇的关注,还剩下什么呢?"[1] 即便是莎氏最优秀的历史剧《亨利四世》,其中要是没有福斯

---

[1] 柯勒律治:《关于莎士比亚的演讲》,杨周翰选编:《莎士比亚评论汇编》(上),北京:中国社会科学出版社,1979年,第135页。

塔夫这条闹剧线索，单单把国王父子平叛以及老王驾崩太子继位这些历史事件搬上舞台，这出戏还有什么看头？《风流娘儿们》之所以能成为一部杰作，正因为它继承了历史剧中的闹剧真传，完成了胖骑士的形象塑造，被列入福斯塔夫三部曲末篇享誉世界。

英国许多评论家"都认为《亨利四世》中的福斯塔夫和《温莎的风流娘儿们》中的福斯塔夫，乃是两个人物，后者要渺小得多，而前者才是文学上的伟大成就"。我国莎剧翻译家方平则力主："后面（喜剧中）的福斯塔夫，是前一阶段的福斯塔夫合乎逻辑的发展和很有必要的补充。"须知《亨利四世》中的福斯塔夫乃是逗太子开心取乐的丑角，到了《风流娘儿们》里便降为温莎两个市民妻子愚弄的可怜虫。在历史剧里他出入宫廷权贵社会；到喜剧中则沦落进市民包围的环境之中，查遍莎剧全作，"剧情完完全全在资产阶级环境中展开的剧本，除《温莎的风流娘儿们》之外，还没有第二部"。历史剧中的福斯塔夫，言行举止总是同官方社会相对立，凡是他想干的事，样样无不同国法水火难容；到了喜剧里，他却装出一副官方人士的派头，吹嘘他同宫廷的关系，炫耀自己的高贵出身，大摆其爵士架子。福斯塔夫在《亨利四世》中的爱情生活，只限于嫖娼、奸占女店主桂嫂的身体；他是天生的色鬼，一味追逐女性只是为了发泄兽欲，他不可能成为一个钟情的恋人，谈情说爱不合乎他的本性，所以在《风流娘儿们》中，福斯塔夫并非以恋人的身份出现，而仅仅是假装在恋爱。在作为王储的酒肉朋友和野猪头酒店的常住顾客时，福斯塔夫也从不放过一个机会去掏骗别人的钱袋。如今他失去了皇太子这座靠山，断绝了经济来源，他虽照旧"用假骰子到处诈骗人家"，指示跟班去偷窃，但他已经"快要穷得鞋子都没有后跟啦"。为了维持他那不劳而获的起码生活水平，他"必须想个办法，捞一些钱来"。于是施展自己的好色天性，向有钱的市民娘子大献殷勤；弄钱在喜剧里成了目的，假装恋爱反而成了捞钱的手段。历史剧中的福斯塔夫，每逢吹牛说谎被识破时，凭着他那敏捷的思维、机智的头脑，总能急中生智，迅速做出反应，逢凶化吉，摆脱困境；喜剧中的福斯塔夫，几次三番自投罗网，陷于窘境丑态百出，似乎智穷才尽、灵气顿失。原因何在？原因就在于，福斯塔夫这一类人物只能活跃在战火弥漫的乱世。在动荡、慌恐、社会发生急剧变化的环境中，约翰爵士真有如鱼得水之感，局面越混乱，他越能浑水摸鱼。他在《亨利四世》中的所作所为，从盖兹山的抢劫到野猪头酒店的吹牛，从招兵受贿到诈去夏禄千磅巨款，从战场上临敌装死躺下到事后背着尸体去冒领军功……哪一样也离不开战争环境，诚如大法官所言：

> 您在索鲁斯伯雷白天所立的军功，总算把您在盖兹山前黑夜所干的坏事遮盖过去了。您应该感谢这动乱的时世，让您轻轻地逃过了这场官司。(《亨利四世》(下篇)第一幕第二场)[1]

由此可见，福斯塔夫的黄金时代只能是法纪荡然无存的战争岁月，一朝天下太平，他"这个既失去生活的理想，又失去经济来源的社会渣滓，已到了穷途末路、混不下去的地步了"。早在历史剧结尾，胖骑士业已被新即位的亨利五世宣判放逐，到了喜剧中被当作废物倒进河里便成了他应有的下场了。

闹剧在莎氏创作中占有重要地位，莎氏写的闹剧不止一部，而是

---

[1] 莎士比亚：《亨利四世》(下篇)，朱生豪译、吴兴华校，《莎士比亚全集》(第五卷)，北京：人民文学出版社，1986年，第3页。

三部:《错误的喜剧》(1592年)、《驯悍记》(1594年)、《风流娘儿们》。同早期创作的两部闹剧比,《风流娘儿们》无论在思想上还是艺术上都上了一个新台阶。前两剧都流露出男尊女卑的旧观念,根据《驯悍记》拍摄的电影甚至被指责有歧视妇女倾向而受到抵制[1]《风流娘儿们》一反传统偏见,把女性地位提到了惊人的高度,三个妇女一跃而成了左右全局的主导角色,整本喜剧可以说就是她们所导演的"骗"人游戏,男子汉一个个成了娘儿们愚弄的对象。两个中年妇女把胖骑士和福德绅士玩弄于掌股之上,果然本领高强;安·培琪瞒过了爹妈和众人,真称得上青出于蓝,一代胜过一代了。《风流娘儿们》是莎氏在其喜剧创作进入最成熟阶段写就的佳作,剧中一切均按事先制订的计划有条不紊地进行,而掌握全盘计划的总牵线人乃是两名风流娘子与一名待嫁的姑娘。福德娘子和培琪娘子在每次捉弄福斯塔夫之前,都把商量好的计划逐一向观众披露,三次打发桂嫂去通知约会时间;桂嫂前脚出门,福德后脚就跑进来探明偷"情"时间,以便捉奸。至此,观众就把什么都了解得清清楚楚,抱着无所不知无所不晓的超脱心情,去欣赏胖骑士是怎样自投罗网的。安·培琪小姐的计划则是用一封信的形式借情人范顿之口转述出来的。为了全盘计划的圆满实现,莎氏调动了他所惯用的乔装打扮、偷听偷看,以及对话时的双关语、曲解原意等喜剧手法,使场面更热闹,剧情更生动,语言更生活化。福德化名白罗克绅士,怂恿福斯塔夫去勾引自己的太太,以便他趁机捉奸;胖骑士不识庐山真面目,当面骂福德是"乌龟王八",他哑巴吃黄连,有苦难言;他两次兴师动众

---

[1] 参见《威尼斯商人》等电影在新西兰受指责:"英国《泰晤士报》援引路透社的报道说,根据莎士比亚《威尼斯商人》和《驯悍记》拍摄的两部电影被指责有反犹太人和歧视妇女倾向,受到新西兰维多利亚大学英语俱乐部的抵制。"参见《文学报》(沪),1985年8月15日。

去捉奸，没料想却促成了两个娘子的"一举两得"之计。福斯塔夫准时如约前去偷"情"，被安置在暗处，人家一唱一和，故意让他"偷听"到不少侮辱他的话，他反而以为是帮他摆脱困境的良方，因而表演了主动钻篓子的丑剧。胖骑士二次去偷"情"，被扮成巫婆，遭到捉奸的福德一顿棒打。最后一次赴约，两个风流娘子组织了一次化装夜会来愚弄福斯塔夫：让他扮成古老传说中猎夫赫思的鬼魂，头装两只鹿角，晚上12点到1点之间在林苑大橡树旁等候幽会；以安·培琪为中心的众儿童扮成神仙和精灵，埋伏在树旁土坑里，等胖骑士一来，便一拥而上，团团围住，用手拧，用蜡烛烫，质问他怎么胆敢装扮成鬼怪模样"闯进神圣的地方来"。培琪夫妇和他们选中的女婿，都打算利用这次夜会来达到各自的目的，安·培琪小姐假意应允了父母，暗地里却用偷梁换柱之法，叫两个男孩改穿女装，分别去随斯兰德、卡厄斯举行婚礼，她却同范顿真正结了婚。《风流娘儿们》的编剧技巧，处处离不了一个"骗"字。福德娘子和培琪娘子巧设相思局，挑逗得胖骑士多次上当，是一大骗。安·培琪瞒天过海，跟意中人私下成婚，逼爹娘认可，也是一大骗。桂嫂凭着一张媒婆嘴，替三个男子汉"同样出力"去向一个姑娘求婚，又在福斯塔夫和两个风流娘子之间进行双向交流，往返都在行骗。至于店主骗人遭报复、替范顿出力骗培琪夫妇，更称得上连环骗了。这些骗局，或出于对流氓的惩戒，或出于对忌妒丈夫的教训，或出于对金钱买卖婚姻的嘲弄，一言以蔽之，都是"光明正大的恶作剧"。每次恶作剧的扮演过程，总会激起台下热烈的掌声和会心的笑声，观众就在欢快轻松的笑声中自然而然地受到启迪和教育。

雅俗共赏，常演常新。 人们多以为《风流娘儿们》是奉旨草草赶写成的急就章，其实这是剧作家长期孕育的结晶，莎士比亚在《亨利四世》（下篇）的收场白中曾向观众许诺说：

> 要是你们的胃口还没有对肥肉生厌,我们的卑微的著者将要把本剧的故事继续搬演下去,让约翰爵士继续登场。[1]

这一承诺的兑现,便是《风流娘儿们》的创作。如果说这是一桩遵命文学,那么它既尊女王之命,又遵上帝(广大观众)之命;上帝之命让作家十月怀胎,皇帝之命不过在一朝分娩时起了一个促生婆作用罢了。喜剧从问世之日起,一直久演不衰,既为上自女王等文化层次颇高的人士所津津乐道,又受到一般市民阶层的热烈欢迎,真可谓雅俗共赏之佳品。《风流娘儿们》不仅风靡了文艺复兴时代的英国舞台,而且跨越时空,走向地球的各个角落。单以我国为例,在首届中国莎士比亚戏剧节上,就有两个剧团同时分别在京沪两地首演此剧。武汉话剧团在上海演出时,吸收了我国传统戏曲的一些表演手段,如跑"园场"、道具虚化(演员拉门帘、窗帘时,只见手动,配以乐器,听得见声响,看不见实物)等。更多地注重舞台的整体动作和喜剧效果,特别是胡庆树(福斯塔夫的扮演者)令人捧腹的传神表演,使这出四百年前的闹剧杰作,赢得了当代中国观众的喝彩和内行专家的好评。[2]

---

[1] 方平:《谈〈温莎的风流娘儿们〉的生活和现实性》,第5页。
[2] 参见李智平:《让莎士比亚入乡随俗——记载汉话剧院排演〈温莎的风流娘儿们〉》,《首届中国莎士比亚戏剧节会刊》,1986年4月10日第3版;《关于〈第十二夜〉、〈温莎的风流娘儿们〉、〈爱的徒劳〉的评论——"莎剧节"第二次评论会纪要》,《首届中国莎士比亚戏剧节(上海)简报》,第4期。

两相对照层层铺垫
——莎士比亚《第十二夜》的形象体系[1]

陈 惇

通过对莎士比亚喜剧的代表作《第十二夜》中成功运用两相对照、层层铺垫的手法来构筑形象体系的分析,阐释了莎士比亚喜剧的精到之处,并试图提供一个解读莎翁喜剧的新视角。

《第十二夜》[2]是成熟时期莎士比亚的作品,人们往往把它看成莎士比亚喜剧的代表作,以它为例来说明莎士比亚喜剧的成就和莎士比亚喜剧的一些基本特点。

这部喜剧和莎士比亚的许多喜剧作品一样,通过对青年人的爱情和友谊的描写,歌颂人文主义的美好理想,具有浓厚的抒情性和浪漫主义色彩。在莎士比亚时代,这类歌颂爱情的作品大量涌现,真可谓汗牛充栋。莎士比亚的作品之所以高出一般,在于他能站在更高的思想境界来看待人类的爱情生活,描写爱情的主题。他把一种秩序井然的、人与人之间和谐相处的社会当作自己的理想,博爱是实现这一理想的途径;

---

[1] 原载于《辽宁师专学报》(社会科学版)1999年第1期。
[2] 本文中所引台词均出自莎士比亚:《莎士比亚全集》,朱生豪译,北京:人民文学出版社,1978年。

他极其重视道德的价值，认为自私、背叛、纵欲、贪婪等恶习是理想的大敌，而真诚与无私则是实现理想境界所必需的最美好、最宝贵的品德。正是基于这样的思想，莎士比亚把青年男女之间的诚挚的爱情看成这种和谐的社会关系的体现，大力歌颂青年人在爱情问题上所表现出来的真诚无私的道德品质。在创作上，他也总是着力刻画人物在爱情生活中所表现出来的精神面貌，赞颂真善美，鞭笞假恶丑；总是把塑造理想人物放在创作的中心地位，竭力挖掘他们的心灵之美，把他们写得光彩照人。我们看到在莎士比亚的笔下，出现了一个个理想化的男女青年的形象，他们不仅出身高贵，面目俊秀，而且心地纯真，品德高尚，在他们身上体现着人文主义思想的美好和力量，闪烁着耀眼的光芒。欣赏这样的作品，使人厌恶丑而向往美，使人变得精神高尚，灵魂纯真。

《第十二夜》也是这样，把塑造理想人物放在中心地位，通过他们的爱情生活来表现他们的心灵之美。值得注意的是作家为塑造好剧中的主要人物薇奥拉，精心构思了一个由许多人物组成的形象体系，让他们从不同的方面衬托薇奥拉，把剧中的这个主要人物上升到理想的最高点，从而也把人文主义理想的光辉表现得令人神往，耀人眼目。

一

《第十二夜》以爱情为主题，全剧围绕着这个主题出现了众多的情节线索和人物形象。表面看来，这些情节和人物都处在松散的状态，实际上它们是一个有机的整体。就人物来讲，主要人物可以分为两大集团。一个是理想型人物集团，包括薇奥拉、奥西诺和奥丽维娅，另一个是现实型人物集团，其中有托比、玛利亚、安德鲁和马伏里奥。前者是主体，后者是陪衬。这些人物都在追求自己的爱情幸福，但是，他们在爱情追求过程中所表现出来的精神面貌，却是各不相同的。

在现实型人物集团中，托比是中心。他的身份，他的肥胖，他的所作所为，使人想起莎士比亚笔下的福斯塔夫。他和福斯塔夫一样有爵士身份，而且是奥丽维娅小姐的叔父。按说这是一位贵族，而实际上，他早已失去自己的财产和地位，贵族身份只是一个空洞的封号。他当前的真正身份是食客，与奥丽维娅小姐家的仆人相差无几，一个管家都可以训斥他。这就是说，他已经从旧营垒中被分离出来，混迹于平民之中。托比身上最大的特点是他的享乐主义的人生态度。他把人生看成一场游戏，把人生的意义简单地概括为吃喝二字。所以，他一心一意寻欢作乐，整天地大吃大喝，酗酒闹事。只要能得到快乐，他什么都可以做。没有足够的钱财供他挥霍，就利用安德鲁追求奥丽维娅小姐的欲望，骗取金钱。这种行动使我们自然地联想到《奥赛罗》中的伊阿古。由此可见，托比不仅在市民中鬼混，而且已经学会了市侩的手段。同样，他的那种享乐主义的人生态度，既来自旧营垒的腐朽性寄生性，同时也来自文艺复兴时代随着禁欲主义的破产和个人主义的泛滥而流行于世的纵欲、享乐的风气。托比把这二者奇妙地结合在一起，形成一个极富时代特色的个性。托比身上另一个特点是坦率和乐观。他讨厌马伏里奥式的虚伪，从不掩饰自己对享乐的追求。正是在这一点上，他成为一个喜剧人物，人们只觉得此人品格低劣而并不可恶。也正是在这一点上，他和玛利亚有了共同性。玛利亚虽说是奥丽维娅小姐家的女仆，但是她性格开朗，思维敏捷，喜欢自由自在的生活，最讨厌马伏里奥的那种假正经，于是，她和托比脾气相投，终于结为夫妻。

安德鲁的身份也是贵族，而且是骑士。但是，他早已失去了骑士的精神面貌，他的生活目标不是像骑士那样去争取战功和荣誉，而是吃喝享乐。他和托比沆瀣一气，把人生意义这样一个严肃的问题加以亵渎：

  安德鲁　……我以为我们的生命不过是吃吃喝喝而已。
  托比　你真有学问，那么让我们吃吃喝喝吧。（第三幕第三场）

  不过，他和托比还是有所不同。托比没钱，他的钱袋还算充足；托比狡猾，他却愚蠢得像个傻瓜。他跟着托比鹦鹉学舌，亦步亦趋，当够了冤大头。他是个骑士，最丢脸的是他自己下了挑战书，临到要决斗时，却露出了懦夫的原形，说是对方如果肯放过他这一回，他情愿把自己的灰色马儿送给人家。这样一个猥琐的人物居然也想追求高贵的奥丽维娅小姐。那不过是赶时髦，根本谈不上什么爱情。其实他真正感兴趣的，不是爱情，而是吃喝玩乐。

  在这个现实型人物集团中，还有一个人在追求奥丽维娅小姐，那就是她的管家马伏里奥。表面看来，这是一个清心寡欲、一本正经的人，但是玛利亚一语道破了他的本质：

  他是个鬼清教徒，反复无常、逢迎取巧是他的本领；一头装腔作势的驴子，背熟了几句官话，便倒也似的倒了出来；自信非凡，以为自己真了不得，谁看见他都会爱他……（第二幕第三场）

  剧本主要揭露他的这种假作正经、自命不凡的特点和利欲熏心的本质。他追求奥丽维娅小姐，并不是出于自己对小姐的爱情，只不过为了得到小姐的家产和地位，他以为自己只要能娶到小姐，那么小姐的财产、地位和小姐本人都归他所有，一举而三得。他也就从一个仆人一下子变成可以作威作福的主人。他自以为小姐对他有意，而且想到，这种主子嫁给仆人的事并不是没有先例的，譬如斯特拉契夫人就下嫁给自己的仆人。他越想越美，甚至凭空想象自己和小姐结婚以后的日子。那时，他可以坐在座上，身上披着绣花的丝绒袍子，把家臣唤到自己跟前，要装出一副威严的神气，先目光凛凛地向众人瞭视一周，对他们表明自己的地位，然后向他们发号施令。马伏里奥被自己这种虚构的念头弄得昏头昏脑，忘乎所以。为了做一个上等人，他在太阳下面对着自己的影子装模作样地练习贵族礼仪，玛利亚正是利用了他这种自命不凡的虚荣心，戏弄了他，揭露了他。玛利亚模仿小姐的笔迹，用闪烁其词的语言写了一封信，让马伏里奥拾到。那伪君子果然中计。信中有几句话对他特别有诱惑力，什么"有的人是生来的富贵，有的人是挣来的富贵，有的人是送上来的富贵"。再加上MOAL这个似像似不像的名字，让马伏里奥不由自主地往别人设置好的圈套里钻。他穿着小姐最讨厌的黄袜子，打上小姐最讨厌的十字花，装出一副笑容，向小姐走来。结果，把奥丽维娅吓得以为他发了疯，立即下令将他关进黑屋子。他的求爱梦也就成了泡影。

总之，在现实型人物集团中，尽管存在着差别和矛盾，然而在爱情与婚姻问题上，有着一个共同点，那就是他们所追求的是一种官能的享乐。这里所有的，或是平庸，或是丑恶，就是没有理想的光辉，因此，在爱情追求的过程中，当然也不存在什么心灵之美。莎士比亚对这一批人的态度虽不是一概否定，但都没有给以赞美。马伏里奥被人嘲弄，出尽了洋相。安德鲁被人欺骗，掏空了钱袋。剧本的最后，有情人终成眷属,"各随所愿"(人们给剧本所取的另一个剧名),唯独这两个人不但没有如愿,反而被人嗤笑一场。莎士比亚对这种所谓的爱情追求,嗤之以鼻。他的态度再明朗不过。托比爵士的情况稍为复杂一些。他的酗酒纵乐,令人生厌。但是他对待生活的乐观态度,又使人对他稍有好感。莎士比亚虽然写到他与玛利亚的结合,不过对于他的纵欲和平庸的精神面貌也并不赞赏。应该说,这三个人物所代表的生活态度,在现实生活中是普遍存在的,在剧本中,他们也是作为理想人物的对照而存在的,因为没有平庸和丑恶,就显不出理想的光彩、理想的美好。

二

《第十二夜》的另一个人物集团是与上述现实型人物集团不同的理想型人物集团,其中有三个人物,即奥西诺公爵、奥丽维娅小姐和薇奥拉。有趣的是这三个人物处在一个复杂的爱情纠葛之中,而且形成了一个圆周式的爱情追逐的关系。薇奥拉爱上了奥西诺,奥西诺爱的是奥丽维娅,而奥丽维娅不爱奥西诺,却对化装成男仆的"西撒里奥"的薇奥拉一见钟情。他们仿佛受到魔棒的指挥,情不自禁地陷进这样的爱情漩涡之中。这是一个由误会引起的戏剧性纠葛。莎士比亚就在这样的纠葛中,让他的人物一个个都积极地行动起来,尽情地显示出他们心灵中的美好的东西。

在爱情问题上,奥西诺、奥丽维娅、薇奥拉三人处在平等的三角关系中,但是从爱情追求中所表现的精神品质来讲,他们虽然都具有人文主义理想的性质,却处于三个不同的层次、不同的品级。

奥西诺是一位"高贵的公爵",他"品格很高,年轻而纯洁","有很好的名声，慷慨、博学、勇敢，长得又体面"。剧本开始时，他已经陷入对奥丽维娅单相思的痛苦之中。他的爱情是一见钟情式的。他第一眼瞧见奥丽维娅小姐，就觉得好像空气给她澄清了，自己变成了一头小鹿，爱情就像凶暴残酷的猎犬一样，永远追逐着他。不过，他的爱情并不因此而是浅薄的。他对奥丽维娅的爱，与马伏里奥对小姐的追求不同，也与安德鲁不同。他不为钱财地位，也不为享乐，而是仰慕小姐本人：

> 我的爱情是超越世间的，泥污的土地不是我所看重的事物；命运所赐给她的尊荣财富……在我的眼中都像命运一样无常，吸引我灵魂的是她的天赋的灵奇，绝世的仙姿。（第二幕第四场）

当他听说奥丽维娅决心为死去的哥哥志哀七年的时候，他看到了一颗纯真优美的心，更增添了几分敬意。他相信小姐是一个感情深沉的人，一旦发生爱情，便会赤诚专一，倾心相待。可见，奥西诺追求的是高尚的感情。从这个意义上讲，他是一个理想型的人物。

奥西诺的致命弱点是，他的爱只停留在心头，不能转化为行动的力量。他爱得真诚而热烈，然而爱情只在他自己的内心燃烧，只能引起他感情上的折磨，却不能促使他去积极行动。对他来讲，体验这种感情的甘苦，似乎比争取到恋人的爱情更为重要。他整天躺在自己的花园里长吁短叹，像希腊神话里的那卡索斯那样顾影自怜。他平常喜欢音乐和狩猎，如今这些娱乐都因失恋而变得索然无味。他过着孤寂的日子，每天沉思冥想，抑郁寡欢，一个人玩味爱情的苦果。他表达爱情的方式也颇为古怪。他从不自己出面向对方倾吐情意，而是派使者传递仰慕之情,代他求爱。这种爱情方式不像文艺复兴时期新人那种大胆、热烈、勇敢的爱,颇似中世纪欧洲骑士的所谓精神之爱。看来,这位公爵的身上,既有新时代的精神,又保留着旧时代的遗风。莎士比亚赞赏他的真挚和诚恳,却并不欣赏他的这种精神之爱。他对奥西诺的态度是基本肯定又有所批评的,这种批评主要表现在奥丽维娅的冷漠态度上。莎士比亚认为,像奥西诺这样的自我欣赏式的爱情,不可能得到感情的交流,只能让求爱者自食苦果。

奥丽维娅的精神境界显然比奥西诺高出一筹。她的感情不但真诚,而且炙热。她不爱则已,一旦产生爱情,便立即化为力量,见诸行动,这行动又表现得那样急迫,那样主动。莎士比亚写人物往往采取欲擒先纵的手法。为了描写奥丽维娅的热情,却在她亮出真相之前,先给人造成一种冷漠、高傲的印象。她发誓要过七年尼姑式的生活,不接近任何男子;她痛苦得不想听一句玩笑话,要把弄人赶走;她拒绝接见任何客人,连公爵的使者也不例外;更有意思的是当她把"西撒里奥"放进来时,还要戒备森严,戴上面纱,故意刁难。其实,这种种的冷漠态度不过是一种掩饰,就像她蒙在头上的那块薄薄的面纱。等到薇奥拉一出现,人家没用几句话,就让她承认自己"不会那样狠心"。我们也很难责备她对奥西诺的拒绝。她要求有真挚而热烈的感情,像奥西诺那样的求爱方式,无法让人见到真情,更无从产生爱情。

奥丽维娅在冷漠的外表下潜藏着满腔的热情,只要有了机遇就会迸发。因此,当俊美、热情、才华横溢的"西撒里奥"出现在她面前的时候,她倾倒了。尽管在一开始还装得那么自恃、傲慢,实际上早已是一见倾心。她出神地看着对方,讲话颠三倒四;她不听奥西诺的恭维话,一再追问"西撒里奥"自己有什么话要讲;她遣走贴身的侍仆,单独与"西撒里奥"谈话;她亲手揭开面纱,向对方炫耀一下自己的天生丽质。此时此刻,她虽然放不下小姐的架子,而她的所作所为却处处流露出自己对于"西撒里奥"的好感,说明她早已情不自禁地坠入了情网。等到她一人独处的时候,她自己也立刻意识到了这一点,惊讶自己竟然"那么快便染上那种病",也就是相思病。不过,她并不介意,反而立即投入到争取爱情幸福的行动之中。

在奥丽维娅的面前,虽无顽固的父母、严酷的律法,然而要实现爱情幸福却也存在着两重障碍,一是她早已宣布了七年内不见一个男子的誓言,二是她与"西撒里奥"之间存在的等级界限。对于前一重障碍,奥丽维娅似乎并不在意,她好像早已忘了那个誓言,从此不再提起。对于后一重障碍,她并不是毫无顾忌的。当他对"西撒里奥"产生好感以后,并没有忘记问一问:"你的家世怎样?"听到对方说是个"有身份的士人",这才放了心。事后,她在回味这段对话时,第一个念头就是身份问题。她完全明白,想要与"西撒里奥"结合,"除非颠倒主仆的名分"。这时,她以自己的直觉,或者说以自己的主观愿望来证明对方出身高贵:"你的肢体、动作、精神,各方面都可以证明你的高贵。"看来,身份等级的观念,在她的思想上还占有相当重要的地位:爱情婚姻要讲究门当户对。不过,此时的奥丽维娅处在一种自相矛盾的心理状态。因为不管"西撒里奥"自己怎样宣称,也不管奥丽维娅主观上如何为他作证,那"西撒里奥"当前的身份毕竟是一个仆人。在这样的情况下,奥丽维娅仍然一往情深,自己找理由来摆脱思想障碍,这不能不说是一个勇敢的举动。在莎士比亚笔下,真挚的爱情总能化为一种冲破旧传统的强大动力。他的喜剧中的许多人物都能在这方面表现出自己的勇敢和才干。当然奥丽维娅并没有直接否定自己头脑中的等级观念，只是用一种自我开脱、自我安慰的方式摆脱了思想障碍。这样来描写奥丽维娅，符合她的名门千金的身份，使人物具有真实感。另外，这也是全剧的艺术风格所决定。这是一出轻松愉快的喜剧，剧中没有对立面的冲突，没有严重的思想斗争，奥丽维娅当然也不能例外。

奥丽维娅丢掉了思想包袱之后，马上采取行动。她的行动一个比一个大胆，一个比一个坦率，可以说是勇往直前、义无反顾。第一次见面之后，她当即以送还戒指为由，曲折地表示了自己的情意。第二次相见，她竟公然表白自己已经把名誉拴在桩柱上，任凭"西撒里奥"恣意虐弄。她把一个名门闺秀的高傲性格和一个姑娘最为宝贵的名誉都抛到了九霄云外，屈身于一个仆人的脚下。更可贵的是在她遭到拒绝之后，仍然是那么赤诚，那么执着。"西撒里奥"几乎成了她的偶像，就连他的轻蔑、怒气和冷淡，都被看作是一种美。她的爱达到了痴情的地步。第三次见到"西撒里奥"，她的痴情有增无减。她献出了自己的小像，表示自己的爱情至死不渝，哪怕对方是恶魔，她也甘愿被人家往地狱里推。第四次见到"西撒里奥"（实际是西巴斯辛），看到他受到委屈，表现出无限的深情和体贴。一当对方的感情有所流露的时候，她立即请来牧师，当场缔结婚约，简直到了急不可待的地步。爱情竟然使奥丽维娅变得这样真诚、这样直率、这样谦虚。

爱情在奥西诺和奥丽维娅两人身上产生的效果是如此不同，其症结就在它能不能转化为行动的力量。奥丽维娅是一个女性，但是她在追求爱情幸福过程中的表现，比奥西诺更像一个男子汉。她不仅有内心的体验和感情的激荡，而且从中获得一种力量，使自己从家族感情和等级观念中解脱出来，采取了一系列积极的行动。奥西诺则不然，两个人的差别也由此而显现出来。如果说奥西诺的爱情是内向的、封闭式的，那么，奥丽维娅的爱情是由内而外的、开放式、进攻式的；如果说奥西诺所要求的是别人对自己的感情抚慰，那么，奥丽维娅所做的更多的是感情上的奉献。

爱情可以使一个人变得品行高尚、行动有力，这是莎士比亚许多喜剧作品的共同思想，像奥丽维娅这样的新女性的形象，在他的作品中并不罕见，如果《第十二夜》也仅仅这样来描写理想人物，那么，它就没有给我们提供什么新东西，我们也不可能从这一出戏里看到莎士比亚的创作有什么新的进展。但是，莎士比亚是一个在思想上不断探索、在艺术上精益求精的戏剧家。他的每一部作品都有所创新，有所前进。从塑造理想人物角度来讲，《第十二夜》中的薇奥拉，可以说是他的创作的新成就，这一人物是莎士比亚对理想人物的心灵美的探索的艺术结晶，它的精神境界达到了莎士比亚喜剧人物思想的最高水平。

薇奥拉是一个多情而好幻想的姑娘，但又不是一个弱女子。她的头脑里充满着好奇心和冒险精神。她与兄长一起出海航行，船只失事，兄妹失散，她孤身一人漂流到了伊里利亚。一听到当地公爵的浪漫故事，她竟然决定女扮男装进入公爵家，当一名侍从。这真是一个异想天开的大胆的举动。过了三天，她以自己的诚挚的真心和非凡的才能，获得了公爵的宠信，与公爵成了推心置腹、形影不离的朋友。从她内心来讲，实际上已经默默地爱上了公爵，而且下决心要实现自己的这一愿望。然而正是这一个愿望，使她落到了一个极其为难的境地：她已经扮成男人，无法向公爵表白自己的爱情，当然也无法实现自己的愿望，因而只得默默地忍受内心痛苦的煎熬。她曾经假借女人的身份，向公爵表露这样的内心体验：

> 她从来不向人诉说她的爱情，让隐藏在内心的抑郁像蓓蕾中的蛀虫一样，侵蚀着她的绯红的脸颊；她因相思而憔悴，疾病和忧愁折磨着她，像是墓碑上刻着的"忍耐"的化身，默坐着向悲哀微笑。（第二幕第四场）

这样的痛苦，奥西诺也有过，但是没有薇奥拉体验得这样深刻。奥西诺明明可以表白，可以争取，却无力于行动，薇奥拉则是明知无法实现不得不把热情埋藏在心底，其痛苦的程度要远远胜过奥西诺。不过，薇奥拉绝不会像奥西诺那样，停留在忍受内心痛苦而不采取行动。她发挥自己的智慧和才能，用曲折的方式，或是暗示，或是语义双关，向公爵表露了自己的感情。薇奥拉的这些行动使她和奥丽维娅一样，成为一个爱情幸福的积极争取者。当然，她俩在各自的行动中的表现是不相同的，一个率真，一个智巧，显示了不同的个性。

对薇奥拉来讲，更大的困难还不是感情无法表达，而是她必须代表奥西诺去向奥丽维娅求爱。作为一个仆人，她不得违背主人的命令，但这是违背她的意愿的。此去求爱如果成功，那就是奥西诺与奥丽维娅相结合，也就是自己的失意。薇奥拉竟然面临着这样的难题：她必须用自己的努力去促成自己的不幸，以牺牲自己的爱情来促成他人的幸福。这对薇奥拉来讲，无疑是一次严峻的考验。然而正是在这样的考验面前，薇奥拉显出了她的高贵的心灵。起初，她也尽力为公爵服务，打开了奥丽维娅小姐的家门，不过，那只能说是照章办事，说不上有什么热情。后来，她的好奇心又来作怪，要求小姐打开面纱，想看一看小姐的面貌，了解一下自己的情敌。一当奥丽维娅撩开面纱，露出真相时，她不禁由衷地赞叹起来：

> 要是一切都出自上帝之手，那正是绝妙之笔。（第一幕第五场）

此时此刻，薇奥拉懂得了奥西诺为什么对小姐如此着迷，懂得了公爵的选择并非偶然。这样的美人，配得上自己心中的偶像，那才是天作之合。此后，她开始真心实意地促成公爵与小姐的结合。首先，她用半是讥讽、半是劝慰的语言，指责奥丽维娅不该这样埋没自己的天生丽质，实际上是帮助对方解除了思想顾虑，然后她仿佛真正成了奥西诺的化身，向奥丽维娅求爱。她的感情是那样的奔放，态度是那样执着，言辞是那样热情，滔滔不绝地吐出了一篇才华横溢的诗篇：

> 我要在您的门前用柳枝筑成一所小屋，不时到府中访谒我的灵魂，我要吟咏着被冷淡的忠诚的爱情的篇什，不顾夜多么深我要把它们高声歌唱；我要向着回声的山崖呼喊您的名字，使饶舌的风都叫着"奥丽维娅"。啊！您在天地之间将要得不到安宁，除非您怜悯了我！（第一幕第五场）

这种发自内心的追求，终于打动了小姐的心。可以想象，如果奥西诺本人有这样积极主动的努力，也许早就获得了小姐的垂青。

西巴斯辛的出现使这一场误会的爱情变得复杂化了。奥丽维娅与西巴斯辛相结合，公爵误认为薇奥拉是一个奸诈小人，决定把她处死。这对薇奥拉又是一个考验。她忠心耿耿地为公爵求爱，却蒙受了不白之冤，但是她仍然对公爵忠贞不贰。她说，她甘愿受一千次死罪，只要公爵的心能得到安慰。薇奥拉的痴情竟然到了如此忘我的程度。

纯洁、真挚、深沉的爱使薇奥拉变成了一个纯真的人。当爱情把她推到一个非作自我牺牲不可的境地，面临着一个个考验之时，她心甘情愿地接受考验，也经受了考验，表现出崇高的自我牺牲的精神。在她看来，爱情的幸福并不仅仅是自己个人的幸福，应该是恋爱双方的共同的幸福，更应该考虑的是对方的幸福：你既然爱上了一个人，那么如何使所爱的那个人得到幸福，就成了自己的心愿；一个真正懂得爱情的人，是能够为自己的心上人争得幸福的人，哪怕它会给自己带来不幸。这是一种理想化的思想境界，然而又是多么崇高的思想境界！薇奥拉就是这样爱得诚挚，爱得纯洁，爱得热烈，她也就变成了一个高尚的人、无私的人。有人说，爱情是绝对自私的。莎士比亚却通过薇奥拉的形象向世人昭示，真正美好的爱情应该是无私的！

三

从剧情发展看，《第十二夜》两大人物集团似乎是各自行动，关系不大密切。然而，从作家的总体构思来讲，它们却互相联系在一起，形成了一个完整的人物形象体系。这一体系建立在比较的基础之上。这里有不同质人物之间的比较，也有同质人物之间不同层次的人物的比较，通过这样重重的比较，突出了主人公薇奥拉。

在剧中，现实型人物集团和理想型人物集团之间构成对比关系；现实型人物的平庸和丑恶，反衬了理想人物的崇高与美好。这是总体性的对比关系，形成了全剧人物的总体构架。这是现实与理想的对比，是不同质的对比，二者处于反衬的关系之中。再以理想型人物集团内部来讲，三个人物之间也存在着对比的关系，不过，这是另一种对比，是就同质人物内部在思想境界上的不同层次而进行的比较。奥西诺、奥丽维娅、薇奥拉，他们虽然都具有美好的心灵，然而就其精神状态来讲，却处于不同的层次。奥西诺处于低层次，他有真挚的感情却没有积极的行动；奥丽维娅处于高一个层次，她不仅感情热烈真挚，而且为争取爱情幸福而积极行动，不过她的目标没有超出个人幸福的圈子；薇奥拉则站到了更高的层次，真诚深刻的爱情让她经受了多次考验，显示出她把他人幸福看得比个人更高的高尚无私的精神。可见，他们的精神境界一个比一个更高，一个比一个更理想化。这样的比较与前一种比较不同。这里不存在对立的关系，也不是正反相衬的关系，而是一种层层递进、层层铺垫的关系。全剧通过两大人物集团的对比，把理想人物衬托出来，又通过理想人物之间的比较，进一步把主要理想人物突现出来。换句话讲，它是通过不同性质的对比和层层递进的铺垫，把薇奥拉这个人物一步步地托到了理想的峰巅。

在这种种的比较关系中，也体现了莎士比亚对爱情问题各种不同观点所进行的剖析以及他的态度。托比爵士的爱情与他的人生观相一致，属于享乐主义；马伏里奥奉行的是功利主义；安德鲁不过是赶时髦。这三种爱情态度正是当时存在的普遍现象。在文艺复兴时期，人们从中世纪的禁欲主义束缚中解放出来，真正感受到人间的欢乐，要求尽情地享受，也敢于大胆地追求个人幸福。所以在那时，人们开始放开手脚，去追求现世享乐，追求爱情，追求财富。作为一个人文主义者的莎士比亚，他赞赏人们对于尘世欢乐的追求。他的长诗、十四行诗，他的早期喜剧，都表现出强烈的反禁欲主义的思想，以及对于人世欢乐、爱情幸福的歌颂。但是，他的思想在发展，逐步向着更高的精神境界追求。《第十二夜》可以说是他的这种精神追求的新收获。在剧中，莎士比亚嘲弄了马伏里奥的功利主义，否定了安德鲁的低俗可鄙，即使对于托比的享乐主义也不无批评。这可以说明他对平庸鄙俗的生活态度和人生追求是不满意的。与这三种人的爱情观不同，莎士比亚歌颂一种高雅的理想的爱。奥丽维娅的真诚主动，显然比奥西诺的自我欣赏高尚，而薇奥拉的无私忘我，当然更高出于奥丽维娅。从肯定人生欢乐到歌颂真诚的爱情，进而赞赏无私的精神，其间的变化和进步是不言而喻的。

从薇奥拉的形象的塑造中，我们还可以看到，莎士比亚有着一种信念：符合人文主义理想的爱情可以使人变得高尚，变得无私。如果我们回忆一下莎士比亚早期的喜剧创作便可知道，这正是他对于理想的人际关系和理想社会的探索的结果。他在喜剧创作中，曾经不断探索如何塑造体现出理想的心灵美的艺术形象，从《仲夏夜之梦》中的赫米娅，到《无事生非》中的罗瑟琳，再到《第十二夜》中的薇奥拉，都是他思想、艺术探索道路上不断前进的成果，然而就精神境界的理想化程度而言，薇奥拉无疑是他早期喜剧创作中水平最高的一个。人们说，《第十二夜》的剧名说明狂欢节的结束，也就是莎士比亚喜剧创作时期的结束。可是，如果我们从理想人物的塑造，特别从理想的女性人物的塑造来讲，这不但是结束，同时是高潮，因为正是这部喜剧中的薇奥拉，唱出了理想之歌的最强音。

试论《维洛那二绅士》在莎士比亚喜剧创作中的地位[1]

王维昌

莎士比亚的绝大多数喜剧,既不同于古希腊"喜剧之父"阿里斯托芬的漫画喜剧,也不同于17世纪古典主义喜剧家莫里哀的讽刺喜剧,而是一种被人们称之为"抒情喜剧"或"浪漫喜剧"的作品。它的特点,不仅取决于莎士比亚所处的时代,它所反映的社会内容,而且取决于莎士比亚的思想和艺术风格。但是,莎士比亚并非一开始就体现了自己特有的喜剧风格,而是经历了一个阶段的创作实践之后,才走上了"抒情喜剧"的创作道路的。那么,他的第一步在哪里呢?在我看来,这"第一步"就在《维洛那二绅士》的创作上。正是在这个剧本身上,莎士比亚所独有的喜剧风格开始萌芽并显露出来。虽然这一风格特色,还有待于莎士比亚以后的喜剧作品去充实、完善和提高,但是它的"面目"已经呈现得十分清晰、明朗,甚至可以说,正是《维洛那二绅士》所体现的风格特色,照亮了莎士比亚以后的喜剧创作道路,而莎士比亚也就一直沿着这条道路走了下去,再也没有改变方向。因此,《维洛那

---

[1] 原载于《淮北煤师院学报》(社会科学版)1990年第1期。

二绅士》在莎士比亚的喜剧创作中，占有不容低估的重要地位，它是莎士比亚整个喜剧创作中的奠基性作品。这一点，在莎士比亚研究界，似乎尚未明确指出过，故特一抒己见。

据专家们考证，《维洛那二绅士》创作于1594年，是莎士比亚的第二部喜剧作品；在这以前，即1592年，莎士比亚创作了他的第一部喜剧，即《错误的喜剧》。虽然这两部作品时隔仅只两年左右，但是他在喜剧创作的道路上已经跨出了新的一步，而且可以说是带有根本性转变的一步。《错误的喜剧》是他喜剧创作的开始。此剧就内容和风格而言，是一出"笑剧"（farce），它主要通过"误会"的手法，造成一连串出乎意料的事件和场面，以引起观众的哄堂大笑。剧中主仆四人（两对双胞胎兄弟），由于相貌的酷似，引起了一连串可笑的误会，构成了一出轻松有趣的喜剧。这基本上属于通俗喜剧（中世纪的市民喜剧）的范畴。虽然这里也有复杂情节的巧妙安排，也有喜剧技巧的灵活运用，也能博取观众一笑，但是应该承认，它的社会意义是有限的；而且就艺术性而言，由于它的喜剧效果主要不是通过人物的个性化描写来达到的，所以严格地讲，它的喜剧性和艺术性尚未有机地结合起来。不过它毕竟是莎士比亚的第一部喜剧，而且是他全部喜剧中唯一的一部完整的"笑剧"，因此在研究莎士比亚创作时，给予它一定的重视也还是必要的。

《维洛那二绅士》显然不同于《错误的喜剧》。它不是通俗喜剧，而是典型的性格喜剧，通过塑造具有鲜明个性的人物形象，通过人物性格间的矛盾冲突（而不是外貌相似而引起的误会）来反映社会现实，体现时代精神，取得喜剧效果。所以我们说这是"根本性的转变"。而且由此开始，莎士比亚的喜剧道路便确定了下来，他以后的喜剧基本上都是性格喜剧。同时，在题材内容的选择、主题思想的表达、情节结构的安排、艺术手法和戏剧语言的运用等方面，它都体现出了抒情性、浪漫性的特点，不仅有别于《错误的喜剧》，也有别于其他喜剧作家的喜剧作品。莎士比亚正是由此开始，逐渐形成了他所特有的喜剧风格，在世界喜剧史上独树一帜。

那么，《维洛那二绅士》在哪些方面体现出了莎士比亚所特有的喜剧风格，并且为他以后的喜剧创作奠定了基础呢？

一、它是莎士比亚喜剧中第一部以爱情为主题的喜剧

莎士比亚喜剧的基本主题是描写男女间的爱情生活，而这是第一部。爱情主题，在文艺复兴时期，具有鲜明的时代特色，因为资产阶级的个性解放，他们反对封建的禁欲主义，首先体现在争取爱情幸福、争取婚姻自主的斗争上。而我们知道，爱情题材，从来就是充溢着强烈的感情色彩和浪漫气息的。《维洛那二绅士》就是描写青年人的爱情生活的。在这里，爱情作为一种个性要求，一种人的自然感情（即人性）而得到了最鲜明的表现。它不受任何力量（包括自我和外界）的压抑，一旦萌生出来，就足以支配一个人的思想、感情、意志和行动，就足以冲决一切障碍爱情的获得的力量（包括父母的意志、门第的悬殊和财富的差别等等）。剧中的男主人公凡伦丁爱上了西尔维娅而感受了爱情的痛苦时，他承认这是上帝对他过去轻视爱情的一种惩罚。他说："我正在忏悔我自己从前对于爱情的轻视，它的至高无上的威权，正在用痛苦的绝食、悔罪的呻吟、夜晚的哭泣和白昼的叹息惩罚着我。"（第二幕第四场）同样，剧中的另一个男主人公普洛丢斯在没有背叛自己心爱的朱丽娅时，也曾受到爱情的折磨和煎熬。在这里，爱情既然是作为人的一种

自然的、纯真的、不可压抑的感情而表现出来,那么,争取爱情幸福,也就成为一种天经地义的、任何力量都无法阻碍的事了。剧中男女主人公在争取爱情幸福的道路上,虽然都曾遭受种种痛苦和磨难,但是在爱情的鼓舞下,他们终究通过自己的智慧和力量,达到了自己的目的。所以,莎士比亚倾力表现爱情的自然性和纯真性。讴歌青年人为争取爱情幸福而表现出的顽强意志和聪明才智,不仅成为本剧的主要内容,而且成为他的其他喜剧的基本主题。这是时代所赋予的主题,莎士比亚顺应时代的需要而表现了它,充分体现了他的喜剧创作与时代脉搏的一致性。

但是,莎士比亚对于爱情生活的描绘,并非单纯地进行歌颂和赞美。人们对于爱情历来就有两种不同的态度:或忠贞,或背叛。这在人类进入私有制社会以后,表现得格外明显。文艺复兴时期的青年男女当然也不例外。所以,莎士比亚在歌颂爱情的纯洁美好的同时,对于那种出于自私的目的和动机而背叛爱情的恶劣行径,进行了有力的揭露和嘲讽。剧中的凡伦丁是忠于爱情的典型,普洛丢斯则是背叛爱情的代表。正是这正、反两个典型,构成了作品的主要人物;通过他们在爱情生活中的活动,反映了文艺复兴时期的社会现实,表达了作者的爱憎感情。值得强调指出的是,剧中普洛丢斯这个反面典型,较之凡伦丁具有更大的现实性。这是因为文艺复兴时代虽然是一个新的时代,但仍是私有制社会,财富的私有性必然造成感情的自私性,为满足一己的私利而背叛爱情、毁弃盟誓、见异思迁、喜新厌旧,已经成为一种司空见惯的社会现象。正如莎士比亚在《仲夏夜之梦》中通过剧中一个人物所指出的:

> 一切都是命运在做主，保持着忠心的不过一个人，变心的，把盟誓起了一个毁了一个的，却有百万个人。（第三幕第二场）

在《第十二夜》里，女扮男装的薇奥拉对公爵说了这样的话：

> 我们男人也许更善表白，更多誓言，可是我们总是表示多于行动；事实往往证明：我们的誓言如山似海，我们的爱情却淡薄如水。（第二幕第四场）

这两个例证（当然还有别的例证）足以说明，莎士比亚对于爱情中的背叛行径看得很清楚。因此，他在他的喜剧中对于爱情主题的表现，始终坚持正面歌颂和反面揭露相结合的手法。这一基本态度，正是在《维洛那二绅士》中奠定的。在以后的喜剧中，莎士比亚对于爱情的描绘，或以歌颂为主，如《威尼斯商人》、《皆大欢喜》、《第十二夜》等；或以揭露、嘲讽为主，如《仲夏夜之梦》、《特洛伊罗斯与克瑞西达》等；或是将两者结合起来，如《终成眷属》。

此外，需要补充指出的是，莎士比亚喜剧中的爱情主题，往往是与友谊的主题结合在一起的。异性间的热烈相爱，同性间的友爱相处，在莎士比亚喜剧中交相辉映，它们如同两条优美的旋律，融会在一个乐曲中，构成了"爱情和友谊"的交响曲。这一主题上的特色，即人们常说的莎士比亚的"双重主题"，也首先在《维洛那二绅士》中体现出来。凡伦丁忠于爱情，也忠于友谊；普洛丢斯恰好相反，他背叛爱情，也背叛友谊；莎士比亚正是从正、反两个方面，表现了这一"双重主题"。此后，在《威尼斯商人》、《无事生非》和《皆大欢喜》等喜剧中，爱情和友谊的主题，更加得到了鲜明、充分的表现。

二、女性形象个性化

就人物形象而言，女性形象开始个性化，并在剧中占据突出位置；也可以说，它第一次塑造了光彩夺目的女性形象，体现出了人文主义的理想光辉。

虽然《维洛那二绅士》是以剧中两位男性主人公取名的，但是就形象的个性化程度和艺术魅力而言，首先引起人们注目的是两位女性主人公，即朱丽娅和西尔维娅。虽然她们在莎士比亚整个喜剧创作中还没有达到十分完美的程度，还不能媲美于那些最著名的女性，如鲍西娅、贝特丽丝、罗瑟琳和薇奥拉等，但是，她们的个性已经凸现出来。正由于此，她们在剧中的地位，已经显得比两位男主人公更为重要，给予人们的印象也更为鲜明、深刻。

朱丽娅给人们的突出印象，是她对于爱情的忠贞不贰和在追求爱情中的勇敢无畏、坚毅忍耐精神。她的优美情操和性格特点，恰好与背叛爱情、背叛友谊的普洛丢斯形成鲜明对照，自然会引起人们深深的崇敬和同情。她为了追寻普洛丢斯，竟然敢于背井离乡（只带一个女仆），甚至不顾旅途艰险，从维洛那找到米兰。这对一个少女来说，是很不简单的。这里需要极大的勇气，而这种勇气的来源，显然是与她对爱情的热烈追求和真挚专一分不开的。更难能可贵的是，当她得知普洛丢斯已经背叛爱情、毁弃盟誓时，她虽然痛心、难过，但并不消沉、悲观，而是以最大的毅力，克制自己的悲痛，等待着对方的回心转意。

西尔维娅对爱情也很真挚专一，但如果说朱丽娅给人的最突出的印象是勇敢无畏和坚毅忍耐的话，那么，西尔维娅最突出的性格特点是乐观开朗和聪明机智。她热情洋溢，充满着青春的欢快情绪。在爱情的追求中，她积极主动，但又不失女性的羞涩和狡黠。她爱凡伦丁，也知道凡伦丁爱她，可是对方却迟迟不敢剖露心迹。面对这一窘境，她聪明地设想了请求对方代为书写情书的计谋，曲折委婉而又大胆主动地表白了自己的爱情。即使到了这时，凡伦丁还迟迟未能领悟"情书"中的奥妙，其呆愚笨拙之状令人好笑；而这，也恰好衬托出西尔维娅的聪明可爱。

朱丽娅和西尔维娅，是作者精心刻画并倾力歌颂的对象。在她们身上，体现出了文艺复兴时期新女性的特点，闪耀着人文主义的理想光辉。所以，她们在作品中的地位，已经开始突现出来；虽然她们还没有达到"左右全局"的地步，但已开始"引人入胜"。她们的优秀品质和优美情操，尤其是她们的聪明机智、乐观风趣，她们战胜困难后所获得的欢乐和幸福，已经开始激起观众的爱慕赞赏之情和会心的微笑，从而成为莎士比亚喜剧所特有的喜剧因素的主要来源。在这里，我们可以看到，莎士比亚的喜剧之所以不同于莫里哀的喜剧，最根本的原因，在于莫里哀的喜剧是以揭发、讽刺丑恶事物为其主要目的和手段的，它所激起的是唾弃性的嘲笑；而莎士比亚的喜剧却是从歌颂、赞美新生事物入手，它所激起的是赞赏性的欢笑。这一根本区别，在莎士比亚喜剧中的女性形象身上，体现得尤为清楚。正是从《维洛那二绅士》开始，莎士比亚塑造出了一个又一个优美绝伦的女性形象，它们不仅具有人文主义女性所共有的特性，而且个性各异，光彩夺目。

三、情节的丰富性和对照性相结合的特色

莎士比亚的喜剧，具有情节的丰富性和生动性的特色，同时，情

节之间又相互渗透、相互对照，形成一个有机的整体，构成了莎士比亚喜剧所特有的结构艺术。这一特色从《维洛那二绅士》中开始体现出来。

《维洛那二绅士》围绕爱情和友谊的主题，展开了两条情节主线，一条是以凡伦丁为中心的忠于爱情和友谊的线索，一条是以普洛丢斯为中心的背叛爱情和友谊的线索。它们正反各异，泾渭分明，形成强烈对比，同时，随着主人公在米兰的相会，这两条线索交织起来，并且得到了进一步的发展。此外，剧中还有米兰公爵想把女儿西尔维娅嫁给贵族修里奥的次要情节线索。公爵出面阻拦女儿对凡伦丁的爱情，恰好被负心的普洛丢斯所利用，不仅造成了凡伦丁的被逐，而且造成了西尔维娅的出走，使矛盾更激化。所以，这条次要情节线索虽然依附于主要情节线索，但是它对戏剧冲突的展开和深化，起到了推波助澜的积极作用。《维洛那二绅士》的情节并不复杂，但它所体现的情节丰富性和对照性的特色，却为莎士比亚以后的喜剧创作开辟了道路。

四、冲突的现实性和解决冲突的非现实性手段相结合的特色

莎士比亚喜剧中的矛盾冲突，来源于对文艺复兴时期社会生活的观察、体验和提炼，具有强烈的现实性，所以一般来说，都比较尖锐、激烈，甚至具有不可调和的性质。但是，这些矛盾冲突的解决，在当时又缺乏足够的现实条件，所以，莎士比亚不得不求助于自己的头脑，以主观的善良愿望，即借助于道德感化的力量，借助于"宽恕"、"仁爱"等手段，来解决矛盾冲突，让善良战胜邪恶、美好战胜丑恶，使喜剧圆

满收场。这一特色在《维洛那二绅士》中首次得到体现。

《维洛那二绅士》的戏剧冲突围绕两位男性主人公而展开。凡伦丁与普洛丢斯,他们虽然都是文艺复兴时期的新青年,但是一个忠于爱情、忠于友谊,一个背叛爱情、背叛友谊,一个高贵可敬,一个丑恶可鄙。这实际上反映出了两种对立的处世原则和人生理想,是当时社会生活的真实写照。尤其是普洛丢斯这一形象,更加具有典型性。正如剧中的凡伦丁在见到普洛丢斯向西尔维娅无耻求爱时所指出的:

> 卑鄙奸诈、不忠不义的家伙,现今世上就多的是像你这样的朋友!(第五幕第四场)

普洛丢斯对于自己的卑鄙行径,则从极端自私的观念出发,百般进行辩解,甚至恬不知耻地说:

> 爱情永远是自私的,我自己当然比一个朋友更为宝贵……我要忘记朱丽娅尚在人间,记着我对她的爱情已经死去;我要把凡伦丁当作敌人,努力取得西尔维娅更甜蜜的友情。(第二幕第六场)

为了达到自己的目的,他不惜中伤朋友,出卖朋友,甚至设置圈套,暗害凡伦丁。所以,用西尔维娅的话来说,普洛丢斯是一个"居心险恶,背信弃义之人"!他与善良、正直、忠诚的凡伦丁之间的矛盾冲突,当然水火不容,斗争激烈。但是,这一冲突又是如何解决的呢?我们看到，在剧本的结尾处，卑鄙的普洛丢斯居然良心发现，痛悔前非；而"高贵豪迈"的凡伦丁则宽宏大度，不计前嫌，主动饶恕了对方的罪过，一场对立性的矛盾冲突顿时烟消云散。这不能不说是作者的主观善良愿望的体现，反映出了他虽然看到了人文主义理想与社会现实间的矛盾，但是对于理想的实现，仍然怀有充分的信心。

莎士比亚的喜剧，大部分写于16世纪末期。伊丽莎白"盛世"表面上的繁荣昌盛，使他对于社会的前途充满乐观的信念；同时，现实生活中的阴暗面和丑恶现象也还没有得到比较充分的发展，所以他对这些阴暗面和丑恶现象的危害性，还缺乏足够的认识。因此，他一方面揭露它，同时又以宽恕、仁爱的态度来对待它，以求得矛盾冲突的和谐解决，并推动社会的进步。这一思想认识，体现在他的喜剧创作上，便形成了戏剧冲突的尖锐性（客观性）和解决冲突手段上的温和性（主观性）之间的矛盾。这一特色，从《维洛那二绅士》开始，几乎渗透了莎士比亚的每一部喜剧。

五、自然环境优越于社会环境的思想

莎士比亚喜剧中人物活动的场所一般有两个，一个是社会环境，一个是自然环境。这两个环境是相互对立的。因为在作者看来，前者虽然是个文明世界，但是人烟繁杂，污浊汇集，充满着矛盾和纷争；后者人迹罕至，纯朴可爱，是邪恶因素尚未涉足，也是法律所管辖不到的地方，所以好人到了这里，便可以摆脱苦难和不幸，而坏人到了这里，就会良心发现，悔过自新。纯朴优美的自然环境，被描写成为一个令人向往的"世外桃源"，体现出了作者的美好理想和希望。这一特色在《维洛那二绅士》中开始显露出来。

剧中主人公凡伦丁在米兰这个充满污浊、纷争的文明社会里遭受苦难，他被朋友欺骗，被公爵放逐，被迫离开自己的情人。但是，他在离开米兰之后，在山林荒原中，却被一帮义盗绑架。他们拥他为王，使他成为义盗们的首领。从此，他与山林为伍，出没于荒原之中，过起了杀富济贫的生活。在这里，义盗之间没有利害冲突，他们和谐相处，心情舒畅，恰好与米兰世界中人们的钩心斗角形成对照。正如凡伦丁所表白的：

> 习惯是多么能够变化人的生活！在这座浓阴密布、人迹罕至的荒林里，我觉得要比人烟繁杂的市镇里舒服得多。我可以在这里一人独坐，和着夜莺的悲歌调子，泄吐我的怨恨忧伤。（第五幕第四场）

正是在这里，凡伦丁与他的情人意外相逢，在悲喜交集中结成了美满良缘；也正是在这里，普洛丢斯的丑恶面目彻底暴露，他羞愧交集，无地自容，决心改弦更辙，重新做人。

自然环境显然大大优越于社会环境，它不仅是人物活动最理想的场所，也是解决矛盾冲突最好的场所。莎士比亚的这一思想，从《维洛那二绅士》开始萌芽，到了《威尼斯商人》中，便出现了月光明媚、乐声悠扬的贝尔蒙特的优美境界；而到了《皆大欢喜》中，更是出现了古树参天、绿茵覆盖、泉水叮咚、繁花似锦的人间仙境——亚登原始森林。自然环境的纯朴美好，寄托着莎士比亚的美好希望，而这希望却是带有浓烈的浪漫色彩的。

六、莎士比亚以"乔装"为主的多种喜剧技巧灵活运用的特色

值得着重指出的是，莎士比亚喜剧中的"乔装"主要是女扮男装，这是一种富于浪漫色彩和传奇色彩的手法。它在《维洛那二绅士》中第一次运用，便取得了非同寻常的喜剧效果。舞台上的朱利娅，女扮男装，前往米兰寻找自己的情人普洛丢斯。她的模样，她的举止，她的谈吐，该有多少吸引人的地方！更有趣的是，当她找到普洛丢斯时，却发现对方已经背叛自己；为了等待情人的回心转意，她继续女扮男装，投赴普洛丢斯门下，充当他的书僮；而普洛丢斯非但认不清她的真实面目，反而派她去给西尔维娅送戒指（这正是她过去给普洛丢斯的"定情物"），以表示他的"爱情"……这里，通过"乔装"而引出的"戏剧"，是多么丰富，多么引人入胜，多么耐人寻味！

正是从《维洛那二绅士》开始，"乔装"成了莎士比亚在喜剧中运用得最多、最成功的手段。你看，《威尼斯商人》中的鲍西娅，女扮男装，充当律师，出庭参与"一磅肉契约"的审判，以她的聪明智慧力克贪婪狠毒的夏洛克；《第十二夜》中的薇奥拉，女扮男装，充当侍卫，以她的坚毅忍耐的精神最终赢得了原本正在"热恋"奥丽维娅的公爵的爱情；《皆大欢喜》中的罗瑟琳，女扮男装，前往亚登森林寻找自己的父亲，不期与自己的情人奥兰多相遇，而他却未能识破她的真正面目，于是演出了一场又一场"求爱的喜剧"……"乔装"能出戏，尤其是女扮男装，更能引出奇特而又风趣的戏剧，难怪莎士比亚在《维洛那二绅士》中一旦运用了它，就再也舍不得将它丢弃了。

七、语言艺术的诗意化

就语言艺术而言，它已开始趋于诗意化和风趣化的结合，也就是说，莎士比亚喜剧的诗意的语言和机智的插科打诨相结合的语言特色，已经开始体现出来。

阿里斯托芬的喜剧，是以讽刺时事为主的漫画喜剧，所以尤多插科打诨式的喜剧语言，中世纪的通俗喜剧和莫里哀的讽刺喜剧也是这样。莎士比亚的喜剧，由于它的任务是表达理想、歌颂爱情、塑造新人，仅仅使用插科打诨式的语言就远远不够了，尤其是作品正面主人公的语言，必须优美悦耳，富于想象，蕴含深情。所以，从《维洛那二绅士》开始，莎士比亚已经注意语言的诗意化、形象化，同时也没有放弃插科打诨式的喜剧语言的运用。

在《维洛那二绅士》中我们可以看到，不仅出现了优美动听的韵文诗歌"西尔维娅是谁"，而且，朱利娅的对白，西尔维娅的对白，也都诗意盎然、情趣浓郁，可谓是一首形象生动、娓婉悦耳的散文诗（即"莎士比亚的无韵诗"）。这里我们不妨举出一个例子来看一看，这是朱利娅在考虑前往米兰寻找普洛丢斯时与侍女露西塔的一段对话：

> 朱利娅　给我出个主意吧，露西塔好姑娘，你得帮帮我忙！
> 　　　　我甚至想用爱情的名义，请求你指教我，
> 　　　　因为你就像是一块石板，我的心事
> 　　　　全都清楚地刻在上面，
> 　　　　告诉我有什么好法子
> 　　　　让我能够体体面面地

>   到我那亲爱的普洛丢斯那里去。
> 露西塔　唉！这条路是悠长而累人的。
> 朱利娅　一个虔诚的巡礼者用他的软弱的脚步
> 　　　　跋涉万水千山时，是不会觉得疲乏困倦的；
> 　　　　一个凭借爱神之翼的女子
> 　　　　当她飞向普洛丢斯那样亲爱、那样美好的
> 　　　　爱人怀中去的时候，
> 　　　　尤其不会觉得路途的艰远。（第二幕第七场）

这里，朱利娅的爱情，似"烈焰"无可压遏，似"轻流"无可阻挡；无论前进的道路如何"曲折"、"艰远"，她都会像一个"虔诚的巡礼者"一样坚持向前。恰切、生动的比喻，将朱利娅对爱人的渴慕、思念，她那决心前往寻找自己爱人的坚强意志，形象而又富于诗意地表现了出来。

除了诗意化的语言外，《维洛那二绅士》中的插科打诨也运用得相当成功。剧中普洛丢斯的仆人朗斯与他的狗的场面以及朗斯的风趣语言，曾经受到恩格斯的高度赞赏。可见即使是插科打诨的喜剧语言的运用，《维洛那二绅士》也是不同凡响的。

总而言之，《维洛那二绅士》虽然是莎士比亚的早期喜剧，还有某些不成熟、不完美的地方，但是，作为莎士比亚抒情喜剧（浪漫喜剧）所特有的某些重要因素，已经完全具备。关于这部喜剧在莎士比亚喜剧中的地位，近年来，欧美某些莎剧研究家也发表了类似的看法，例如，英国学者玛格丽特·亚力山大也指出："《维洛那二绅士》是莎士比亚第

一个浪漫喜剧,也可以说是第一次成功的尝试。"[1] 苏联学者莫洛佐夫和阿尼克斯特也指出:"《维洛那二绅士》在莎士比亚戏剧中是名声较小的一部,但它对于理解莎士比亚的创作却有重要的意义。"[2] "在《维洛那二绅士》中,莎士比亚创造了所谓'浪漫主义'喜剧的第一个范例。"[3] 因此,我认为,《维洛那二绅士》是莎士比亚喜剧创作中的一部很重要的作品,它所占有的地位是带有开创性的,理应受到更多的重视和研究。

---

[1] 玛格丽特·亚力山大:《莎士比亚和他同时代人的戏剧》,伦敦:潘恩出版社,1979年。
[2] 莫洛佐夫:《莎士比亚传》,长沙:湖南人民出版社,1984年;阿尼克斯特:《莎士比亚的戏剧》,上海:新文艺出版社,1957年。
[3] 阿尼克斯特:《莎士比亚的戏剧》。